U0020470

龍闕 3

目次

壹之章 風光大婚迎紅妝

秦鳳儀這人，有什麼特別的優點嗎？

當然，臉除外。

就算有一張好臉，可咱們英明神武的皇帝陛下，也不是看臉的人啊！

當然，這話現在說著有些虧心，皇帝要不是看臉，如何會點這麼個傢伙做探花呢？

唉，不想以吾皇這般英明神武，竟然寵愛這麼個……除了臉之外，一無是處的傢伙。

是的，秦鳳儀在御史的奏章中就被描述成了個一無是處的佞幸之臣。

不得不說，秦鳳儀在成為了第一位被皇帝召見的庶起士後，也成為了第一個被御史彈劾的庶起士。這個時候，就看出駱掌院的人品了。

因為駱掌院親自在早朝維護秦鳳儀。

秦鳳儀的官位太低，當天是小朝會，他沒機會上朝，只有大朝會時才能去上朝，但依他的官階，也只能排班排到殿外，連皇帝的臉都見不著。故而，在秦鳳儀尚不知道的時候，駱掌院先維護了他，雖然駱掌院認為自己維護的是翰林院的尊嚴。

駱掌院先說了，賭資有多大啊，才二十兩。不說皇上這等身分，就是京城裡稍有家資的人家，自家人玩個棋牌，拿出二十兩銀子來也玩了。皇上不過消遣，御史就小題大作，行邀名之實，簡直是無理取鬧。

本來也不是大事，駱掌院出面，一下子便將小御史幹翻了，但左都御史私下也與駱掌院說了，得好生約束庶起士，庶起士多為國之棟樑，這個秦探花尤其年少，實是跳脫了些。

當然，人家左都御史說得很委婉，人家想的根本是，這個姓秦的，頭一次陪皇上下棋都能搞出關撲的事來，一看就不是什麼正直之人。

駱掌院回去，把秦鳳儀給訓斥了一頓。

秦鳳儀聽說自己被御史參了，竟說：「哎呀，皇上的嘴可真不嚴實，他怎麼還到處說啊？那我被屠八十目大龍的事，是不是大家也都知道了？」

真是丟臉丟死了！

「你給我閉嘴！」駱掌院道：「下回再不許同皇上關撲，知道沒？」

秦鳳儀氣呼呼的，「我再也不跟他下棋了！」

駱掌院真是奇怪秦鳳儀是怎麼拿這種說他家二大爺的口氣來說皇上的，駱掌院道：「記住你的話便好，再有下次，休想我替你出頭。」

秦鳳儀心下一喜，「掌院大人，您替我出頭了啊？」

「我是為了翰林院的名聲，你以為是為了你啊？」

縱使駱掌院這般說，秦鳳儀也很感激，握著駱掌院的雙手道：「駱大哥，我就知道，你心裡其實是沒把我當外人的。」

駱掌院掙開秦鳳儀那肉麻兮兮的雙手，趕緊道：「出去出去！」

這是什麼狗屁輩分啊！

「駱大哥，你不用不好意思，我這些話都是真心的。」

駱掌院實在是受不住這個，硬是把人推了出去。

秦鳳儀感慨，果然還是自己人牢靠啊！

駱掌院雖則一張鐵面，其實心地是極好的，於是，秦鳳儀便想著什麼時候買上二斤點心去看望駱大嫂子，當然，也順帶看一看自己的侄媳婦。

原本大好的形勢，庶起士們現在大多跟秦鳳儀交好，結果知道他被參了一本後，那些原本同他交好的，又有許多改為了觀望狀態，把秦鳳儀氣死了。

秦鳳儀對方悅道：「真是日久見人心。阿悅，你說，人心咋這麼勢利呢？」

方悅勸道：「人心本來就這樣，你以後可得當心了。咱們剛入朝，你就入了皇上的眼，不知多少人盯著你，你往後要越發謹言慎行才好。」

「我再不跟皇上下棋了，他的嘴真不嚴實，定是到處說我輸給他的事，御史才知道。」

「你不用抱怨皇上，關撲的事，還不是你自己提議的。」

秦鳳儀扁扁嘴不說話了。

方悅看他一副鬱悶相，便又安慰了他一回。

原本大家都覺得秦鳳儀這探花都被參了，皇上就是礙於物議，也得冷他一冷，沒想到，第二天，皇上又宣召這小子了。

秦鳳儀不怎麼樂意去，但皇帝老爺相召，他不能不去。

這回出來宣召的小內侍自稱小嚴公公，小嚴公公私下提點了秦鳳儀陛見時的禮儀，譬如不能說「你啊我啊」的，對皇上得用尊稱。

秦鳳儀道：「公公放心，我之前是沒怎麼見過皇上，就有些大意了。」

小嚴公公笑道：「也是馬爺爺交代的。」

秦鳳儀問：「馬公公是哪個？」

小嚴公公笑道：「就是皇上身邊的大總管馬爺爺。」

秦鳳儀人情通達，連忙道：「那還得勞小嚴公公跟馬總管道聲謝，就說我曉得了。」

小嚴公公連忙應了。

秦鳳儀進宮，行過禮後，也沒什麼精神。

景安帝看他這臊眉聳眼，一臉倒楣催的模樣，不禁笑道：「怎麼，被御史嚇著了？」

「我能被那等碎嘴小人嚇著？」秦鳳儀瞪圓了一雙大桃花眼，翹著嘴巴道：「我是在生皇上的氣。您怎麼把我輸給你的事到處說啊？這不，人人都曉得我被圍殺了那麼一條大龍，我得多沒面子啊！」

秦鳳儀把景安帝埋怨了一回。

景安帝哈哈大笑，看秦鳳儀這鬱悶樣兒，便安慰他道：「說一下可怎麼了？那先時你不是還贏了朕一局？」

「那也不能說啊！我就沒跟人家說贏了您的事，要是別人知道，您該沒面子了。」

「真沒跟人說？」景安帝不信。

「我就只跟我媳婦說了，再沒跟旁人說過。我媳婦嘴巴緊得很，她也不會與人說的。皇上肯定是到處去說了，不然御史不會知道的。」

總之，這事的起因，秦鳳儀必要扣景安帝頭上的。

景安帝笑道：「朕不似你，成天瞎要面子，你只管去說就是。」

秦鳳儀鬱悶兮兮地看著景安帝，景安帝笑道：「行了，今天不下棋。過來瞧瞧朕寫的字如何？」讓秦鳳儀過去看他的字。

皇帝嘛，也是愛聽好話的，興許是前番秦鳳儀馬屁拍得響，故而景安帝又找了他來。

秦鳳儀過去瞧了，見是四個大字，百年好合。

秦鳳儀直接道：「這四個字自不消說，遒勁有力，不過，您不適合寫這四個字。」

「說說看。」

「您是金戈鐵馬的帝王，您寫這四個字的時候，心中當是有富貴綿長的意思，故而，都是收著寫的。可是，看看這個年字，最後這一筆，威勢頓起，霸氣四溢，不合這四字的富貴氣象。」秦鳳儀道：「您應該寫漢高祖那種，大風起兮雲飛揚這種氣派的話，才合您的字。」

景安帝將筆一擲，「是啊，總是寫不好。」

秦鳳儀隨口問道：「是誰要成親了嗎？」

「三皇子大婚，求朕賜字。」

「那也不一定非要寫什麼『百年好合』、『白頭偕老』，那多俗啊！您就是寫一幅漢高祖的《大風歌》也沒事啊！」

「哪有孩子成親，做父親的寫什麼《大風歌》的？」

內侍捧來茶，秦鳳儀先接了奉給陛下，道：「這可怎麼了？反正就是這麼個意思唄。要不然您就隨便寫兩句吉利話，雖然字不對神，但也是祝福的意思。」

景安帝笑，「雖說你字寫得不怎麼樣，但你的眼力倒是不錯。」

秦鳳儀不樂意了，「什麼叫我的字不怎麼樣？您真的認真看過我的字嗎？我的字寫得多好啊，我寫幾個字給您看看。」

秦鳳儀非要寫，景安帝也不好不讓他寫。

於是，他就寫了。

秦鳳儀寫完後，跟景安帝的字對比了一下，道：「雖然有一點差距，但也還好吧。」

景安帝自己的字不錯，見到秦鳳儀這字，忍不住指點了他一句：「多臨臨魏碑。」

秦鳳儀道：「我喜歡行書，瀟灑隨意，舒展流動。」

「行書更要功力，你這字，靈動有餘，筆力不足。」

秦鳳儀點點頭，「許多人都說念書不容易，可要我說，這寫字比念書更不容易。我以前的字就很尋常，還是後來我們揚州的趙才子指點我練字，我這才開始練的。開始時進境飛速，可兩年前，我這字的進境就慢了。每天練每天練，也只能寫成這個樣。」

景安帝笑道：「你才多大，就是每天練，想成一代書法大家，也遠得很。」

「我也不要成為書法大家，寫得差不多就行了，字主要是承載學問的，只是現在但有考試，先看字如何。明年庶起士還得有散館考試呢，我還得接著練，不然判卷的先生們一看我的字不好，那我再好的學問，也得不了好名次。」

「你不挺有信心的嗎？」先前還誇口必是散館第一名的。

「信心當然得有，可難道書也不用讀，字也不用練，張口說明年我得第一，就能得第一啦？」秦鳳儀問：「陛下，難道您看我像個傻子？」

景安帝哈哈大笑，「不像不像，誰敢說朕的探花是傻子啊！」

「這就是了。怕你們誰都沒看出來，這是我的謀略呢！」

景安帝問：「什麼謀略？」

秦鳳儀想了想，「這事我只告訴您，您可得保證不能說出去。要是您說出去，明年我考不好，就都賴您了。」

「你就說吧。」

「這道理其實很簡單，但我不說破，他們一時半會兒多半想不明白。」秦鳳儀端起茶啜一口方道：「考試時有很多人得失心太重，所以平時文章不錯的，為什麼考試時文章反不如平時呢？就在心思過重上頭。我為啥誇口說我必得第一，就是給他們壓力。他們本來就心思重，再加上我這狂話，想的多的，就更想的多啦。而作文章，最忌三心二意，心裡七想八想，不能專心，平日裡再好的文章，到考試時也做不好，這就是我的謀略。」

景安帝覺得有些好笑，「平日裡倒看不出，鳳儀，你還挺有心眼兒的啊！」

「這能叫你們看出來啊？」秦鳳儀得意地翹起下巴。

景安帝道：「鳳儀，你考試就不會擔心自己考不好嗎？」

秦鳳儀放下茶盞，「哎呀，這有什麼好擔心的？我說他們想不開，這才到哪兒啊？只在翰林院念念書、考考試，有什麼？我跟他們不一樣，人這一輩子長著呢，又不是只有考試這件事。就像有些學子，考科舉考不中，傷心得直想跳河死了算了。我就說，他們要是有跳河的志氣，早就都中了。我的志向比他們都遠大，陛下，您說我家，銀子我這輩子是不愁的，我既不嫖也不賭，我爹給我掙下的家業，不說這輩子，我兒子一輩子也不消愁的。我先前在揚州也無甚見識，後來來了京城，開了眼界，又考了科舉，才曉得，嘿嘿，這輩子還是能做點事的。我是想著以後做些實事，能外放做個知縣知府的，做一地父母官，要是當地的路不好，就給百姓們修修路，要是當地窮了，就想法子叫百姓們富起來。以後別人提起我來，壞人罵我，好人誇我，這就成了，這才是我的志向。」

秦鳳儀端起茶準備再喝兩口，一看，茶喝光了。

景安帝把自己那盞茶遞給秦鳳儀，秦鳳儀接過就喝了。這一喝，邊上的馬公公臉色就變了，這……秦探花，你怎麼能用皇上的御盞吃茶啊？你可忒不懂規矩啦！

秦鳳儀覺出滋味不同，吃驚地道：「陛下，這不一樣啊，您這茶咋這麼香呢？」

景安帝笑道：「真是個猴兒，不過借你解渴，就叫你嘗出來了。」

「這我能嘗不出來？您這茶可忒香了啊！」秦鳳儀接連兩口喝沒了，「陛下，您可得再賞我一盞新的。我沒嘗過便罷了，我這都嘗過味兒了，您可不能小氣啊！」

景安帝揮揮手，讓內侍下去備茶，與秦鳳儀道：「接著說。」

「說完了啊，您想，我的志向這麼遠大，豈會將一時考試之得失放在心上？因為我的心看得遠，所以考試時反是心靜，而且，我每次考試寫的文章都比平時要好的。」秦鳳儀依舊是自信滿滿的模樣。

景安帝問：「那你就不想做巡撫、總督這樣的大官？做官都講究出將入相。」

「巡撫總督我也見過，說真的，威風是夠威風的，官階也比知府要高，可我不知道這是做什麼的。」秦鳳儀忽然道：「我同陛下說個祕密，陛下可不能說出去。」

景安帝覺得，秦探花大概是臣子當中祕密最多的了。

馬公公捧了茶來，秦鳳儀起身，先接了一盞奉予陛下，自己才取了第二盞，秦鳳儀居然還問：「老馬，這回是一樣的吧？」

平生頭一次被人喊「老馬」的馬公公道：「秦探花，你今兒可真是有福，陛下這茶，可是極品的蒙頂茶。」

秦鳳儀對景安帝使個眼色，景安帝笑，「沒事，老馬嘴巴嚴得很。」

「要是我這祕密被說出去，我可就來找陛下啊！」

「快說，怎麼這麼磨嘰？」

「就是我先時會試不是得了個孫山嗎？其實我會試的文章寫得不錯，興許是看我文章的考官不喜歡我這文章，不然，與我相仿的一位同鄉，他文章也不比我好，他就是二百五十幾名，我就是孫山。」秦鳳儀道：「那會兒我不知道同進士的事，可我岳父和我師傅知道，他們都叫我等三年再殿試，這樣殿試把握大些，不至於落入同進士的群裡。可我不曉得同進士有什麼不好啊，後來還是我媳婦同我說了同進士與一甲二進士的區別。其實，就是陛下說的，同進士不能出將入相，說白了，就是做大官比較難了，而且，在官場還得受歧視。」

這算什麼祕密啊？

景安帝道：「你不是說是因為有許多女娘買你的關撲，你才偷偷去考了嗎？」

「是啊！」秦鳳儀道：「我又不笨，雖然是覺得不能辜負買我闟撲的那些姊妹們，可我當時去考前也想好了，就是中了同進士，一輩子做不了大官，就做個知縣知府也很好。再者，說句實在話，我總覺得官職越高，離百姓就越遠。我知道自己有多大的本事，這民間有句話說，端多大碗，吃多少飯。叫我修橋鋪路，橋壞了路該修了，這個成，我自己看看就知道怎麼辦了。像那些大人物，每天想的什麼、做的什麼，我都不曉得。我覺得，我就適合做這種離百姓比較近的官。」

這一回，秦鳳儀進宮，非但喝到了皇上的好茶，還得皇上賜了幅字，皇上把他寫的那幅「百年好合」賞給秦鳳儀了，景安帝說：「你的話，雖然字不對神，可也是吉利祝福的意思。你不是要大婚了嗎？這就賞你吧。」

秦鳳儀歡歡喜喜地謝了賞，眉開眼笑的，「陛下，我一準兒拿回去好生裱起來，以後掛我和我媳婦的新房。」

景安帝笑，「去吧。」

大家都奇怪死了，秦鳳儀哪兒這麼討皇上喜歡啊？

縱使一張臉生得好，可也沒聽說皇上有斷袖之癖啊！

這不，剛宣召過秦鳳儀沒幾日，這姓秦的小子剛得了御史一大參，皇上轉眼又宣召了秦鳳儀。二十好幾個庶起士啊，皇上您也換個人宣召啊，咋就盯著這姓秦的不放了呢？

簡直是沒人能明白這其中的邏輯。

除了秦鳳儀自己。

秦鳳儀認為自己就是人見人愛，花見花開，皇帝老爺喜歡他不是很正常嗎？不喜歡能總是宣召他嗎？

原本秦鳳儀這初入官場就挨一大參，秦家是不知道此事，但景川侯府知道啊，李釗還跟父親商量：「滿朝文武都盯著聖寵，阿鳳一入朝就這般得皇上青眼，也難怪遭人忌恨了。」

景川侯道：「待這次休沐，你與他說一說謹言慎行的道理。」

李釗應了。

結果，休沐的時候，秦鳳儀就屁顛屁顛地拿著皇帝陛下賜的字過來顯擺了。因為這事太過榮光，秦家是一家子過來的。秦老爺和秦太太高興得，兩張圓潤的臉上都能放出光來。

秦鳳儀先給李老夫人看，「祖母您看，皇上知道我跟阿鏡要大婚，特意賞給我們的。」

饒是李老夫人這等閱歷見識也覺得榮光得不得了，連忙道：「別這樣拿著了，搬個條案來擺上，大家一道共沐皇恩。」

兩個大丫鬟搬來條案，秦鳳儀把字放上，大家一起欣賞。

景川侯夫人這素來勢利的也不禁道：「不光字好，寓意更好。」

皇上御筆，自然人人都說好。

秦鳳儀得意兮兮地問老岳父：「岳父，我這字如何？」

景川侯道：「這是你的嗎？這是陛下寫的，賜予你的！」

「賜給我的自然就是我的！」秦鳳儀道：「是我跟阿鏡妹妹的！我都說了，這裱好了，就掛我們的新房去。」

李老夫人道：「御筆所賜，自當好生裝裱。不過，也該做一塊匾額，屆時大婚時掛出來，豈不是更體面？」

秦鳳儀笑，「還是祖母有見識，我就沒想到。」

秦太太搓搓手，道：「這還得麻煩親家，我們也不知哪裡有好的裝裱師傅，也不知哪裡有好做匾的匠人。」

秦鳳儀笑嘻嘻的，「昨兒我拿回來，我爹和我娘高興得一宿沒睡著覺，我爹一宿就給祖宗燒了三回香，要是擱我家，我爹我娘也別出門了，得天天怕有人偷了去。我就拿過來了，阿鏡妹妹反正在家沒事，不管是做匾還是裝裱，讓阿鏡妹妹張羅吧。」

秦老爺連忙道：「也沒有燒三回香，就燒了兩回。」

秦太太也說：「主要是太高興，其實也沒有睡不著，睡好久的。」

李家人全體忍笑，便是景川侯夫人心下都感慨，這麼兩個土鱉可真有福氣，養出秦鳳儀這麼個出息的兒子。

大家欣賞了一回皇帝的御筆，景川侯還叫了秦女婿到書房說了一回話，問他這字是如何得的，秦鳳儀道：「皇上叫我過去看他寫的這字，這原是給三皇子寫的，我說陛下這字寫得不大好來著，他不適合寫這種富貴氣象的字。後來就聊了會兒天，他知道我與阿鏡妹妹要大婚，就把這字賞給我了。」

景川侯道：「不是你又跟陛下關撲贏來的吧？」

「岳父，您這是哪裡的話？都是陛下嘴不嚴，到處說贏我的事，否則也不能叫御史參我一本。」秦鳳儀還說：「御史參我，岳父，您有沒有替我說話啊？」

「你自己幹的這些沒理的事，想叫多少人替你出頭啊？」景川侯道：「這入朝為官，就是大人了，你得學著謹言慎行，不能像在家裡似的。咱們玩兒會牌，下個棋，賭幾兩銀子，在家裡不過小事，大家一樂便罷，但在宮裡就是大事。」

「那御史也忒小題大作了，又不是輸房子輸地，陛下才輸十兩銀子，他就這麼嚷嚷。」

「好了，終歸是你自己不謹慎留下話柄。」景川侯道：「你得的這字，便說是陛下賜與你的。那些個原是給三皇子寫的這種話，不要到外頭說去。」

「我曉得的。」

景川侯點點頭，雖則他先時就覺得，依這小子的性情，做官當是一把好手，倒沒想到這麼快就得了皇上的青眼。

小廝捧上茶來，秦鳳儀先接了岳父那盞，他這人有眼力，以往是先遞給岳父的，這回不是，他接過來聞了聞，此方遞給岳父。

景川侯不解其意，幹過諜報工作的人腦洞都大，景川侯還想，是不是我這茶裡有毒還是怎地，結果打發了小廝，秦女婿方與他道：「還是岳父您夠意思，咱倆的茶都是一樣的，我在陛下那裡吃的茶都不一樣來著。」

景川侯問：「你怎麼知道陛下的茶與你的茶不一樣的？」

秦鳳儀道：「我嘗出來的唄。陛下的茶可香了，老馬說是極品的蒙頂茶。確實不是一個味兒，比岳父您的茶要好些。」

景川侯恨秦鳳儀不會聽人話，「我是問你，你怎麼嘗的？」

「我渴了，剛好我自己盅子裡的茶喝完了，陛下就把他的遞給我，我就喝了。」秦鳳儀理所當然地道：「我吃過之後，就叫陛下又賞了我一盞，陛下的茶可真是好茶。」

秦鳳儀感慨一回，「還是岳父您待我好，您吃什麼就給我吃什麼，不兩樣對待。」

景川侯無語地跟著感慨，「你怎麼這麼臉大啊！」

「我臉大嗎？我的臉正好，不大不小。」

「我說你別淨去跟陛下要吃要喝，知道不？」

「陛下又不是外人，他待我可好了。我特別喜歡跟陛下聊天，我覺得陛下可好了。」秦鳳儀想著皇上知道我跟阿鏡妹妹大婚，還特意賜我們一幅字。聽說陛下的大壽要到了，他也打算送陛下一份大大的壽禮。

景川侯看他這一臉小白癡相，就知道這小子八成不知又在想什麼。頭疼死了，真是各人有各命，皇上可能是沒見過二傻子，乍見之下，覺得新奇吧？

當然，景川侯只是這樣想一想，自家女婿得皇上青眼，景川侯只有高興的，但你說秦鳳儀這種人，這種性情，當真不是人教的，天生就是這種小白癡樣，別人學也學不來，讓這小白癡改成個憂國憂民的正直樣，他也不是那塊料兒。

景川侯只得再三告誡秦鳳儀：「以後不是陛下主動給，你不許開口要，知道不？」尤其要吃要喝的這種事，真是丟臉！

「知道啦！」

此時此刻，不知多少人羨慕景川侯的好眼光。就一個鹽商出身的紈絝小子，景川侯到底是怎麼個慧眼識英雄地把秦鳳儀從凡人堆兒裡挑出來的？

最叫人眼氣的是，這還不是景川侯挑的，是秦鳳儀自己死皮賴臉非要娶人家景川侯府大姑娘。好吧，這好眼光，是景川侯府大姑娘挑的。

可這女人挑男人，無非是看臉嘛！

不得不說，景川侯府大姑娘，即便是看臉，這看中的也不是一般的臉。

秦探花這臉的檔次，可是連皇上都認可的啊！

難怪李大姑娘當初去了一趟揚州，便相中了這秦探花。

京城有閨女的人家，只恨四年前沒讓自家閨女南下，沒在揚州城遇著秦鳳儀。

還有那四年前笑話人家李鏡失心瘋的，這回可是自打臉了吧！

倒是陳舅舅過來念叨了一回，說秦鳳儀先時拉著皇上關撲的事可不大對。當然，陳舅舅就這麼個性子，大家聽一聽也便罷了。

秦鳳儀接下來，私下又幹了一件事。

這件事知道的人不多，可但凡知道的，都說秦鳳儀做得不錯。

秦鳳儀是個知恩感恩的人，皇上賜他一幅字，他就想著，皇上四十大壽的年頭，按他的品階，給皇上送壽禮都不夠。按品階雖不夠，可秦鳳儀不是比得較景安帝喜歡嗎？景安帝閒了就愛找他聊天說話，他自己弄了份壽禮揣身上，景安帝再宣召他時，他就帶上了。

秦鳳儀說得實在：「陛下待我好，我這心裡的歡喜都不知要怎麼說。您過大壽，小臣按規矩，也不夠獻禮的品階，這是我花好幾宿畫的，獻給陛下。雖然畫得不大好，也是我的心意。」他給陛下畫了幅高山壽桃圖。

秦鳳儀的畫技就不評價了，但他這畫很有講究，秦鳳儀道：「陛下在我心裡就像這座山一樣，天一樣的高聳。這山上的壽桃樹，就是祝陛下萬壽無疆的。」

今年是景安帝的四十整壽，雖然萬壽的日子還沒到，但將有許多大員臣屬給景安帝獻上無數奇珍異寶。有多少東西，可能景安帝自己都不會去看一眼，可秦鳳儀這畫景安帝看了，畫技比平平還平平，倒是秦鳳儀這份心意，景安帝是收下了。

非但收下，又留秦鳳儀用御膳了。

景安帝問秦鳳儀除了獅子頭還愛吃什麼，秦鳳儀這漏勺嘴立刻就把岳父給出賣了，「我岳父說了，不叫我跟陛下要吃要喝的。」

景安帝笑道：「景川就是拘泥太過。」

「我也這麼說。我就跟岳父說了，陛下又不是外人，而且，陛下這麼好。」秦鳳儀完全不拿自己當外人，「陛下，除了獅子頭，要是有三丁包子，給我做幾個就成。我們揚州的三丁包子，哎喲，香得不得了。陛下您也嘗嘗，好吃得不得了。」

景安帝就喜歡看他這副「好吃得不得了」的模樣。

這一個人要是看另一個人順眼，那真是從頭髮絲到腳後跟無一不是順眼之處。像秦鳳儀吧，就讓景安帝看順了眼，連這小子吃包子的模樣都覺得招人喜歡。

景安帝很喜歡秦鳳儀的吃相，覺得吃得香甜。你要是請人吃飯，客人吃得好，主人才高興嘛。更何況秦探花還屬於感情、吃飯兩不誤的類型。

秦鳳儀吃著飯便說了把皇上賜的字帶回家去，爹娘高興的模樣，「高興得老兩口覺都睡不著，只怕家裡招了賊。我一看，這不行啊，擱我家裡，我爹娘得高興懵了，就拿去給岳父、岳母和老太太看了一回，又讓阿鏡去裝裱，她是個細心人，一準兒能裱好。」

這話把景安帝逗得一樂。

景安帝道：「都是樸實的老人家啊！」

秦鳳儀高興地點頭，「雖則我爹以前是經商的，常被人看不起，但他心地可好了。我家以前做鹽業生意，其實我家的鹽引不是最大的，但每年只要知府大人號召士紳捐銀子做善事，我家向來都是打頭的。我娘也是，每到我生辰，我娘就去廟裡捐大米，讓廟裡佈施出去，所以說，雖然他們都沒見過什麼世面，心地卻是一等一的好。」

景安帝看就看得出來，秦鳳儀這率真的性子，非是在小門戶裡寶貝的孩子養不出來的。

在皇帝老爺這裡又吃了一回飯，待他回去，方悅就沒給他留飯了。不過，秦鳳儀想了個主意與方悅商量：「今天我忽然想到一件事，阿悅，陛下的萬壽在九月，雖則還早，但咱們是陛下親自主持春闈的考生，按習俗叫那什麼……」秦鳳儀一時想不起來了。

方悅道：「天子門生。」天氣冷了，倒盞茶給小師叔保暖。

「對。」秦鳳儀接了茶，道：「所以，這不僅是陛下的萬壽，也是咱們今科進士的座師的萬壽啊，咱們也該準備點東西。」

方悅思量道：「我雖也有孝敬之心，只是，能上壽的必要五品以上，咱們品階不夠。」

「回來的路上我就在想這事了，我想了一路。」秦鳳儀又道：「不一定要多麼貴重，我想著，咱們這二十幾位庶起士合寫一副萬壽圖，屆時請掌院大人代咱們呈上，好不好？」

方悅一聽就覺得這事有門，「岳父那裡我去說，只是不好依咱們二十幾人的名義，如孫兄阮兄還有其他同科雖不在京城，我想著他們的心與咱們是一樣的，該代他們一道署名。」

「對對對，你說的更好，就這樣！」秦鳳儀道：「只是，此事暫不要聲張。」

「一定。」方悅一向心胸開闊，「既是阿鳳你提的，你就給咱們帶個頭。」

「你看我像是能帶頭的人嗎？」秦鳳儀道：「你別推脫了，我要是成心出這風頭，就不與你商量了。你是狀元，自然是該你帶頭。咱們先叫老陸過來商量，他的字寫得最好。這萬壽圖要怎麼寫，還得聽聽他的意思。」

方悅也就不與秦鳳儀客氣了，秦鳳儀與方家的關係再密切不過，方悅當即打發小廝請了陸瑜陸榜眼過來。陸瑜一聽，這主意還真不賴。大家都不是傻子，皇上四十整壽，他們又是天子門生，若能有所孝敬自然是好事。這不只是對一個人有利，對一科的進士都是好的。再者，皇上萬壽，他們沒資格送禮，但今科進士同送一份禮，非但有資格，定也是顯眼的事兒。這事要是辦成了，於大家都有好處。

陸瑜一拍大腿，「這事兒成！」

陸瑜又道：「這萬壽圖，尋常人家賀壽也常用的，咱們也送這個，是不是俗了些？」

秦鳳儀道：「我就想著咱們一起送點什麼，也沒多想其他。老陸，那你說送什麼？」

「讓我想想。」陸瑜也是當世才子，倘不是景安帝想著出個三元及第，他的文章不見得就居方悅之下。陸瑜道：「有了！」

陸瑜的意思，不能是尋常的萬壽圖，要以畫嵌字。總之，陸瑜說得複雜得不得了，大致意思是，遠看是個壽，近看也是壽，但這壽不能是個簡單的壽字，要是一條金龍騰空盤起來的壽字，然後，壽字裡再嵌壽字。

秦鳳儀都聽懵了，「老陸，這個你跟阿悅商量著來吧，我可是不明白了。」

「等我們畫出來，你就明白了。」陸瑜信心滿滿。

於是，二十幾位庶起士就商量著給陛下萬壽獻禮的事了。大家一道商量這壽禮的事，一下子又親近了不少，便是一直對秦鳳儀彆彆扭扭的范正，也跟著出了不少主意。不過，他為人分明，出主意是出主意，他依舊是對秦鳳儀不假辭色的。

秦鳳儀也不愛答理他，眼瞅他大喜的日子就到了，秦鳳儀但凡休沐回家，就是張羅著親事，還有試喜袍啊諸如此類的事，更招人笑的是，秦鳳儀在家試好喜袍，穿著就到岳家去，想叫媳婦看一看可俊否，簡直是把人笑得肚子疼。

崔氏有了身子，肚子還不大，她總喜歡沒事時撫一撫，崔氏就撫著小腹道：「快別叫我笑了，妹夫這也忒心急了。」

秦鳳儀道：「我過來讓阿鏡瞧瞧，大嫂子、祖母、丈母娘，妳們就當沒瞧見就成。」

李老夫人也是笑得不成，擺擺手道：「阿鏡在她院裡，你自己過去給她看吧。」

秦鳳儀這一身大紅喜服，饒是看慣他美貌的李鏡都有些看呆了。

秦鳳儀得意地挑眉，「還成吧？」

李鏡道：「這是成親那天穿的，你怎麼穿過來了？」

「我穿來給妳看看啊！」秦鳳儀一副理所當然的模樣，李鏡簡直頭暈，戳他腦門，「真是想起一齣是一齣。」

秦鳳儀握住李鏡的手，問她：「妳的喜服可做好了？」

「自然是好了。」

「妳也穿給我看看。」

「不要，我腦子又沒問題，我成親那天才穿。」

「我就不信妳沒試過。」

秦鳳儀看李鏡這裡擺著不少箱子匣子，問她：「這是在做什麼？嫁妝還沒收拾好嗎？」

李鏡白他一眼，「大公主的壽辰也近了，我們自小就交好的，我找幾樣東西屆時送去，給大公主賀壽。」

秦鳳儀是個愛打聽的，便問：「哪個大公主？」

「陛下的長女，永壽公主。」

秦鳳儀不大知道這些皇家的事，他主要是對媳婦的事比較好奇，便問：「妳怎麼會認識永壽公主啊？」

李鏡道：「永壽公主是陛下的長女，她小時候我給她做過……算是伴讀吧，陪公主讀書、玩耍什麼的。後來永壽公主及笄賜婚，不再念書，我就回家來了。」

秦鳳儀道：「這可不是一般的交情，得尋兩件好的。公主喜歡什麼，妳這裡要是沒有，我幫妳往外頭尋去。」

李鏡道：「大公主偏愛珊瑚。」

秦鳳儀問：「公主什麼時候的壽辰？」

「說來也巧，大公主與陛下是同一天的壽辰。」李鏡道：「巧是真巧，只是每年人人都忙著為陛下賀萬壽，公主這裡就是個順帶的。我不必忙陛下的萬壽，而且今年是公主二十歲生辰，不能如往年那般隨意送幾件壽禮的。」

秦鳳儀點頭，「妳放心，我尋些上好的珊瑚來。妳看公主還喜歡什麼，再備上幾樣。」

李鏡也就不與阿鳳哥客氣了。

秦鳳儀出去尋紅珊瑚，這個時候真不是買東西的好時機，正趕上陛下萬壽，上等的寶石之物價錢飛漲。秦鳳儀尋了兩副珊瑚屏風就用了一千兩銀子，他花錢雖沒數，卻不是傻子，在家還說：「以往沒留意，這珊瑚怎麼這麼貴啊？一千銀子，一匣紅寶也能買到手了。」

秦太太道：「這是趕上陛下萬壽，不然也沒這個價錢的。」

秦老爺道：「這是在京城，故而價貴。珊瑚原是海外的產物，要是在泉州港，估摸著也就一二百兩罷了。」

「泉州港這般便宜？」

秦老爺道：「我的兒，從泉州港到京城，一層一層扒過皮，沒十倍之利，豈能售之？」

秦鳳儀道：「真是不得了，這一路到京城就能漲十倍身價。」

秦老爺哈哈一笑，「不然，咱們商賈靠什麼發財去？」

秦鳳儀原是想把珊瑚屏風送去給媳婦，李鏡沒讓他往侯府帶，「搬來搬去怪麻煩的。」李鏡過來瞧了一回，覺得甚好，就放婆家了，反正她八月就嫁過來了。至於李鏡讓秦鳳儀花銀子買珊瑚屏風的事，秦老爺和秦太太是一丁點兒的意見都沒有，夫妻倆還與有榮焉，覺得這個媳婦娶得簡直太光宗耀祖了。看到沒，媳婦連公主娘娘都認得，這豈是一千兩銀子能比得的？不要說一個一千兩，就是一百個一千兩，也比不得媳婦這出身往來啊！

於是，秦家夫妻準備起兒子的親事越發賣力起來。

而秦鳳儀的親事，直接掀起了陛下萬壽節前的一個小高潮。

秦鳳儀這親事，眼下翰林院已是無人不知無人不曉了，因為他揣著帖子發了個遍，而且越是臨近婚期，譬如吃飯時、喝茶時，還時不時露出傻笑來。一問他，在想成親的事呢！

陸瑜私下與方悅道：「阿鳳這都憋成什麼樣了啊！」

方悅笑道：「京城第一童子雞的樣兒。」

陸瑜大笑。

秦鳳儀是不曉得這些傢伙在背後笑他的事，他只要有點空就去發帖子，還要確定迎親使的事。秦鳳儀安排了六個迎親使，方悅、酈遠、程小弟，還有三個庶起士裡交情較好的。

秦鳳儀還親自給駱掌院送了帖子，駱掌院道：「我事忙，不一定有空過去，不過，還是祝你娶得好媳婦，以後好生過日子。」

「大哥，您放心吧，我一準兒聽你的話。您要是有空，不妨過來喝杯水酒，我那酒都是我出生時我爹釀的，放地窖裡沒啟封過。要是您沒空，讓大嫂子帶著侄女過去熱鬧一二，也是一樣的。」秦鳳儀頗有誠意。

駱掌院道：「你那酒送我兩罈倒罷了。」

秦鳳儀笑，「好。」

秦鳳儀這裡忙得不行，景川侯府也不得閒。李鏡大喜的日子，這是侯府嫡長女，嫁的又是秦鳳儀這位今科探花郎，還這麼鬼使神差誰也不能理解地得了皇上的青眼。李家本就是大家族，親戚朋友更是不少，李鏡這添妝禮就不知來了多少人。

原本預備的一百台的嫁妝，一下子又多出二十台來。

崔氏有著身子，這胎又是盼了好久盼來的，自是不敢叫她勞累。好在，李二姑娘和李三姑娘也大些了，景川侯夫人帶著兩個閨女，還有李老夫人指揮調度著，再有侯府這些大小管事，仍是忙得腳不沾地。但這樣的喜事，即便景川侯夫人不是親娘，也是願意忙活的。

景川侯夫人又不傻，秦鳳儀好了，對家族也是大有好處的。

這重新整理了嫁妝單子，景川侯夫人先給老太太看，笑道：「咱們阿鏡的嫁妝，就是在公府侯門裡也不薄了。」

原本那一百台的嫁妝自然是家裡早就預備好的，李老夫人主要是看添妝的這些。

李老夫人笑道：「不錯不錯。這些天苦了妳，屆時女婿上門，叫他多給妳作幾個揖。」

景川侯夫人心說，那小子甭使壞給侯爺張羅什麼瘦馬我就謝天謝地了，哪裡還敢叫他作揖？景川侯夫人道：「這也是應當的，我盼她們姊妹們都這般喜慶的出嫁才好。」

有李鏡打下的底子，以後自己兩個閨女自然要如此例的。

李老夫人道：「自然是如此的。」

看過嫁妝單子，李老夫人問：「陪嫁的都有哪些個？」

景川侯夫人答道：「除了阿鏡屋裡的兩個大丫鬟、四個小丫鬟，這裡我又給她添了兩個丫鬟，另外四戶人家，兩戶做長隨使用，兩戶是莊子上的管事。」

李老夫人見了見那兩個丫鬟，一個柔媚，一個妖嬈，心下不大喜。

景川侯夫人見婆婆皺眉，悄與婆婆說：「倘是姑爺有外心，也省得外處尋去。倘姑爺沒這個心，直接把人打發了也不打緊，反正賣身契在阿鏡手裡攥著的。」

李老夫人道：「我看，阿鳳不是這樣人。」

「咱們總歸有備無患。」

李老夫人有時真不知要說這個兒媳婦什麼好，李老夫人道：「待侯爺回來，咱們再商量一下阿鏡她母親留下的嫁妝。」

景川侯夫人心下一顫，原想著李鏡嫁妝已是豐厚異常，卻是忘了元配陳氏嫁過來時也是妝奩豐厚。以往李鏡在閨中，自不會提到亡母所遺，如今李鏡出嫁，自能分得一份。

景川侯夫人反應倒也快，笑道：「這是應當的。」

她倒不至於眼紅陳氏留下的妝奩，她自己嫁景川侯時那也是家族正興旺之時，她爹那會兒都封郡王了，正經算起來，她身上還有縣主的爵位。她就是一想到先頭陳氏，再想到自己繼室的身分，些許不舒服罷了。

但，不舒服也沒法子了。

繼室就是繼室。

誰讓她嫁在後頭呢？

李老夫人是叫了兒子商議的，景川侯命人叫了長子和長女來，李釗道：「阿鏡是要嫁人做媳婦的，母親的嫁妝，我留些念想，剩下的給阿鏡添妝吧。她多些嫁妝，也好傍身。」

李鏡道：「以後母親的香火還要大哥祭奠，再說，我嫁妝已是不少，阿鳳哥又是獨子，還怕我日子難過不成？」

最後，景川侯拿的主意，誰也別推讓了，兒女平分，一家一半。

李釗和李鏡都不是會爭亡母嫁妝之人，自然就聽父親的了。

然而，嫁妝這麼分，得知會陳家一聲，景川侯請了陳舅舅過來。陳舅舅想到亡姊，難免又落了一回淚。陳舅舅這人不壞，就是太迂腐了，陳舅舅還拉了妹夫，悄悄道：「阿鏡是外嫁女，得一半也太多了，三分即可啊！」

景川侯也是拿這個大舅子沒法子，耐心地解釋道：「阿釗以後自有家業承繼，他們母親的嫁妝，原就是個念想。」

既然景川侯如此堅持，陳舅舅便不再說什麼了。

如此，在陳舅舅的見證下，李釗和李鏡平分了亡母的嫁妝。

這般，在原就豐厚的嫁妝單子上再添一筆，李鏡的嫁妝簡直是讓人驚嘆。

許多人家都打趣道：「可見景川侯對這門親事何等滿意了。」

甭以為父母的心就一碗水端平了，父母滿意的親事是什麼樣的辦法，父母不滿意的親事又是什麼樣的辦法，只要對比一下夢裡夢外，李鏡嫁妝之天差地別也就明白了。

李家嫁女都這樣忙了。

秦家雖然算是京城新安家的，但家裡就秦鳳儀這麼一個寶貝疙瘩，兒子還這般爭氣，娶的是景川侯府的嫡長女，打五天前，方家兩位太太連帶著程尚書夫人就過來幫忙了。好在，秦鳳儀成親前，羅朋過來京城，幫著裡裡外外地張羅。

原本是六位迎親使，羅朋來了京城，秦鳳儀又拽了位翰林同窗，與羅朋搭對，湊了八位迎親使。陸瑜還說：「你提前去京兆府借些兵馬吧，別到時跟咱們誇官遊街那天似的，走不動可就不好了，豈不是耽擱吉時？」

秦鳳儀想想自己的人氣，還真有道理，只是他與京兆府不熟，便求老丈人安排。景川侯上下打量他一眼，「成親後就是大人了，不論做人還是做事，都要更加穩重才成。」

「我知道的。我什麼時候不穩重了？我覺得我跟岳父您越來越像了啊！」

景川侯很是懷疑：這眼睛出問題了吧？

還得打發長子拿著帖子去京兆尹借兵馬，大喜的日子維持秩序。

京兆府與李釗說：「前幾天聽說探花郎要大婚，我這心裡就提溜著。說來，咱們探花郎的相貌，也不怪那些女娘們瘋了一般。」

李釗謙道：「阿鳳也就是生得略好了些。」

「豈是略好？」京兆府尹笑道：「人我早就準備好了，不過，得叫探花郎拿好酒來換，我可聽說探花郎的酒都是二十年的狀元紅。」

李釗笑道：「我一準兒讓阿鳳親自給大人送來。」

京兆府尹也只是開個玩笑，主要是，消息略靈通的都知道秦探花現在是皇上身邊的第一熱灶，他這位京兆府尹能趁也是要趁一趁的。

秦鳳儀成親那天的風光就甭提了。

景安帝萬壽，熱鬧是宮裡的熱鬧，而秦鳳儀成親，完全是民間的熱鬧啊！

壽王進宮與他皇兄說：「要不是親眼所見，我都不能信是真的。探花郎騎著他那匹照夜玉獅子，要不是有京兆府的兵馬維持秩序，周邊的女娘們，能把探花郎吃進肚子裡去。」

景安帝笑道：「比誇官遊街還熱鬧不成？」

「差不多的熱鬧吧！」壽王道：「京兆府五百兵馬都不夠使，後來又增派了五百。」

壽王又道：「別說，探花郎這相貌，真是有一無二。」

「那是。」景安帝頗是自得，這可是他親自點的探花郎。

壽王是進宮時遇著探花郎迎親，那一整條街的熱鬧，壽王為了進宮方便，硬是沒走自己走慣的永寧大街，而是繞了個大圈，繞道平安街進宮的。

秦鳳儀打扮好從家裡出來時，先辭父母，再辭師長，秦老爺和秦太太眼見兒子要成家，欣喜之下又滾下了激動的淚水。方閣老笑道：「好好，這就去吧，別誤了吉時。」

因為秦鳳儀的超人氣，得讓他早些走，免得路上擁堵，誤了吉時就不好了。

平珍見秦鳳儀這般相貌裝扮，不由又是技癢，他正想說，這裡沒我啥事，我先回去畫兩筆，就被方閣老按住，方閣老低聲道：「明天再畫。」

因方閣老這身分輩分，半珍只好又坐了回去。

秦鳳儀帶著迎親隊伍，抬著花轎，一路人山人海，吹吹打打到得景川侯府時，自然免不了被對幾個對子啥的為難一下。秦鳳儀自己也是翰林出身，身邊帶了一半的庶起士，狀元和榜眼傍身，還怕景川侯府出學問考校？

對了幾個對子，塞了幾個紅包，秦鳳儀就順利進了侯府。侯府此時已是張燈結綵，喜慶無比。秦鳳儀一身大紅喜袍，腰束玉帶，頭戴金冠，腳踩朝靴，那眉眼間的喜色，那一張天人方有的美貌，當真是把景川侯府的燈火都襯得黯淡幾分。

此時，不論是景川侯府的親戚朋友，還有丫鬟小廝，都不由自主偷眼瞧去，暗道阿鏡（大姑娘）能嫁此人，也不算辱沒了。

秦鳳儀這時還不能接媳婦，先到李老夫人的屋裡，與李老夫人見了禮。

李老夫人笑道：「好好好，好孩子，起來吧。」親自給了孫女婿一個大大的紅包。

秦鳳儀起身後，又與岳父和岳母見禮。

因為急著接媳婦，那舉止之間格外帶了幾分瀟灑氣出來。

景川侯自不會在這個時候為難女婿，與妻子二人，一人給了一個紅包。

這個時候，頭可不是白磕的。

待秦鳳儀到得媳婦的院裡，先是見得幾位宮人守在院門外，這熱鬧的小院便多了幾分莊嚴。那幾位宮人雖不認得他，但這一身大紅喜袍，如此耀眼之人，除了新郎官還有誰呢？當下笑道：「新郎官來了，快進去吧。」

秦鳳儀顧不得多想，舉步進去。

李鏡這院裡，比過年時熱鬧三分。

秦鳳儀進得閨房，先見一位朱紅大妝的宮妝女子坐在正中榻上。那女子生得朱唇鳳目，容光瀲灩，鬢間一支金絲大鳳垂珠步搖，眸光冷冽，似還帶著幾分打量。

秦鳳儀的目光只在此宮妝女子身上一掃而過，轉而落在與這宮妝女子同坐的李鏡身上，只是李鏡這會兒已是蓋上了蓋頭，秦鳳儀那眼神，恨不得穿透了這鴛鴦蓋頭，直接看到媳婦那嬌紅的臉龐。

要說秦鳳儀為什麼知道此時李鏡定是嬌紅的臉龐，無他，他看不到，自己想的唄。

邊上有位年長的女官欲開口，宮妝女子擺一擺手，也未理秦鳳儀，只是與李鏡道：「秦探花這等容貌，也堪堪配得妳了。」

李鏡輕輕拍拍那宮妝女子的手。

秦鳳儀的眼神自始至終就沒離開過媳婦。

李釗進來，對著永壽公主微微一揖，就背起妹妹，準備送妹妹上花轎了。

雖然妹妹未嫁時，李釗也替妹妹著急，可一想到妹妹從此就嫁作他人為婦，李釗心裡種種傷感就甭提了，險要哭一鼻子，方能一訴心中情感。

偏生身邊有個不解風情的秦鳳儀，秦鳳儀一路不放心極了，提醒著大舅兄：「看門檻！看門檻！哎喲，那個誰，把路照亮點，摔了你家大爺無妨，摔了我媳婦如何是好？」不到一會兒又道：「大舅兄你累不累，你要是累了，換我背吧！哎喲，我怎麼這麼不放心啊，你可小心腳下，別把我媳婦摔了啊！」

一路絮叨，險把人肚皮笑破。

李釗那點小傷感，完全被這碎嘴的傢伙絮叨沒了。

秦鳳儀把媳婦接了回去，而沿路碎滿地的，都是京城女娘們的芳心啊！

時人成親都在下午，秦鳳儀把媳婦接回去，掀開轎門把人接出來，秦鳳儀看媳婦一身大紅喜服，頭上蓋著蓋頭，一隻白生生的小手抱著個寶瓶，就伸手想摸一把，結果還沒摸著，就被媒婆塞了條紅綢子在手裡，一頭秦鳳儀牽著，一頭是李鏡拿著。

秦鳳儀不滿地瞥自家媒婆一眼，那媒婆忍笑低聲勸道：「人都進門兒啦，不差這一時半會兒的，探花郎快些進去拜堂才是。」

「有些道理。」秦鳳儀就牽著媳婦走。好吧，牽這個字不大好聽，但也就是如此了。秦鳳儀拿著紅綢的一端走在前面，李鏡在後頭由媒婆丫鬟扶著，主要是蓋著蓋頭，怕摔。一前一後進了秦家門，這便是把媳婦娶進門了。

秦老爺和秦太太早就高坐在喜堂了，秦家也是張燈結綵，喜慶得不得了。虧得他家宅子大，而且，畢竟是京城的新來戶，親戚朋友有限，多是秦鳳儀來往的朋友們。當然，還有淮商商會的，一些秦老爺的老友，知道秦家有喜事，斷沒有不來的。還有些淮商，算著日子多留幾日，就為過來吃秦家的喜酒。

秦老爺和秦太太坐在喜堂上首，一左一右，父母雙全。夫妻倆很欣慰，眼睛快笑沒了，圓潤潤的臉上滿是喜悅，當下就有人心下暗想，秦家以往雖是商戶，可看秦老爺和秦太太這相貌，還真是一臉福相，怪道人家兒子有出息。

此時此刻，喜堂最上面懸的是皇帝所賜的那幅百年好合，有懂行的一見這匾，頓生敬仰之意。想著秦探花真不是一般的厲害，這才入翰林幾天，皇帝老爺就給賜字了。

最榮耀的除了秦家父母，就是方閣老了。

老頭兒是真正欣慰啊，臨老的關門弟子，就得有這種風采方不墮師門名聲。

秦鳳儀把新娘子領進門，接著就是按習俗，一拜天地，二拜高堂，夫妻對拜，步入洞房了。秦鳳儀那一臉的歡欣，在揭蓋頭時達到了高潮，因為他……他流下了激動的淚水。

是的，新娘子沒哭，新郎官哭了。

秦鳳儀握著媳婦的手，眼淚就滾出來了。

方大太太說：「看把阿鳳歡喜得，眼淚都出來了。」

秦鳳儀抽抽噎噎的，「真是太不容易了！」

一屋子女人都笑抽了。

程太太道：「都知道阿鳳你媳婦娶得艱難，大喜的日子，快別哭了。」

秦鳳儀點點頭，抬袖子就要擦眼淚，李鏡忙把自己的帕子給他。

秦鳳儀問：「媳婦，妳餓不？」

方悅受不了他這想啥就來啥的樣兒，便道：「滿屋子吃的，還能餓著阿鏡了？走走走，咱們這就要去敬酒了。」

秦鳳儀道：「我再跟媳婦說幾句話。」

「有一輩子功夫一道說話，先去敬酒吧你！」方悅與酈遠一左一右把秦鳳儀架出去。

秦鳳儀到門口還朝屋裡喊：「媳婦，妳等我回來啊！」

秦鳳儀出去敬酒，他有八個送親使，都是幫他擋酒的。

大喜的日子，秦鳳儀敬酒敬得也爽快，尤其他師傅、珍舅舅那裡，秦鳳儀道：「當初我不過是揚州城的一紈絝，師傅和珍舅舅就願意為我和阿鏡保媒，我敬師傅和珍舅舅。」

平家人裡，秦鳳儀最喜歡的就是平珍了。

方閣老飲了一盞，欣慰笑道：「佳兒佳婦，好生過日子。」

平珍也飲了，抽空與秦鳳儀道：「阿鳳，你有空可得再穿上喜服讓我畫一回。」

「沒問題，連我媳婦一道畫上，算是珍舅舅你送我們的成親禮啦！」秦鳳儀笑嘻嘻的。

平珍不大願意畫李鏡，不過想想秦鳳儀這主意也不錯，便點頭應了。

秦鳳儀又向程尚書敬酒，程尚書這裡的關係自不必言，秦鳳儀雖是個愛張揚的，但從來不張揚與程家的關係，但當年景川侯許諾，秦鳳儀找的見證人之一就是程尚書。再有，酈悠也是被秦鳳儀拉來秦家吃酒的人。

酈家與景川侯府交情更好，但酈悠為秦鳳儀做過見證，就被秦鳳儀請到秦家來吃酒。

秦鳳儀一路敬酒，翰林院的庶起士基本上都來了，就是一向彆彆扭扭的范正也來了。又瞧了一回花枝招展的秦鳳儀，范正越發堵心，不過秦家的酒倒是不錯，於是多吃幾盞，還險些吃醉。另有翰林院一些翰林，聞知秦家這次開的是二十年的狀元紅，熟不熟的，反正大家都在翰林院嘛，也一道過來吃酒了。

另外就是淮商這批人。可能有些官員看不起商賈，秦鳳儀卻不會看不起他們，就是成親的喜帖，秦鳳儀也是抽空親自送的。淮商們見著秦鳳儀也高興啊，咱們淮商出身的小夥子，探花郎，翰林老爺，多麼的出眾啊！

秦家畢竟賓客不多，秦鳳儀一圈酒敬下來，他就裝個醉樣，準備回去洞房了。酈遠和方悅也挺好，見秦鳳儀裝醉，就沒鬧他洞房。秦鳳儀睜開半隻眼見他們走了，立刻一個鯉魚打挺從床上跳起來，叫丫鬟婆子出去，他跑過去，啪地就把門從裡面給插好。插好房門，秦鳳儀一陣奸笑，跑回去看媳婦。

李鏡只是薄施脂粉，與尋常差別不大，但這樣大喜的日子，李鏡也是滿面喜色，更添了幾分誘人。其實李鏡的相貌只是中上，與秦鳳儀這等絕頂美貌是沒法比的。就是秦鳳儀當初死活要娶李鏡，就秦鳳儀的相貌，許多人都認為這鹽商小子好鑽營，用相貌哄騙李大姑娘。便是景川侯，先時也不是沒有如此想過，認為自己的閨女年紀小，上了這小子的鬼當，但隨著秦鳳儀參加科舉為官，現下還得了皇帝的青眼，而他對李大姑娘的情分完全沒有變，人們就相信了，秦探花當真是鍾情於李姑娘了。

李鏡也由最初人們想像中的「受騙或者眼瞎、失心瘋的侯府大姑娘」，成為了備受京城許多人羨慕的眼光一流的侯府大姑娘。

李鏡是真的喜歡秦鳳儀的美貌，她是先相中了貌，才相中了人。

秦鳳儀因微醺，玉一般的臉頰染上幾抹胭脂紅暈，李鏡問他：「吃過醒酒湯沒？」

「還吃什麼醒酒湯啊？洞房要緊啊，媳婦！」

李鏡嗔道：「先吃醒酒湯，咱們還沒喝合巹酒呢！」

秦鳳儀一向很聽媳婦的話，不過，他現在有條件，「妳拿給我，我才喝。」

李鏡笑著遞給他，秦鳳儀不接，只將臉湊上前，輕聲道：「餵我嘴裡。」

李鏡便舉手送他唇畔，秦鳳儀道：「用嘴餵……」

他這一張嘴，直接叫李鏡給灌下去了。

李鏡道：「越發無禮了。」

秦鳳儀喝了一盞醒酒湯，不滿道：「都是我媳婦了，還正經個啥？」

李鏡取了合巹酒，這是一對葫蘆樣的一剖兩半的酒器，夫妻二人各持一半。飲了之後，酒器扔床底下，一上一下為大喜。李鏡扔完，叫秦鳳儀去瞧，秦鳳儀喜道：「大吉！」

李鏡微微一笑，心下十分歡喜。

兩人想成親都想四年了，要不是有景川侯這位王母娘娘一定要秦鳳儀參加科舉，估計現在兒子都滿地跑了。這個時候，雖然李鏡有些羞澀，秦鳳儀卻是歡快得很，他三兩下就把自己脫了個精光，還向媳婦展示自己的玉體，曲起胳膊大腿問：「媳婦，我好看不？」

李鏡很誠實地回答了秦鳳儀的問題，她……她流鼻血了。

秦鳳儀大叫：「哎喲，媳婦，妳鼻子流血了，怎麼辦怎麼辦？」

李鏡忙去捂他的嘴，「小聲點，不嫌丟人啊！」

秦鳳儀忙拿帕子幫媳婦擦鼻血，外頭就傳來一陣大笑，李鏡的臉騰地就紅了。

秦鳳儀大喊：「不好，有人聽壁角！」說著就要出去攆人，李鏡氣道：「給我回來！」

沒穿衣裳呢，被人看去如何是好，豈不叫人占了大便宜？

秦鳳儀一根筋地道：「媳婦，我去把他們攆走，不然咱們如何洞房啊？」

李鏡氣得捶床，「衣裳衣裳！」還光著呢！

秦鳳儀不介意，「沒事，我是男人！」

「那也不許去，回來！」

秦鳳儀只好回到床邊，然後李鏡指揮他去端來清水。

李鏡把鼻血洗了，還為自己辯解：「秋高天燥，有點上火。」

秦鳳儀笑道：「妳就別解釋啦，我知道妳是看我看的。」

那一副得意樣，簡直把李鏡氣得要死。

李鏡收拾好了，才讓秦鳳儀去喊外頭的丫鬟，叫丫鬟把聽壁角的都攆走。

酈遠最可恨，走的時候還喊一嗓子：「阿鳳阿鏡妹妹，安心洞房吧，哥哥走了啊！」

秦鳳儀在屋裡回道：「趕緊滾趕緊滾！」

待外頭聽壁角的走了，秦鳳儀去箱子裡尋出個紅木匣子搬到床上去。

看還挺沉，李鏡以為是秦鳳儀的私房還是什麼，覺得阿鳳哥一成親就交私房，這習慣不錯，結果，秦鳳儀打開匣子，一匣子的書。秦鳳儀取出最上頭的一本，擱到床頭，李鏡瞅一眼那冊子的封面，臉便紅了，別開臉道：「還不拿走開！」竟然是春宮祕戲圖！

秦鳳儀開始幫媳婦脫身上的喜服，拔下頭上的簪環。

秦鳳儀其實於夢中之事越發記不清了，他記得夢中娶親掀蓋頭的時候，卻沒有夢到過洞房之事。八月已是有些冷，兩人脫了衣裳，先鑽被窩裡，秦鳳儀一隻手摟著媳婦細膩的肌膚，道：「媳婦，妳先挑個喜歡的吧。」

李鏡可沒做過什麼夢，她眼睛都是閉著的，道：「你少說這些下流話挑逗我。」

「妳不挑，那我就做主啦！」

甭看秦鳳儀十六歲就想給自己開苞了，第一次的經歷，不論是對於京城第一童子雞的秦鳳儀還是李鏡，都不怎麼舒服。

秦鳳儀還說：「我記得夢裡咱倆是水乳交融啊，媳婦，妳還疼不，好些沒？」

這種疼不是不能忍受，可李鏡就是覺得非常累。秦鳳儀雖然經驗不是很豐富，但多試幾次就好了，他道：「這是一開始，多試幾次就好了。其實，我也有點兒疼。」

「你疼什麼呀？」

秦鳳儀悄悄在媳婦耳際嘀咕幾句，李鏡完全不想跟他說話了。

兩人相擁著，秦鳳儀緊緊地將人抱在懷裡，輕輕地吻，有些癢，有時又有些疼……不得不說，秦鳳儀在這上頭頗有天分，除開第一次的急迫，第二次秦鳳儀的表現就很不錯了。

洞房之夜，整整憋了四年的秦探花，京城第一童子雞的封號，從今往後就易予他人啦！

……

以往，李鏡也知道阿鳳哥在家裡是個受寵的，如今嫁過來才算知道，秦家的規矩就是，沒規矩。或者說，他阿鳳哥高興了就是規矩。

李鏡嫁進來是新媳婦，第二天還醒得挺早，就是想著早些起床去給公婆敬茶，結果她醒了，秦鳳儀還睡得像死豬一樣，李鏡便又瞇了一會兒。李鏡其實也累，昨兒那樣鬧騰了一整天，甭看她不用跑不用說話，但心裡既興奮又緊張，也累。故而，這一瞇，又睡過去了。這一睡，天就亮了。李家是習慣五更天起床吃飯的人家，李鏡一見天亮，連忙把秦鳳儀推醒。

秦鳳儀摸到身邊一個熱呼呼暖呼呼的身子，高興得閉著眼睛就嘿嘿笑了兩聲，繼續摸兩把，把人抱到懷裡，就要繼續睡。

李鏡急道：「天都亮了！」

「亮就亮唄，今天又不用去衙門。」秦鳳儀嘟囔著，拍拍媳婦的背，「再睡會兒。」

李鏡道：「不用給公婆敬茶啊？」

「起來再敬。」秦鳳儀道：「爹娘也累，一定也沒起。」

李鏡受不了天大亮還不起床，容他再睡了一盞茶的功夫，就把人給揪起來了。

秦鳳儀死活不想起，李鏡自己起來，就要邁過秦鳳儀下床。她看著秦鳳儀那副死豬樣，要不是這人生得肌膚如玉，枕在大紅鴛鴦枕上的臉龐俊美不凡，她真想給他一腳。

她這要下床，冷不防被秦鳳儀突襲。秦鳳儀突然跳起來，一抱李鏡的腰就把人又壓床上了。秦鳳儀多麼的赤條條啊，李鏡哪怕不若昨日那般激動，也險些再飆一回鼻血。

秦鳳儀壓住她蹭了蹭，「媳婦，這麼早起來幹嘛啊？」

「不幹嘛，天亮了就得起床。」李鏡原想嚴厲些，可被蹭來蹭去，蹭得她最後變了音，連忙將這傢伙推開，道：「大白天的，老實點。」

「男人長大了都這樣，這不是老不老實的問題。太監老實，那能行嗎？」

李鏡笑道：「你少給我胡攪蠻纏，既醒了，就快起來吧。」

秦鳳儀枕著雙臂，整個身體越發拉直，顯得寬肩細腰大長腿，矯健有力，李鏡多看兩眼便鼻頭發熱發酸，她別開眼，道：「你都醒了，這麼赤條條地晾著，不冷啊？」

「媳婦看我一眼，我就熾熱了。」秦鳳儀發了一回騷，可惜人家不理他，秦鳳儀不由感慨道：「真是個喜新厭舊的，昨兒還看我流鼻血，今天就沒反應了。」

李鏡道：「不許再提這事，知道不？」

「為何不能提？」秦鳳儀覺得太有面子了，他媳婦耶，這麼冷靜自持的人，卻因為看到他的美貌而要飆鼻血。

「你要是再提，我就把你不穿衣裳光屁股的事說出去。」

「誰家夫妻洞房還穿衣裳啊？」秦鳳儀披件袍子也下了床，見李鏡對鏡梳著頭髮，就取了李鏡手裡的梳子幫她梳頭。李鏡看他就披了件袍子，問他：「你不冷啊？」

「冷，媳婦不幫我找衣裳，我就冷呢！」

秦鳳儀簡直是個天生愛撒嬌的，李鏡則有些大女人的性子，「你的衣裳在哪兒呢？」

秦鳳儀伸手一指，哪個櫃子哪個箱子。

李鏡叫他坐下，自去幫他找衣裳。秦鳳儀還要李鏡服侍他穿，李鏡向來是自己穿衣的，服侍人還是頭一回，尤其裡衣裡褲，羞得很，李鏡不肯慣著他，「自己穿。」

秦鳳儀感嘆，「到手就不珍惜了。」

「你少說這怪話！」李鏡給他遞一遞衣裳，幫著繫扣子，束腰帶。

兩人都收拾好了，這才喚丫鬟進來，打水服侍梳洗。

李鏡覺得有些遲了，因為過去主院時，公公婆婆正神采奕奕地等著他們。

秦鳳儀道：「一大早的，媳婦就把我叫起來，心裡記掛著敬茶呢！」

秦太太和善地笑著對李鏡道：「無妨無妨，阿鳳不上工時，都是要多睡一會兒的，我們起得也沒那麼早。」

秦老爺糾正，「當差當差。」

「對對對，不當差時。你們正年輕，多睡一會兒才好，正長身子呢！」秦太太望著佳兒佳婦，心下十分喜悅。

秦老爺亦是如此。

丫鬟端上茶，擺上拜墊。

李鏡向公公婆婆敬茶，拿出自己做的針線，公公婆婆很高興地接了。

秦太太給了李鏡一套東珠首飾，這套首飾便是小的珠子都如蓮子大小，而且個個滾圓，寶光瑩瑩，極是珍貴。李鏡連忙謝過，親手接了，交給丫鬟捧著。

敬過茶，便是用早飯了。

李家的早飯是揚州風味，如今娶了媳婦，也有幾樣京城風味的早點。

李鏡出身大家，想著成親第一天，要站著給婆婆布菜，秦太太忙道：「不必如此，咱們家沒那麼些規矩，坐下一起吃。」

李鏡大大方方地坐下，她娘家繼母其實也不用站著布菜，只是在老太太屋裡吃飯時，繼母還是會站著布一筷子菜，老太太讓她坐方能坐。婆家的規矩，倒比自家更省事些。

非但省事，還是公公兒媳一個桌子吃飯。實在是家裡人口太少，要是分男席女席，就是男席二人，女席二人了，再者，看公婆的意思，是絕對沒有分開用的傾向，李鏡便心下有數了。

丫鬟們端來早飯，滿滿當當的一桌，不過，各碟盤裡都不多，並不會浪費。

李鏡仍是先給婆婆布了一筷菜，秦太太很高興，秦鳳儀則是先給他媳婦布了一筷子，秦太太心說，我阿鳳果然是個會疼媳婦的。秦太太這樣一想，秦老爺也給妻子夾了個愛吃的翡翠燒麥，還對妻子眨眨眼。

秦太太瞥丈夫一眼，有媳婦在呢，得要莊重些，這都做公爹啦！

秦家也沒有食不言的規矩，秦鳳儀就說起昨天成親的事來，「爹，先時咱們算著，有上十五桌，人就很多了，昨兒我看，來了二十桌不止。」

秦老爺道：「是啊，咱們家的一些舊交，有在京城做生意的都過來了，再有他們的子弟也在這邊的，都帶過來走動一二，人一下子就多了。」

秦太太想到一事，「媳婦，昨兒還有公主娘娘的女官過來送了一份賀喜呢！」

李鏡笑，「那是永壽公主打發人送來的。我與永壽公主自小一道長大，我出閣時，她還去我家送我了，原來是把賀禮送來咱們家了。」

「是啊，嚇我一跳，可真是榮光。」秦太太萬分歡喜。

秦鳳儀舀了半碗雞湯慢慢吃著，問：「就是與妳一起坐榻上，穿宮裝的那個女人吧？」

「是啊，公主非但相貌過人，為人也是極好的。」

「不如妳。」秦鳳儀道。

李鏡一笑，夾個三丁包子給秦鳳儀，道：「等明兒或者什麼時候，你與我一道去公主府坐坐，我與她交好，以後咱們兩家也是少不了來往的。」

「成。」秦鳳儀應下了。

秦太太道：「咱們在京城沒什麼親戚，最親的就是方閣老家了。一會兒拜過祖宗，阿鳳你帶著阿鏡去方閣老那裡坐一坐。他老人家那麼大的年歲了，昨兒天一早就過來，晚上也是待到散了宴才走。」

「嗯，我也說要帶著媳婦去向師傅請安的，還有兩位師嫂，也跟著忙了好幾天。去了方家，我們再去程叔叔家走一走。」

秦老爺道：「去了不要吃飯，回來吃。」

用過早飯，秦老爺帶著兒子和媳婦去祠堂給祖宗燒了香。秦家是小戶人家，像秦鳳儀說的，秦老爺少時父母雙亡，出來討生活，能有今日當真不易。秦家這祠堂也頗是簡單，就五塊牌位，兩塊是秦老爺父母的牌位。父母的名字，秦老爺還記得，上面寫著長輩的大名，待到祖父母那一輩，當初秦老爺離家時年紀尚小，哪裡曉得祖父母名諱，就寫了個秦父祖父之靈位、秦母祖母之靈位。再往上曾祖輩就更不曉得的，也沒有單立牌位，秦老爺很簡單地立了個大牌位，上面一行字：秦家列祖列宗之靈。

李鏡也是無語了，想著阿鳳哥當真是家族最出眾之人。

跟著丈夫向祖母敬過香，秦老爺拿出族譜添上李鏡的名字，從此李鏡便是秦家婦了。做好這個，秦鳳儀便帶著媳婦出去拜見長輩了。

方閣老看他們男的俊美女的端莊，很是高興，待見過禮後，李鏡獻上針線，方老閣一人給一方玉牌。秦鳳儀謝過就收了，李鏡看阿鳳哥收了，也謝過方閣老。

說一回話，秦鳳儀又過去親自謝過兩位師嫂，方大太太笑道：「這不是應當的嗎？」師兄們都去當差了，師嫂們都有見面禮，只是不及方閣老的貴重，但也是精心準備的東西。方大太太給了一對紅寶石步搖金釵，方四太太給的是一對翡翠玉鐲，水頭很是不錯。

如方悅師侄輩，都過來見過小師叔和小嬸子。

方悅已去了翰林，不過，給方悅的見面禮，李鏡備好了，他雖不在家，也有他的一份。

方家這裡略坐過，二人就辭了方家兩位師嫂，又往方閣老那裡說了一聲，往程家去了。

程尚書亦不在家，程太太一向喜歡秦鳳儀，給了李鏡一套羊脂玉的首飾，件數並不多，只有八件，卻是上乘玉料。程家孩子都是念書的年紀，皆去了學裡，只有兩個女孩兒在家，不過，程家幾個孩子的見面禮，李鏡都是預備好的。

程太太問他們走動得如何了，秦鳳儀道：「也差不多了，我家在京城就嬸嬸家還有我師傅家要走動，再有，昨兒我們掌院沒過來吃酒，我給他送兩罈酒去。」

程太太瞧著時辰，道：「那我就不留你們了，趁著這時辰趕緊去吧。」

秦鳳儀便帶著李鏡往駱家去了。

駱掌院自然不在家，駱太太卻是在家的。

駱太太是一位年約四旬的和善婦人，圓團團的臉很是柔和，與那位愛訓人的駱掌院形成鮮明的對比。駱太太見著秦鳳儀很是高興，收下秦鳳儀送來的酒，笑道：「要不是鳳儀你這個模樣，我還真有些不敢認。」

秦鳳儀摸摸自己的臉，「掌院大人跟嫂子提過我？」

一個「嫂子」把駱太太叫得噎了一下，駱太太想想，秦鳳儀現下做了方閣老的弟子，這麼叫也沒差。駱太太道：「時日久了，你定是不記得的。那時你還小，不過，你如今比小時候越發生得好了。小時候你在我家私塾念書，我家有棵玉蘭樹……」

不待駱太太說完，秦鳳儀就怪叫一聲，跳了起來，盯著駱太太看了許久，方恍然道：「您是桂花師娘啊！」

駱太太笑道：「都這麼大了，還這樣頑皮。」

「哎喲，師娘，您家不但有棵玉蘭樹，還有兩棵桂花樹，每年秋天那叫一個香啊！您年年做桂花糖桂花糕，我現在想想都還會流口水。」秦鳳儀道：「自您與先生走了，我就再沒吃過那樣好吃的桂花糕了。」

這麼說著，秦鳳儀心下卻是暗暗叫苦，怪道駱掌院總是看他不順眼，原來是小時候就常尋他麻煩，敲他手板的酸生先生啊！

哎呀，這回可不好辦了！

秦鳳儀與桂花師娘的話就多了，「我說怎麼看都覺得掌院大人面善，我還跟阿悅說，以前沒見過掌院大人，就是覺得眼熟，偏生想不起來。哎，我那會兒才剛上學吧？我記得您家的糕好吃得不得了，我還常常爬樹。您家那棵玉蘭樹，我比先生還熟呢，一天爬好幾回。」

駱太太道：「爬上去了還膽子小，不敢下來，都是你們先生上去把你抱下來的。」

秦鳳儀直拍大腿，「哎呀，師娘，您說我怎麼就沒想起來呢？掌院大人訓我的模樣，真是十好幾年都不變的，還是那麼威風霸氣啊！我記得小時候，有一回先生留了課業，我回家忘了寫，結果他就要敲我手板，把我嚇得跑出課堂，一溜煙我就爬到樹上去了。」

要說這辦教育的人家，對兩種學生印象最深，一種就是成績特別好的，一種就是特淘氣的，秦鳳儀顯然是第二種，故而，駱太太記憶深刻，「你還坐在樹上，你們先生喊一句『你給我下來』，你就在上頭回一句『你有本事給我上來』，是不是？」

秦鳳儀直樂，「說實在的，先生爬樹的本領也不能小瞧。他一撩衣襬要爬樹上來捉我，我還怕他捉到，時常找師娘您求情。」

駱太太想到舊事，亦是忍俊不禁，「就會說好聽的，什麼『師娘您勸勸師傅別衝動』，有時真不知你那些詞打哪兒學來的。」

「我小時候最怕先生，早上不起床，我娘都拿先生嚇唬我，說遲到就要打手板，我刷一下就起來了。」

「你娘那時候，只要你挨了手板，就來我這裡哭訴送禮。」

秦鳳儀道：「我家就我一個，我爹我娘就是太寵愛我。說真的，要不是先生那時管得嚴，我都不能學些蒙學，後來先生走了，換了私塾，我就沒怎麼學了。要不是有先生教我的那些基礎，我後來哪裡還能重拾四書五經。」

駱太太道：「你打小就聰明，就是太淘氣了。你們先生常說，要不好生管一管，就浪費了你的天資了。」

「哎喲，原來先生還誇過我這些好話？」秦鳳儀笑得眉眼彎彎的，「在翰林院，他也跟小時候一樣成天訓我。」

李鏡道：「那是對你有所期冀，要是不相干的，誰肯理你？」

「我知道，駱先生打早就這樣，越是看重誰，就越發管得嚴。」秦鳳儀起身道：「哎喲，我這都在翰林院好幾個月了，也沒認出先生來，怪道先生會生氣。師娘，我得鄭重地給您介紹一回，這是我媳婦阿鏡。」

然後，兩人又正式與駱太太見禮，駱太太連忙道：「彼時不過啟蒙罷了，可莫要如此！」

秦鳳儀正色道：「啟蒙也是先生。要是先生不走，我說不得還會早些中探花。」

駱太太也有見面禮給李鏡，秦鳳儀還打聽，「我記得師娘您還有個小囡囡。」說著，他恍然大悟，「不會是給阿悅做了媳婦吧？」

駱太太笑，「所以，你叫我嫂子也沒錯。」

秦鳳儀連忙道：「那可不行，一碼歸一碼，咱們各論各的就成了。」他又偷笑，「我在學裡，還對先生叫了好幾回大哥，怪道我一叫大哥，先生臉就怪怪的。」

他自己大笑起來。

駱太太叫了兩個女兒出來相見，「你們還有兩個師弟，都念書去了。」

李鏡慶幸多備了幾份見面禮，令丫鬟取了四份，兩份給小師妹，兩份給小師弟。

秦鳳儀想到小時候，他那時還小，但是記性很好，雖然認是認不出來了，但看著駱大姑娘道：「我記得小時候囡囡常拿桂花糕給我吃。」

「你們念書，一個時辰休息一盞茶的時候，囡囡那時也小，拿著桂花糕在院子裡玩，沒一會兒就哭著跑回去找我，說阿鳳哥搶了她的糕。」

駱大姑娘笑著看向秦鳳儀，「我都不記得了。」

「怪師娘做的糕太好吃。」秦鳳儀又道：「囡囡，小時候阿鳳哥還買過糖給妳吃呢！」

駱太太含笑望著秦鳳儀，很有幾分欣慰模樣。

眼瞅已是晌午，秦鳳儀起身告辭。

駱太太道：「今兒不能留你們用飯，你們有空只管過來說話。」

秦鳳儀道：「先生也是，早認出我來了，偏生不說，不然我早過來了。師娘您放心，以後我必要常過來的。」

駱太太送他們出門，秦鳳儀忙叫師娘師妹止步了，還與師娘道：「我那酒都有年頭了，師娘您收著，讓先生慢慢喝，別給他一次喝太多。」

駱太太笑應了。

秦鳳儀一上車就叫慘，那模樣，要是車子寬敞，他都能在車裡打滾了。

李鏡道：「你可真是的，自個兒的啟蒙先生都不記得了，你還記得什麼呀？」

居然鬧出這樣的烏龍來！

秦鳳儀道：「我那時成天挨駱先生的揍，關於他的事，我都恨不得失憶，哪裡能記得？再說，我那會兒也就五六歲，沒兩年他就走了。妳不知道，咱爹還找過駱先生麻煩呢！」

「這又是怎麼回事？」

「駱先生教書可嚴了，每每拿戒尺敲我，爹娘心疼啊，我都叫咱爹去幫我報仇。」

李鏡完全不想評判婆家這是什麼行為了，別人家的孩子念書，家長只怕學裡先生管得不嚴，小孩子淘氣。到公婆這裡倒好，人家先生略管一管，他們自個兒先不幹了。

李鏡一向聰明，道：「我看駱師娘倒是個好性子。」

「那是當然啦，師娘打早就很好，小時候我去念書，餓了就去找師娘要吃要喝，她時常做糕給我吃。我記得，我還買過花送給師娘。」

李鏡笑，「自小就會討長輩喜歡。」

秦鳳儀道：「主要是誰對我好，我就對誰好。哎呀，回去得問問爹，看他那會兒是怎麼找駱先生麻煩的。不成的話，我與爹過去賠個不是，得把這事兒了了。」

商賈之家有這項好處，不拿面子當回事。賠禮道歉什麼的，秦家人很能低下頭去。

李鏡道：「要是咱們家的不是，過去說兩句軟話也就是了。倘不是什麼大事，以後多走動一二，況且還有方閣老那裡的關係，我看駱師娘待你很好。倘使駱掌院還是不喜你，駱師娘不會這樣待你的。」

「這倒也是。」秦鳳儀一下子放下心來，他向來對媳婦的智慧充滿信任，又感慨道：「真是說不來的緣分，當年的小囡囡，竟然要給阿悅當媳婦了。」

李鏡笑道：「你小時候可真夠淘的。」

「小孩子，誰不淘氣啊？」秦鳳儀一副理所當然的嘴臉，「別說，小時候我真是討厭死駱先生了。現在想想，駱先生做先生時，當真盡職盡責。後來我換了好幾個私塾，有的先生知道我家有銀子，我自小也不缺銀錢，私下賄賂先生，給他們幾兩銀子，他們就不大管我，隨我高興了。可我小時候拿銀子收買駱先生，被他拿住揍了一頓。哎喲，妳不知道他的厲害，把我揍一頓不說，還把我爹叫來，連我爹一道，訓我們父子倆半個時辰。我的天啊，他如今這訓人的功力比以前還厲害。也就是我，擱別人被他這麼訓，早嚇死了。」

李鏡忍笑，「怪道上回你讓阿悅替你給駱先生送禮，阿悅被他給攆了出去。」

「哎呀，我要知道他是以前教過我的私塾先生，說什麼也不能讓阿悅去撞南牆。」

小夫妻倆說了一路，待回到家，秦鳳儀說到此事，秦太太直呼不可思議，「天啊，竟然就是阿鳳小時候那個厲害得不得了，總是打咱們阿鳳的酸生！」

秦老爺連忙道：「如何能叫人家酸生？人家現在可是翰林掌院了。」

秦太太記性雖不如兒子，但顯然也不錯，「老爺，咱們以前是不是得罪過人家啊？」

「哪有的事，不是挺好的？當年就是看駱先生教課嚴格，才把阿鳳送去他私塾的。」

秦太太問：「你不是還尋過人家的麻煩？」

「什麼時候的事，我怎麼不記得？」

「就是有一回，他把阿鳳屁股打腫了，我叫你過去評理，你回來就與我說，把他那私塾給關了，後來咱們就給阿鳳轉學了。」

秦老爺笑呵呵的，「那是人家要去春闈了，與我說私塾不準備再辦了。我聽說駱先生要去春闈，還拿了一百兩銀子給他，讓他做路上花銷。駱先生一向高潔，還不肯收，我硬是塞了過去，他才收下的，與你們說私塾關了也沒錯啊，那不過哄一哄妳與阿鳳，你倆非逼著我去報仇，我不能不去，難道去了真打人一頓？人家做先生的幫咱們管孩子是做先生的本分。阿鳳呢，小時候無法無天，沒這麼個人管也不成。」

秦鳳儀對他爹真是刮目相看，「爹，看來小時候您沒少糊弄我啊！」

秦老爺笑，「你小孩子家，一時賭氣，我們大人難道也跟你似的，動不動就要人家好看？沒這麼做事的。這為人啊，不能太沒脾氣，你沒脾氣，人人當你好欺，可也不能太霸道，終歸是要講一個『理』字的。」

不要說秦鳳儀，就是李鏡，對這位公爹也頗是敬重。

貳之章 ● 點評皇子窺鋒芒

知道自家老爹沒得罪過駱掌院，秦鳳儀鬆了一口氣。

秦老爺與家裡人道：「我給駱掌院銀子春闈的事，咱們自家人知道就好。當時不過是想著他教阿鳳一場，也很盡責，沒想過人家飛黃騰達要如何。倘為善要人報答，就不好了。」

秦鳳儀應道：「放心吧，爹，這個道理我能不明白？」又說：「我媳婦比我更聰明，只有比我更明白的。」

李鏡道：「父親只管放心。」

秦老爺頭一回聽人叫他父親，還怪莊重的，不禁挺直了腰身，越發莊重啦。

待用過午飯，秦太太就讓小倆口回自己院裡歇著了。

秦太太打發了下人，與丈夫說起話來，感慨道：「當真是想不到。」

秦老爺笑道：「讀書人就是這樣，朝為田舍郎，暮登天子堂。各人前程，說不好的。」

秦太太道：「還是你有見識，我現在一想起阿鳳挨駱先生揍的事，心裡都不大舒坦。」

秦老爺道：「妳以為我不心疼啊？可是有時想想，人家也是好意。妳看後來換了好幾家私塾，那些先生們，沒一個能與駱先生比的。要不是咱阿鳳自有時運，遇到媳婦，開了靈竅，如何能有今日？」

「是啊！」秦太太道：「趕明兒什麼時候，我帶著媳婦過去走動一二。」

「這是應當的。」

李鏡與秦鳳儀回房休息，李鏡問秦鳳儀：「你還有沒有這等不大記得的親戚長輩？」

秦鳳儀道：「不大記得的哪裡知道。」

李鏡問：「咱們家還有沒有別的親戚？」

「有吧。」秦鳳儀道：「不過都不是什麼要緊的親戚。以前還有個腦子有病的來咱們家打秋風，打秋風就說打秋風唄，咱們家每年修橋鋪路不知捐出多少銀子，給親戚些幫襯也不算什麼，可恨那老頭還在咱們家擺譜，我一問爹，八竿子打不著的什麼太爺，讓我給攆出去了。沒什麼要緊親戚了，不然爹娘又不是小氣的人，倘有值得一幫的，斷沒有不幫的理。」

「這倒是。」想一想公婆的性子，也是這個理，李鏡道：「我今天打發人給公主府送了帖子，公主府給了回信，明天你與我過去公主府吧。」

秦鳳儀道：「我總覺得那個什麼壽的公主，看人的眼神怪厲害的。」

李鏡笑道：「永壽公主。她就是看著厲害，其實心地特別好。」

好吧，媳婦這麼強烈要求，又是媳婦的好朋友，他身為丈夫，自然要相陪的。

秦鳳儀現下入了官場，知道了一些官場門道，問：「她嫁的是哪家啊？」

李鏡淡淡地道：「恭侯府。」

秦鳳儀見他媳婦對這個什麼恭侯府不大熱絡的模樣，問：「是不是公主與駙馬不好？」

「這你都看出來了？」

「我又不瞎。」瓊花捧上花來，秦鳳儀就讓她們下去了，「對了，瓊花與攬月的親事也定了，我說咱倆大婚後再讓他倆成親。我這屋的事，瓊花最知道，叫她多管幾天。咱們成親之後，就交給妳了，她也好嫁人了。」

李鏡想著，婆家規矩真是鬆散，道：「咱們早上起得匆忙，我也沒讓小方和小圓她們正式拜見你呢！」

說著，李鏡便把自己的丫鬟叫進來向姑爺行禮。

秦鳳儀笑咪咪的，「都是熟人啦，咦，有兩個眼生的，這兩位姊姊沒見過。」

李鏡道：「她們是太太給我的，一個叫紫裳，一個叫紅綃。」

二人被點名，如插蔥般另向姑爺行了一禮。秦鳳儀點點頭，令瓊花給了賞。之後，就是瓊花帶著秦鳳儀屋裡的丫鬟與大奶奶見禮，李鏡也各有打賞。

秦鳳儀對李鏡道：「瓊花姊姊眼瞅著就要嫁人，妳看咱們屋裡的事交給誰。她們有什麼不知道的，也叫瓊花帶一帶她們。」

李鏡道：「我那裡的事，一向是小方管著衣裳首飾，小圓管著屋裡的事，如今依舊如此。瓊花姊姊，妳指點她們些個。」

瓊花笑道：「這是奴婢應當的。」

李鏡再命給瓊花一個雙份荷包，此方打發她們下去。

秦鳳儀繼續問李鏡關於永壽公主和駙馬的事：「駙馬是不是也覺得公主太厲害啊？」

「你這叫什麼話？」李鏡道：「大公主是何等身分，是陛下的長女。什麼樣的不厲害，窩窩囊囊的不厲害，那種人能頂什麼事兒啊？大公主又不是不講理的，只是她自小生於帝室，自然威嚴了些。可要是個明白人，剛相處時彼此不了解，待得熟了，自然能過好日子。這位駙馬頗是與眾不同，倒不怎麼往公主府裡去，反是在家與個通房丫頭不清不楚的。公主尚未生育，通房丫頭就生了庶長子。你說說，荒不荒唐？」

秦鳳儀直接道：「這哪裡是荒唐，這簡直是不要命啊！公主沒宰了他？」
娶皇上的閨女還敢納小妾！
「你甭說這些怪話，再怎麼也沒有以妻殺夫的理。」李鏡道：「只是，大公主一向傲氣，越發不喜駙馬。那樣混帳的人，也不知去賠禮道歉。我聽說那個通房又有了身子，我也是生不起這個氣了，自與公主走動便罷。恭侯府的事，不必去理他。」
秦鳳儀道：「我看永壽公主是個厲害人，難不成就這麼算了？」
「能怎麼著，把通房丫頭拉出來一頓打死？」李鏡道：「公主也丟不起這個人。」
李鏡叮囑道：「就是以後見了恭侯府的人，也不必理會。一家子的糊塗人，倘有一個明白的，恭侯世子就辦不出這樣的荒唐事來。」
「誒，這駙馬還敢納小啊？」秦鳳儀都覺得不可思議。
「要是個明白人，自不會如此，所以我才說這是一家糊塗人。」李鏡嘆道：「在公主府，他自然是不敢，可他在自家侯府，有這麼個丫頭，公主難道過去侯府把丫頭打死？縱是那丫頭可惡，可想一想，如果駙馬是個正經人，再可惡的丫頭，還能強迫駙馬不成？終是駙馬荒唐，才讓這些丫頭們有了可乘之機。」
「這話說的是。」秦鳳儀也道：「要是男人沒這個心，什麼樣的丫鬟都沒用。」
秦鳳儀又趁機表白道：「我就是這樣的人，多少人打我主意都沒用。我就跟妳，咱們倆，還有爹娘，安安生生地過日子。」
李鏡一笑，「好，你這話我可記住了。」

「妳只管記得就是。要不，我寫個承諾書給妳？」

李鏡笑，「你心中記得就好。倘你有朝一日變了心，再什麼書也沒用的。」

「我根本就不是變心之人！」秦鳳儀堅信自己是個好人。

李鏡聽他這話，如飲醇醪。

李鏡嫁入秦家，完全就從社交界將秦家帶到了更高的層次。這樣的層次，如果沒有李鏡，憑秦鳳儀……當然，憑秦鳳儀現在在景安帝這裡的眼緣，相信很快就會有皇子願意與他相交。但那種利益場上的來往，與李鏡這種曾做過公主伴讀，曾與皇室有過親密接觸，對帝都豪門瞭若指掌的交際，是完全不同的。

聽說夫妻二人要去公主府，秦太太激動壞了，還問：「可備了禮物？」

李鏡笑道：「我們這成親過去，不用備東西的。母親放心，我心中有數。我與公主自幼相識，也是帶相公過去認認門，以後怕是要常見的。」

秦太太眉開眼笑，一個勁兒點頭，「好，那就去吧。」

永壽公主是景安帝的長女，與景安帝還是同一天生辰，景安帝對這個長女，不可謂不寵愛。永壽公主的府邸，門開七間，完全是親王府邸的制式，較景川侯府更是威風。

車子根本沒在府外停，小廝上門遞了帖子，直接就駛入了公主府。

永壽公主在正院降階相迎，笑著挽住李鏡的手，並不令她行禮，「昨兒接了妳的帖子，我都沒去宮裡，就等著妳與秦探花呢！」

秦鳳儀拱拱手，「公主好。」

永壽公主今日較前日頗是和氣，微微頷首，就請夫妻二人進去了。

永壽公主看李鏡氣色就知她必是極舒心的，永壽公主道：「駙馬不在，也不好讓秦探花枯坐。」吩咐宮人道：「請張將軍過來。」

她與秦鳳儀道：「張將軍是我府上的親衛將領，也是我的乳兄，讓他相陪秦探花吧。」

秦鳳儀自然沒有意見，不過，見永壽公主直接說駙馬不在，連個「駙馬今日當差」的理由都不找一個，可見與駙馬不是一般的關係不好。

張將軍倒是英挺魁梧，一表人才，秦鳳儀本身也學過些拳腳，又是個活潑人，與張將軍說了兩句話，兩人就去校場上玩了。

永壽公主道：「探花倒是與張將軍合得來。我還說，探花是個文官，怕他們沒話說。」

李鏡道：「他自從跟我父親學了兩套拳腳，總覺得武功天下第一。」

永壽公主又是一陣笑，「我可聽說了，神仙公子娶妻，新娘子洞房夜就噴了鼻血。」

「該死的，這是誰傳的？」李鏡頗覺丟臉。

永壽公主笑問她：「妳只管與我說這是不是真的。」

李鏡自是不認，永壽公主卻道：「妳自小就喜歡顏色好的，我看，這事八九不離十。」

李鏡強調：「主要是相公人好。」

永壽公主道：「別說，雖則許多人都說秦探花生得太好，以後必然桃花盛，可要我說，就秦探花的相貌，他要是想有些風流韻事，那是再簡單不過。妳傾心於他，我也著人悄悄打聽過他，聽聞他潔身自好，雖有許多女娘追捧，卻從不亂來。妳相中他，還真是相對了。」

李鏡與永壽公主是再好不過的閨蜜，悄聲道：「不瞞妳，我當時去揚州，第一次見到阿鳳哥，真是驚為天人。後來他同我來京城提親，父親大是不悅，讓我再等等，說時久才能看出人品。他回揚州念書，我也不是不擔心，可這一年年的都這麼過來了，我是真的放心了。」

「這就是，人品不在於相貌，難道相貌好的就一定風流？要我說，相貌好的反是明白人居多。」永壽公主很為李鏡高興，「不枉妳等他這些年。」

哪個女孩子的青春經得住這般消磨？

李鏡一笑，「可見沒白等。」

中午，永壽公主設宴。

張將軍相陪秦鳳儀，自然也要一併入席。何況，這是永壽公主的乳兄，又是她府中親衛將領，可見深得永壽公主的信任。

秦鳳儀跟誰都聊得來，與張將軍有說有笑的，待得自公主府告辭，還與張將軍說：「待我練好箭術，再來找阿盛哥討教。」

張將軍笑道：「隨時恭候。」

李鏡在車上問秦鳳儀：「你跟張將軍玩什麼了，這麼高興。」

秦鳳儀道：「比拳腳，還練箭了。哎喲，阿盛哥的武功真不錯！」

李鏡看他沒半天就跟人家稱兄道弟的，真是服了他。

小夫妻倆下午回府，秦太太見兩人都挺高興，心裡也是極歡喜的，當天就備好了明天媳婦回門要帶的東西，還囑咐兒子：「去你岳家，多向你岳父磕兩個頭。阿鏡多好啊，這麼好的媳婦，哪裡找去？」

怪道人家先時死活不同意，人家閨女的確是好，出眾啊，跟公主娘娘都是朋友相交。這樣的媳婦，就是公門侯府也得搶著要，自家兒子就是有運道。

秦鳳儀的腦袋素來不與凡人同，他道：「沒成親的時候多磕幾個倒罷了，如今阿鏡都進咱們家門了，明兒我去，就跟岳父鞠個躬，磕頭就算啦！」

秦太太還想再勸兒子幾句，秦老爺與妻子道：「不要理他，他一成親就翹尾巴，我看，景川侯有的是法子治他。」

秦鳳儀大模大樣的，「我現在可不怕他了！」

秦鳳儀在家說的威風，待陪媳婦三朝回門時，哈哈哈還沒笑三聲，就被岳父拎到書房去了。秦鳳儀還說：「我這剛陪祖母沒說兩句話呢！」

景川侯臉一沉，秦鳳儀無奈起身。

李老夫人笑道：「你岳父有事與你說，去吧。」

秦鳳儀只得跟著走。景川侯向來是有事在書齋談的，翁婿倆一前一後去了書齋，秦鳳儀剛坐下，景川侯就把一張條子遞給秦鳳儀，問他：「這是你寫的？」

秦鳳儀一看，那等囂張氣焰頓時減了九分，秦鳳儀道：「怎麼在岳父您這裡啊？」他……他這不是想多休幾天婚假嗎？就讓攬月去送了請假條子。

景川侯氣極，「明天立刻去翰林當差，三天還不夠你歇？」

「岳父，您怎麼這麼不體貼人啊？我跟阿鏡剛成親，三天哪夠？」秦鳳儀道：「我可是新婚，一去翰林，又得五天才回來一日！」

「行了，也就一年，很快就過去。」景川侯道：「你就是再請三天假，便能不去了？」

「早知這樣，我就不做庶起士了。」

景川侯道：「莫要囉嗦，別人想做還沒這運道。你有這運道就知足吧，我可說下，明年散館你要是考不了前三，就不要來見我了。」

「見不見您有何妨，反正我都跟阿鏡成親啦！」秦鳳儀一臉賤笑，「就是不見，我也是您的女婿，您也是我的岳父啊！」

景川侯笑笑，「行了，別再鬧這種小孩子的事。大喜的日子，一會兒給你嘗嘗好酒。」

「我不信，還有什麼酒比我的狀元紅還好？」

「你才多大，能有什麼見識？」

把秦鳳儀私自寫請假條的事解決，翁婿倆就又去老太太那裡說話。

李老夫人見他們翁婿二人有說有笑的模樣，就知道沒什麼大事。

李老夫人私下問了李鏡小倆口的事，李鏡自然說好的。

其實不必特意問就能看得出來，秦鳳儀對李鏡那個黏乎勁兒，那簡直是長眼的都能看得出的甜蜜，待兩人下午回家後，崔氏晚上與丈夫說：「我想抽個空問問妹妹這幾日與妹夫相處的如何，結果都沒機會。」

李釗笑道：「這還用問嗎？」

「倒也是。」崔氏見小姑子日子過得好，也只有高興的。

連李家二姑娘和三姑娘說私房話時，李二姑娘都說：「雖則大姊夫時常鬧出些好笑的事，可待大姊姊真的沒得說。」

李三姑娘點頭，道：「二姊，妳說，大姊姊噴鼻血的事是真的嗎？」

李二姑娘笑，「不管是真是假，妳看大姊姊和大姊夫過得這樣好，噴噴鼻血算什麼？不過是大家說來一樂。說到底，日子是自己的，大姊姊過得好就成了。」

李三姑娘道：「我就是覺得，大姊姊在家裡那樣莊重，怎麼會噴鼻血啊？」

李二姑娘小聲道：「主要是大姊夫生得好。」

「這倒是。」李三姑娘道：「我還沒見哪個男人比大姊夫生得更好。」

此時，生得更好的大姊夫委實滿心惆悵，與妻子抱怨岳父不讓他請假的事，「妳說，岳父怎麼這般神通廣大啊？我往翰林院通張請假條，他竟然也曉得。」

李鏡驚道：「你什麼時候遞請假條的？」

「今天叫攬月送去的。」秦鳳儀握著媳婦的手，不捨道：「我想在家跟妳過日子，不想去翰林。一去就要住下，一住還要住五天才能回來。咱們剛成親，我哪裡捨得妳？」

李鏡也難捨起來，安慰道：「庶起士明年五月就散館了，再算算，也沒多少日子了。」

「妳可真是岳父的親閨女，說的話都一樣。」

李鏡摸摸他的臉，問：「父親訓你了？」

「也沒，就說了兩句，我是捨不得妳嘛，又不是什麼大錯。」秦鳳儀道：「今天岳父還給我喝他珍藏的好酒，說是宮裡珍藏五十年的御酒，平常都不拿出來待客的。」

「哎喲，那你可有面子了！那酒父親也只有一罈，就大哥中傳臚、成親，還有這次咱們回門喝過。」

秦鳳儀道：「怪道我跟岳父要，岳父沒給。」

李鏡笑，「要是給了，你自己在家喝，哪裡還會去找父親喝呢？」

「原來岳父大人是這個意思。」秦鳳儀細思量一二，「岳父大人就是這麼彆扭，有話不直說。就像他其實很喜歡我，可從來沒跟我說過。」

李鏡忍笑，「你也知道父親喜歡你啊！」

「我又不傻，誰待我好，誰待我壞，我不知道啊？」秦鳳儀雙眸明亮，「別看岳父大人開始不大瞧得上我，那也是因為我沒甚出息。剛開始我是想不通，想著我這相貌，他竟然不同意。可後來慢慢大了，我就明白了，誰有閨女不得慎重啊？以後咱們有了閨女，我怕是比岳父大人更得慎重。可妳想想，那會兒我除了一張臉，啥都沒有，岳父就願意與我定下四年之約，他要是不喜歡我，還約個鬼啊？岳父這個人就是太嚴肅了，心地是極好的。」

李鏡很喜歡聽秦鳳儀說話，秦鳳儀學問不一定是最好的，但總是有那麼一種通透勁兒。

小夫妻回了家，秦鳳儀想到明天要去翰林就悶悶的。秦太太看他這樣，也無可奈何。不過，秦太太真不愧是秦鳳儀他親娘，母子倆心有靈犀，秦太太就說了：「這剛成親，那啥，翰林那裡能不能請兩天假啊？」

李鏡不可思議地看向婆婆，秦鳳儀跟他娘通傳消息：「我一大早寫了請假條讓攬月送去，結果被我岳父知道了，岳父不讓我請假，要我明兒就去。」
秦太太沒法子了，秦老爺一向明事理，道：「你岳父說的對，明兒去念書。你不是說要給陛下準備什麼壽禮嗎？我聽說陛下的萬壽就在九月，這眼瞅著就要到了。」
秦鳳儀一拍腦門，「爹，您不說我都忘了！我好幾天沒去，不知他們弄成什麼樣了！」
秦老爺笑，「那明兒正好去瞧瞧。」
「對對對！」
一有事分心，秦鳳儀就不覺得明天去翰林的事煩惱了。
用過晚飯，小倆口回房，李鏡方問起給陛下獻壽禮之事。
秦鳳儀把丫鬟打發出去才與媳婦說。
李鏡讚道：「這主意不錯！」
「不錯吧？我想出來的。」
李鏡問他：「怎麼想出來的？」
「陛下不是賜了咱們那幅字嗎？」指了指房中掛著的條幅，秦鳳儀道：「我想著，陛下對咱們這麼好，他萬壽快到了，我也得送陛下些什麼，就畫了幅畫，陛下召見我時，我帶在身上送給陛下做壽禮。我是出宮時想到的，庶起士們品階太低，輪不到我們送壽禮。我覺得陛下很好，就想了這個法子。」
李鏡連讚了秦鳳儀兩次，「這法子好！」
秦鳳儀道：「雖則法子是我想的，可書畫啊文采啊，我就不大成了，都是老陸和阿悅他們商量著。不過，這萬壽圖上得好些壽字，我也會寫幾個。大家寫在一起，算是今科進士們獻給陛下的壽禮。」

「既是全體進士們的獻禮，正當齊心協力呢！」

「我也是這樣想。」

夫妻倆說會兒話，難免早些安歇。秦鳳儀正當盛年，且此一去要有數日見不到媳婦，便纏綿了兩遭。一時沐浴過，夫妻倆相擁著說了好久的話，方才睡去。

第二天一早，秦鳳儀就起了。雖不必朝會，但庶起士也有早課的時辰。往時無所謂，可一想到駱掌院是曾教過自己的啟蒙先生，秦鳳儀就不想遲到了。

他早早去了翰林院，同學們又恭喜了他一回。秦鳳儀正值新婚，人生大喜，滿臉喜色。待中午吃飯時，他還尋了個空檔，去了掌院大人的屋裡。駱掌院一見他，還是那副鐵面無私的模樣，問：「有事？」

「沒事，就是過來向先生問個好。」秦鳳儀一向會套近乎，又道：「先生，我那酒你喝了沒？還不錯吧？」

駱掌院早聽妻子說了秦鳳儀帶媳婦去他家送酒的事，駱掌院道：「沒事就出去吧。」

秦鳳儀不走，看駱掌院手邊是一盞殘茶，立刻湊過去給倒了換了盞新的，親熱地道：「先生，咱們可不是外人呢！」

「我不過是教過你幾日蒙學，你就別在我這裡拉關係了。沒事就出去，我還忙著。」

「好吧，我有事。」秦鳳儀靈機一動，想了一件事。

「說。」駱掌院端起茶啜一口。

秦鳳儀低聲道：「我覺得，咱們翰林院有奸細。」

駱掌院險些嗆著，以為他發現了什麼要緊事，正色問：「怎麼說？」

「我昨兒寫了張請假條，打發小廝送來，結果那請假條竟然到了我岳父手裡。先生，您說，這不是有奸細是什麼？定是奸細把那請假條送給我岳父的。」

他倒想看看，誰這麼多嘴，把事情告訴他岳父！

要不是秦鳳儀一臉慎重，駱掌院得吐他一臉茶水，這個混帳小子！

秦鳳儀見駱掌院不說話，還一徑道：「先生，您可得好生查一查。」

「行了，你去吧。」

「先生，您要有需要我的地方，只管開口就是。」秦鳳儀自動請纓。

駱掌院咬牙道：「我真謝謝你了！告訴你，那請假條就是我打發人送去給景川侯的！」

秦鳳儀見駱掌院額角青筋一蹦一蹦，不必駱掌院攆他，他一溜煙就跑沒影兒了。

饒是秦鳳儀也得感慨一句：江山易改，本性難移啊！

就像駱先生，早先教他蒙學時就愛跟他爹娘告狀，如今這都成掌院大人了，竟還是老樣子。

不同的是，駱先生變狡猾了，知道他爹娘管不住他，改找他岳父告狀。

哎呀，不愧是做了掌院大人，人都變機靈啦！

秦鳳儀原本想跟駱先生套近乎，結果，近乎沒套成，反是弄巧成拙了。

就駱先生那性子，短期內是甭想著套近乎這事兒了。秦鳳儀只得暫把此事擱下，想著有空了多去桂花師娘那裡走動一二，桂花師娘比駱先生好說話太多了。

秦鳳儀改關心起他們庶起士給陛下準備的壽禮，「我不在的這幾天，你們挺快的啊！」

方悅打趣他：「洞房一日，世間千年。」

秦鳳儀笑嘻嘻的，「你一光棍，羨慕我就直接說唄！」

方悅懶得理他。

待庶起士們把壽禮準備好，也是快中秋的時節了，秦鳳儀讓方悅過去跟駱掌院說這獻壽禮的事，方悅痛快地去了。跟駱岳父一說，也很順利。

這過中秋，朝廷還有月餅發，而且，各衙門非但有月餅，另有銀子，像秦鳳儀他們這些庶起士，還有百兩紋銀。

秦鳳儀問方悅：「這是過節費嗎？」

方悅道：「算是吧。」

「什麼叫算是啊？」

「哪個衙門都有，這是外地官孝敬的。」

這麼一說，秦鳳儀就明白了。他們三鼎甲其實比普通的庶起士還多五十兩，秦鳳儀得了一百五十兩，雖則一百五十兩不多，也頂他一年的俸祿了。

秦鳳儀帶著月餅和銀子回家，顯擺一回，「衙門裡發的過節費，一百五十兩呢！」

秦老爺和秦太太都覺得體面得不得了，打發小廝拿著銀票去兌換了銀錠，然後，這銀子不能動，要先拿去供祖宗。

李鏡發現，甭看婆家祖上不大顯赫，但對祖宗的敬重，那真是尋常人家比不得的。秦鳳儀不論從衙門得了什麼東西，拿回來都是先供祖宗。

連那月餅，大家都不能吃，帶著一百五十兩銀子，全拿去供祖宗。

好吧，那月餅一看也不是太好吃。

公婆還張羅著：「阿鳳去祠堂，把得的這體面跟祖宗說一說。」

秦鳳儀高高興興地去了，拈香對著祖宗絮叨一回。

秦鳳儀這回來一遭，也不得閒，得去送中秋禮，岳家、方閣老家、程大人家，新增的還有駱掌院家，另則媳婦的朋友永壽公主那裡。好吧，永壽公主那裡的中秋禮是媳婦自己去送的。再者，現在給庶起士們講課的幾位先生那裡，也得一家一份，以及庶起士同僚。同僚這裡不必走動，只是各家彼此遞個帖子罷了，因為有些同僚家中條件不是很好。有些進士雖不窮，但京城樣樣花錢，故而，大家遞個帖子，上面寫兩句中秋祝詞便了事。

秦鳳儀正忙著，好不容易休息一天，下回休沐就是中秋，景安帝卻著人來宣他進宮。

皇帝老爺找他，不能耽擱。

秦鳳儀正在程尚書家與程尚書說他們庶起士準備給陛下萬壽獻禮的事，家中下人就找他來了，讓他趕緊回去，皇上宣他進宮。

程尚書起身道：「你這就回吧，皇上找你，定是有事。」

秦鳳儀這不懂行的還說：「今兒不是休沐嗎？」

程尚書道：「陛下相召，還要看日子不成？快去吧。」

秦鳳儀還有駱掌院家的中秋禮沒送呢，拉都拉出來了。秦鳳儀真是個神人，要擱別人，還不得趕緊進宮，他卻是十萬火急地把中秋禮送到駱掌院家。駱掌院在書房看書，秦鳳儀跑進去，抱了抱駱掌院，就一句：「先生，我給您送中秋禮來啦！那啥，我現在有事，陛下召我進宮，我得趕緊去了，下午我再過來陪先生說話！」說完他就跑回家，換衣裳進宮去了。

駱掌院有心說，陛下尋你，你還送哪門子中秋禮啊，換一天送還不是一樣？結果，不待他說，秦鳳儀跑沒影兒了。經年不見，雖則當初的頑童中了探花叫他吃驚，可看秦鳳儀為人行事，哎喲，真是也沒啥長進啊！

秦鳳儀還以為景安帝尋他何事，原來是尋他評字來了。

今日休沐，景安帝不必上朝，心情大好，就把兒子們召到跟前，共敘天倫。當然，皇家的天倫，與尋常家的不一樣，別人家共敘天倫定是擺一大桌好吃的，一家子高高興興說話吃東西遊戲玩耍什麼的。景安帝這邊，他心情一好，出題考校起皇子來。

考校皇子就考校皇子吧，也不知哪根筋搭錯了，想起秦探花來，就把秦探花召來，讓秦探花幫著一道評判諸皇子寫的文章啊字體啊啥的。

要擱別人，皇子們的文章大字，除了皇子們的爹、皇子們的師傅，或者是內閣相輔、陛下近臣，誰敢評判好壞啊？秦鳳儀不一樣，這是個二愣子根本沒多想，他還說：「臣得先喘口氣，累死小臣了。陛下，您著人召我時，我沒在家，這一路把我急得，生怕來遲了。」

景安帝一笑，吩咐內侍：「沒眼力的，給秦探花上茶。」

秦鳳儀接了茶一聞，便知是陛下吃的極品蒙頂茶，就悄悄對景安帝眨眨眼，喝口茶，與景安帝一道看諸皇子的文章。秦鳳儀自己作文章是個飛快的，看文章也快，他立刻就挑出來了，「論文章，這篇最好。」

景安帝頷首，「朕也是看大郎的文章最佳。」

大皇子微微一笑，想著這秦探花到底眼力不錯。不過，秦鳳儀接著又說：「但論字嘛，臣更喜歡這篇字。這篇字，鋒芒畢露，有崢嶸之意。」

景安帝笑，「你說的是……三郎的字？朕倒覺得，不如大郎的字更加氣勢圓融。」

秦鳳儀嘿嘿一笑，「陛下知道我為什麼說三殿下的字好過大殿下？」

非但景安帝看著秦鳳儀，幾位皇子也等著聽秦鳳儀的高見。自來他們的文章課業，誰也沒能強過大哥去，就聽秦鳳儀道：「因為我要是說大殿下的字最好，就讓陛下太得意了。大殿下這字一看就是學陛下的，我偏生不那樣說，我就說三殿下的字好。」

景安帝看秦鳳儀那一副「陛下您可猜錯了吧」的得意樣兒，不由大笑。

幾位皇子也笑了。

秦鳳儀這會兒進宮，眼瞅就是晌午了，內侍過來說：「太后娘娘聽說陛下在考校幾位殿下的功課，讓陛下考校好，帶著幾位殿下去慈恩宮用膳。娘娘說，今兒有上好的大螃蟹。」

景安帝道：「一轉眼中秋，又是食蟹的季節了。」

幾位皇子紛紛附和，秦鳳儀沒附和，他簡直是兩眼放光，他也很喜歡吃螃蟹。

景安帝覺得好笑，「朕今兒要是不讓秦探花一道吃螃蟹，秦探花肯定得失望而歸。」

六皇子年紀小，偏還愛笑話人，在一邊道：「我看秦探花的口水都要流出來了，父皇，您就賞秦探花兩個螃蟹吃吧。」

秦鳳儀摸摸唇角，根本沒口水好不好？

秦鳳儀見一個小屁孩都敢笑話他，倘是別人，人家畢竟得想，六皇子便是年紀小也是皇子。秦鳳儀不一樣，秦鳳儀自小也是嬌慣著長大的，何況他這性子說上來就上來，秦鳳儀當即道：「誰說我口水流出來啦？我剛沒說，就你那字寫得最差。看你寫得，跟螃蟹爬似的，肯定是小時候吃螃蟹吃多了。」

六皇子氣極，「你才螃蟹吃多了！在父皇面前你敢這樣說我，你是屬螃蟹的吧？」

「笨！十二生肖哪裡有螃蟹啊？我屬牛的！」

六皇子恨道：「你聽不出我在諷刺你嗎？」

秦鳳儀挽挽袖子，想了想，又把袖子放下來，道：「看你這個年紀，又當著你爹的面兒，我不與你計較。」

六皇子的爹心道：你這是想揍我兒子嗎？

大皇子看這位秦探花不像什麼懂事的人，年紀又輕，生怕他真與六皇子打起來，便岔開話道：「秦探花比我還小一歲。」

比起六皇子這種小屁孩兒，秦鳳儀當然更願意與大皇子這樣的同齡人說話，當即不理六皇子，對大皇子道：「那回在瓊林宴裡見到殿下，我就覺得我與殿下年紀差不多。」

大皇子早聽聞過這位秦探花如何得他爹的青眼，今日一見，果然名不虛傳。

大皇子問：「秦探花的字是什麼？」

秦鳳儀一下子被人問愣了，他想了想，他沒字啊，不過，他一向機靈，立刻給自己取了一個，「我字大善。」

六皇子「噗哧」就樂了，覺得秦鳳儀這字特可笑。

「有什麼好笑的？我立志做一個大善人，就字大善了。」秦鳳儀一臉得意，「你個一小孩兒，哪裡懂得字不字的，這都是大人的事啦！」

六皇子又被他氣了個好歹，他爹的臣子們沒一個像這姓秦的一般放肆還不尊重他。

秦鳳儀就這麼厚臉皮地跟著人皇家父子往慈恩宮去了，跟過去一看，倒也不只是皇帝老爺這一家子，還有壽王、永壽公主也在。

彼此一番見禮後，裴太后笑道：「秦探花也來了。」

秦鳳儀道：「陛下召小臣過來欣賞幾位殿下的文章，也是小臣今日有運道，趕上了娘娘這裡的螃蟹宴。」

壽王道：「這好不容易休沐一日，皇兄也不讓侄兒們略歇上一歇。」

景安帝道：「不過遊戲之作罷了。」

裴太后笑道：「不知是誰作得更好些？」

永壽公主笑道：「這不必猜，定是大皇兄拔了頭籌。」

景安帝卻是道：「文章是大郎的最好，至於字嘛，朕覺得大郎的最佳，鳳儀倒是認為三郎的更好。」

裴太后好奇道：「這我倒是要看看。」

內侍捧上幾位皇子的文章，裴太后顯然是內行的，「三郎的字，鋒芒太露，若不能斂鋒，終難成大家。大郎的字，內藏鋒芒，外具圓融，很有些樣子了。」

裴太后說字，大家就聽著唄，三皇子只是冷淡地「嗯」了一聲，沒有過多表示。

大皇子笑道：「孫兒的字，終是氣勢不足。」

裴太后道：「你才多大，現在已是不錯了。」

六皇子道：「剛剛都聽秦探花說咱們的字，不知道秦探花的字如何？」

秦鳳儀道：「人家都說，字如其人。其實，不必看小臣的字，就是看小臣這一表人才，也當知道小臣的字如何。」

六皇子又被秦鳳儀噎了個好歹，「你可真會吹牛！」

秦鳳儀不理他。

景安帝笑道：「行了，再不開宴，朕肚子都要咕咕叫了。」

慈恩宮的螃蟹宴，那自不消提。

臨近八月中雖有蟹可食，卻未到食蟹的最佳時節，但慈恩宮的螃蟹已是個個肥厚，那滿滿的蟹黃，讓秦鳳儀讚道：「果然是娘娘這裡的好吃食，在外頭，小臣還沒見有吃蟹的。」

裴太后笑道：「看來探花郎也是喜食蟹的。」

「以前在老家，每年中秋開始，一直要吃到十月。重陽前吃團臍的，重陽後就要吃尖臍的了。」秦鳳儀不必侍女服侍，自己掰來吃。只看他那剝蟹的手藝，那用蟹八件的熟練度，就知道這是吃蟹的老手了。秦鳳儀還有個習慣，他吃蟹從來不是只吃蟹黃，他是一隻蟹完完整整地吃完後，還會一面吃一面就隨手把剝淨的蟹殼蟹腳規規矩矩再擺成一隻蟹的模樣，這手藝令六皇子都看直了眼。

裴太后道：「秦探花一看就是吃蟹的行家。」

「行家不敢說，是太后娘娘這蟹好吃。這麼大的蟹，肉也生得飽滿，剝起來真好剝。」秦鳳儀吃得眉開眼笑。

永壽公主也說這蟹好，「今年是食蟹的年頭，我覺得較去歲要更肥美些。」

裴太后道：「是，今年的第一撥蟹，也比往年要早幾天。」

壽王道：「我記得小時候隨皇兄去靖江辦差，就吃蟹黃湯包，還鬧了一回笑話。」

景安帝笑道：「你還記著啊？」

「把臣弟燙個好歹，這豈能忘？」

大皇子道：「王叔，是什麼笑話？」

壽王正色道：「我可是做叔叔輩的，這豈能與你們小輩說？」

秦鳳儀略一想就猜到了，偷笑不已。

永壽公主與幾位皇子都不曉得，永壽公主道：「王叔，您要是不說，就不要提嘛，這提個頭兒又不說了，叫人乾著急。」

景安帝早看到秦鳳儀在偷笑，便道：「鳳儀是南人，定是猜到了。」

秦鳳儀剝出一殼子蟹肉，澆上薑醋，笑道：「小臣倒不是猜到，是壽王殿下出的那笑話，小臣也出過。」

秦鳳儀就坐六皇子下首，六皇子催他：「快說快說。」

秦鳳儀與壽王道：「殿下，那小臣就說啦？」

壽王只是笑，秦鳳儀道：「幾位殿下肯定也吃過蟹黃湯包，靖江的蟹黃包是大個兒，這麼大，有我大半個巴掌大小。」秦鳳儀比劃著，「他們當地的湯包，做得皮薄多汁。吃這個湯包是有講究的，得輕輕提，快快移，先開窗，後喝湯。我頭一回去靖江，是小時候跟我爹一道去，那會兒還小，吃東西急，一見包子上來了，我提起來就吃。結果，噗一下，濺我一臉湯汁。把我燙得，當時就把那包子扔老遠。」

壽王笑道：「看來，鬧這笑話的也不只我一人。」

「頭一回吃靖江大蟹黃包的，多會如此。」秦鳳儀說得中肯，「後來才知道，他們上這種大湯包，邊上會一併上根秸稈，用秸稈往包子中間一插，先喝裡面的湯，鮮得不得了。」

永壽公主道：「我總覺得蟹黃包太腥了。」

「那是公主吃不慣，您要是吃慣了，秋天不吃兩個蟹黃包子，簡直過不了秋啊！」

秦鳳儀說話一向風趣。

六皇子瞅瞅秦鳳儀那張漂亮的臉，再想想他被燙的慘樣，偷笑好幾聲。

秦鳳儀看六皇子那小模小樣的偷樂，心說，小樣兒，我還不知道你看我笑話？

秦鳳儀便一臉關切道：「六殿下，你年紀小，這蟹雖好吃，卻是寒性的。這麼大的螃蟹，一個得有半斤，你吃半個就不少，這都吃一個了，不能再吃了，喝點小米粥暖一暖吧。」

小孩子最不喜別人說他小，六皇子一聽這話，哪裡樂意？

裴太后道：「秦探花這話說的是，哀家也正想說呢，可不能讓小六多吃螃蟹。」

然後，秦鳳儀就守著六皇子念叨個沒完。

六皇子人小，心眼兒卻多，雖吃不成螃蟹，心下卻是將秦鳳儀給記著。事後，跟他娘裴貴妃道：「那個秦探花，八輩子沒吃過螃蟹，在皇祖母那裡，足足吃了十二隻大螃蟹。」

裴貴妃笑道：「咱們家還嫌臣子吃的多不成？你這話傳出去，成什麼了？」

「我倒不是嫌他吃的多。母妃不知他那樣兒，還說我寫的字像螃蟹！」

六皇子是在這上頭不服啊！

「人家好端端的，就說你的字像螃蟹？」

「那也不是，我是看他那饞樣，就說了幾句。」

「那你就別嫌人家也說你。」

六皇子尋思著，早晚他得尋個招，把這姓秦的給治了。

此時，姓秦的可高興了。

他特喜歡吃螃蟹，在家還沒吃過，在太后宮裡卻吃到了。秦鳳儀心情很好，出宮後先去了駱掌院那裡，繼續上午送中秋禮的事，駱掌院看他臉頰微紅，問他：「吃酒了？」

「吃了幾杯黃酒，沒多吃。」

駱掌院命下人上了盞濃茶，秦鳳儀喝完說：「我上午說來給先生送中秋禮，這著急忙慌地走了，先生您定是記掛著我吧？」

還是這麼會往自己臉上貼金！

駱掌院道：「沒記掛。」

「看，先生還是這樣口是心非。」秦鳳儀笑嘻嘻的。他本就面賽桃花，這般一笑，更是豔色傾城。駱先生暗道，一個男孩子，也不知怎生得這般好。

秦鳳儀笑望著駱先生，口氣卻是哀怨的，「我中了探花，先生怎麼不肯認我呢？」

駱掌院被他哀怨得起了一身雞皮疙瘩，「你趕緊回去吧，你媳婦肯定在家等著你。」

「我想跟先生說會兒話，我可想你了。」

「你少說些甜言蜜語。」你想我？你想我也沒見你認出我來呀！

駱掌院為人嚴肅，最受不了的就是秦鳳儀這種好話不要錢，一說一籮筐。要是別人的好話，駱掌院還受得，他獨受不了秦鳳儀這一套。

這小子，小小年紀就不是什麼好東西。小時候念書，當著他的面就先生長先生短的，要是念不好書，敲他一下，立刻翻臉，改說姓駱的如何如何。他妻子給一塊糕，就又是師娘如何如何好。賄賂他不成，還買花送他妻子。駱掌院也曾教書數年，此等頑童卻是罕見。

這不，如今他做了掌院，這小子又在他底下討生活，好話又不要錢地開說了。

秦鳳儀也不全是拍馬屁的話，秦鳳儀道：「小時候我真是被您打怕了，我是成天盼著見不著您才好。後來我爹給我轉了學，別的先生跟您沒得比，我一收買就把他們收買住了，他們也不管我。我那會兒還挺樂，成天出去街上關撲，可後來我遭了大難啊！先生，您不知道，我遇著我岳父，中不了進士就娶不上媳婦，您說我真是想您啊！要是我打小一路跟著您學，我多半早就是探花了，娶媳婦也不能犯這種難啊！先生，等我有了兒子，我就叫我兒子過來跟您念書。我算是看明白了，您真是良師啊！」

駱先生真心實意地道：「你就放過我吧。」先生那會兒沒錢，為五斗米折腰，收你這等頑童為徒。現在先生日子還可以，可是再不遭那罪了。

「不行，我是賴上您啦！」秦鳳儀與駱先生都是互知底細的人，他還拉著駱先生問了不少諸如「先生，我是不是比小時候長得更好啦？先生，我是不是很出眾啊？先生，您是不是以我為榮啊？先生，這麼些年，您有沒有想我啊？」此類的問題，直到駱掌院受不了他，親自把他送出門，還吩咐攬月：「他吃多了酒，回去好生給他吃兩碗醒酒湯！」

如果世間真的還有人十多年不變的，駱先生想，就是秦鳳儀了。這種娘胎裡帶出來的臭美、沒有根由的自信、臉太，簡直是十多年不帶改一改的。

天啊，世上竟有這種人！

自己竟還做了這種人的蒙學先生！

駱先生搖搖頭，只覺人生在世，不可思議之事太多了。

秦鳳儀回家後，秦老爺和秦太太聽說他今天是在太后宮裡吃午飯，臉上再添榮光，覺得兒子忒能幹。

如今秦鳳儀成親了，秦太太便道：「回房叫你媳婦服侍你吧。」

秦鳳儀高高興興地回房去，李鏡正一面看書一面等著他。見秦鳳儀回來了，李鏡一看他那臉色就知道是吃過酒了，便道：「怎麼，在宮裡還吃酒啊？」

秦鳳儀道：「在太后那裡吃了螃蟹，蟹是寒性的，得喝些黃酒。就喝幾杯，沒多喝。」

李鏡摸摸他的臉，只是有些熱，看秦鳳儀神智並不是喝多的，便未讓丫鬟上醒酒茶，而是叫人兌些梅子露來。李鏡就問：「陛下召你進宮做什麼？」

「陛下給幾個皇子出題作文章，讓我一道過去瞧。」秦鳳儀喝著梅子露，隨口道。

李鏡是何等政治嗅覺，打發了丫鬟，與秦鳳儀道：「你不過翰林院的一個庶起士，皇子們的文章自有師傅教導，就是指點，也不該你指點啊！」

「不是指點，是叫我看看哪個好，哪個一般。」

李鏡搶了他的梅子露，問：「你怎麼說的？」

秦鳳儀笑嘻嘻地把事情學了一回，李鏡鬆一口氣，道：「你這也太冒失了，就是內閣相臣品評皇子文章也得慎重。一個說不好，就把人全得罪了。」

秦鳳儀道：「我也想到了，可我去都去了，陛下叫我說，我能不說？」

李鏡小聲道：「陛下也真是的，怎麼這樣的事也叫你啊？」

「陛下可能是覺得我眼光好吧。」秦鳳儀怪得意的。

李鏡叮囑道：「以後有這種叫你分好壞的事，你可一定要慎重。」

「我知道。」秦鳳儀道：「哎喲，太后宮裡的大螃蟹可真好吃，外頭還沒得賣吧？宮裡的大螃蟹，一個得有半斤。可惜是在太后那裡，要是只有我跟陛下吃這個，我還能要一些回來給妳和爹娘嘗嘗。」

李鏡道：「俗話說，伴君如伴虎，在陛下那裡，還是要恭敬些的好。不然，此時你得陛下眼緣時不覺得，倘有哪日失寵，今日種種，便是把柄。」

秦鳳儀無所謂，「要是有那一日，咱們就回揚州老家。京城雖好，不若老家自在。」

李鏡又把梅子露遞給他喝，問他：「你怎麼說三皇子的字比大皇子的好啊？」

「別人都說大皇子的好，要是我也這麼說，皇上不就覺得我與別人一樣嗎？他們那些凡人，哪裡能與我比？」秦鳳儀道：「這做官啊，跟做生意的道理差不多。像我爹做生意，就得跟巡鹽御史、各路官員搞好關係。做官呢，最重要的就是跟皇上搞好關係。不說怎麼讓皇上喜歡你，先說怎麼讓人記住你。這第一要領，就是不能人云亦云，知道不？」

李鏡看他說得有模有樣，笑道：「你也別總弄這異樣事，大皇子的字是皇上教的，很得皇上的三分精髓。」

「這我能看不出來？我一眼就看出來了。」秦鳳儀道：「我實話跟妳說吧，大皇子那字，不過學了個皮毛，他跟皇上差得遠呢！我今日雖是玩笑話說三皇子的字好，其實大皇子的字真不如三皇子。三皇子的字有真意，欠的是火候，大皇子的字卻只是模仿皇上而已。妳以為別人說他字好是誇他？那是拍皇上馬屁，就跟以前我家掌櫃見我總拍我馬屁一個理。」

秦鳳儀這人嘛，你說他二愣子一根筋啥的，他雖然入官場時間不長，但還頗有些自己的見解。看他那一臉得意樣兒，李鏡含笑聽了，又問他：「太后是怎麼說的？」

秦鳳儀道：「太后說，三皇子的字鋒芒畢露，若不加收斂，難成大家。說大皇子的字好，內藏鋒芒，外具圓融，很有些樣子。她一老太太，知道什麼啊，大皇子的字哪裡有內藏鋒芒了？不是我說狂話，太后評字的眼光遠不如我。」

李鏡道：「你說的倒不是狂話，只是你說的是字，太后說的是人罷了。」

秦鳳儀坐直了，問：「這又如何說？」

李鏡嘆道：「三皇子的生母是過世的呂貴嬪，聽說當年呂貴嬪也是頗得聖寵，後來陝甘之戰時，呂貴嬪的父親和兄長均是前線大將，最終卻死於北蠻人之手。當時救援呂大將軍父子的就是平郡王世子，這要怎麼說呢，曾有人質疑平世子救援不力。呂貴嬪因父兄之死，於宮中對皇后有不敬之舉，陛下訓斥了她。誰也沒想到，她就想不開自盡了。那時候，我在宮裡與大公主做伴讀，三皇子與我同齡，也是記事的年紀了。後來，三皇子年長，與皇后和大皇子頗為不睦，就是平家，他也從不來往。皇上開導過他，可他依舊如此。」

秦鳳儀道：「可我看皇上待三皇子還好啊！」

「你想想，三皇子本就失母，倘皇上再冷待他，他在宮中如何立足呢？」李鏡道：「三皇子是皇上的第三個兒子，再有呂貴嬪之事，皇上難免要多顧惜他一些。」

「那啥，呂家父子之死，到底與平家有沒有關係啊？」

李鏡道：「這誰知道？不過，父親說，這怕是呂貴嬪想多了。平家雖則勢大，但老郡王並不是那樣的人。」

秦鳳儀很相信岳父的判斷。

秦鳳儀道：「我看，大皇子在太后那裡話也很少，還不如六皇子歡騰呢，太后待大皇子很是不錯啊！」

「也就你這眼神，才會覺得誰都不錯。」李鏡道：「在宮裡，說一個人內藏鋒芒，這都不是上等稱讚，知道嗎？」

「為什麼？」

「因為不論鋒芒外露，還是內藏鋒芒，都是說這人是有鋒芒的。」

「有鋒芒有什麼不好？我看皇子們都很年輕，這麼年輕的皇子們，沒一點兒鋒芒，像話嗎？」秦鳳儀都不能理解他媳婦這話了。

「宮裡誇人不會這樣誇，你有鋒芒，你藏鋒芒，不會這樣誇。宮裡誇人，最好的誇人的話，說晚輩至純至孝，說奴婢忠心不二，這才是真正誇人的話。」李鏡正色道。

「我的天，還有這種門道？」

李鏡點點頭，「所以，太后其實對大皇子和三皇子都不是非常滿意。」

「不都是她的親孫子嗎？那她對誰滿意啊？」秦鳳儀做官有些日子，對幾位皇子也有所耳聞，「聽說六皇子的生母裴貴妃是太后娘娘的侄女，太后娘娘是不是偏愛六皇子一些？」

「宮裡的事，不是這種單純的利益喜惡。」李鏡道：「就像大皇子沒有嫡子，太后娘娘雖有些著急，可太后娘娘並沒有插手大皇子側妃之事，而是讓皇后娘娘去選。」

此時就體現了出身不同引起的看法不同了，秦鳳儀就說：「人家大皇子可是皇后娘娘的親生兒子，給親兒子娶小老婆，不讓人家娘說話，難道她一個做祖母的來做主？」

李鏡反問他：「要是太后娘娘做主了，能怎麼著？」

秦鳳儀想了想，撓撓臉，「好像也不能怎麼著。」

「這就是了。」李鏡道：「太后娘娘能做主此事，卻不去多言，可見側妃一事，並不是為了讓小郡主難堪，只是大皇子需要一位出身尚可的側室。」

秦鳳儀真是大長見識，「給大皇子納個小老婆，有這麼多講究啊？」

李鏡道：「你以為呢？」

秦鳳儀道：「這皇帝老爺家的事，還真夠複雜的啊！」

李鏡含笑看他，「現在知道啦？」

秦鳳儀還挺八卦的，拉著媳婦道：「媳婦，再跟我說說其他幾位皇子。」

「也沒什麼好說的了。」李鏡道：「二皇子的生母關美人，原是皇后娘娘的陪嫁婢女。四皇子和五皇子的生母均有了年紀，不大受寵愛，不過，一為淑妃，一為賢妃，怕是孕育皇子有功，得以在妃位罷了。」

秦鳳儀問：「永壽公主的生母是哪一位娘娘？」

「永壽公主的母親是過世的德妃娘娘，在公主很小的時候，德妃娘娘便因病去世了，公主是在太后身邊長大的。」

秦鳳儀問：「那妳小時候給公主做伴讀，也住慈恩宮啊？」

「對呀！」李鏡道：「我與公主最初是兩個房間，後來因著要好，就在一處起居。」

「那妳跟太后娘娘挺熟的啊？」

「還成吧。」李鏡道。

秦鳳儀笑，「妳可真是憋得住，要是我跟太后娘娘這麼熟，我早說出去了。」

李鏡道：「你以為誰都跟你似的，嘴上沒個把門兒的。」

夫妻倆八卦了一回皇家事，待得用晚飯時，秦鳳儀說起在了太后宮裡吃螃蟹的事，「娘，我估計外頭的螃蟹也下來了，我不在家，你們也買些好蟹吃。」又與媳婦道：「買時多買些，送些過去給祖母，她老人家也愛吃的。」

「知道了。」李鏡笑應了。

休沐只得一日，秦鳳儀去宮裡半天，晚上用過飯就早早與媳婦回房休息了。

恩愛綿纏自是少不得的，兩人恩愛後去浴室沐浴。要說秦家，真不愧豪富之家。當初給侯府聘禮，除開那半尺長的禮單，現銀還有五萬兩。如今秦家這浴房修得，房下早就燒起地龍來，故而，進去就暖得很。那一個楠木的大浴桶，兩人用都綽綽有餘。李鏡初嫁為人婦，也是洗過幾次後，才適應了與丈夫洗鴛鴦浴的事。

秦鳳儀一向不喜歡丫鬟服侍沐浴，都打發了出去，兩人你給我擦擦，我給你擦擦，再說笑調戲幾句。當然，會不會再賞一回祕戲圖就不得而知了。

李鏡幫秦鳳儀擦背時，見他脊背正中有塊拇指大小的朱紅胎記，好奇地問道：「你這是一塊胭脂記嗎？」

「什麼叫胭脂記？我這叫鳳凰記。咱們娘說，我出生時半身都是紅胎記。我們老家的風俗，管這叫鳳凰胎。還有一種生下來渾身青色胎記的，就叫青龍胎。說這樣的孩子，生來必有大福。當時娘還怕我長大後有半身胎記，沒想到後來都褪掉了，只留了後背那一小塊。」

秦鳳儀說得有鼻子有眼，其實他也沒見過自己的胎記啥樣。

「妳知道爹娘為什麼沒在老家，而是離鄉背井到揚州落戶嗎？就是當年我出生後，也不知怎麼那樣不巧，我二月的生辰，老家就發起大水來，一下雨下了幾十天，河道都沖垮了。那些沒見識的傢伙，我剛出生時，還都說我是鳳凰胎有大福，結果老家發大水，請了神婆來卜卦，硬說我命裡應了龍王爺的座前童子，也不說我有福了，非把我拿去祭了龍王爺。哎喲，妳說把爹娘給嚇得，也不管下不下雨了，連夜帶著我就跑了。咱們娘那會兒還沒出月子呢，啥都顧不得，就收拾了些爹行商時得的金銀細軟，從此再沒回過老家。咱們娘就是那會兒帶著我逃命落下的病根，自此再沒生養了。要不，別家都三四個五六個孩子，咱們家怎麼就我一個呢？咱們爹也有良心，知道娘當時受了罪，也沒納小啥的。」

李鏡道：「我說你怎麼取名叫鳳儀呢，原來還有這個緣故。」

「叫鳳的人多著呢，其實開始時咱們爹一看我生來有鳳凰胎，想給我取名叫鳳凰的，可老家族裡說是有個族姊叫鳳凰了，爹就說，那就叫鳳鳴吧，可又一查，又有個族兄叫鳳鳴，後來還是爹花了一百錢，請族裡有學問的長者給我取名，叫鳳儀，好聽吧？」

「這麼說，老家族裡排行，你這一輩是從鳳字輩上論的？」

「是啊！」秦鳳儀道：「要是咱們有了兒子，就得從德字輩論了。不過，就那些沒見識的族人，當時還要把我祭給龍王爺做口糧，我才不給兒子從德字論。我想好了，咱們兒子以後從鵬字上論。我這都探花了，以後兒子必然得大鵬展翅。」

秦鳳儀又道：「以往我還不信那些神神叨叨的事，不過，妳看我現在是探花啦。咱娘說，只有天上的文曲星才能中探花，說不得我以後真能做大官。媳婦，妳就等著享福吧。」

李鏡不與他打趣，問：「母親現在還有什麼舊疾嗎？」

「現在好多了，先時腿不大好，月子裡風裡雨裡受了寒，後來在揚州，咱們家富裕起來後，請了許大夫過來針灸，已是沒什麼大礙了。」

李鏡點點頭，此方放心了。

……

秦鳳儀還說呢，外頭有賣螃蟹的叫家裡多買些螃蟹吃。

家裡人如何不知他愛這一口，秦老爺和秦太太唯此一子，把兒子當活寶貝。家裡便買了幾大簍螃蟹，給親戚朋友都送了些，自家蒸了，秦太太還問兒媳婦：「這能不能給阿鳳送幾個去，也叫他解解饞，阿鳳自小愛這一口。」

李鏡道：「送是可以送，只是送多少呢？他們庶起士都是一道用飯，送去幾個，光相公一個人吃反是不好。要是送多，翰林院翰林也有幾十個，咱們家送螃蟹，倒有些顯眼了。」

秦老爺道：「兒媳婦這話有理，過不了幾天阿鳳就又回來了，到時管叫他吃個飽。」

秦太太不能給兒子送螃蟹吃，自己這螃蟹吃得也不香了。

李鏡也喜食蟹，只是她不敢多吃，蟹性屬寒。嫂子崔氏告訴過她，讓她少吃，說吃多了對懷孕不利，李鏡便不多吃了。倒是秦老爺，不愧是秦鳳儀親爹，兩人吃螃蟹都是一樣的厲害。秦太太和李鏡婆媳，一個沒心情吃，一個是不敢多吃，秦老爺一人吃了十來個，而且吃完後蟹殼子一隻隻擺得精細。

李鏡說：「父親這剝蟹的功夫真是不淺。」

秦太太笑道：「他這遠不及阿鳳，待咱們一家子吃蟹妳就知道了。阿鳳那孩子剝蟹，又快又好，整隻蟹剝出來，蟹殼還是完整的。」

秦老爺點頭，「這一點倒是青出於藍了。」

秦太太自豪道：「阿鳳比你強的地方多著呢，這孩子念書多有靈性。」

秦老爺道：「我是沒趕上好時候，我小時候爹娘早早去世，吃百家飯長大，可我在窗外聽酸生講書，也是聽兩遍就記得了。不過，酸生講書沒意思，成天之乎者也的。」

「可別再酸生酸生的了，咱們家現在已是書香門第。」

「哎喲，一時不留神，說漏嘴了！」

其實秦家人倒不必惦記，因為秦鳳儀又被景安帝召到宮裡去了。這回不是景安帝找他，是六皇子那個小屁孩。景安帝道：「給六郎講史的師傅，前兒多吃了兩口螃蟹，身子不大好，昨兒歿了。朕賞了奠儀，想著六郎不能沒師傅，他非要你來做先生，你覺得如何？」

秦鳳儀哪裡願意教熊孩子，連忙道：「臣是萬萬不能的！臣這點學識，陛下是知道的，年輕一輩的還算可以，哪裡敢跟老師傅們比？做先生可不是小事，臣小時候也拜過不少先生，進過好幾個私塾，只遇著一個盡職盡責的，其他的，臣給他們幾兩銀子就能收買。臣就是少時淘氣，更兼啟蒙先生早早辭去，後頭遇到的先生都不成，這才耽擱了好些年。要不，臣何止於如今才得中探花啊？這還得虧臣有些運道，後來遇著師傅肯指點我。要是叫我跟六殿下玩還是成的，做人師傅，豈是易事？臣道行不到啊！」

景安帝笑道：「做人先生要什麼道行？」

「起碼得是鬍子一大把那樣的道行吧？」秦鳳儀堅決不肯，「民間有句話說，嘴上沒毛，辦事不牢。臣尚是需要陛下指點的年紀，哪裡敢做皇子師傅？」

六皇子很不高興，「我就是不喜歡那種鬍子一大把的老師傅，才想找個年輕的。」

「哎喲，你知道個啥啊？」秦鳳儀道：「別不識好歹了，我小時候就是找了個嘴上沒鬍子的先生，年輕是真年輕，爬起樹來蹭蹭蹭，可揍起人來也是啪啪啪。我跟你說吧，這先生就得找老的，想揍你時，你哧溜一跑跑老遠，他追也追不上你，打也打不著你，多好啊！」

六皇子樂了，問秦鳳儀：「你小時候還被戒尺打過啊？」

「豈止被打過，殿下哪知道民間的事？我念書時只要是沒完成先生留下的課業，都要挨板子的。」秦鳳儀說他：「趕緊叫陛下給你安排個好的。你自己才多大，就會挑先生了？」

秦鳳儀突然有個壞招兒，與六皇子道：「你這也沒個眼光，我說你你還別不服氣，你挑我是怎麼挑的？放著身邊這麼個有大學問的人不挑，竟然找我給你講史？」說著對六皇子使個眼色，看向景安帝，「陛下的學問，不是勝我百倍嗎？」

六皇子悶悶的，「父皇哪有空給我講功課呢？」

「殿下還沒尋到心儀的先生前，讓陛下代幾日班也沒什麼。這又不是外人，親爹教親兒子，豈不是應當的嗎？」

景安帝笑道：「你倒是把矛頭指向朕了。」

秦鳳儀道：「這才叫言傳身教啊！像陛下這樣有學問的人，才能教導皇子。我小時念書，有時念不明白，想找個人問，問我爹，我爹就只會打算盤上的學問，問我娘，我娘只知道外頭蘿蔔青菜幾斤幾兩。我爹那會兒常說，要是他念過書就好了，就能教我了。陛下，親自指點皇子，也是一樁父慈子孝的雅事啊！」

六皇子也頗靈光，立刻道：「那父皇就先給我講。」

景安帝摸摸小兒子的頭，「好，在沒選到合適的先生之前，朕先為你講幾節。」

六皇子很歡喜，兩隻眼睛忽閃忽閃的，模樣與景安帝還真有些肖似。不過，最像景安帝的不是六皇子，而是大皇子，那相貌生得，與景安帝真是活脫脫的脫了個影兒。

雖然先生沒做成，但秦鳳儀又在宮裡吃了一回螃蟹。

就景安帝、六皇子、秦鳳儀三人一道用的午膳。秦鳳儀發現，便是六皇子，在景安帝跟前也比在慈恩宮活潑許多。他看秦鳳儀剝螃蟹剝得巧，也不叫宮人服侍了，跟秦鳳儀學著自己剝。看六皇子那笨手笨腳的樣兒，秦鳳儀招呼他：「你過來，我教你。」

剝螃蟹也是有技巧的，秦鳳儀覺得簡單，結果教來教去，六皇子說話很靈光，剝螃蟹卻是笨得很，拿著小銀錘險些捶到手。秦鳳儀看他那肥嘟嘟的小手，只得把自己剝的一殼子蟹肉給他吃了，道：「你還是坐著等人伺候吧。各人各命，我看你就是個被人服侍的命。」

六皇子念叨秦鳳儀：「一點耐心都沒有。」

「你怎麼不說自己笨？這看一遍就能會的，還用人教？」

「好像你自個兒多聰明似的。」

「我是探花，能不聰明嗎？」秦鳳儀說到自己的學歷，很是得意。

六皇子回自己席案後坐著，道：「我就沒見過你這樣愛顯擺的探花。教我經學的盧先生還是狀元呢，也不像你這樣。」

「盧先生？是不是禮部盧尚書啊？」

六皇子點點頭，秦鳳儀立刻板起臉，端正地坐著，問道：「他是不是每天都這樣？」

六皇子本來想憋著了，實在憋不住，噗哧就笑了。

景安帝道：「鳳儀，盧尚書是內閣相臣，你不許這般沒大沒小。」

「陛下，我可尊重盧尚書了。我每次見他都笑嘻嘻的，他就沒對我露出個笑臉來。」

景安帝笑道：「盧尚書天生莊嚴。」

「我都說他像廟裡的菩薩，莊嚴得不得了。」

六皇子咯咯咯笑個不停，景安帝道：「你這張嘴，怪不得小時候要吃先生的板子。」

六皇子與秦鳳儀打聽：「秦探花，你小時候都為何被先生罰？」

「記不得了，有時候是課業沒做，有時候是上學遲到，課上玩耍，跟同窗打架，也就這些事兒吧。都是小事，而且都是有原因的，其實不賴我。」秦鳳儀道：「那都是小時候的事，現在想想，哪個男孩子小時候不頑皮啊？」

六皇子看他隨手將一個個蟹殼擺成了螃蟹的樣子，忍不住問道：「都吃完了，為什麼還要擺得這麼仔細啊？」

「這是跟我爹學的，我家遺傳，我爹吃螃蟹就這樣。」

六皇子恍然大悟，「那你爹吃螃蟹肯定也很厲害。」

「那是！我家，就我跟我爹是最愛吃螃蟹的了！」

六皇子人情上很是不賴，與景安帝道：「父皇，咱們賞秦老爺一席螃蟹吃吧，秦老爺肯定像秦探花這樣喜歡吃螃蟹。」

小兒子這樣說，景安帝也不會小氣，便賞給了秦家一筐螃蟹。

秦鳳儀連忙起身謝賞，歡喜道：「陛下這樣厚賜，我爹定是喜得不知如何是好。哎，這螃蟹得熱著吃才好，煩請去我家賞蟹的公公跟我爹娘說一聲，這螃蟹挑幾隻供祖宗就成，別全供了祖宗，叫他們也留幾個嘗嘗味兒。」

六皇子都不能信世上還有這樣的事，道：「這還用說啊？」

「當然得說了。」秦鳳儀正色道：「我當差得的銀子，我家都不花的，每個月發了薪俸，就拿到祠堂去供祖宗。中秋前衙門發的月餅，我本來想嘗嘗味兒，爹娘哪裡叫我嘗，全都是先上供給祖宗享用。我是第二天才偷摸了半個，嘗了嘗味道。如今陛下賞給我爹娘大螃蟹，他們哪裡捨得吃，定得先去供祖宗，給祖宗燒香。都是祖宗保佑，才有這樣的福氣呀！」

待用過午飯，秦鳳儀告退，六皇子方說：「瞧著秦探花禮數很是粗糙，沒想到他家裡卻是這樣知恩感恩呢！」

景安帝道：「秦探花禮數粗糙是因為出身小戶人家，故而，宮裡的禮數並不大熟。他性子雖是疏放了些，卻是個老實人。」

老實人秦鳳儀辭了六皇子史學先生一事，傳到皇后宮裡，平皇后與大皇子道：「這個秦探花，倒還識得輕重。」

大皇子道：「六弟那日還與秦探花拌了幾句嘴，不想這又相中了他。」

「六殿下還小，能懂什麼？相中秦探花的，也不是六殿下。」平皇后道：「也難怪這個秦探花得你父皇青眼，這個人知道自己的分量。」

大皇子微微頷首，平皇后道：「你側室的事不要再拖了，定下來吧。」

大皇子躬身道：「一切由母后做主。」

參之章

悍妻出手震翰林

秦鳳儀發現，雖然他拒絕了做小屁孩的先生，但這小屁孩好像黏上他了。

過了中秋節的第一個休沐日，秦鳳儀正想跟媳婦過個兩人世界，六皇子就上門了。他還挺熟門熟路的，門房不認得他，但六皇子帶著貼身內侍隨從侍衛，門房一看就知道，這位小爺肯定出身不錯。

六皇子道：「我找阿鏡表姊，我是她表弟。」

門房連忙把表少爺請進去，秦老爺和秦太太正商量著收拾莊子的事，聽說兒媳婦的表弟過來了，連忙請來一見。秦太太這種年紀的中年婦女，就喜歡六皇子這種七八歲的小屁孩，又瞧他生得白淨秀氣，鼻是鼻眼是眼的，秦太太讓他坐了，又叫侍女端來桂花甜湯給他喝，還問：「你是阿鏡舅家的表弟吧？」

「不是，姨家的。」

「哦，那是平家少爺啊！」

「嬸嬸，我姓景。」他小嘴兒還挺甜的，張嘴就喊嬸。

秦太太似懂非懂，想著媳婦還有景家的親戚，沒聽媳婦說過啊！

秦太太招呼著六皇子喝甜湯吃點心，去尋李鏡的下人回來了，是跟著李鏡和秦鳳儀一道過來的。夫妻倆一見六皇子就呆住，秦鳳儀怪叫：「你來我家幹嘛？」

「我來看看阿鏡姊姊。」六皇子人小鬼精，知道秦鳳儀不是個好說話的，他跳下椅子就跑到李鏡跟前，甜甜地叫了聲：「阿鏡姊姊。」

「去去去，別亂叫，什麼姊姊妹妹的，你來我家幹嘛？」

「宮裡到處都在忙父皇的萬壽，母妃也沒空理我，我就說要到親戚家坐坐。」他還真不拿自己當外人。

「我家跟你也不是親戚啊，你來錯地方了吧？」

「誰說不是親戚？阿鏡姊姊是皇后娘娘的外甥女，母后是我的嫡母，阿鏡姊姊就是我的表姊唄！再說，我聽說小時候阿鏡姊姊還給我換過尿布呢！」

六皇子的邏輯相當清楚啊，智商情商都很過關。

秦鳳儀看向媳婦，頗是不滿，「媳婦，男女有別啊！」妳怎麼能給這小子換尿布？

李鏡瞪他，「那會兒六皇子還不會走！」

秦鳳儀這才算了，剛要說啥，秦太太驚呼：「老頭子，你咋啦？」

秦老爺渾身哆嗦著，看著六皇子都說不出話來，膝蓋要彎不彎的，渾身都不會動了。

秦鳳儀一看，他爹這貴人病又犯了。老爹出身貧寒，這自來了京城，乍見尊貴之人，就容易太過緊張。秦鳳儀一步過去，掐了他爹的人中兩下，接著手一伸，撈起他爹手邊的茶給他爹灌兩口，他爹這才喘過一口氣來。

秦老爺也不看兒子，直直看著六皇子，人倒是不哆嗦了，開始結巴，「這這這這這……六六六六六……」

「爹，您坐著吧。這位是六殿下，皇帝老爺的小兒子，我在宮裡見過他。他這是閒了，來咱們家逛逛。」秦鳳儀扶他爹坐下，安慰他爹道。

秦老爺兩眼放光，握著兒子的手，大吼一聲：「好！」又對妻子道：「擺擺擺擺擺席！」指指六皇子，「款款款款待！」因為結巴，秦老爺說話儘量簡單些。

「誒！」秦太太也激動得不成，當下是站也不是坐也不是，還說兒子媳婦：「咱們得先給皇子殿下磕頭啊！哎喲，皇子殿下您能吃我們民間的吃食嗎？這個，桃花，趕緊把上回大爺中探花時剩下的鞭炮出去拉兩掛！我的天，家裡來貴人啦！」一推老頭子，「你別傻著了，趕緊去給祖宗上香！天啊，家裡來了這麼大的貴人，去跟祖宗說一聲，叫祖宗也跟著高興！」

秦老爺風一般的同手同腳去給祖宗上香了。

六皇子看傻了，雖然知道秦家有這種好不好就要給祖宗上香的習慣，但這親眼見著，當真有幾分傻。六皇子連忙道：「嬸，妳可別忙了，這多叫我不自在啊！」

「哎喲，我的祖宗，您可不能叫我嬸啊！殿下，您可是個尊貴人呢！」秦太太激動地問兒媳婦：「這個可怎麼招待殿下啊？咱們這屋子院子也沒提前掃一掃！哎，我看戲上說，皇帝老爺出門都要黃土鋪街淨水灑地的，咱們也沒預備啊！」

李鏡看婆婆不知所措，連忙道：「母親，您只管坐著，六殿下微服出門，是想過來逛逛，不必這般忙乎，家裡有什麼端些過來就是。」

秦太太不確定，「這成嗎？」

「成的成的！」六皇子連忙道：「您可千萬別大作排場，我小時候常常跟著阿鏡姊姊一塊玩，聽說鏡姊姊嫁給了秦探花，便過來看看她。」

「好好好！」秦太太笑容滿臉，直誇道：「真好啊！」

秦鳳儀道：「娘，您也別忙了，我帶著六殿下去我們院裡坐坐就是。」

「好好好。」除了好，秦太太也不會說別的了。

秦鳳儀與李鏡帶著六皇子去了自己的院裡，六皇子看這院裡有花有樹，尤其中秋過後就是重陽了，幾株菊花倚雲石而開，當下讚道：「這花開得真好！」

秦鳳儀平日不是個愛花的，卻道：「開得好也不給你，這是我媳婦精心養的。」

「我又沒說要。」六皇子笑，「阿鏡姊、秦探花，我就是在宮裡太無聊了，好不容易歇一日，也沒處逛，就過來了。」

「你可真會來，也不提前打聲招呼，要是我們不在家怎麼辦？」

「那我就回去唄！」六皇子道：「這外頭的院落，與宮裡的不大一樣啊！」

秦鳳儀聽得直翻白眼，心說，這不是廢話嗎？

李鏡帶著六皇子到屋裡吃茶吃點心，問他：「你出來，貴妃娘娘知道嗎？」

「知道，我跟母妃說是去外公家。」

秦鳳儀道：「那你趕緊去吧，你要是不去，人家裴國公家明明聽說你要來，結果沒接到你的人，還以為你丟了呢！」

「我不去。每次出門就外公家一個去處，悶死了，我還不能來你家轉轉啊？」

「也不是不能，就是你來前要知會我一聲。我跟媳婦倒是沒事，你看把我爹娘嚇得。」

六皇子道：「看叔叔嬸嬸這樣，我更不能知會了，不然他們真的弄那啥黃土鋪街、淨水灑地、打掃屋舍的來迎我，我羞都羞死啦！」

秦鳳儀一樂，「那我下回就這麼弄一遭，叫你羞一羞。」

六皇子也是個嘴皮子俐落的，道：「要是叔叔嬸嬸那樣的老實人，我覺得羞。要是你弄，只管弄就是，小爺就受用著啦！」

「屁大點的小人兒，還自稱爺了！」秦鳳儀道：「說來你也怪可憐的，都這麼大了，就只往你外家走動過啊？」

「也不是，也去過永壽姊姊家、壽王叔家，還有愉叔祖家、我外家，就這四家。」

「哎喲，這也忒慘了點兒！」秦鳳儀道：「你來我家，我家也沒什麼好玩的。」

「那你與阿鏡姊姊平時都玩什麼？」

「我們玩的事，你現在還玩不了。」秦鳳儀壞笑，挨了李鏡一記白眼，李鏡道：「我打發人去裴公府說一聲，叫他們放心。殿下出來都出來了，就在我家好生消遣一日。」

六皇子眉開眼笑地應了，覺得阿鏡姊姊真是個好人。

接下來的事，更證明了阿鏡姊姊是個好人，因為吃過午飯，秦探花就拉著他玩起了大棋來，然後六皇子把荷包裡的金瓜子都輸給了秦鳳儀。

到得下晌，六皇子把錢都輸光了，秦鳳儀覺得，太陽快落山了，這個小小人兒，真是叫人不放心。秦鳳儀便帶著李鏡，親自把六皇子送到宮門口，看他帶著一大群宮人侍衛進了宮門，這才放心地回轉。

秦鳳儀道：「六皇子再多來幾回，咱們家就發了。」

李鏡笑道：「你也不要總贏他，我看六皇子輸得怪沮喪的。」

「我也不能欺騙殿下啊！」秦鳳儀哈哈大笑，因為發了筆小財，心情十分愉悅。

六皇子輸了銀錢，錢他倒不心疼，主要是整個下午都沒贏過，讓他比較鬱悶。不過，能出門玩一日，他也很高興就是。

待得回宮，裴貴妃問他：「今天在你外公家做什麼玩了，怎麼這會兒才回來？」別的時候，兒子都是一過午就回宮，今日回得晚，裴貴妃頗為惦記。

六皇子道：「我沒去外公家，回回出門去外公家，多沒意思。我去阿鏡姊姊家了，跟秦探花玩了一下午。」

「哎喲，你怎麼去人家家裡了？」

母子倆正說著話，景安帝過來，聽見裴貴妃這話，隨口問道：「六郎去哪裡了？」

六皇子起身向父皇行一禮，笑道：「去阿鏡姊姊家，跟秦探花一起玩了。父皇，秦探花下大棋下得可好了。」

景安帝一想便知，「那小子必是帶你賭錢了。」

「嗯！」六皇子一副天真無邪的模樣，高興地說：「我一荷包的金瓜子都輸給他啦！」

裴貴妃訓兒子：「你才多大，怎麼就敢賭錢？」

「秦探花說他六歲就會關撲了，我都已經八歲了。」

裴貴妃頭暈，揉著額角道：「以後不要跟他玩了。」

「我這是一開始，不如他玩得熟，再說，他比我大好幾歲，輸幾回怕什麼？總有一天我得贏回來！」六皇子兩眼亮晶晶的，興致高昂，「父皇，我們來玩大棋吧！」

裴貴妃一個勁兒對景安帝使眼色。

景安帝道：「玩是可以，但不玩錢。你還小，賭錢可不好。」

好不容易打發了精力充沛的小兒子，景安帝受了裴貴妃好一番埋怨，「陛下不能這麼沒事人一般，輕飄飄說兩句你還小賭錢不好，你得說重一點，不然六郎怎麼記得住？」

景安帝道：「六郎還小呢，不必過於嚴厲，嚇著孩子就不好了。」

裴貴妃道：「這個秦探花也真是的，哄著六郎玩就是，竟然還賭錢，這是個什麼人啊？陛下不是說他是個老實人嗎？怎麼老實人還賭錢啊？」

「看妳說的，老實人就不賭錢了？」景安帝笑，「這個秦探花呢，小時候就是個頑童，中間還做過幾年紈絝，可這大了，一點也沒耽擱上進，不過弱冠之年就中了探花。妳擔心什麼呀，他是方閣老一手教出來的，朕看他心思正直，就是年紀還小，有些個孩子脾氣。」

聽皇上這樣說，裴貴妃暫且放下心來。

裴貴妃又不傻，秦探花多麼得景安帝喜歡，這才入翰林多久，就幾番留他在宮裡吃飯。何況秦探花非但是探花出身，身上關係也頗為不簡單，不僅是景川侯府的女婿，還是方閣老的關門弟子，與方家來往極是密切。再者，又是這樣的深得帝心，便是裴貴妃，也覺得這位秦探花頗是不簡單。

不止裴貴妃覺得秦探花不簡單，裴國公夫人進宮時，說起六皇子去秦家的事，笑道：「秦大奶奶真是個周全人，還特意打發人過來說一聲，好叫咱們家裡放心。知道小殿下去秦家，我可不就不惦記著了嗎？你父親一向細緻，心裡放不下，打發人在秦家外頭瞧著，看小殿下什麼時候回宮。秦探花雖是年輕，行事卻是周全，坐著車把小殿下送到宮門口，看小殿下進了宮，秦探花夫妻二人這才回了家。」

裴貴妃道：「秦探花這人，我也只是聽人說過，倒是阿鏡那孩子，小時候在宮裡隨著大公主念書，是個懂事的孩子。」

六皇子去了秦家一趟，秦鳳儀發了筆小財外，也沒覺得有什麼。

好吧，秦鳳儀這種沒神經粗線條的，估計天塌了他都覺得沒什麼，反正有高個子頂著，但對於秦老爺和秦太太還是很有什麼的。老兩口激動了一整天，待六皇子走了三天，平靜下來的秦老爺悄悄同兒子道：「那啥，我兒，下回六皇子再來，那啥，吃飯，能不能我跟你娘也一道跟皇子吃飯？」

秦鳳儀不解，「這怎麼不能？可你們不是不自在嗎？」

「不自在也體面呀！」秦老爺叮囑兒子：「這可說定了啊！」

秦鳳儀看他爹娘有這麼強烈的願望，身為一個孝子，自然是拍胸脯應啦！

不過，秦老爺這願望一時半會兒還實現不了，因為眼瞅就是皇帝陛下的萬壽，京城權貴宗室皇親外地藩王紛紛送禮的送禮，上表的上表，滿朝上下都在忙著景安帝萬壽之事。六皇子也不例外，得向他爹賀壽，沒空出來。

秦鳳儀雖是官小，但他們庶起士也有禮送。

駱掌院覺得庶起士合送一份壽禮不錯，既體現了庶起士們的心意，也並不違制。倒是景安帝見著這份壽禮很高興，主要是才子們送的東西既雅又喜，很合景安帝的心意。

景安帝道：「難為他們的一片心。」

當下命人賞了兩席壽宴到翰林，給庶起士們享用。

方閣老將八十的高齡，也受邀參加景安帝萬壽，滿臉是笑，君臣相得，亦是一段佳話。

另則，在京的諸宗室、皇親、公主、郡主、皇子們，還有各部大員、遠在外地駐軍的大將、督撫等，皆是獻上壽禮。陛下四十整壽，可想而知有多麼熱鬧了。光慶賀就慶賀三天。當然，這三天與秦鳳儀等微末小官是一丁點關係都沒有，他們還在翰林念書呢！

不過，萬壽節後的重陽節，衙門發了節禮，秦鳳儀分到一簍螃蟹和一匣子重陽糕。重陽節各衙門放假一天，秦鳳儀帶著衙門發的東西回家，秦老爺說：「比起上回陛下賞給咱們家的螃蟹，著實是差遠了。」

秦太太道：「這自是不一樣的。那是陛下吃的螃蟹，能一樣嗎？」

秦鳳儀發現，自從吃過景安帝賞的螃蟹，他爹他娘的品味明顯變高了。

秦鳳儀道：「這也不錯了，螃蟹也不小，蒸一蒸，今天就吃螃蟹。」

秦太太想著兒子一向喜食蟹，便道：「把糕拿去供祖宗。」

衙門發的重陽糕，家裡人一口都沒吃上，全供祖宗了。

秦鳳儀說：「這重陽節正是吃螃蟹的日子，多買幾簍，親戚朋友都送些才好。」

秦太太笑道：「這用你說？我跟你媳婦早辦好了。咱們親家，還有閣老大人、程大人、駱掌院，再有幾家常來往的朋友，全都已經送了。」

李鏡道：「螃蟹不必買了，廚下還有養著的。母親說做些醉蟹、醬蟹，以後留著吃。」

秦鳳儀連連點頭，「好好好，醬蟹、醉蟹都好，多醬一些，能吃到明年開春呢！」

過了重陽，秦鳳儀聽說了大皇子納側的消息。這事是李鏡與他說的，李鏡說的並不是大皇子納側的事，而是恭侯府的事。李鏡因為與永壽公主關係好，而永壽公主與駙馬關係差，李鏡自然不可能喜歡駙馬的娘家恭侯府。

李鏡道：「真是再沒有這樣的荒唐事了，堂堂侯府，竟要讓自家女兒去給皇子做小。」

秦鳳儀道：「原來大皇子的側室選的是恭侯家的姑娘啊！」

李鏡長嘆，「這要是選上了，皇子側妃也是正四品的誥命，恭侯府這樣的人家，也不算委屈他家的女兒。正因沒選上，這才丟臉。」

秦鳳儀目瞪口呆，「侯府的姑娘，大皇子都不樂意，他難道選了個公府的側室？」

「可不就是公府？」李鏡道：「裴公府旁支，在朝任禮部郎中的，裴郎中家的閨女。」

秦鳳儀道：「又不是裴國公的閨女，不過是旁支嗎？妳家旁支也成百上千的，裴家國公府旁支更得成千上萬啊！」

李鏡不愛聽這話，問他：「我家是哪家？」

秦鳳儀笑嘻嘻湊過去，啾地親了一下，「岳父家，妳娘家，咱們家。」

李鏡推開他那張俊臉，搖頭笑道：「皇后娘娘的千秋就在十月，想來是要是皇后娘娘千秋之前進門的。」

秦鳳儀調戲了一回媳婦，心下大好，捏著媳婦的小手道：「這有件事我就不明白了。

裴貴妃不是太后娘娘的侄女嗎？如今，大皇子又納了裴氏女做小老婆，就是小老婆，輩分也不能亂吧？估計這個也得是太后的堂侄女什麼的。這是要叫啥？裴家的閨女怎麼總往宮裡嫁？」

「這就是裴家的事了。」

秦鳳儀道：「他家是不是想著大皇子以後做了皇上，他家跟著沾光啊？」

「別胡說，陛下正當盛年，後繼之君的事還早著。」

「誰早晚都得有這一遭。」秦鳳儀道：「不過，皇帝老爺待我好，要是皇帝老爺百年，我也就不做官了，咱們就回老家過日子吧。」

李鏡都不明白他這腦回路是怎麼回事，秦鳳儀卻是自己感慨了一回。

秦鳳儀正想著什麼時候請六皇子來家裡，與他家老頭兒、老太太一道吃頓飯，也叫老兩口體面一回，結果重陽剛過，皇上就搬到郊外溫湯行宮去過冬了。

秦鳳儀聽聞這事，很是扼腕，回家時還說：「爹，咱們家也在郊外買個有溫湯的園子吧，我聽說泡溫湯可舒服了。」

秦老爺笑道：「咱們家倒是有銀子，只是不要說行宮附近了，就是離行宮二里地的，有溫湯的園子也早被人買完了。」

李鏡道：「我娘家在行宮附近有莊園，裡頭也有溫湯，什麼時候父親母親相公有空，咱們過去住上幾日，只當消遣了。」

秦鳳儀一慣是個不懂客氣的，歡喜道：「那正好，省得咱們家再費銀子買了。」

皇帝老爺去了行宮，駱掌院是天子近臣，自然也過去，秦鳳儀他們這些庶起士啥的，依舊是在京城翰林院冷颼颼地念書。秦鳳儀覺得，駱掌院一走，沒人時時監督提問他啥的，他還怪寂寞的。他把這事與方閣老說了，秦鳳儀道：「師傅，您說也怪，駱先生在的時候，我走路都不敢大聲。他這一不在翰林院，好幾天不見，我還怪想他的。」

方閣老道：「是不是想他突然出現，教訓你一二？」

秦鳳儀道：「不是，就是忽然見不到駱先生，怪不習慣的。」

方閣老笑，「你就是習慣每天有人拎著板子，心裡提溜著過日子。」

「誰說的？根本不是這樣。我是念情分，有情義。」秦鳳儀堅決不承認自己賤皮子。

方閣老道：「那個你們庶起士一道獻壽禮的法子很不錯。」

秦鳳儀並不居功，道：「大家一起弄出來的，要擱我自己，我可弄不出來。老陸的字畫真是一絕，也多虧了阿悅，能帶著他們一起把這事辦下來。老陸那人，字畫是好，性子不成，一不高興就甩手不幹。還有幾個同科，都不是好說話的，我與老陸都沒阿悅那耐心。」

秦鳳儀問：「師傅，阿悅的親事什麼時候定啊？」

方閣老道：「訂親就在十月，成親在臘月了。」

秦鳳儀看方悅不在家，問：「他是出城看媳婦去了吧？」

「你以為都跟你似的是媳婦迷？」方閣老道：「陛下宣他去了行宮，不知是做什麼？」

「陛下沒什麼消遣，無非就是讀書下棋的事。」

方閣老點點頭，師徒倆說了會兒話，秦鳳儀閒來無事，還留在方家陪師傅吃了頓飯。

秦鳳儀覺得，興許景安帝是被庶起士們送的壽禮感動了，近來時常宣召庶起士，尤以三鼎甲最為頻繁。秦鳳儀還私下傳授了方悅與皇帝陛下相處時的訣竅，讓他不要太拘謹。

方悅心說，我不打算走寵臣路線，我還是拘謹著些吧。

不過，方悅也提醒秦鳳儀了，方悅道：「自從陛下去了行宮，大朝會便取消了。不過，我聽說近來有人提了立儲之事。你要是在御前，可小心著些，不要什麼話都說。」

秦鳳儀道：「立儲？立太子啊？」

「是啊！」

「哦，那不就是立大皇子嗎？」

方悅看他那模樣，就知秦鳳儀不解這其中的事，可這事吧，一時半會兒說不清楚。方悅道：「總之，你不要提半句立儲之事，就是有人與你提，你也不要多嘴，就說不知道便是。」

「哦。」秦鳳儀應了，他心中想著，這有什麼不知道的，論嫡論長，都是大皇子唄！

方悅還提醒了秦鳳儀，結果秦鳳儀就蹚雷上了。

景安帝是一國之主，即便在郊外行宮，他想見誰，那必是要見誰的。秦鳳儀在京城翰林院，也得跟著傳口諭的侍衛騎馬去行宮。

結果，秦鳳儀到的時候，景安帝啪地一本摺子就扔門外去了。秦鳳儀當時就想回去，看來皇上心情不大好，可他人都到了，那馬公公也可恨，眼睛尖得很，一眼就瞧見門外的秦鳳儀，當下道：「陛下，秦探花來了。」

這下子，秦鳳儀都不好走了。

景安帝近日心煩，找秦鳳儀來就是想著他慣會討人開心，故而，宣他來開開心的。景安帝可能真是惱了，坐在御榻上喘氣，也沒與秦鳳儀說話。秦鳳儀不好在外頭乾站著，外頭怪冷的，他就悄悄進去了，看景安帝不高興，端茶遞過去，人家不接。秦鳳儀繞了半圈，繞到景安帝背後，給他揉了揉肩膀。看他還沒反應，就幫著他順氣去了。

不得不說，秦鳳儀真是生了張好臉，景安帝看他如此殷勤，又是揉肩又是順氣的，再看他這般俊俏相貌，大大的桃花眼裡不掩關心，景安帝笑道：「罷了，朕不是生你的氣。」

「這臣能不知道呀？臣就從沒辦過叫陛下生氣的事兒。」秦鳳儀勸景安帝道：「有什麼好生氣的，凡事想開點兒就不會生氣了。」

「你哪裡知道？」景安帝擺擺手道：「你興許也聽說了，現在朝中正鬧著立太子。」

秦鳳儀隨口道：「那就立唄，不就是要立大皇子嗎？」

「哎喲，你還有人選啦？」景安帝不冷不熱的一句話，馬公公的心都跟著提到了喉嚨，想著他本是想秦探花進來哄哄陛下開心，不想秦探花這一根筋的，怕是要不好。

秦鳳儀一副理所當然的口吻：「論嫡論長，都該是大皇子呀！」

他勸景安帝道：「在民間，家業也是要傳給長子的。陛下，這有什麼好生氣的？您現在正當盛年，嗯，有些話我不好說，可那天在家我就跟媳婦說了，我這輩子是要跟著陛下幹的。要是哪天陛下不在帝位了，我就辭官，帶著媳婦回老家去。說來，這也早著呢，您今年才四十，幹到一百歲，還有六十年啊！」

景安帝原本見秦鳳儀都要在儲位上摻一腳，心下已是大不悅，可聽他這話，偏又生不起氣來。這麼個實在人，說的都是實在話，怎麼跟他生氣啊？

景安帝道：「你呀，以後有人比朕待你更好，你就不會這樣想了。」

「那不可能！」秦鳳儀篤定道：「俗話說，忠臣不事二主，烈女不更二夫。君臣，便如夫妻，我與陛下的緣法，在殿試時那一眼就註定了的。」

馬公公這公公的身分，聽秦鳳儀這話都覺得渾身肉麻，景安帝卻是龍心大慰。

雖則秦探花在學問上只是探花，但在這拍馬屁一途，絕對是狀元級的水準。馬公公心中感慨，不過，他仍是高興有人能息了陛下的雷霆之怒。

景安帝一高興，也不生那幫臣子的氣了，拉著秦鳳儀下了兩盤棋。

秦鳳儀道：「我正好想了幾手絕招。」

景安帝笑道：「那朕倒要看看你這絕招如何。」

秦鳳儀從荷包裡摸出兩粒金瓜子，景安帝道：「不會是你贏的六郎的那些吧？」

「陛下，您真是好眼力。」秦鳳儀笑嘻嘻的，「臣可是發了一筆小財。」

景安帝雖是贏了秦鳳儀，但秦鳳儀說的學了幾手絕招，也不是作假。秦鳳儀棋力大有長進，景安帝都說：「不錯不錯！」

「不錯什麼呀，又輸給您了。」秦鳳儀這輸棋的，哪裡高興得起來。

景安帝笑道：「行啦，大丈夫有輸有贏，應該喜怒不形於色才是。你這才輸多少，你看六郎，輸你一荷包金瓜子，也沒怎麼著啊！」

「六皇子懂什麼，他才丁點兒大。再說，我是為了金銀嗎？我是為了面子！」

景安帝笑，「你不是喜歡吃螃蟹？朕請你吃螃蟹。」

秦鳳儀一向是有吃的就高興，何況螃蟹是他的最愛。秦鳳儀頭一回來行宮，還說：「臣第一次來，怪道人家都管這兒叫溫湯行宮，到行宮就覺得地氣暖些。」

秦鳳儀是個土鱉，他道：「只是，也沒特別暖和。陛下，您為什麼要來這裡過冬啊？」

景安帝道：「這裡叫溫湯行宮，是因為這裡的溫湯比較好。冬天溫湯沐浴，對人的身子亦是有好處的。」

景安帝想到秦鳳儀長在揚州，問他：「你有沒有泡過溫湯？」

秦鳳儀道：「我們揚州的瘦西湖附近也有溫湯，不過，上等地段都是幾位大人的別院，輪不到我家買。」一句話，沒泡過，但秦鳳儀是個要面子的人，他又說：「我媳婦說，我岳父在這附近有溫湯園子，一會兒我走的時候，就去泡個溫湯再回城。」

「忒麻煩，朕一會兒也要泡的，你與朕一道吧。」

秦鳳儀笑，「這臣過來一趟，又是吃螃蟹，又是泡溫湯，怪不好意思的。」

景安帝看他這得了便宜還賣乖的樣子，便道：「那就別泡了。」

「誒！陛下，您可是金口玉言，可不能出爾反爾啊！說好了的，小臣要是不泡，不是陷陛下於沒信義的境地嗎？」

景安帝看他這刁樣，哈哈大笑。

秦鳳儀就是這種叫人難以形容的人，便是馬公公這等自小跟在景安帝身邊，見慣大世面的人，都覺得秦探花不是個凡人。

好幾遭，馬公公都覺得秦鳳儀就要不好，偏生人家就有本事化險為夷，而且，那等討陛下開心的模樣，做出來的事，什麼揉肩順氣啥的，哎喲，馬公公都做不出來。

馬公公心下揣度著，陛下興許就是看秦探花有趣，拿秦探花開心，但這就極不簡單了。滿朝文武、後宮嬪妃，誰不想討陛下高興，偏偏這麼個橫空出世的秦探花拔了頭籌。

總之，秦探花簡在聖心。

在景安帝這裡吃了一回大螃蟹，秦鳳儀惦記著泡溫湯那事，螃蟹吃得馬馬虎虎，景安帝看他那一臉期待的小模樣，原本想說傍晚再泡溫湯，可秦鳳儀這麼眼巴巴地等著，他不好耽擱，用過午膳便起身，吩咐一聲：「準備溫湯沐浴。」

於是，君臣倆，大中午的泡溫湯。

秦鳳儀突然想到一事，「我沒帶換洗衣裳過來。要不，找個人去跟我岳父借一身？」

景安帝打量了秦鳳儀的身量，道：「你的個子與大郎差不離，就是較他瘦些。」與馬公公道：「去大郎那裡，取一套他的常服來，裡外都要一套。」

景安帝帶著秦鳳儀去溫湯了，原本即便是皇帝賜浴，大臣也有大臣泡溫湯的地方，可秦鳳儀他不懂行，自個兒跟著景安帝走了，一路上還點評風景，這棵樹不錯，哎喲，那株花也好，遠處的亭子還建假山上，肯定能看得很遠，還有，看那梧桐樹上，葉子雖然落沒了，但有兩隻鳥兒在叫，那是什麼鳥兒啊？

反正，秦鳳儀比樹上的鳥兒還要歡快，嘰嘰喳喳說個沒完。

景安帝高興起來，笑道：「這麼歡喜？」

「是啊！」秦鳳儀簡直雀躍得不得了，「能與陛下一道溫湯沐浴，這是何等的榮耀啊？」他還毛遂自薦，「陛下，一會兒我幫您擦背。我爹說，我這擦背的本領，可是第一流的。」

馬公公有心說，誒，秦探花，你跟陛下可不是同一個池子。可看陛下這般高興，馬公公想著，陛下這幾日心情不大好，好不容易秦探花哄得陛下龍心大悅，他便不多嘴了吧。

秦鳳儀就與景安帝一個池子沐浴了。

秦鳳儀真是開了眼界，這哪是溫湯池啊，都可以游泳了。他也沒客氣，根本不必宮人服侍，脫了衣裳，撲通就跳了下去，幾下狗刨就游到頭了，然後，調轉回頭，游個來回，景安帝方走下池子，安安靜靜地泡溫湯。

秦鳳儀歡快極了，「陛下，您這池子可真大啊！」

景安帝矜持地點點頭，「還成吧。」

「實在太大了。」秦鳳儀道：「我們瘦西湖的溫湯，最大的也就兩個澡盆子那麼大。」

「你不是沒泡過嗎？」

秦鳳儀道：「可我見過啊！」

說來，秦鳳儀因為商賈出身，還是經歷過一些悲傷事的。

秦鳳儀說：「我那時候還小，十二歲還是十三歲的時候，不會看人臉色。我家以前不是經商的嗎？我爹時常要跟官府打交道，有時也有官家子弟尋我去玩。我那會兒笨，其實他們就是叫我一道，因為我跟朋友出門，吃飯結帳多是我出錢。我那會兒還以為人家真跟我好，我還挺高興的，其實人家就是叫我去拿銀子結帳。後來，他們說要泡溫湯，我跟著去了，結果就他們進去，不讓我進去，叫我在外頭跟他們的小廝坐一處等著。我這才知道，人家拿我當下人使喚。我氣壞了，偷偷進去，就見一群光豬在池子裡瞎泡，我便把他們的衣裳偷出去，全扔茅房去了。」

景安帝先時聽著頗心疼秦鳳儀，聽到最後哭笑不得，「他們是遇到你這麼個魔星了。」

「誰叫他們瞧不起我，後來我就不跟他們玩了。」秦鳳儀道：「他們自以為高貴，其實高貴的人哪裡像他們似的高低眼。高貴的人都像陛下這般，胸中懷有四海，眼中裝的全是天下蒼生，更不會瞧不起誰。連我這樣的小臣都可以與陛下一道沐浴，陛下才是高貴的人。」

秦鳳儀很殷勤地說：「陛下，我幫您擦背吧？」

景安帝道：「叫宮人服侍就是，你是朕的臣子，如何能做這些事？」

「哎呀，這可怎麼啦？陛下在我心裡就像我爹一樣，我服侍您，如同服侍我爹一般。」

馬公公覺得，自己的飯碗可能要不保了。

秦鳳儀非要獻殷勤，景安帝只好隨他啦。

說句實在話，就是幾位皇子，也沒幫景安帝擦過背。這不能怪皇子們，皇子們都是有禮數懂規矩的好孩子，主要是，他們太過正經，沒學過秦鳳儀這等殷勤大法。

秦鳳儀把布巾纏在手上，幫景安帝左擦擦右擦擦，一面擦，一面還問：「重不重啊？是不是有點兒輕了？」

景安帝還真被他服侍得很舒坦。

秦鳳儀幫景安帝擦過背，手臂也幫他一併擦了。

秦鳳儀瞅瞅下頭，壞笑地打趣道：「陛下，您的龍小弟不小啊！」

身為一個男人，哪怕景安帝這樣成熟的帝王，說到這件事，也是比較自豪的，瞥一眼秦鳳儀那玉柱般的秦小弟，道：「你的秦小弟也還成。」

秦鳳儀嘿嘿嘿一陣笑，「我的比較好看。」

「男人不能光看好不好看，得看實不實用。」

「我的秦小弟，既好看也實用。」

景安帝挑挑眉，不屑與晚輩後生比較這個，倒是八卦了一回，道：「聽說會試的時候，你一洗澡，有個舉人噴了鼻血。」

「不止一個，好幾個呢！」秦鳳儀很認真地道：「我懷疑他們是斷袖，我都與他們說了，我可不是斷袖，他們噴也是白噴，我是不會回應他們的。」

景安帝一樂，又道：「你洞房時，你媳婦也噴鼻血啦？」

秦鳳儀得意一笑，「陛下，您不曉得，我媳婦當初看上我，是看上我這張臉。我媳婦那人啊，不論武功還是本事，都是一等一的，唯一美中不足的，就是相貌略遜些。我呢，我是除了長得好，也沒什麼能及得上她的，所以，您說，我們是不是天造地設的一對？」

景安帝道：「你也不錯，你可是朕欽點的探花。」

「但媳婦相中我時，我什麼都不是。」秦鳳儀道：「我跟我媳婦是元配糟糠的情分。」

秦鳳儀又道：「不過，陛下您就很不錯。我開始是很想跟您一起泡溫湯，可我脫了衣裳才想起來，哎喲，可千萬別讓您飆了鼻血，不然您面子多掛不住啊！沒想到，您真不愧是陛下啊，面對我這樣的絕頂美貌，都能心若止水。」

景安帝感慨道：「鳳儀啊，你再好，也是個男孩子，朕又不是斷袖。」

「這倒是。」秦鳳儀點點頭，哼著小曲，把頭髮一攏，盤在頭頂，甩著布巾擦起背來。

景安帝說：「別太用力，小心擦出血了。」

秦鳳儀嚇一跳，連忙摸自己的後背，偏生他又看不到，急道：「哪裡出血了？哪裡出血了？我沒覺得疼啊！」

景安帝把他拉跟前一看，笑道：「並不是血，朕看錯了，是個朱砂記。」

「哦，那是我的胎記。」秦鳳儀這個漏勺嘴，就又把自己悲苦得險些被祭龍王爺的出身說了一回。

景安帝聽到他說鳳凰胎時，笑了笑，「南夷人的部落多有崇拜鳳凰的，你是沒生對地方，你要是生在南夷，說不定他們得把你當神子供起來。」

秦鳳儀道：「那也沒用啊，我娘說，那就是胎裡帶出的胎記，沒兩個月就褪完了。」

待兩人泡過溫湯，秦鳳儀換上新的裡衣，常服就不穿了，穿的是自己的官袍，道：「我還得回翰林院呢！」

景安帝看他的頭髮濕著，便說：「你這樣出去，這九月十月的天，一準兒著涼。反正出都出來了，也別急著回了，把頭髮晾乾再動身不遲。」

秦鳳儀一想，也是這個理，就又把官袍脫了，換上大皇子那裡借來的常服。晾頭髮容易濕了衣裳，官服濕了就不好穿。

兩人正說著話，馬公公進來回稟：「禮部盧尚書求見陛下。」

秦鳳儀嚇了一跳，當即覺得不妙，左右一掃，沒地方躲，沒地方藏。

景安帝剛泡過溫湯，自然是在暖閣裡待著，這暖閣地方不大，就臨窗一張楠木榻。大好陽光，景安帝正坐榻上換衣裳。是的，景安帝不用晾頭髮，人家泡溫湯又不似秦鳳儀那般撒歡兒還游了兩圈，故而，景安帝頭髮好端端的，根本不必晾。

秦鳳儀急得小聲道：「我在哪躲啊？讓盧尚書看到我大白天過來泡溫湯，我就完啦！」

景安帝覺得好笑，擺擺手，示意秦鳳儀不必急，待換好衣裳，景安帝抬腿出去了。

秦鳳儀此方放下心來，安心在暖閣晾頭髮。

秦鳳儀吃過午飯就泡溫湯，被溫湯泡得筋酥骨軟，冬天的暖陽這麼一照，他就這麼盹啊盹的，給盹過去了。

盧尚書是過來問皇后娘娘千秋節的事，結果說著說著，聽到裡間暖閣似有鼾聲。盧尚書往暖閣那裡瞧了一眼，景安帝的臉立刻沉了下來。盧尚書想著，陛下這幾日似是龍心不悅，這些陛下的私事，他便睜隻眼閉隻眼吧。

有時無知也是一種快樂，倘盧尚書知曉裡頭熟睡的是秦鳳儀，非生吃了秦鳳儀不可。

秦鳳儀這一下子就睡了過去，因他生得美，暖閣裡連宮人都格外溫柔些，還把他的頭放平，給他蓋了床被子，以免他受涼。

景安帝這整天也不得閒，打發了盧尚書，又來了譚尚書，幸好秦鳳儀躺平就不打呼了。景安帝也沒太當回事，就想他小孩子家，泡過溫湯，犯睏睡覺不是什麼大事，便未太理會，只管與這些臣子們說正事。

秦鳳儀這也是個心大的，主要是，秦鳳儀這個年紀，正是好睡眠的時候，他這一睡，就睡了半晌。景安帝打發掉最後一撥過來稟事的大臣，特意道：「景川留一下。」

景川侯以為皇上還有什麼事吩咐，景安帝卻帶景川侯去暖閣。景川侯一看，簡直不能相信，這小子怎麼跑陛下這裡來睡覺了，還蓋著被子？哎喲，你裡頭有穿衣裳吧？

景川侯一下子就想遠了，景安帝很坦蕩，「朕召鳳儀過來說話，中午一道泡了溫湯，他這睡熟了，也不好留在宮裡。朕叫頂小轎，景川你帶他回去吧。」看秦鳳儀睡出一臉粉紅的模樣，真是個可人疼的孩子。

景川侯先諫了一回，道：「陛下，您天子之尊，怎可與一小臣同浴？」

景安帝笑道：「咱倆以前也一個湖裡游過泳呢！」

景川侯道：「臣這女婿本就是個二愣子，您待他嚴厲些，他還知些好歹。您總是這般榮寵於他，他就要上天了。」

景安帝也知與臣子同浴不大妥當，可他本就不是那等循規蹈矩之人，笑道：「不至於，朕看鳳儀很好。要不是景川你快了一步，朕都有心召他做駙馬了。」

景川侯強調：「臣是快了四年。」

景川侯過去叫秦鳳儀，景川侯與景安帝說話這麼正常的音量，秦鳳儀都沒醒。景川侯推他兩下，他翻個身繼續睡。景安帝還一臉看女婿的模樣，誇獎道：「看鳳儀睡得多香啊！」

不管多香，景川侯都有絕招。他走過去，兩根手指一夾，就夾住了秦鳳儀的鼻子。秦鳳儀張嘴呼吸，景川侯用手一捂，捂住了秦鳳儀那花瓣似的嘴巴。秦鳳儀只要不想憋死，必然要醒。他一醒，揉揉眼睛，就見皇上和他岳父站在榻旁，還沒鬧明白怎麼回事呢，已是連忙起身，道：「哎喲，陛下和岳父怎麼來了，我媳婦呢？」

「人家都說鳳儀你是個媳婦迷，朕算是眼見著了。」景安帝道：「這是朕的暖閣。」

秦鳳儀這才明白過來，「陛下，盧尚書走啦？」眼尾掃過他岳父的黑臉，對陛下使眼色，怎麼把他岳父叫來了啊？他自己走就成啦！

景安帝道：「天都黑了，你這會兒也進不得城了，去你岳父那裡歇一宿吧。」

秦鳳儀不必朝外看，這才發現，屋裡都掌燈了。

秦鳳儀道：「哎喲哎喲，我怎麼睡著了？陛下您看，我可不是故意失儀的啊！」

景安帝道：「朕沒怪你。」

秦鳳儀就是跟他岳父走，也得先換衣裳。好在屋裡都是男人，除了男人，就是陛下的近身宮人，秦鳳儀把借來的常服一脫，換上自己那嫩綠的七品官服，他穿上還美著呢，道：「陛下，您看，多少人穿這官服都像老黃瓜刷綠漆似的。就我穿著，人家說這叫青蔥綠色，春意盎然呢！」

景安帝笑道：「你就別顯擺了。」沒見你岳父的臉都要綠了？

景川侯等他穿好，就帶著這個不省心的貨兒告退出去。

因為天涼了，景川侯也換了車子，秦鳳儀自然是跟岳父同乘的。

景川侯直待回了自家別院方問他：「你怎麼同陛下泡溫湯了？」

秦鳳儀道：「就說著說著話，陛下問我有沒有泡過溫湯，我說沒泡過，媳婦說岳父您在行宮附院有溫湯別院，我就說一會兒回城時過來泡一泡，陛下就讓我在他那兒泡了。」

自來有心腹之臣，賜浴溫湯倒也不是什麼大事，景川侯道：「你可真臉大，還在陛下的暖閣裡睡著了。」

「我沒想睡。我跟陛下剛從溫湯出來，正換衣裳，盧尚書就來了，把我嚇壞了。盧尚書慣愛挑不是，要是讓他知道我與陛下一道泡溫湯，指不定怎麼說我。我嚇死了，陛下多好，讓我在裡頭晾頭髮，他就出去聽盧尚書說事兒了。大中午的，太陽那麼好，我本來是坐在榻上晾頭髮，不知怎麼就睡著了，也沒人叫我。」

秦鳳儀就把事情仔細說了。

這也不是他的過錯啊，再說，不就是不小心睡了一覺嗎？也不算是什麼大事啊！

景川侯道：「你這樣的，就該盧尚書參你兩本！」

「誒，岳父，陛下心情不好，我頭晌過去的時候，陛下正生氣呢，好不容易我們泡個溫湯，高興起來，何必再讓盧老頭兒掃了興呢？」

「你沒得罪陛下吧？」

「陛下心情不好，又不干我的事，是立太子的事。」秦鳳儀道：「我勸了陛下好幾句呢，後來陛下就好些了。我們又賭了兩盤棋，泡了個溫湯，我看陛下已是沒事了。」

景川侯道：「你又跟陛下賭棋？」

「岳父，您就是太死板了。不過小賭，添些樂趣罷了。」

景川侯問他：「立太子這樣的大事，你沒胡說什麼吧？」

「我要是胡說，陛下還能這麼高興？」

景川侯不放心，問他到底是如何應對的。待秦鳳儀說了，景川侯都出了半身冷汗，拉起秦鳳儀給他屁股一下子，問他：「立儲乃國之重典，也是你說立誰不立誰的？」

秦鳳儀被揍得險跳起來，覺得屁股肯定是被這黑手的岳父給打腫了，秦鳳儀道：「本來就是啊，書上都說，立嫡立長立賢，嫡長都是大皇子啊！要是立儲，必是大皇子。大皇子又沒什麼過失，誰家不是把家業傳給長子啊？」

「那這話也不該你說。」

「您不早點跟我說，我都已經說了。」秦鳳儀道：「陛下也沒說什麼，我們好著呢！」

景川侯氣得頭疼，這小子真不知是精還是傻！

你都說一輩子跟著陛下幹，陛下百年後你就辭官回鄉，還說什麼君臣好比夫妻，我的天啊，這種話拿出來諂媚，陛下只要不是鐵石心腸，也不能生你的氣啊！

主要是，這種諂媚話，景川侯當官多年都沒聽人這般拍馬屁過。哎喲，他可是真沒看出來，秦鳳儀真是有本事啊，藝高人膽大啊，立儲這事兒非但敢說，還能全身而退。

景川侯道：「總之，你以後給我小心著點！」

「那您先跟我說，啥是能說的，啥是不能說的。」

「我怎麼知道你這張漏勺嘴裡說出什麼話去？」

「哼！事先不跟人家說，人家說了還生氣，您也忒難伺候啦！」秦鳳儀也生氣了，他還氣哄哄地問：「祖母在不在？」

「幹嘛？」

「我去跟祖母請安，好些天沒見她老人家了！」

景川侯早把秦鳳儀這點心眼摸透，「你要敢說什麼不當說的，看我不收拾你！」

「就知道欺負人，還不許人說。」秦鳳儀跟他岳父道：「陛下是心情不大好，我不過哄陛下一時罷了。岳父，您跟陛下是老交情了，多去寬寬陛下的心啊！」

「行了行了。」景川侯道：「先去吃飯，老太太肯定在等著。」

秦鳳儀同岳父大人一道過去，後丈母娘、兩個小姨子都在。李老夫人見著秦鳳儀也很高興，笑道：「阿鳳，你怎麼這會兒過來了？」

秦鳳儀笑道：「陛下宣召我過來說話，這會兒天也晚了，回城也來不及，我就過來湊合一宿，明早再回城。」

李老夫人知道這個孫女婿很得皇上的眼緣，「好好好，以後要是晚了，只管過來，咱們家在郊外也有別院。」

秦鳳儀應了，「阿鏡都跟我說了，咱們有溫湯別院，我早說過要來泡一泡。就是今兒沒帶著阿鏡，就得我自個兒泡了。」

李老夫人道：「你岳父也喜歡溫湯，冬天正是泡溫湯的時候，跟你岳父一道泡去。」

秦鳳儀笑嘻嘻的，「好。」

然後，秦鳳儀這個初泡溫湯就上癮的傢伙，晚上又泡了一回。他一向是個殷勤的，拿出哄景安帝那一套來哄他岳父。景安帝都能哄好，何況他岳父？

景川侯也挺享受的，就聽他那好女婿道：「誒，岳父，你家李小弟，比起陛下的龍小弟還是要稍遜一籌的。」

景川侯以為秦鳳儀與陛下共浴溫湯，是陛下在自己的御池，秦鳳儀在臣子的小溫湯池裡洗。一聽秦鳳儀這話，景川侯想死的心都有了，怒道：「你跟陛下在同一個池子泡的？」

「當然是同一個池子啦！陛下的池子大得很，我還游了兩圈呢！」秦鳳儀一臉得意，「我跟陛下還比了小弟弟的大小。」

景川侯現在完全與盧尚書一個心情了，就想掐死眼前這個禍害。

景川侯這種打過仗的人，以前是牛鬼蛇神都不信，如今景川侯委實有一種冥冥之中的因果輪迴之感。當初他非定下四年之約，把秦鳳儀難得要生要死地苦讀四年，眼下報應來了。早知今日，景川侯根本不會叫這小子念書考功名。考啥功名啊，就是這小子要考功名，他都得攔著。這小子哪裡是來做官的，這是來算命長還是命不長的。這好不好的，景川侯都得擔心閨女什麼時候被這小子給連累了。

就是自己的親兒子，他也沒操過這樣的心啊！

結果，你提心吊膽地替他操心，這小子還跟沒事人一樣。他……他竟然用那雙臭手丈量老丈人的寶貝，然後，景川侯一巴掌把秦鳳儀的手打了回去。

秦鳳儀笑，「我目測岳父大人您的李小弟應該稍遜陛下的龍小弟一丁點兒，跟我家秦小弟長短差不多。不過，岳父，您家的李小弟比我家秦小弟要粗一些。」

秦鳳儀還問：「這有什麼竅門不？」

景川侯問：「你也是一甲探花？知道丟人嗎？」

「這有什麼丟人的？」秦鳳儀一點也不覺得丟人，他想著，趕明兒問一問陛下，能不能再讓他的秦小弟長大些才好。雖然現在他的秦小弟也是人中龍鳳啦，但如果能再出眾一些，秦鳳儀也是不嫌棄的。

待泡過溫湯，秦鳳儀換了身岳父的常服，就骨酥筋軟地去休息了。

第二天一早，秦鳳儀問岳父，大皇子的衣裳怎麼辦。他都穿過了，再還回去似乎不好。

景川侯道：「大皇子乃堂堂皇子之尊，不會介意這個。若是大皇子不提，你就不必提了。倘他提及，你就順勢道聲謝。」

秦鳳儀應了。

大皇子哪裡會不提，大皇子又不傻，大皇子還與妻子說：「妳與阿鏡妹妹是自小的姊妹，如今雖是各自嫁人，也該多來往才是。」

小郡主這幾年皇子妃做得不甚得意，倒不是大皇子待她不好，主要是，她嫁入皇家三年都無身孕。不要說大皇子，她比誰都急。眼瞅著側室要進門，家裡親娘來了多少回勸她要寬心。小郡主也不是沒有政治智慧的人，當下笑道：「我曉得，只是咱們在行宮，阿鏡姊姊在京城，哪天方便了，我請阿鏡姊姊過來說話，我們姊妹也有些日子沒見了。」

大皇子道：「親戚間原應該多走動。」想著這秦探花委實不是尋常得他爹的眼緣，一天之內，非但賜了午膳，還跟著賜浴溫湯，就是內閣重臣，有幾個被他爹留下賜溫湯的？

大皇子一向矜貴，可也想著得跟這位秦探花走動一二，尤其聽說這幾天他爹心情不好。說到立儲的事，大皇子也煩惱，立儲這事，當真是與他無干，可有人提了，他心裡也有些高興，只是他爹似是不大樂意，而且，對此冷置，大皇子就頗為擔憂。

秦鳳儀是皇帝寵臣，大皇子認為，交好秦鳳儀對他百利無一害。

說來，大皇子想與人交好，於他的本事，並非難事。

眼下就有好機會，十月是平皇后的千秋，景安帝與平皇后是結髮夫妻，情分自然非比尋常。景安帝自己今年的萬壽過得熱鬧，雖則平皇后尚未到四十整壽，景安帝也不想委屈自己的妻子，故而，將這差使交與長子籌辦。

景安帝的話：「大郎也大了，該學著當差啦！你母親的千秋宴就交與你，若這宴辦得好，朕必有重賞！」

親娘的壽宴，大皇子焉有不盡心的？

千秋宴這樣的事，自然不能在行宮操辦，操持不開，大皇子就回了京城。這一回去，就有了與秦鳳儀見面的機會。

大皇子道：「近來給些個無知人鬧得，父皇心情不大好。秦探花，你素能解憂，倘見著父皇，多勸解著些。父皇高興，就是我們做子女的福氣了。」

秦鳳儀看大皇子很孝順的樣子，就替皇上高興，秦鳳儀道：「陛下知道殿下如此孝順，心裡定是熨貼極了。」

大皇子笑道：「為人子女，都是應當的。」

秦鳳儀想了想，不知當不當講。

大皇子何等眼力，連忙道：「咱們不是外人，有話秦探花講便是。」

秦鳳儀這人吧，年輕心熱，與大皇子沒什麼交情，而且對於大皇子娶的小郡主也說不上喜歡。秦鳳儀主要是為了陛下，他覺得陛下待他好，而今，陛下為立儲之事煩惱。他左右看一眼，大皇子打發了近侍，秦鳳儀方說：「那天，我過去陪陛下說話。陛下正因立儲之事生氣，我勸陛下說，立就立唄，反正立就是立殿下。」

大皇子的臉刷地就白了，「秦探花，你怎麼能說這樣的話，這……」

他與秦探花可沒仇啊！

「殿下急什麼？」秦鳳儀正色道：「我說的都是真心話。立儲是大事，我雖不大懂，可殿下既是嫡子也是長子，您於朝中並無過失，就是在我們民間，只要長子不是廢物，都是把家業傳給長子的。我說這話，憑的是自己的良心。」

大皇子嘆道：「這是父皇才能決定的事，何況，幾位弟弟較我也並不遜色。」

「這會兒能看出什麼來呀，反正我覺得，您只要沒有過失，就當是您。」秦鳳儀道：「我想說的並不是這事。」

「那秦探花你繼續說。」原來您還沒說到要點上。

秦鳳儀道：「我想說的是，殿下，陛下的見識比臣要高妙百倍，臣都明白的事，陛下怎麼會不明白？陛下因儲位而惱，並非是惱殿下。殿下您見陛下生氣，他並不是生您的氣。」

大皇子有些不明白了。秦鳳儀看他那迷惑的樣兒，心說，瞧著長得跟陛下很像，可這智慧就差陛下遠矣。

秦鳳儀認真道：「殿下，朝中的事太複雜，我不大明白，我與殿下說一說我家裡的事吧。以前我爹是經商的，我家就我一個兒子，待我大些，我就想跟著我爹學做生意，繼承家業，也為他老人家分憂。而我家鋪子裡的掌櫃有兩種，一種是見了我就拍馬屁的，我放個屁，他們都說香。一種是見了我必要與我說近來生意如何如何，我有什麼不懂，他們立刻跟我細說這其中的門道。」

「殿下，這江山一樣是基業。圍在殿下身邊的人，肯定比我家這兩種掌櫃要更多。您說說，這兩種掌櫃，哪個更可信呢？」

「自然是第二種。」

秦鳳儀認真道：「誰都不如我爹可信。」

秦鳳儀這人吧，有一種難得的通透。

大皇子是真的信了，他爹寵愛秦探花，不僅是因為秦探花長得好，會諂媚。秦探花這人嘛，非但會說話，而且比起那些雲山霧罩的老臣，秦探花能將話說透。

與大皇子說的這話，秦鳳儀只與自己媳婦說了。

李鏡道：「你比我看得明白。」

「妳一婦道人家，當然沒有妳男人能幹啦！」秦鳳儀心下還是很得意的。

李鏡笑道：「你莫得意，我告訴你，皇家的事還是少摻和。你如今不過剛入官場，多一兩句嘴無妨，倘你總摻和他們這事，以後怕是難脫身。」

「我哪裡是摻和他們的事，我是為了陛下。」秦鳳儀道：「我還從沒見陛下發那麼大的火呢，摺子都扔門外頭去了。大皇子這是來找我拉關係了，我能看不出來？他是守著金山來要飯，陛下那是親爹，陛下待我一個外臣都這樣好，何況是自己的親兒子？天下做父親的，哪裡會待兒子不好呢？大皇子這人，咱們私下說啊，也就是相貌長得像陛下，腦子跟陛下比差遠了。有來拉攏我的時間，多往陛下跟前服侍一二。兒子哄爹，那還不好哄？什麼儲位不儲位的，陛下一高興，皇位也捨得。」

秦鳳儀覺得大皇子不是個聰明人。

李鏡並不這樣看，李鏡道：「文武百官，宗室皇子，後宮嬪妃，哪個不想討陛下歡心？你以為，陛下的歡心這麼好討？」

「陛下很好相處啊，他待人也是極好的。」秦鳳儀認為並非難事。

李鏡笑，「你就是在這上頭開了竅。」

天下至難之事，秦鳳儀偏生易如反掌。

秦鳳儀勸大皇子這些話，雖則秦鳳儀是覺得身邊沒別人了，但景安帝依舊是知道了。至於景安帝如何知道的，秦鳳儀就不得而知了。

景安帝與馬公公道：「你看，朕略多宣召鳳儀幾回，滿朝人眼紅，說他這裡不好，那裡不好。這孩子，有良心啊！」

馬公公是自幼服侍景安帝的，主僕之間自然情分非常。

馬公公道：「平日裡看秦探花一派天真，他這人，有時說話很是透澈。」

「心裡乾淨的人，看事情就透澈。」

見皇上都探討到心靈層次了，馬公公就不好再多言。

倒是秦鳳儀，發現皇上宣召自己的次數越發多了起來，而且，他媳婦也得了皇后娘娘的賞賜。這回賞賜得頗重，一整套的紅寶石首飾呢！

秦鳳儀非常高興，道：「可見大皇子知咱們的情了。」

李鏡忍不住潑他冷水，「你只要在御前得意一日，皇后娘娘也要拉攏我的。」

秦鳳儀笑，「拉不拉攏有什麼關係？她拉不拉攏，我都是跟陛下好的。咱們白得了這些首飾，發了一筆小財。」

李鏡也是一笑。

皇后娘娘都要不失時機地拉攏秦探花，可見秦探花在朝中的炙手可熱。雖然平皇后不見得認為秦鳳儀說的話多高妙，可秦探花如今是陛下跟前的紅人，皇后娘娘的政治智慧，誰會在能拉攏陛下跟前紅人的情況下而不拉攏呢？

其實，想想秦鳳儀這話，雖不甚高妙，但他說的當真是肺腑之言。

要真是個明白人，譬如裴太后知道了，也得與心腹丁嬤嬤道：「阿鏡這孩子，眼光一向很好。」裴太后見秦鳳儀的時候不多，只見過兩次，但裴太后看出來了，這是個會說話，也是個膽子大的，卻沒想到秦鳳儀這麼會說話，難怪景川侯願意給他四年的時間叫他去考功名。

這四年是秦鳳儀的黃金時光，更是李鏡的黃金時光，女孩子的青春轉瞬即逝，禁得住幾個四年的消磨？

於是，秦鳳儀在幾位大人物的眼中，就成為了一個很懂事很會說話的人。

大人物看得到你，覺得你好，那就真是無一不好了。

秦鳳儀無知無覺的，竟在大人物們那裡刷出了不錯的好感值，但長輩們真是為了這小子捏把汗。這種聽不懂人話的小子，你叫他御前得謹慎，他隨口便敢就立儲之事發表高論。

不是說秦鳳儀說的不對，事實上，秦鳳儀這應對有諂媚之嫌，當然，這是盧尚書一流人的看法，可方閣老這種做過內閣首輔的根本不管什麼諂媚不諂媚，他就認為，弟子雖然摸了下雷，好在雷沒爆，這真是有水準啊！

諂媚怕啥，不跟陛下搞好關係，能有你的好差使嗎？

方閣老雖然被當朝人奉為德高望重的官場老前輩，是典型的楷模，但他老人家的人生觀就是這麼的樸素直接。

皇后娘娘的千秋，景安帝帶著一大家子回了京城，給妻子賀千秋。

平皇后是個謙遜的人，直說並不是整壽，簡單在行宮裡擺兩席酒便是。景安帝卻是不肯委屈妻子的，一定要在京城皇宮為皇后操持。

大皇子更是為他娘的壽辰盡心盡力，當然，規格自不敢與景安帝四十大壽的排場相比，卻也頗是熱鬧體面。

秦鳳儀自然沒資格過，但他在翰林院都聽到了絲竹之聲，秦鳳儀細聽，道：「哎喲，還是《鳳求凰》的曲子。」手肘一撞方悅，偷笑著，「這曲子選得真好。別看陛下這也是不惑的年紀，心還是年輕人的心。」

方悅瞥他，「一看就知你不知這其中的緣故。」

「這有什麼不知的？鳳求凰，相如與文君唄。」想他現在可是堂堂探花，能不知道相如文君的事兒？就是司馬相如到人家卓文君家做客，一眼相中了文君，文君也相中了相如，結果相如那會兒太窮，文君他爹看不上這女婿。於是，當天相如彈琴，就彈了首《鳳求凰》，而後兩人當晚私奔跑路了。

「不是你說的那個。」方悅出身大家，對於一些皇家逸事還是曉得的，他道：「聽說當年陛下於宮中遇到皇后娘娘，一見之下，驚為天人，可那時候即便一位是皇子，一位是閨中少女，心中有情，怎好直接說呢？陛下就彈了一曲《鳳求凰》，而後，方結夫妻之好。」

方悅原本是再正經不過的人，可能是訂親的日子近了，也浪漫起來了。

秦鳳儀的腦袋一向與人不一樣，還吐槽道：「陛下可真是的，還不如直接說呢！他這一彈琴，有耳朵的都聽出來啦！」

方悅笑道：「你以為都似你這厚臉皮？」

「想娶媳婦，就得臉皮厚，不然哪裡娶得到媳婦？」秦鳳儀悄悄問方悅：「你有沒有給囡囡妹妹彈過《鳳求凰》？」

方悅笑問他：「看來，你是給阿鏡妹妹彈過了？」

秦鳳儀是個實在人，道：「我琵琶彈得好，琴一般，還真沒彈過。」不過，想到陛下年輕時竟還有這等浪漫之事，秦鳳儀都想著回家時買把瑤琴回去跟媳婦彈一彈了。

他這人素來是說幹就幹，到了休沐的日子，他去琴店挑了張琴回家，試了試音就要彈。李鏡聽著他這七零八落的《鳳求凰》，連忙道：「你可別彈《鳳求凰》了，這幾天皇后娘娘千秋，出門不出門的，外頭都是彈《鳳求凰》的，快聒噪死了。」

彈不彈《鳳求凰》無甚要緊，秦鳳儀興致勃勃地建議：「媳婦，那咱們就像相如和文君一樣，私奔吧！」

李鏡敲他腦門兒，「我得看看你這腦袋裡頭都是什麼！給我閉嘴，咱們名媒正娶的夫妻，說什麼私奔不私奔的話！」

秦鳳儀將大頭躺在媳婦腿上，「媳婦，我頭一回來京城的時候，岳父死活不同意親事，我還真想過把妳偷走。哎，妳說，我就沒陛下機靈，要是那時候我對妳也彈一首《鳳求凰》，妳會不會與我走？」

「虧得你沒彈。」李鏡道：「我平生最厭司馬相如那等有才無德之人，倒不是他拐了文君有何不妥，只是與文君結髮後，又有納妾之意，當真令人不齒。」

什麼東西呀！

秦鳳儀忙道：「媳婦，妳只管放心，以後我做再大的官，也不會多看別個女人一眼！」

「我可是記住了。」

「妳只管記住，我這話，一口唾沫一個釘！」

結果，秦鳳儀當晚就受到了考驗。

因著近來秦鳳儀時常被宣召，他翰林院的功課就落下了一些，秦鳳儀是立志明年要考前三的。他這人有個好處，凡事上了心，那是真上心。他就抓緊別個時間補功課，回家雖與媳婦嬉笑，晚上也是要看會兒書的。正趕上李鏡今日身上不大爽利，姨媽駕到，李鏡便道：「我也不方便，你就在書房睡吧。」

秦鳳儀不樂意，「我才不在書房睡，有了媳婦，幹嘛還要自己睡？」

李鏡看他沒明白，就小聲與他說了自己身上的事。秦鳳儀雖然有些遺憾不能與媳婦嘿咻嘿咻了，但他又不是色魔。秦鳳儀出身商賈，很有些商賈風範，便道：「那妳可得記著，今天欠我兩回，下回我要補回來的。」

李鏡嗔道：「就不會說點別的？」

「媳婦，妳身子是不是不舒坦啊？要不要喝紅糖水，燉個烏雞湯？」

李鏡倒沒有特別不舒服，但也不會太舒服就是。

用過晚飯，李鏡就把秦鳳儀打發到書房去了。

秦鳳儀念書一向認真，那真是兩耳不聞窗外事，一心唯讀聖賢書。就是有什麼人出入說話，他也看不到聽不到。直到肚子餓了，侍女過來送夜宵，那微微拉低的衣領露出了一抹瑩白，甚至秦鳳儀眼神往前　送，就看到衣領下豔紅肚兜的顏色，再有那一陣陣往鼻子裡飄來的玫瑰馨香，這也是秦鳳儀最喜歡的香氣。

秦鳳儀何等人啊，他自十四歲起，就有花樓的女子向他示好，待得大些，也不是沒有好人家的閨女表露情意。秦鳳儀這輩子，見的最多的就是女孩子對他上心。秦鳳儀還多瞧了一眼，這女子長得不錯，有些面善，不過，相貌也就那樣。秦鳳儀的注意力馬上就轉到夜宵上了，見是他最愛的薑絲雞湯麵，秦鳳儀捧起碗來就吃，吃過後渾身都暖洋洋的，他又念了一會兒書，有些睏了，這才擱下書回屋睡覺。

秦鳳儀洗漱完，上了床才跟媳婦說：「妳不陪我念書，今晚有個丫鬟勾引我呢！」

李鏡問：「是哪個？」

「不認得，有些眼生。」秦鳳儀說著，看她媳婦兩隻眼睛亮晶晶的，心中暗樂。看吧，吃醋了吧？

李鏡其實猜到了，問：「長什麼樣？」

「就那樣，沒仔細看，一般吧。」

「她是怎麼勾引你的？」

秦鳳儀的手不老實地伸到媳婦被窩裡去，嘴裡道：「也沒怎麼勾引，就是身上香香的，衣領拉低了些。說來，她那胸脯比妳的還大些。」

李鏡當下醋得不得了，氣道：「你個該死的，你還敢看？恁地不老實！」一巴掌就把秦鳳儀那隻作祟的臭手打了出去。

秦鳳儀自個兒揉著手，看他媳婦火了，無辜道：「她給我端夜宵，頭那麼一低，妳說，我正坐著，又不瞎，能不看到嗎？又不是故意看的！」

「不是故意，你就知道她那什麼比我的大了？」

秦鳳儀道：「妳這胸也就比我的大點兒，是個女人就比妳大啊！」

李鏡氣得險些把秦鳳儀踢到床底下去，秦鳳儀摟著她笑，「逗妳玩的呢！妳的也不小，但也不大。我覺得自十五上長成這樣，基本就沒再長過。不過，我聽說一偏方，要不要試？」

「誰要試來著？」李鏡一副堅定的模樣。

她知道秦鳳儀慣是個存不住事的，就豎起耳朵等著聽了。

秦鳳儀悄聲道：「書上說，多揉一揉，就能大了。」

李鏡笑斥：「你又在哪裡看得這邪書來？」

「來，我幫妳揉揉。」

「走開走開！」

兩人笑鬧了一回，李鏡也不生氣了，此方相擁睡去。

翌日秦鳳儀吃過早飯就去翰林院念書，李鏡找來小圓問：「昨兒是誰給大爺送夜宵？」

小圓是李鏡的心腹丫鬟，自是知道主子的意思，悄聲稟道：「奴婢給大爺送了一回茶，之後紫裳搶著送茶，夜宵是紅綃送的。奴婢叫小丫頭瞧著她倆，她倆自書房出來時，說是沮喪得不得了。」

李鏡心中便有數，想著兩個蠢丫鬟，相公念書時不要說送茶了，就是脫光了進去，相公多半也看不到，但這兩個丫鬟如此心大，在大戶人家，倘主母不方便，那也得主母允了，丫鬟方好上前。這兩個倒好，那麼自覺。

李鏡不要說從沒想過給丈夫身邊放通房納小妾，就是納，也不要這樣的。李鏡當天就把兩人給開銷出去了，李鏡說得明白：「妳倆的人才，配小廝，妳們得覺得委屈。相公那裡，並不心喜妳們。給妳們一人二十兩銀子，身契也予妳們，回妳們自家謀前程吧。」

兩人倒也識趣，乖乖地磕過頭，謝過姑娘賞賜，便拿銀子走人了。

打發了兩個丫鬟，李鏡頓覺神清氣爽。當時繼母給的，她也不能說看著不像安分的辭了去。何況她親事彼時還要繼母張羅，便將這兩人帶了過來。她雖不喜這二人，可最初也沒想直接把人打發，總要看看人品，結果她不過略鬆一鬆，人家就自薦枕席了。別的事情讓李鏡讓一讓忍一忍，她興許不在意，她碗裡的人，你叫她讓，那就如同她的仇人一般。

李鏡挺滿意相公的定力，說來，這兩個丫頭都長得不錯，想到相公說的沒留意。唉，也是相公那等美貌，多半看誰都那樣了。

李鏡照照鏡子，雖則她不甚貌美，可相公已是在她碗裡了，只是眼睛看到胸處時，李鏡覺得確實不甚大，但成親之後，還真的比先時要鼓了些。難不成，揉一揉真的效果？

面對這一命題，饒是李鏡的才學，也有些迷惘住了。

小倆口時不時笑鬧，小日子過得甜蜜，兩人誰都沒料到，第一場家暴事件即將來臨。

秦鳳儀日子正過得順風順水，在家夫妻恩愛，父母疼愛，在外與同僚同窗們關係也好，而且他與陛下也越發好啦。秦鳳儀認為，人生在世，便是如此了。

他近來正幫著方悅準備訂親的事，雖然方悅不大樂意的樣子，但秦鳳儀硬生生搶了送聘人員之一的差使。方悅還叮囑說：「屆時穿得低調點，萬不能搶我風頭！」

秦鳳儀面上應了，回家與媳婦道：「我非穿得光芒萬丈不可，哈哈哈！」

李鏡道：「送聘都是要穿一樣衣裳的，在京城，不是寶藍就是豆青，你少來那異樣的，又不是你訂親，幹嘛要去搶阿悅的風頭？」

「他那懊惱又鬱悶的樣兒，多好玩啊！」

秦鳳儀正想著給方悅使壞，結果自己先遇著一件堵心事。

說來，自從上遭秦鳳儀心疼陛下煩惱立儲之事，勸了大皇子幾句後，大皇子也不是個笨的，便藉著這機會與秦鳳儀來往。秦鳳儀性子活泛，再者，他雖有些奇特，但並不是難相處的，秦鳳儀也就這麼與大皇子有一搭沒一搭地往來。雖然他覺得大皇子有些笨，但人家堂堂皇子，要與他往來，他也不能拒絕就是。

結果，人紅是非多。

秦鳳儀就聽到了個事兒，倘是別個事，秦鳳儀真不一定放心上。他這人看事情的重點向來與人不同。不過，設此計之人，想來對秦鳳儀做過深入了解，因為秦鳳儀聽到的一些事是關於他媳婦與大皇子的。

有一人道：「你說這事也怪，當年李大姑娘可是與大皇子議過親，秦探花倒是大度。」

「大皇子何等身分，秦探花多精明的人，不要說當年只是議親，哪怕真有什麼，秦探花還真會計較不成？」

秦鳳儀一聽這話，登時火冒三丈。原本這事他是偷聽來著，別人偷聽人說話，那必是不能露形跡的，秦鳳儀不巧聽著了，也顧不得撒尿了，直接往旁邊茅房堵人去了，兜頭進去便喝道：「你們胡說什麼呢？」

那兩個說人閒話的，被秦鳳儀逮了個現形，面上自是有些掛不住。不過，他倆也知道背後說人小話不該，其中一人忙道：「秦探花，你聽錯了。」

「你知道我聽見啥就說我聽錯了？一個個的，虧得你們在翰林院當差，就知胡說八道，碎老婆子嘴！」秦鳳儀瞪這兩人一眼，啐了一口，抬腿就要走。

其中一人道：「我們是不是胡說八道，你打聽就知道，也就你這外來戶不曉得罷了。」

秦鳳儀大怒，「放你娘的屁！你再說一遍試試？」

那人也知事涉皇子，不好再說。

秦鳳儀虛點他們，「我記住你們了！再叫我聽到這些混帳話，有你們好看的！」

秦鳳儀這性子，把媳婦當寶貝一般，一想到媳婦竟與大皇子議過親，哪裡忍得？其實他也不想想，一家女百家求，要是兩家不樂意，也說不到議親這事啊！

秦鳳儀當天，課也沒再上，就氣呼呼地回家去。別的時候，他回家都是先往父母那裡問安的，如今根本沒去父母院裡，直接就回自己院了。

李鏡正在看給方悅的訂親禮單，見秦鳳儀回來，問道：「這不早不晚，怎麼回來了？」

秦鳳儀臉臭臭的，先一掃屋裡服侍的，道：「小方小圓妳們都下去！」打發了丫鬟，他才問媳婦：「妳是不是跟大皇子議過親？」

李鏡臉色一沉，問他：「你聽誰說的這些渾話？」

「我問妳話呢！」秦鳳儀別的時候十分好糊弄，遇到這事竟然很聰明，他道：「說，這事是不是真的？」

李鏡淡然道：「沒有的事。」
秦鳳儀盛怒之下，聰明較往常更勝百倍，他怒道：「要不是真的，妳會這麼淡定？妳……妳還敢騙我！」氣死人了！
李鏡冷冷地道：「我不淡定，要不，我兩巴掌抽死你？」
「哈！這會兒就要打死親夫了！說，妳是不是又看上別個小白臉了？」
李鏡聽他這話，臉都氣白了，要不是秦鳳儀這張臉生得太好，李鏡真會給他兩巴掌。因秦鳳儀生得太好，李鏡氣白了臉都沒對他出手，一腔怒火卻是再忍不住，啪一掌擊在几上，一張上等核桃木的花几，登時碎了滿地。也不知怎地那樣巧，一絲碎屑飛濺而起，掠過秦鳳儀的臉龐，帶出一絲血痕。
秦鳳儀頰上一痛，一摸，竟然見了血，秦鳳儀眼圈瞬間紅了。李鏡一見他傷著了，大為心疼，過去就要看。秦鳳儀拍開她的手，不讓她看，自己抽抽噎噎地走了。
現在的感覺，秦鳳儀委實形容不出，就好比你純潔無比的媳婦以前竟然有過一段感情。總之是滿腹心酸，難過極了。
秦鳳儀哭著就離開家，他這樣哭著出來，媳婦竟不攔他一攔，果然對他沒情義，秦鳳儀更傷心了。夢裡夢外這二十幾年，他從沒吃過這樣大的虧，他必要尋個說理的地方去。他就一路哭到了郊外，找他岳父去了。
景川侯見他臉上帶血，以為女婿被誰揍了，忙問：「這是怎麼了？可是有人欺負你？」
秦鳳儀一見著親人，痛上加痛，閉眼大哭，「阿鏡欺負我，我不想活了！」

景川侯二話不說，帶著女婿回家，可是不能叫人看了笑話。

秦鳳儀把眼睛都哭腫了，路上抽抽噎噎地把事跟他岳父說了，秦鳳儀道：「我就是問問她而已，她啪地就把桌子打碎了，還說要兩巴掌抽死我。」

景川侯忙拿帕子給女婿擦眼淚，先評判道：「打人肯定是阿鏡不對，你別再哭了，明兒我必然教訓她。」

秦鳳儀聽這話，覺得岳父還算公正，「那你說實話，阿鏡有沒有跟大皇子議過親？」

景川侯嘆口氣，悄聲道：「當初正是因看宮裡有這個意思，我方讓阿鏡與阿釗去了江南。阿鳳，我從未有過讓阿鏡攀龍附鳳之意。」

他岳父這話，秦鳳儀還是信的，主要是，他認為岳父很有眼光。

秦鳳儀抽噎了一下，道：「那阿鏡心裡怎麼想的？她心裡是不是有我？我心裡只有她一個的，她要是有別人，可忒對不住我了。」說著，眼淚又下來了。

景川侯道：「她心裡如何會有別人？當初我不同意你們的事，她與我賭氣好久，還等你四年，從十五歲一直等到十九歲。」

秦鳳儀道：「不會是因為沒做成皇子妃，心灰意冷，不想成親的緣故吧？」

「胡說！」景川侯臉一板，「我的女兒我最清楚，當初還是阿鏡先察覺宮裡的意思，然後與我說，她才出宮來的。她要是有那意思，如何會主動出宮？」

秦鳳儀抽噎兩聲，想想，倒也是這個理。

不過，秦鳳儀委實是犯了疑心病，又問：「不會是以退為進吧？」

秦鳳儀沒念書時，無非是厚臉皮。這自從念了書，智慧大漲。好在景川侯不比旁人，十分有耐心，道：「若以退為進，焉何會隨阿釗去江南？一眼看到你，就傾心於你？」

「那與平嵐的事，又是怎麼回事？」

「那不過是謠傳，還是阿鏡瞞著家裡給平嵐寫了信，平嵐立刻另覓親事。你想想，她要是對平嵐有意，如何還會給平嵐寫那樣的信？」景川侯顧不得肉麻兮兮，認真地解釋道：「她就心喜你一個。」

秦鳳儀眨著腫成爛桃的眼睛，哽咽道：「我也心喜她一個，我比她心喜我更心喜她。」

「我知道我知道。」哎喲，看女婿哭成這樣，景川侯怪心疼的。

景川侯把女婿帶回別院，讓他洗漱完上藥歇著，又令人把閨女叫來。

景川侯還與母親說了一回，景川侯道：「這個阿鏡，性子也太霸道了。」

李老夫人一向喜歡秦鳳儀，忙問：「阿鳳沒事吧？」

「眼都哭腫了，臉也傷了。」

「不會是阿鏡揍人家了吧？」

真是對不住秦親家啊！阿鳳在家也是嬌慣著長大的，竟叫自家孫女給揍著了，這說出天去，也是自家孫女沒理啊！

李老夫人說著就要去看孫女婿，景川侯攔了她娘道：「他已是睡下了，娘就別過去了。一會兒阿鏡回來，您好生勸一勸她，這嫁為人婦了，親家也是好性子的人家，阿鳳待她真是一心一意，這不過是小夫妻吃醋，她也真是，哪裡就好動手，拍壞桌子也不好啊！」

李老夫人還很慶幸，道：「幸虧當初嫁的是阿鳳這樣一心一意的人。」要擱個情分沒這樣深的，不得釀出大事啊？又叫廚下準備孫女婿愛吃的焦炸丸子、三丁包子等菜。

李鏡正讓丫鬟收拾打壞的花几，秦老爺和秦太太那裡聽說兒子回來，秦太太見兒子沒到自己院來，就著人過去小夫妻那裡看看。丫鬟們聽到屋裡吵架的聲音，也見自家大爺哭著出門，回去與秦太太一說，秦太太哪裡能放心，親自往兒媳那裡去，李鏡也正生氣呢。

李鏡打發了丫鬟，與婆婆道：「無緣無故的，在外聽些閒話，就回來對我大吼大叫。」

秦太太見那碎了一地的花几，以為是兒子發怒把家具砸了，秦太太說：「阿鳳這性子就是一時的，妳別與他生氣才是。自己也不要生氣，小夫妻沒有不拌嘴的，過兩天又好得跟什麼似的。」又問：「什麼閒話啊？」

李鏡氣極，「沒來由的閒話！我以前不是給永壽公主做過伴讀嗎？他非說我跟大皇子議過親。這是哪兒跟哪兒？人家大皇子成親三四年了，他這話傳出去，叫人怎麼想咱們家？」

秦太太不大懂宮中之事，瞧媳婦也氣得不輕，而且並未隱瞞吵架的事，就覺得這事應該不是真的。秦太太正安慰媳婦，景川侯派的人過來了，說接大姑娘到郊外別院逛逛。秦太太以為親家知道小倆口吵架後生氣，要把閨女接回去。結果，聽到兒子也在李家別院。

李鏡道：「定是去找我爹告狀了。」先安慰了婆婆幾句，李鏡也不放心秦鳳儀，衣裳都沒顧得換，披一件外出的大毛衣裳，便登車與下人去了別院。

李鏡平白被人潑一頭汙水，也是很火大，這一到娘家，先是被親爹和親祖母說了一通。李鏡氣得狠，「這要不知道的，得以為我是媳婦，那傢伙是兒子呢！」

這還是親爹、親奶奶嗎？

景川侯素來公正，道：「妳少說這話，妳說，是不是妳把桌子拍碎了？」

李鏡道：「爹，您是沒聽見他說的那話，氣死人了！」

李老夫人嘆道：「阿鏡，妳是個會武功的，阿鳳可是文弱書生啊，再生氣，也不該動手。妳要是把他打壞了，如何是好？」

李鏡冤枉死了，「我沒打他。」

「妳沒打，那阿鳳臉上的傷是哪來的？」景川侯問。

李鏡問：「上藥了吧？」

景川侯道：「自己去看吧。」

李鏡心裡很記掛丈夫，顧不得與父親、祖母多言，連忙過去看人。

李鏡進房的時候，秦鳳儀已是睡著，他自家裡哭出來，一路找岳父去告狀，也哭累了。此時眼皮紅腫著，睡得卻是香。李鏡很心疼他，尤其臉上那一絲血痕，雖是清洗過上了藥，傷處只是一道淺淺的粉痕，可想到與阿鳳哥這些年的情義，便是傷了這一絲，她也心疼得不得了，想著自己也是脾氣上來沒收著，把阿鳳哥嚇壞了不說，還傷了臉。

這麼一想，李鏡便有幾分悔意，想著當時應該好好說的。

也不知誰這麼多嘴多舌，傳這樣的閒話，害得阿鳳哥這樣傷心。

李鏡想著，她這一天跟阿鳳哥吵架，拍壞桌子，還這麼趕路過來，其實也累啊，索性跟著躺下睡了一覺。這還是秦鳳儀先醒的，醒的時候就覺得身邊暖呼呼的，睜眼就見著媳婦的睡顏。秦鳳儀習慣性湊過去啾了一下，啾完之後想到媳婦今天這樣欺負他，心中又生起氣來，便伸手在李鏡唇上擦來擦去，把自己啾的愛意再擦掉。

李鏡就是個死人也被他擦活了，李鏡睜開眼，「幹什麼？」

「沒什麼？」秦鳳儀翻個白眼，翻過身不理她，他的氣可還沒消呢！

李鏡看他這賭氣樣兒，道：「轉過來，咱倆好生說說話。」

秦鳳儀當自己聾了，李鏡把他拉過來，秦鳳儀閉上眼，以示自己堅貞不屈。

李鏡問他：「你還沒完沒了了？」

秦鳳儀哼了一聲，「在妳跟我坦白之前，休想叫我理妳。」

李鏡不耐煩，「坦白什麼？」

「岳父都跟我說了。」

這種詐顯然詐不住李鏡，李鏡道：「父親既然都與你說了，你還叫我坦白什麼？」

「我看你倆說的一不一樣，有沒有串通了騙我？」感情上受了傷害，連秦鳳儀這樣的小白癡都能變成疑心病。

李鏡道：「騙你做什麼？根本沒影兒的事。」

「岳父跟我說了，有影兒。」

「父親怎麼與你說的？」

「我能告訴妳？」秦鳳儀道：「妳就老實交代了吧，興許我能酌情原諒妳。」

這男人要是吃起醋來，真是比女人更加小心眼。

李鏡道：「你好生睜開眼，我就告訴你。」

秦鳳儀那一雙腫眼泡，刷地就睜開了，兩眼亮晶晶的，哼一聲，「說吧！」

李鏡嘆道：「真的沒什麼，就是我跟你說的，小時候給大公主做伴讀，後來都大了。大皇子比你還長一歲，比我長兩歲。我在宮裡，到大皇子議親時，偶然聽到宮裡有閒話，說起我與大皇子年紀差不多的事。你也知道，平家是大皇子的外家，小郡主素來爭強好勝。大皇子是陛下的嫡長子，將來立儲的機會很大，平家也有意大皇子妃之位。我當時回家就與父親說了，我是不願意嫁入皇家的。我給大公主做伴讀好幾年，簡直是看膩了宮裡那些女人的你爭我鬥，我只想尋個尋常人家嫁了。」

「妳真沒對皇子妃之位動過心？」

「我看你是真的傻，實話與你說了吧，我就見不得男人納小！」李鏡道：「你也是，你以後要是敢有納小的心，我非揍死你不可！」

「我是那樣的人嗎？」秦鳳儀拍拍胸膛，「妳見過比我更深情的男人嗎？」

李鏡一笑，「那倒沒有。」

秦鳳儀問：「妳既然沒有參與過大皇子妃的角逐，如何有那樣的閒話？」

「大皇子議親時，京城公門侯府的貴女，十之八九都被慈恩宮、鳳儀宮宣召過，兩宮挑了又挑，選了又選，你說，那些貴女算不算與大皇子議過親？」李鏡輕輕摸摸他的臉，心疼地問：「還疼不疼？」

「臉不疼，心口疼。」秦鳳儀繼續問：「平嵐那親事到底怎麼回事，妳就實說了吧？」

「說來我就一肚子的氣。」李鏡道：「我並沒有爭大皇子妃的意思，只是當初大公主養在慈恩宮，我也跟著住了幾年，與太后娘娘熟悉些罷了。實話與你說，當年裴國公打過大皇子妃之位的主意，太后娘娘抬出我，不過是拿我當個靶子。她娘家嫡親的侄孫女親，還是我這個外臣之女親，你想一想，也能想明白。太后娘娘把我抬出來，處處抬舉我，時常賞賜我東西。平家那幫人不急了眼，立刻就說平嵐對我有意。我當時氣壞了，便從宮裡出去回了家。我與你說吧，我跟平嵐從來沒有議過親，也沒有與大皇子議過親，我那是被人家提溜出來當靶子招人恨的。」

秦鳳儀立刻不生氣了，一臉偷笑，「哎喲，可真慘啊！」

李鏡瞪他一眼，「這回你可算得意了。」

秦鳳儀哼道：「我得意什麼？他們沒看上妳，才叫我撿了個大便宜。」

「什麼叫你撿的，我先相中你的好不好？」

「是我先夢到妳的。」秦鳳儀湊過去啾一下，問：「還是我好吧？」

「好個屁，好不好的就來我家，找我爹告狀！」

秦鳳儀哼哼道：「誰叫妳把桌子拍壞的，妳還威脅我，說要抽死我！妳這是對相公的態度嗎？妳還把桌子拍壞了，妳以為那桌子是妳的嗎？那是咱們兒子的咱們閨女的。以後我得傳給子孫後代的，妳就把東西拍壞了。妳看妳把我的臉弄得，我要是毀了容，妳就天天守著個醜相公過日子吧。」

李鏡道：「我又不是故意的，誰叫你說話招我生氣來著。」

「只要是男人，聽說自己的女人以前議過親，誰能淡定啊？」秦鳳儀一副理直氣壯的樣兒，「一會兒出去，在岳父和祖母跟前，妳要跟我賠禮道歉，知道嗎？」

「你怎麼不向我賠禮道歉？你還冤枉我看中別的小白臉，這是人該說的話嗎？」李鏡雖則武力值出眾，講理上更是半點不遜色。

秦鳳儀道：「我那不是一時氣頭上嗎？」

「一時氣頭上就能說這種話啊？我也是一時氣頭上拍了桌子。一時氣頭，依你這樣說，也就不用賠禮道歉了。」

「不成不成，我是男人，妳得給我留面子！」

「我是女人，難不成就不要面子了？」

秦鳳儀說不過媳婦，只得軟聲央求：「好媳婦好媳婦。」

「那你先跟我道歉才成。」

秦鳳儀想了想，道：「那我這會兒跟妳道歉，出去妳得跟我道歉。」

「成吧。」

秦鳳儀立刻就跟媳婦賠了不是，他還與媳婦說：「怪道妳常說宮裡人心眼多，果然如此。虧得妳有眼光，沒擱那火坑裡。」

李鏡道：「我自小就只想一生一世一雙人的。」

「媳婦，我也是啊！」秦鳳儀趁機表白。

李鏡道：「現在是，夢裡不一定是吧？」

秦鳳儀連忙道：「夢裡也是一樣的！」

小夫妻吵架就是這樣，一時惱了，秦鳳儀哭天哭地跑來告狀，一時又好了。待出去吃晚飯時，秦鳳儀除了眼睛有點腫，已是無事了。兩人一道去老太太屋裡，李老夫人見小倆口是有說有笑地過來，方放了心，笑道：「這就是好了。」

秦鳳儀笑嘻嘻的，「祖母放心吧，我身為男子漢大丈夫，會讓著媳婦的。」說著，他還連連對媳婦眨眼睛使眼色。

李鏡也道：「我以後遇事也要冷靜些，不能動不動就打壞東西。」

他就知道媳婦不老實，說好了跟他賠禮道歉的，這又不說了。不過，秦鳳儀一想到他媳婦在宮裡吃過好大的虧，還被人家當靶子來恨，對媳婦的遭遇也很是同情，也就不與她這個婦道人家一般見識了，秦鳳儀問：「祖母，岳父呢？」

李老夫人道：「把你送回來後，就又去行宮當差了，這會兒也該回來了。」

景川侯卻是一時回不來的，因為景安帝可是聽著大八卦了。「秦探花慘被河東獅暴打，過來行宮找景川侯哭訴」的事，已是傳得行宮內外人人皆知了。

當時秦探花哭得那慘樣就甭提了。

景安帝原想著下午找秦探花過來說話的，馬公公聽說這事，就同景安帝講了：「秦探花今兒怕是不能伴駕。」

景安帝問：「為何啊？」

馬公公就把那流言說了，馬公公道：「秦探花被揍得一臉血，過來找景川侯告狀。」

因為李鏡少時在宮裡住過，還是與大公主做伴讀，景安帝多少知道一些，便道：「阿鏡是會些拳腳啊！」

馬公公道：「臣記得，李大姑娘給大公主做伴讀時，拳腳就很不錯了。」

景安帝有些擔心自家探花，想召景川侯來問，景川侯卻是請假回家去了。

景安帝道：「看來是真的了。」

景川侯是把閨女教導了兩句，這才回行宮的。一回去，聽聞陛下傳召，連忙過去，沒想到陛下問的是他的家務事。景安帝八卦兮兮地問：「你閨女不會真把鳳儀打了滿臉血吧？」

「怎麼可能？」景川侯道：「我閨女疼女婿疼得不行。」

儘管景川侯強調閨女和女婿很恩愛，但秦探花哭到行宮來告狀的事，不少人親眼所見。於是，不論景川侯如何解釋，李鏡這暴力名聲還是傳了出去，尤其許多眼紅李鏡嫁了秦鳳儀的人還說：「怪道李大姑娘找了個外地的婆家，定是想著秦探花不知她底細，這完全是欺瞞了秦探花啊！秦探花娶這麼個母老虎，可是受了大委屈啊！」

秦探花可不這樣想，景川侯回家時，秦探花已在滿心期待等著晚上吃焦炸小丸子了。

景川侯見女婿和閨女和好，心下也是大慰，卻是象徵性批評了閨女幾句，於是，秦探花更熨貼啦！秦探花現在對能為他主持公道的岳父充滿好感，他道：「岳父，我聽說您是臘月壽辰，到你壽辰那一日，我一準兒送你一份大禮！」

秦鳳儀與李鏡的第一次爭吵，半天結束，晚上泡了一回鴛鴦溫湯後，第二天早上，兩人就好得似一人了。

秦鳳儀早上吃飯時才想起來，急急與媳婦道：「昨兒咱們在岳父這裡歇息，也沒跟爹娘說一聲，他們肯定記掛了一宿。趕緊吃飯，咱們得回城了。」

李鏡道：「等你想著，黃花菜都涼了。我昨兒就命人回去知會了。」

秦鳳儀給媳婦夾個焦炸小丸子，拍媳婦馬屁，「還是媳婦想得周到。」

李鏡得意地瞥他一眼，這還用說嗎？

李鏡也給阿鳳哥夾個焦炸小丸子，兩人相視一笑，彼此間的甜蜜，濃得都溢出來了。

景川侯看他倆這樣就牙疼，昨兒還一個哭天哭地，一個滿肚子氣，今兒又好成這樣。景川侯真想說，你倆要是沒事，別回家吵架成嗎？

景川侯對閨女和女婿也是無奈了，正腹誹著，他女婿夾了個小包子給他，「岳父，以前我還說您不疼我，這有事就看出來了，岳父您待我的心，比疼阿鏡還要多疼幾分。岳父，您喝粥嗎？我給您盛粥。」

丫鬟要上前服侍，他還不讓，「誰都不能阻擋我孝順我岳父的孝心！」

李二姑娘和李三姑娘各自忍笑，昨日姊姊、姊夫拌嘴的事，她們多少也聽到一些。

秦鳳儀這種殷勤本事，見慣人殷勤的景安帝都能被他哄得高興，何況本就喜歡他的景川侯，景川侯道：「行了，放著讓丫鬟們來吧。」

「丫鬟跟女婿能比嗎？」

秦鳳儀手腳麻利，給人盛粥盛飯很有些樣子，隨手也給媳婦盛了一碗胭脂紅棗粥。

皇上到了行宮，每日也只是小朝會，景川侯用過早飯就去早朝了，秦鳳儀依舊送岳父出門。貴族的別院都離得不遠，這送岳父出門，就遇著郡王府的車隊。秦鳳儀原想著這平家人不是什麼好的，先時還謠傳媳婦與平嵐的親事，他原不想理會，轉念又想，自己都做官了，應該多些心眼，而且平郡王還是岳父的岳父，不說話也不好，岳父該說我沒禮貌了。

秦鳳儀便笑著上前打招呼：「老郡王，您早啊！」

平郡王倒是和善，隔窗開玩笑，「阿鏡都喊我外祖父，怎麼鳳儀你喊我郡王啊？」

秦鳳儀笑咪咪地攤手，「您還沒給改口錢呢！」

平郡王很高興，從腰際取下一塊玉佩給秦鳳儀。

秦鳳儀白得東西，而且郡王身上的佩飾，不用看也知是好東西，當下就順嘴喊了句：「謝外祖父賞！」他這人天生熱絡，大早上的天寒，秦鳳儀還順便關心了平郡王幾句，什麼天冷多穿衣裳啥的。

甭管秦鳳儀是不是順口的話，好話誰不愛聽啊，哪怕不一定真心，聽著也舒暢。

平郡王也叮囑他幾句，便與女婿景川侯一同上早朝去了。

秦鳳儀白得了個玉佩，歡歡喜喜地拿回去給媳婦瞧。

李鏡問他：「這是哪兒得的？」又捧過去給祖母看。

李老夫人見是塊夔龍佩，笑道：「莫不是遇著平郡王了？」

「是，老郡王給我的。」

景川侯夫人看了也說：「是父親常戴的一塊玉佩。」

李鏡道：「無緣無故的，外祖父如何給你這個？」

秦鳳儀笑，「這是外祖父給的改口錢。」

李二姑娘和李三姑娘也過來一道看，秦鳳儀還說李二姑娘：「二妹妹以後可別忘了讓阿衡跟外祖父要改口錢啊！」一句話把李二姑娘說得羞紅了臉。

李鏡拍拍妹妹的手，念叨秦鳳儀：「這信口開河的毛病，一輩子都改不了了，你以為妹夫也像你這樣厚臉皮？」

「什麼叫厚臉皮呀？」秦鳳儀可不覺得自己厚臉皮，把玉佩交給媳婦收著，「媳婦，妳幫我拿著，明兒個我就戴身上，才不枉外祖父對我的關懷。」

景川侯夫人聽著秦鳳儀這小子一口一個「外祖父」，心說，真是個諂媚小子，出去屁大的功夫，就得我父親一塊好玉佩。

不過，景川侯夫人還是很盡繼母之職，私下就李鏡與秦鳳儀拌嘴之事勸了幾句，說了些為人婦的道理，景川侯夫人很有自己心得，道：「他強，妳就弱些，待他弱了，妳再強。不能兩人都強，這是會撞破頭的。也不能兩人都弱，日子就沒法兒過了。」

李鏡靜靜地聽了。

待天亮了些，秦鳳儀還得去翰林上課，就帶著媳婦辭了岳家人，坐車回城去了。

路上李鏡把那兩個說她閒話的東西打聽出來，秦鳳儀道：「跟他倆不大熟，也不曉得叫什麼名字，不過，他倆長什麼樣，我可是記得的。」

李鏡道：「下午落衙的時候，我過去找你，你指給我瞧瞧。我倒要看看是誰說我的閒話，還刻意說給你聽。」

秦鳳儀問：「媳婦，難道他們是刻意說給我聽的？」

「不是刻意說給你聽，如何就那麼巧叫你聽到？」李鏡道。

秦鳳儀此方恍然大悟，唏噓道：「這人可真壞啊！我跟他們都不認得，更是無冤無仇的，怎麼他們這麼壞呀？」

「人為了利益，什麼事都能做得出來的。」李鏡態度是平淡，這樣的小人她見多了。

秦鳳儀憤慨了一回，李鏡勸道：「對這樣的人，生氣都抬舉了他們。你先回翰林念書，下午我去看看這兩個到底是誰家的小子，這般大膽。」

秦鳳儀應了。

李鏡直接送他到翰林，看他進去，方回了婆家。

秦老爺和秦太太一見媳婦回來，都過去見媳婦。李鏡原是想換過衣裳再去跟公婆問安，沒想到公婆先找來了。李鏡一看他們那神色就知道在擔心什麼，李鏡道：「相公已是好了，我送他去了翰林才回來的。」

秦太太一聽，心先放下一半，想著可見兒子無甚大礙，不然也不能直接去翰林。秦老爺也是這樣想的，但他是個場面人，還問了親家身體可好的話。

李鏡笑道：「父親也讓我代他向您二老問好。」

公婆跟媳婦，其實也無多少話說，尤其是做公公的，秦老爺見無事，便讓媳婦歇著，他們夫妻也回房歇著去了。秦太太路上與丈夫說：「看來是沒事了。」

秦老爺也是這樣想的，「沒事就好。」

秦太太道：「你說阿鳳，兩口子拌嘴，跑岳家去算怎麼回事？」人家岳家還不得偏著自己閨女呀！

秦老爺很了解兒子，「定是去告狀的。」

「那親家肯定也是偏著兒媳婦的。」

「哎呀，這個咱們就不要管了，他們小倆口高興就行啦！」秦老爺很看得開，「新婚小夫妻，哪裡有不拌嘴的？」

秦太太也是過來人，笑道：「這也是。」又說：「平日裡看著兒子待兒媳婦那樣喜歡，你說，昨兒咋發那麼大脾氣，把桌子都砸爛了。」

「定是想左了，正因為待兒媳婦上心，乍聽那等閒話，阿鳳如何忍得？」秦老爺也是男人，頗是理解兒子的心。

老兩口此時還認為那花几是自家兒子砸爛的。

當然，過了今日，夫妻倆便不會有這種想法了。

因為當天下午李鏡幹了一件名震京城的事。

肆之章

採花機靈抖想望

李鏡可不是吃素的，她生長在侯府，是景川侯府的嫡長女，小時候就在宮裡陪大公主念書，宮裡那樣的地方，哪怕李鏡當時是被裴太后拎出來做了靶子，可能叫平郡王府拿出孫輩第一繼承人的親事相換，可見李鏡不是尋常的靶子。

是的，平嵐他爹是平郡王世子，平嵐身為他爹的嫡長子，他祖父平郡王對這個長孫十分看重。如果沒有什麼意外，平嵐便是第三代的平郡王，若是這門親事做成，那麼，李鏡便是第三代的平郡王妃。

平家不是等閒之家，不是什麼人都能讓他們拿出郡王妃之位來交易的。

可見李鏡自身素質不凡。

往常人們說李鏡這裡好那裡好，把她與平郡王府的小郡主並立為京城雙姝，多是權貴圈在說，一些中低階官宦人家是不大知道她的。這一回，不要說中低階官宦之家了，大半個京城全都知道秦大奶奶李鏡之名了。

正是落衙時分，夕陽西下，李鏡提早出門，坐在車裡，在翰林外等著相公。秦鳳儀知道他媳婦今天過來，一落衙就往外跑，見他媳婦的車馬就在外頭，秦鳳儀連忙跑過去說話。

李鏡下車與秦鳳儀道：「一會兒見到那兩個說我閒話的，指出來告訴我。」

秦鳳儀點點頭，摸摸媳婦的手問：「媳婦，冷不冷？」這會兒，天已是冷了。

「車裡有暖爐，不冷。」

媳婦說不冷，秦鳳儀還是握著媳婦的手，給媳婦暖暖手。翰林裡當差的也就幾十號人，一時那兩人出來了，秦鳳儀指給媳婦看，問：「媳婦，妳認識他們嗎？」

李鏡是閨閣女子，哪裡認得，不過，她鳳眼微瞇，沉聲道：「馬上就能認得了。」

李鏡牽著相公的手過去，到那兩人跟前，問：「你們為何說我閒話？」

那兩人真是悔不當初，他倆不過是受人之託，說兩句罷了，哪裡曉得這對夫妻如此不按常理出牌，先是被秦鳳儀在茅坑堵了個正著，昨兒就聽說秦鳳儀讓這母老虎打慘了，今天可不就臉上帶傷地過來上課。如今，他倆又被這母老虎堵到衙門口，兩人剛要開口辯白一二，李鏡根本不想聽他倆再說什麼，掄起大巴掌，啪啪啪啪四聲脆響，兩個活生生的翰林，就被李鏡一人兩記大耳光抽翻在地。

真的是，抽昏了過去。

當時翰林院外的反應是……

靜寂。

絕對的靜寂。

連守門的兩個兵丁都是大眼珠子瞪得老大，一時忘了反應。

李鏡抽完人，對丈夫道：「我給你帶了蒸好的大螃蟹，拿進去吃吧。也別吃太多，還有一罐黃酒，燙過之後再喝。」

秦鳳儀……秦鳳儀只會點頭了，而且心裡十分慶幸，看來媳婦說一巴掌抽死他，可不是假的，哎喲，幸虧昨兒他跑得快，要不，被媳婦兩巴掌抽昏，多沒面子啊！

秦鳳儀這麼想著，狗腿地幫媳婦揉揉手，殷切地問：「媳婦，手疼嗎？」打得好！

李鏡瞟一眼圍觀的人，矜持道：「尚好。」

秦鳳儀狗腿地把媳婦送上車，攬月小心翼翼、畢恭畢敬接過自家大奶奶帶的兩個食盒，與自家主子一道目送自家大奶奶的車走遠，這才隨著自家大爺回了翰林。此時，那兩個被抽昏的人已是醒過來。不過是遇重力重擊，一時被抽懵了，又不是內傷，兩人爬起來，倍覺丟臉，顧不得尋秦鳳儀晦氣，以袖遮面地快步走了。

秦鳳儀昂首闊步，如同打了勝仗的大將軍一般，雄赳赳氣昂昂地回了翰林院。這搞學問的人八卦起來，半點不比市井小民差，不過片刻功夫，秦鳳儀的媳婦揍翻兩個翰林的事就傳得全體庶起士無人不知無人不曉了。

傍晚落衙，翰林要回家，庶起士們則是住在翰林院。臨近吃晚飯，秦鳳儀帶了螃蟹給大家加餐。秦鳳儀大力宣揚自己媳婦的賢德：「我媳婦這麼大冷的天，特意給咱們送來的。還有一小罈黃酒，我叫廚下去燙了。吃螃蟹，得喝些黃酒才好。」

方悅唇角動了動，憋著沒問李鏡打人的事，「是啊是啊，這回沾阿鏡妹妹的光了。」

別的庶起士都暗暗心想，定是秦探花昨日遭了媳婦的臭揍，今天秦大奶奶過來送吃的，這是揍一頓給一個甜棗。因為秦大奶奶大展雌威，就是先時有些嫉妒秦鳳儀有一門好岳家的同窗們，此時也個個由嫉妒轉為同情抑或興災樂禍，想著這豪門女婿也不是好當的，等閒便要被揍成爛羊頭。看秦探花臉上的傷，還有什麼不明白的呢？

哎喲，被媳婦揍成這樣，還得樂顛顛地拍媳婦馬屁，秦探花也頗不容易啊！

於是，大家歡歡喜喜吃著秦大奶奶送來的大螃蟹，嘴裡都是些安慰秦探花的好話。

秦探花向來喜歡聽好話的，於是秦探花更歡樂地說起他媳婦來，秦探花道：「再沒有這樣賢慧的了，什麼都想著我，記掛著我。」

有人打趣：「大善兄臉上劃的那一道，莫不是家裡的葡萄架倒了？」

秦鳳儀，字大善。

秦鳳儀摸摸自己的臉，笑呵呵的，「是啊是啊，葡萄架劃的。」

他是死都不能承認是他媳婦拍壞了桌子，然後被飛屑所傷的。

秦鳳儀這麼一說被葡萄架劃的，眾人哄堂大笑。

秦鳳儀心說，都傻笑什麼呢？看阿悅師侄也笑得險些噴了飯。

不過，大家都笑，秦鳳儀也就跟著笑了。

於是，就在秦鳳儀這無所察覺中，落了個秦葡萄架的名聲。

秦鳳儀是後來方悅與他說了葡萄架的典故，方曉得同窗們是笑話他怕媳婦來著。

秦鳳儀倒不生氣，還道：「他們原就嫉妒我娶得好媳婦，想笑就笑吧。」轉而又念叨方悅：「你可不能笑，知道不？」

方悅笑，「不笑不笑。」悄悄問他小師叔：「阿鏡發起脾氣，很嚇人吧？」

「有什麼好嚇人的？」秦鳳儀一拍胸脯，要在師侄面前保住自己做師叔的威風，「你去打聽打聽，我讓她朝東，她不敢朝西的。平日裡可聽話了，我在家說了算，她都聽我的。」

方悅忍笑，「哦。」

方悅又問秦鳳儀：「景川侯府不是與桓家是姻親嗎？怎麼他家族人反說你的閒話？」至於說什麼閒話，方悅就不打聽了，能讓李鏡親自出面抽兩個大耳光，定不是什麼好話。

「哪個是桓家人，我根本不認得他倆。」

方悅於京城這些豪門子弟多是知道的，便道：「一個叫桓行，一個叫周遠。桓行是桓公府旁支，但他也是桓公府近支，他父親與你二小姨子的公公是堂兄弟。說來，桓行是上科春闈庶起士，之後就留在翰林做編修。周遠是周國公府上的子侄，也是出眾旁支了。」

秦鳳儀哪裡知道這兩人為啥說他媳婦閒話，秦鳳儀也不愛多想，便道：「誰曉得他們是受誰指使說我壞話，我媳婦說了，他們是被人指使做這壞事的。」

方悅拍拍他的肩，「好在你跟阿鏡妹妹也沒吃虧。」

「什麼叫沒吃虧，我跟我媳婦好幾年沒吵過架，要不是這兩個碎嘴子，我們也不能吵架啊！」秦鳳儀一副憤憤樣兒，要不是他媳婦把這兩人揍了一頓，秦鳳儀也不能放過他們。

儘管秦鳳儀連方悅都沒說這兩人是說他什麼閒話，方悅悄與祖父說了此事，方閣老一猜便知，道：「阿鳳冒頭冒得太快，他近來時與大皇子有所來往，太著人眼了。」

方悅道：「要不要跟小師叔說一聲？」

方閣老道：「阿鳳的路子與你不一樣，他是江湖派，這事他定有應對。這兩個也是蠢才，什麼閒話都能說的不成？」

秦鳳儀可不就跟皇帝陛下說了嗎？

他時常被召去與皇帝陛下聊天下棋品書作畫啥的，事實上，皇帝陛下的娛樂活動，都很喜歡叫上秦探花。這回皇帝陛下主要是關心一下秦探花，看他可有被媳婦打壞，尤其是皇帝陛下聽說景川侯家的閨女兩巴掌抽翻兩位翰林，彪悍完全不作假的。

景安帝召秦鳳儀伴駕，見秦鳳儀臉上有道收口的小粉痕，便道：「看來是沒事了。」

秦鳳儀有些驚訝，問：「陛下，您也知道我教訓我媳婦的事啦？」

景安帝險些噎著，「哦，是你教訓你媳婦，不是你媳婦教訓你，你來找岳父評理？」

「不是不是，陛下您定是聽錯了。」在皇帝面前，秦鳳儀格外要面子，一本正經道：「那天我回家就把媳婦教訓了一頓，過來告訴岳父，我把媳婦教訓了。我岳父很明白事理的，還豎著大拇指誇我教訓得好。」

景安帝忍俊不禁，「那你臉上怎麼傷了？」

秦鳳儀道：「同窗們都說是我家葡萄架倒了。」

景安帝大樂。

秦鳳儀哼一聲，「就知道您會笑我，這可怎麼啦，夫妻之間，哪裡有不拌嘴的？我那是讓著我媳婦，難不成男子漢大丈夫，還真與婦道人家動手？我媳婦可好了，她跟我賠不是了，還送螃蟹給我吃，誰家有這樣體貼的媳婦啊？我倆早好了。」

景安帝問：「那你媳婦打翰林的事也是真的了？」

「他倆就該揍！陛下，您知道他們有多可惡嗎？他們傳的那些話，把我氣壞了，要不然我也不能跟媳婦吵架！」秦鳳儀道：「我要是不跟您說，你一準兒覺得我媳婦霸道。我要是跟您說了，您也得氣個好歹。」

景安帝道：「那朕還真得聽聽。」

秦鳳儀對馬公公使個眼色，馬公公打發了其他宮侍，秦鳳儀就把那兩人說的閒話說了，秦鳳儀道：「翰林的茅房一個個有擋板，外頭還有門，我親耳聽到他們這麼說，我還不氣壞了啊？我尿也沒撒，就去問他們了，他們被我問得一個字都說不出來，還說我聽錯了。難道我才二十，耳朵就不好使了？昨兒我跟我媳婦把這事說了，我媳婦說，一準兒是有人指使他們故意說來叫我聽的。陛下，您說，人怎麼這麼壞呀？」

景安帝聽了這事，那一準兒不能高興。傳些議親的話倒沒什麼，就是當初大皇子娶親，景安帝也當真考慮過李鏡，可秦鳳儀學的那句「不要說當年只是議親，哪怕真有什麼，秦探花還真會計較不成」，簡直惡毒。

景安帝問：「誰說的？」

秦鳳儀就把兩人的名字說出來，景安帝道：「這事朕知道了。」

秦鳳儀也不是什麼寬宏性子，何況這兩人傳的是他媳婦與大皇子的閒話。倘這話真傳出去，他媳婦得是什麼名聲啊？

秦鳳儀小聲拱火：「我媳婦的仇自己報了，陛下，大皇子可是您的親兒子。」

秦鳳儀這一拱火，景安帝反是多了心，「怎麼，你還為大郎說話？」

「我不是為大殿下說話，我是覺得，雖則你家沒眼光，沒相中我媳婦，叫我撿了個大便宜，可我媳婦跟我說，那兩個小人之所以說這些閒話讓我聽到，是因為大殿下偶爾找我說過幾次話，那些個小人就覺得我與大殿下交情好，故意說這些話，既離間了我跟我媳婦的夫妻感情，也離間了我與大殿下。其實他們都想多了，我與大殿下只是偶爾遇著，他是您兒子，又是皇子的身分，總不能走個碰頭當不認識。虧得六殿下年紀小，不然六殿下還往我家去過，還不知這些小人得傳出些什麼來。」

秦鳳儀擺擺手，「其實我心裡都清楚，他們是因為陛下待我好，才嫉妒我的。這些人心術就是不正。正因我心好，陛下才待我好。他們心好，陛下也會一樣待他們。哎，自從來了京城，我認識了許多朋友，也認識了陛下，我覺得很好，可一想到世間還有這樣的小人，心裡就悶悶的，也不知是什麼緣故。」

秦鳳儀露出迷惘的眼神，景安帝心中一軟，想著秦鳳儀素來一根直腸子，定是自己想多了。反是寬解他道：「你年紀尚小，待你大些就知道，這世間小人多的很。」

景安帝看他不大樂，就叫了秦鳳儀下棋，結果竟輸了秦鳳儀一棋。秦鳳儀立刻一掃先時低迷，簡直是歡天喜地，手舞足蹈，收起銀子道：「不賭了，就這一盤！」

景安帝笑，「哪有這樣的？」

「有啊有啊，我就這樣。」秦鳳儀同景安帝道：「陛下，您知道我縱橫關撲界還能勝多輸少，有所盈餘的原因是什麼嗎？」

不待景安帝問，秦鳳儀自己就說了：「便是該收手時就收手。我小時候出去關撲，運氣再好，兜裡有多少銀子，我只要贏一倍，立刻收手。運氣再差，輸光了口袋裡的銀子，我也不再賭了。我們那裡賭坊的一個托，他們專幹這個，拉人去賭，然後賭場給他們返點。我那時候小，不知道這裡頭的貓膩，那小子先與我結交，我們倆挺好，他就帶我去了。我那時沒見識過賭場，賭場其實有門道，你要是去了，先叫你贏。你贏上了癮，再叫你輸，待你輸紅眼，身上除了衣裳都輸沒了，他們再借你銀子，叫你繼續賭。這麼賭上一天一夜，有些輸沒了神智，真是連爹娘都能輸給人去。」

秦鳳儀得意洋洋地道：「我不一樣，我在外頭關撲多少年啦，雖是頭一回進賭場，我仍是贏了一倍的銀錢，然後立刻走人。那小子見我贏了就走，還勸我再下注，我是死活不下。賭場也不能硬攔我，就讓我走了。後來，那小子又喊我去，我仍是贏一倍就走人。不過，人家賭場也不傻，我又去幾次，把贏的都輸回去了，也就鮮少再去了。他們知道我不是他們那路的人，便不叫我了。不過，他們裡頭的門道，我去過幾次就察覺出來了。那小子也不請我吃酒了，見著我反叫我請他，說從我身上沒賺錢，還虧了些去。」

秦鳳儀自信地繼續道：「所以，他們有些人提起紈絝，覺得我們不事生產，敗家敗業。這麼想的，都是沒見識的。我縱橫紈絝界多少年，從沒敗家敗業，那些人不曉得，做紈絝也是要有本事的。現在揚州的紈絝們提起我來，都是與有榮焉。」

景安帝點點頭，「所以，你是絕對不會再跟朕下第二盤棋了，是不是？」

秦鳳儀諂媚一笑，「陛下聖明。」

秦鳳儀贏了景安帝一盤棋，心裡那叫一個美。

然後，秦鳳儀就把他的紈絝論跟景安帝闡述了一遍。

秦鳳儀道：「我爹娘待我，那是沒得說。不過，紈絝跟紈絝的等級也不一樣，我這種，算是初等。為什麼呢？因為我家畢竟是商賈立世，我爹現在也不老，要是我沒考科舉，他老人家得再幹二三十年的。有他老人家撐著，我還能玩二三十年。二三十年後，就得看我兒子如何了，我儘量把我兒子培養成材，這樣我爹幹不動了，有我兒子立起來，我有兒子孝順，吃吃喝喝一輩子就有了。您想，這日子美不？」

景安帝看秦鳳儀那一臉得瑟，正色道：「美。」

景安帝又道：「萬一你兒子與你一樣，倘你爹幹不動了，那你跟你兒子可就糟啦！」

「所以，做紈絝也得有智慧。萬一我兒子比我還紈絝，我也只得先撐一撐了。好在，家業我爹算是能攢下了。我創業不及老爹，守業也不是太困難吧？我就守業唄，只是要是兒子也紈絝，就得看孫子了。反正我兒子要是命好，他就自己養個好兒子。要是他跟我似的，沒養個好兒子，也只得在我閉眼後繼續守業。要是他不如我，只好等著赤窮啦！」

景安帝真是開了眼界，「你這才是最初等的紈絝，那略高級些的呢？」

「我把紈絝分為四等，我算是第四等，最低等的。」

秦鳳儀能考出探花來，可見其本人還是有一些智慧的，所以，他對於紈絝生涯是真真正正的做過系統性的研究與分析，秦鳳儀道：「比我高一等的，就是官宦人家了。像我師侄阿悅這樣的出身，完全可以做紈絝，也不知他抽哪門子風，非要考狀元。我當時在揚州，他不是隨我師傅回鄉嗎？我那會兒認識了大舅兄，還有阿悅，天啊，我那會兒就一鹽商小子，我成天就是吃喝玩樂，可一看他們，一個官宦之家，一個侯門府第，這等出身，還用念書嗎？結果，他們倆念得那叫一個刻苦。我跟我媳婦出去玩，大舅兄都不樂意讓我們去，因為我們一出去，他不放心我媳婦，必然要跟著，這就打擾他念書了。可不讓他跟，他又不放心。後來，他都讓我去他家裡說話，然後我跟我媳婦說話，他埋頭苦讀，兩不耽誤。」

秦鳳儀回想著說道：「還有阿悅，那是起得比雞早，睡得比狗晚。我可不理解他們了，大好的青春，念什麼書啊？花開花謝，雲卷雲舒的，估計他們沒欣賞過。生在官宦之家，尤其我師傅還做過閣老，像阿悅這種，玩玩樂樂一輩子，也沒人敢欺負他。可惜，他不懂得享受人生。我把出身官宦之家的紈絝，歸為第三等。」

秦鳳儀這一套話說下來，口都乾了，馬公公忙送上茶，他吃了半盞，繼續高談闊論：「這第二等紈絝，就是我大舅兄小舅子們這種，出身公門侯府……誒，陛下，您認得酈悠嗎？」

「認得，酈公府老三。」

「對，他很符合我說的第二等紈絝。背靠大樹好乘涼，現在爹是國公，以後哥是國公。酈悠酈叔叔心善，在朝做個不大不小的官兒，以後舒舒服服就是一輩子。還有阿珍舅舅，這也是第二等紈絝中的極品人物，啥都不管，反正爹是郡王，以後哥是郡王，他還不是我們這等吃喝玩樂、受人鄙夷型的紈絝。他有嗜好，是當代丹青聖手，這好不好的還能名傳千古，跟那個什麼道子一樣。」

「吳道子。」

「對對對！」秦鳳儀感慨，「像酈叔叔和珍舅舅，定是上輩子燒了高香啊！」

景安帝道：「他們這樣的出身，才只能算二等紈絝，那一等呢？」

「一等就是出身皇家宗室啦！」秦鳳儀兩眼放光，滿眼欣羨，「陛下，不說別人，就說您家的幾位皇子，多好的命。這上輩子都是行了大善事，才能托生在皇家，做了皇子。」

「而且，還不是一般的大善事，不然哪能給您這樣的父親做兒子呢？而且，還是盛世的皇子皇孫。」秦鳳儀頗是感慨，「要依我說，都皇子龍孫啦，這輩子就剩一件事，玩就成了。這樣舒服的日子，想都想不出。哎呀，可太有福了！」

「這是紈綺的四個等級，陛下，您看，我分得還成吧。」

「成，簡直太成了。」景安帝問：「可這人要一輩子總是玩，也沒意思吧？」

「哪裡會沒意思，有意思得不得了。」秦鳳儀道：「不是我說，陛下，您一看就是沒玩過的。您看，您隔三差五才有這麼點空，下下棋、聊聊天，別的時候，都是軍國大事的操心。您這日子啊，雖則您是天下之主，真不一定有我以前在揚州時過得樂呵。」

景安帝問：「你這考科舉，沒做成紈綺，挺遺憾的吧？」

「也還好吧，我主要是為了娶媳婦。」秦鳳儀笑嘻嘻的，「而且，我雖然是吃了好幾年的苦，可以後我兒子就不用愁啦。我都想好了，以後有了兒子，就交給我岳父和大舅兄，我啥都不管。我岳父特別會督促人成才，我大舅兄，我就是有個親哥，都不一定比我大舅兄好。您說，這親外公親舅舅，能不管嗎？」

「不能。」景安帝接著問：「那要你有什麼用啊？」

「看陛下這話說得，我以後要陪著孩子玩啊！我岳父那麼嚴厲，萬一揍我兒子，把我兒子嚇壞了怎麼辦？岳父唱黑臉，我就要唱白臉，安慰安慰兒子，做做好人啥的，這就是我的事。」秦鳳儀一臉得瑟，「我現在就盼著我岳父長命長歲，說不得還能幫我教管孫子。」

景安帝感慨道：「都說你笨，我看，你可不笨。」

景川侯有這麼個女婿，真是虧大了。

「那是，我要是笨，能得探花嗎？」秦鳳儀道：「上次駱掌院出題考試，我就得了第十，我再努力半年，明年散館，一準兒前三沒問題的。」

景安帝笑問：「你孫子的事都想好了，也不怕累著你岳父啊？」

「不怕，我岳父臘月壽辰，我想好了，要送我岳父一份大禮。讓我岳父身心愉悅，把身子養得棒棒的，一定要長命百歲。」

看秦鳳儀神祕兮兮的樣兒，景安帝問：「你打算送啥？」約莫也就人參鹿茸啥的了。

「我要是說了，您可不能說出去。」

「快說。」

「我們揚州的土產，瘦馬。」

景安帝一口茶噴了秦鳳儀滿臉，秦鳳儀鬱悶地拿帕子擦臉，「看您把我給噴得！」

景安帝大笑，馬公公亦是忍俊不禁。

秦鳳儀嘟著嘴，「噴人一臉，你們倒高興了。」

景安帝笑著擺擺手，把手裡的茶盞擱在一旁，道：「趕緊給鳳儀打水來淨面。」

景安帝笑壞了，他還是頭一遭聽說，原來揚州的土產是瘦馬。

景安帝這嘴委實不大嚴實，先時秦鳳儀就說過，他與陛下第一次賭棋的事，就是讓陛下說出去的，結果，挨了御史一大參。

如今他給岳父送壽禮的事，都說不要往外說了，結果，陛下這嘴又給說出去了。

景安帝只當是君臣之間的打趣，景川侯回去卻是鄭重警告兼恐嚇了秦鳳儀一回。秦鳳儀再得陛見時，哭喪著臉埋怨景安帝道：「以後啥事都不跟您說了，您又告訴我岳父。我岳父說了，我要是敢送他瘦馬，他就把我揍扁。」

景安帝又是大樂，深覺秦探花有趣。

秦鳳儀簡直就是景安帝的小開心果，敏銳的大臣都覺出來了，當天只要有秦探花進宮，一般什麼摺子，陛下都能給准了，便是有什麼過失，陛下龍心大悅下，也能從輕處置。

於是，許多大臣倘有事上稟，就會悄悄打聽一句：今兒秦探花過來沒？

可見秦探花如何簡在帝心了。

當然，現在說秦鳳儀簡在帝心也有些過了，但景安帝每每宣召過秦探花後，龍心大好，那也是事實。

甭看秦鳳儀官位不高，有這樣一種能討陛下開心的本領便也夠了。

要不怎麼說人們都恨佞臣啊，咱們辛辛苦苦、戰戰兢兢地給陛下當差，還不敵你這小子巧言令色地哄陛下開心更得聖心，這怎不叫人恨？

然而，恨歸恨，對於秦鳳儀，暫時還真沒人願意得罪他。

就是那說秦鳳儀壞話的兩人，豬頭臉地回家，家裡一見，早上好端端出門，被人揍成豬頭回來，沒有不問的，奈何家裡人如何問，他們都不言。不過，兩人身邊有小廝，家人從小廝那裡打聽出來是被景川侯家的閨女秦探花的媳婦給揍的，當下就要找秦家來說理。

幸虧沒去！

那兩人也自知是闖了大禍。

儘管不想說，還是與家裡說了。結果，說完之後，又被家裡給捶了一頓。

簡直是蠢！

這兩家雖則自家生了這樣的蠢才，已是沒法子，但你倆如何會無端說這些昏話，再一細問，呵，前幾天與大公主駙馬吃過酒。

是大公主駙馬說的，大皇子曾與景川侯家的長女秦探花的媳婦議過親。

當然，這事不算什麼祕密，可當初大皇子議親時，又豈止是景川侯府的閨女被考慮過，京城十之八九的名門貴女都被召見過，誰家敢說自家沒想過那個位置。

主要是，現在秦鳳儀太紅了。

他簡直是橫空出世得了景安帝的寵愛。

哪怕是景川侯的女婿，可就是景川侯自己，在御前怕也沒有秦鳳儀這樣會討陛下歡心。

秦鳳儀紅得招人眼紅，大駙馬都要酸一酸，這兩個沒心計的東西，說人閒話偏被人聽到了，你說把兩家家長給氣得，還託了景川侯向秦鳳儀賠了一回禮。兩家一人一份厚禮，秦鳳儀收了東西，就說沒事了，事情都過去了，他一點都不會放心上，心中卻是道，你們送禮也送晚了，我都跟陛下說了。

當然，這兩家很快收到小道消息，秦探花在陛下跟前把你家兒孫給告啦！

兩家也沒處說去，總不能再去問秦探花，你收我們的東西，怎麼還到陛下跟前告我們？萬一秦探花再與陛下跟前去說，我悄悄跟陛下說的事，被他兩家知道了，他兩家在您這裡有奸細。私窺御前，可是大罪。

總之，這兩家留下了不少心結。

秦鳳儀也不與這兩家親近是真的。

大駙馬的事，還真不是周桓兩家同秦家人說的，畢竟是他們兩家孩子嘴臭，沒輕沒重地去傳這等要命的話，又沒證據說是大駙馬指使，這事是大公主與李鏡說的。

大公主道：「我已令駙馬閉嘴，只是到底是誰指使的他，一時查不出來。」

李鏡道：「終不過是與大皇子一系不睦之人。」

大公主亦是這樣認為。

只是，大公主讓駙馬閉嘴的方式十分有閨蜜李鏡的特色，令女官直接把駙馬的嘴打腫，再打發人送他回恭侯府，駙馬自始至終屁都沒敢放一個。

大公主府上的事，也不知景安帝是知道還是不知道，反正只當不知道就是了。

總之，秦鳳儀也沒吃什麼虧，他已是歡歡樂樂穿起送聘使的衣裳，去給他家阿悅師侄做送聘使了。秦鳳儀還批評了一回阿悅師侄家這送聘使穿的衣裳：「還不如做寶藍色的，這豆青的可真是土啊！」

方悅道：「小師叔，您這樣的容顏，啥衣裳穿你身上都不土。」

「我不是說自己土，我是說他們。」秦鳳儀往邊上一瞥，「看我大舅兄這樣的人才，都被你這衣裳襯得減色三分。」

李釗道：「我無妨，我又不打算出風頭。」

「我要出風頭啊！」秦鳳儀不時地拉拉拽拽，摸出胸前藏著的小鏡子整理容妝，「我得叫駱先生看看我是多麼的出眾啊！」

方悅連忙道：「我岳父又不瞎，他早看到你有多麼出眾了。」早聽說了，我岳父給你啟蒙一年就老了十歲。就因著你，我岳父做先生都做傷了。

秦鳳儀仍是遺憾送聘服不大威風，看阿悅師侄那一身絳紅的袍子，嘖，還用金線繡了花邊，真是騷包。平日裡一本正經，內裡可是個臭美的。

秦鳳儀暗暗鄙視了阿悅師侄一回，嘀嘀咕咕地跟自己大舅兄念叨了幾句。

李釗頗關心這個妹夫，想著妹夫剛被妹妹揍過，便拍拍他的肩，溫言安慰他道：「這又不是你訂親，你出那風頭做什麼？風頭本來就該留給阿悅，要是他灰頭土臉地過去，女家不願意要他，如何是好？」

「這倒也是。」秦鳳儀頭腦簡單，想著大舅兄說得有理，便嘻嘻笑著不介意穿得灰撲撲一點了。其實即便袍子不起眼，也只能更襯得他的絕世容顏越發光輝照人。

於是，秦鳳儀這送聘使過去，原該是等著駱家人招待，結果，他自詡為駱先生的啟蒙弟子，看駱先生家在京城親戚不多，兒子們都小，就自發過去幫忙招呼客人。秦鳳儀還自認為是兩頭的親戚，隨禮也是兩頭隨禮的。

駱掌院看他跑前跑後地迎來送往敬酒待客，也是無奈了。

忙過阿悅師侄的訂親禮，秦鳳儀竟然接到了皇帝陛下給他的一件差使。

秦鳳儀還驚奇地問：「庶起士不是讀書就可以了嗎？」

景安帝道：「真是笨，朕有差使給你，還不是器重你？」

「好吧，那可不要太難喔。要是太難，做不好，誤了陛下的事就不好了。」秦鳳儀挑肥揀瘦都說得光明正大。

「放心，是好事兒。」

原來南夷幾個部落的族長過來陛見請安，偏趕上鴻臚寺現在正接待北蠻的使臣。瞅著天冷，各國使臣過來，鴻臚寺的人手就有些不夠使，景安帝一想，秦鳳儀很會交談，乾脆點了秦探花這差使。

景安帝與秦鳳儀說了這事，秦鳳儀道：「就是陪著吃吃喝喝唄。」

「也就這麼個意思。」景安帝道：「他們過來，難免會要些金帛銀米，他們那邊窮得很。只要不過頭，打發了他們去便可。」

秦鳳儀想了想，道：「往年都給他們多少金帛，臣心裡得有個數才好。」

景安帝道：「這事你去問一問戶部，他們都曉得的。」

秦鳳儀應了。

秦鳳儀回家就與媳婦說了他得差使一事。

李鏡很是歡喜，笑道：「可見陛下對你看重。」

秦鳳儀道：「說叫我接待南夷部落的族長，吃吃喝喝就成，最後還要賞他們東西。」

李鏡她爹是兵部尚書，對於周邊部落國境的事，也略略知道，便拉著秦鳳儀坐下，細與他說道：「這南夷州，說是我朝的州土，如今卻仍是由南夷州的各部落族長管著事。他們多是當地土人，讀書識字的少，他們那裡有些部落有自己的文字，有些完全沒有文字。都是一些夷人，不通禮教。每年過來向陛下請安，得些金帛，就回去安安生生地過日子了。」

秦鳳儀便放心了，不過，李鏡還是叮囑道：「我知道的不過是一些皮毛，你再去問一問父親和方閣老才好。」

秦鳳儀向來是不吝於請教長輩，他這人很有自知之明，覺得自己的智慧不如長輩，因著岳父還在郊外別院，就先去了師傅那裡。

方閣老先讚了弟子一句：「不錯不錯，現在就有實差了。」

「陛下說，就是些吃吃喝喝的事，讓我陪一陪。」秦鳳儀與方悅道：「阿悅，翰林院的筆記，你可得幫我記齊了，我到時還得把功課補回來。」

方悅笑道：「這你只管放心，你還是先安心辦陛下交給你的差使。」

秦鳳儀道：「師傅，您倒是跟我說一說，這差使有沒有什麼要注意的地方。」

方閣老道：「就是些土人，我四十年前在鴻臚寺當差時見過幾回，幾十年沒見過了。他們每次來都沒空過他們，無非就是賞些金銀綢緞。金銀這些他們不大在意，略給些就是，五六年前，大概是一兩千的樣子。他們很喜歡絲綢，給上幾車，他們就歡歡喜喜回去了。」

秦鳳儀道：「那還真是不多。」

「這些土人知道什麼，打也打不過朝廷，他們自身也沒什麼見識，無非是過來磕個頭請個安住上些時日得些東西罷了。」方閣老道：「這差使好當，只是他們有的會說咱們的漢話，有些只會土話，你去鴻臚寺的四夷館要個會說南夷話的通譯官過來，那就齊活了。」

秦鳳儀便知這差使難易了，「陛下果然待我好，把這樣的好差使給我，一點都不難！」

方閣老覺得好笑，「這是叫你練練手。即便不難，你也要當心，別看這些個土人土模土樣的，鬼精著呢！」

秦鳳儀道：「師傅儘管放心，我一定小心做事。」

方閣老叮嚀一句：「我多年不在朝中了，你也去你岳父那裡問一問。他在兵部，對南夷的事應是清楚的。」

秦鳳儀原也要去岳父那裡的，第二日到岳父那裡打聽了一回南夷的事，基本就是方閣老說的那些。秦鳳儀問：「這些人既然仗也不怎麼會打，如何還能叫他們占著南夷州呢？」

景川侯道：「他們生活在山裡，你大軍一到，他們全都躲山裡去了。你要是上山，咱們的軍隊幹不過他們。那深山老林的，他們自幼長在那裡，熟門熟路的，咱們的人不成。等你走了，他們又都出來活蹦亂跳了。再者，南夷州地方頗廣，山林無數，這些土人打也打不盡，殺也殺不完，他們又很識趣，並不死挺著說不臣服，實在生不成這個氣，何況，大軍一動，得多少錢糧，索性每年給些東西打發了便是。」

當然，景川侯難免又囑咐了女婿一番認真當差的話。

秦鳳儀拍胸脯保證，一定會把人招待好。

秦鳳儀做事，雖則他總是自詡不大聰明，但他做事穩妥，他想著雖是接待幾個土人，也得去鴻臚寺觀摩觀摩，看看別人是如何接待的，他跟著學一學。要是叫他接待自家客人他不發怵，但這畢竟是遠道而來的官場上的正式接待，即使是些吃吃喝喝的事，用他爹的話說：「多學學沒壞處，你多學些，現在叫你辦簡單的差使，以後就能叫你辦重要的差使。」

秦鳳儀到底不傻，他知道現在多少人眼紅他，這些人都是想看他笑話的。別人越是想看他笑話，他越是叫人看不成。

他到鴻臚寺觀摩了一番，還去驛館看了看那些給南夷族長預備的房間。因著北蠻使臣也在，秦鳳儀瞧著不比北蠻人的房間差，也就放心了。

不過，他看接待北蠻使臣的多是服緋服紫的，他一身水綠，瞧著就不如人家的排場，但只接待幾個土人，皇帝多半不會破格許他服緋。得五品以上才能服緋，他現在才七品。

要說秦鳳儀，真是個有辦法的人，現在官職是升不上去了，但他也有紅色衣裳，而且是官服。他把去歲中探花的探花服找出來穿上，探花服是紅的啊，非但是紅的，上頭還用金線繡著祥雲連福，花開富貴，反止是花哨富貴得不得了。

說實在的，這一身金光閃閃的穿出去，比一品大員的衣裳還氣派。

李鏡直笑，「這一身倒是光彩照人。」

「妳不知道，越是老土帽，越是看人衣冠，我得震他們一震。」秦鳳儀對鏡照一照，只是他又長高了些，故而下襬放了些出來，如今熨燙好了，尤其是這衣裳讓他一穿，那真是丰神如玉，俊美非凡。

秦鳳儀左右看看，就是少一柄寶劍，便道：「瓊花姊姊，妳去我娘那裡把傳家寶要過來，借我佩戴兩日。」

李鏡道：「對了，我正要與你說，瓊花姊姊與攬月的婚期，定幾月才好呢？」

秦鳳儀一拍腦門，「這忙忙叨叨的，攬月又總與我住翰林院，我便把這事忘了。待什麼時候鬧了，我叫攬月去廟裡算個吉日，就把他們的喜事給辦了。」又說：「瓊花姊姊和攬月自幼就跟著我了，他們成親，咱們可不能虧待他們。」

「放心，瓊花姊姊這裡，我都準備好了，必有她的一份嫁妝。」

秦鳳儀知道媳婦素來周全，也就不再多問，倒是瓊花空手回來，回道：「太太說了，那傳家寶是以後傳給孫少爺的，不給大爺使，叫大爺花銀子去鐵鋪子自己買一柄。」

秦鳳儀正對鏡理冠，一聽這話，道：「這正要緊的時候，娘怎麼倒摳了起來？」

李鏡問：「什麼傳家寶？」

「我家的寶劍，亮閃閃的，上頭鑲嵌著無數寶石，可威風了。」秦鳳儀道：「這探花服穿上，我還得佩一柄寶劍，這樣才能更威風啊！」

李鏡道：「算了，既是傳家寶，公婆必然珍視的。你這不過是出去哄人，我家裡刀劍多的是，我讓人取一把來給你。」

「妳家的肯定沒咱們家的好看。」說白了，秦鳳儀這只會幾個尋常拳腳的傢伙，只是為了裝個樣兒。秦鳳儀在家一向是要風得風，要雨得雨，見他娘不給，他就親自去要了。結果他娘也沒給，他娘說了：「什麼都能給你，就這個不能，這是我以後留給乖孫的。」

秦鳳儀道：「您先借乖孫他爹使使還不成？」

「不成不成。」

憑秦鳳儀說破天，也沒能把傳家寶從他娘手裡要出來。

秦鳳儀回房直嘀咕：「這老太太怎麼反倒摳了？」

他只好讓妻子打發人去岳家要一把。

這去侯府的婆子也沒問清楚，去了侯府就說，大姑娘讓他回來要一柄劍，要最氣派的那種。把崔氏嚇得，想著小姑子前幾天剛把姑爺揍了一頓，聽說把姑爺打得不輕，臉也花了，眼睛腫了。這才好了幾天，怎麼又要刀要劍的？莫不是要斬殺親夫啦？

崔氏嚇得，硬是沒敢給，委婉地問那婆子：「咱們大姑娘與大姑爺還好吧？」

婆子哪裡曉得大姑娘和姑娘好不好，但也沒聽說兩人有什麼不好，便說：「好著呢！」

崔氏還是怕出事，說要尋一尋，先叫這婆子下去等著，挺著大肚子喊過近身侍女，去吩咐得力的小子，快去衙門把大爺找回來。李釗以為家裡出事了，因他媳婦月份大了，臘月的產期，這又是頭一胎，李釗頗記掛媳婦，連忙請假回家。

待崔氏一說，李釗亦是肅容道：「先取一柄劍，我過去瞅瞅。這個阿鏡，不說是不成了。妳說說，阿鳳好性子，待她也好，她倒總仗著些拳腳欺負人。」

崔氏安慰道：「你也別急，我雖是有些記掛小姑子，可咱們也別冒冒失失誤會了小姑子。你過去瞧瞧，要是他們沒事，就把劍給他們。要是有事，就勸解一二才是。」

「我曉得。」李釗讓妻子在家歇著，親自持劍過去了。

結果，竟是秦鳳儀要劍裝點門面。

李鏡還問：「不過是送把劍，大哥怎麼親自來了？」

李釗虛驚一場，把劍給秦鳳儀，道：「我也沒什麼事，就給你們送過來了。」

秦鳳儀拿著寶劍在身上比劃，臭著美問：「現在還沒落衙吧？」

李釗道：「衙門不忙。」

秦鳳儀沒多想，李鏡卻是與李釗兄妹多年，焉能看不出她哥的意思，當下瞪她哥一眼。她又不是暴力狂，難不成還總與相公吵架？

李釗記掛著衙門的差使，看他倆沒事，便道：「這劍就送給阿鳳吧，我這就走了。」

秦鳳儀要送大舅兄，李釗道：「你繼續照鏡子吧，阿鏡送送我就成。」

兄妹倆一起出去了，李釗說妹妹：「妳可穩當著些吧。」

「都是哥你自己大驚小怪，我難道還對相公動刀動劍啊？」

「妳覺得自己好得不得了，哪裡知道家裡的擔心？」李釗勸道：「妹夫這樣的人，妳得多疼他一些才是。」

「我曉得。」李鏡覺得自己挺疼相公的。

李釗又問：「他這麼耍刀要劍的，還穿著探花衣裳，這是做什麼呢？」探花早中過了，不會是要發什麼顛吧？唉，妹妹是個暴力狂，妹夫是個神經病，這日子真是沒法過了。

「不是陛下讓阿鳳哥接待南夷州的幾個族長嗎？他說綠官袍不威風，穿探花服威風，再佩把劍，以免那些土人小瞧。」

李釗一樂，「常人想不出的事，他都想得出來。」

李鏡也是笑，「我覺得相公說的也有理，鴻臚寺沒人要的差使，才輪到了他。他官職低，要是穿著綠官服去，那些土人便是笨些，能做族長，想來也是土人裡心眼多的。阿鳳哥頭一回當差，自是要格外慎重。」

李釗問：「鴻臚寺那裡有沒有給他派幾個得力的人？」

說到這個，李鏡就生氣，「只派了一個通譯官，還有幾個九品十品沒品的小官兒，我看沒一個精幹的。」

「現在鴻臚寺也是忙，再者，這幾個族長，憑阿鳳的本事，招待他們不過小事一樁。」

李鏡笑，「倒也是。」

當天接待南夷使團，不似接待北蠻人那般，鴻臚寺還要在城門口相迎什麼的，秦鳳儀就在驛館門口等著他們就是了。

秦鳳儀這歡迎儀式是自己獨創的，他本就是名滿京城的神仙公子，雖因成親人氣下滑，但也是京城有名的美男子。他穿著大紅的探花服在驛館門口一站，不一時就聚集一群女娘。人一多，那些眼活的拎著籃子叫賣的小商小販們就過來了。

別的時候，驛館的兵士會攆這些人，今兒個秦鳳儀不讓攆，故而，當這十來個族長過來時，驛館門口已是人聲鼎沸，這些人以為都是來迎接他們的，還傻高興呢！

再一看，迎接他們的是這樣一位天神般俊美的官員，再一瞅，穿紅的。好，天朝風俗，穿紅的是個大官！好，受到了尊敬！

於是，這些族長們先互相交談了一番，就哈哈地上前來說話了。

一堆嘰哩咕嚕的，秦鳳儀是什麼都聽不懂，不過，有通譯官在，原來人家是向他表達敬意，還有就是表示對皇帝陛下的敬意與關心，他們過來，想要向皇帝陛下請安，還給皇帝陛下帶來了禮物。

秦鳳儀清清嗓子，神態中帶著一種俊美的尊貴與傲慢，拉長調子道：「你們的意思，我都知道了。咱們先進來歇一歇，你們說一說你們過來有什麼事，下午我過去面見陛下，先問問陛下的安排，看什麼時候方便見你們。」

通譯官嘰哩咕嚕與這些人說了，這些人有幾個是每年都要來打秋風的，知道規矩，點點頭，然後，一行十數人就隨秦鳳儀進了驛館。

一面走，還有一個族長嘰哩咕嚕了幾句，幾位族長紛紛附和，那通譯官道：「大人，他們在稱讚您，說您的相貌猶如傳聞中的鳳凰大神一樣俊美。」

秦鳳儀眼珠一轉，道：「與他們說，本官生下來時，半身都是鳳凰胎記，我們那裡的人，管我這種叫鳳凰胎，說不得，本官就是鳳凰大神在人間的使者。」

通譯官心說，秦大人，您可真會扯。不過，他還是如此與幾位族長說了。幾位族長又啊哦哈地一陣說，其中一個膚色微黑，身子高些的少年顯然持不同的意見，開始與幾個年長的辯駁起來。

人家土人族長們顯然不傻，嘰哩呱啦同通譯官說道起來。

通譯官尷尬地與秦鳳儀道：「大人，他們說要看您的鳳凰胎記，看您說的是不是真的。如果您欺騙他們，就是對鳳凰大神的褻瀆。」

秦鳳儀道：「知道什麼叫胎記嗎？就是胎裡帶出來的，出了滿月胎記就褪了，現在已經看不到了。」

秦鳳儀沒想到他隨口一說，竟惹得這些土人大聲抗議怒吼，還有人要拔刀。通譯官也沒想到自己翻譯完，這些土人竟然都發了瘋，一個個眼睛瞪得牛眼那樣大。

通譯官嚇慘了，大聲道：「大人，他們說你隨口謊言，褻瀆鳳凰大神！」

秦鳳儀膽子不大，心裡也有些怕，但此時此刻，眼見這沒用的通譯官都快尿褲子了，幾個九品十品的小官都哆嗦著沒個主意。秦鳳儀要是也露出懼色，豈不是被這些土鱉們小瞧？他突然平地一聲大吼，錚一聲拔出腰間的寶劍。

劍身雪亮，劍指東方，秦鳳儀用土話大吼一句：「鳳凰大神在上！」

秦鳳儀那種迫人的、耀眼的、幾乎能發光的俊美，再加上他那句大吼，那凜然的、高傲的、尊貴的、絕塵的氣質與氣勢，令這些土人看傻了眼，拔刀的也不敢動了。

秦鳳儀字字鏗鏘：「鳳凰大神在上！」這一句仍是土話，他剛與那些土人學的，然後他就繼續用漢話說了：「我若有半句虛言，只管請鳳凰大神降臨懲罰。爾等今日對我的冒犯，鳳凰大神同樣會記在心上，你們聽到了嗎？」接著給通譯官一個眼神。

通譯官倒也沒有笨到家，連忙挺直了身板，儘量不顫抖地翻譯。

秦鳳儀嫌棄通譯官，簡直沒有他萬分之一的氣勢。

秦鳳儀這人，口舌一向較別人伶俐，他聽這通譯官說了一遍，立刻自己有模有樣地重複了一遍。秦鳳儀說得那叫一個雷霆萬鈞，一下子把這些土人全都震懾住了。說完之後，他還舉著寶劍，用土話大喊三聲：「鳳凰大神在上！鳳凰大神在上！鳳凰大神在上！」

鳳凰大神，您可要保佑一下小的，這些老土帽們要發瘋啊！

這些土人之所以被叫土人，也不是什麼有見識的，立刻跟著他嗷嗷大喊起來。

一時間，驛館內外，盡皆土話。

用秦鳳儀後來的話說：「簡直是土掉了渣！」

秦鳳儀雖喜信口開河，他還當真有些急智，很快就把這些土人震住。之後，不論是交談還是用餐，這些土人都顯得很規矩。

待問他們過來有什麼事，結果也沒什麼事，就是過來向皇帝陛下請安，換句話說，就是過來打秋風的。

秦鳳儀心說，打秋風還不老實些，哼！

不過，這些土人頗會辦事，他們先送了秦鳳儀一份禮物，表達對秦鳳儀的尊敬。雖則對秦鳳儀是否是鳳凰大神在人間的真身還有待商榷，但他們著實被秦鳳儀那咋咋呼呼的模樣給震住了，何況人家又是接待他們的官員，還是穿紅衣裳的大官，尊敬些總沒有什麼不好。

秦鳳儀接到土人們的禮物，冷淡而又禮數周全地表達了謝意，讓他們先休息，他過去幫他們問一問，看看皇帝什麼時候有時間見他們。

土人族長們表示，一切就麻煩秦大人了。

秦鳳儀出了驛館，對於留守在驛館的鴻臚寺的一位姓李的小官員道：「你注意著那個年紀最小的黑小子一些，那個黑小子心眼不少。」

吃飯時，別個族長都一副不甚講究的模樣，就那個黑小子極力展示斯文，而且，他拿鳳凰胎的事忽悠這些老土帽，就是那個黑小子最先提出異議的。

李小官員連忙應了，秦鳳儀便去向皇帝彙報今日的行程。

秦鳳儀到行宮時已是下晌，景安帝近來事情頗多，秦鳳儀等了一會兒才得以陛見。暖閣裡有幾位朝中重臣，幾位皇子亦在，可見皇上是抽空見秦鳳儀的。

景安帝只要是見到秦鳳儀就心情不錯，問：「如何？南夷人都安置好了？」

「都安排妥當了。他們帶了不少禮物過來獻給陛下，還說要向陛下請安。」秦鳳儀遞上這些土人寫的請安奏章與禮單。

景安帝不急著看秦章，又問：「都來了些什麼人？」

秦鳳儀道：「一共是十個部落的族長，這些族長帶了十車東西，說是孝敬陛下的。問他們有什麼事，他們說沒事，就是記掛陛下，來向陛下請安。他們這些族長，以阿岩族的族長為首，還帶了些族人侍衛，攏共五百來人，都安置下了。」

景安帝點點頭，便知這些土人是來要東西的，看秦鳳儀穿著一身探花衣裳，笑道：「如何穿這麼一身？」

秦鳳儀道：「臣先時打聽了，說去歲接待南夷這些族長的是一位鴻臚寺的六品主簿，那些南夷人還嫌主簿服綠，說慢怠他們，官位又低。臣想著，臣還不如主簿，那些土人也就認識個服色，臣原想借一身緋色官服穿，又怕御史參臣不懂禮節，就換了探花衣裳。多好啊，紅底金繡，他們一見著臣，高興極了。」

景安帝聽得哈哈大笑，盧尚書等人也皆露笑意，便是盧尚書也忍不住暗想：這個無禮小子，也算是有些歪才。

景安帝道：「那就暫時這麼穿著吧。」

秦鳳儀笑嘻嘻應了，景安帝想了想，把見南夷人的事安排在三天後，秦鳳儀方退下。

秦鳳儀出了行宮，也沒回家，又往鴻臚寺去了一回，朝四夷館裡要了個會南夷土話的通譯官，叫那通譯官教他一些土話。秦鳳儀覺得，這些通譯官雖則翻譯還成，但膽量實在不夠，還不如他親自上陣呢。

那通譯官十分為難，想著探花大人你這一時半會兒的也學不會啊。

秦鳳儀不甚在乎道：「能學多少學多少吧。」

這些通譯官既然通土人的話，對他們的生活習俗也有些了解，秦鳳儀特別請教了一回鳳凰大神的事，秦鳳儀道：「我看他們十分拿鳳凰大神當一回事。」

快過年了，通譯官也忙，可到底不敢得罪探花大人，耐著性子道：「豈止是當一回事？南夷氣候濕熱，鳥雀很多，鳳凰乃百鳥之王，故而，他們頗是崇拜鳳凰大神。誰要是敢褻瀆鳳凰大神，那是要被當地土人剝皮割肉的。」

秦鳳儀心說，我說怎麼隨口一句話，那些土人就如同我動了他們祖宗一樣。

秦鳳儀聽得津津有味，「再說一些。」

「土人們的部落，但凡有什麼重要的事，有什麼節日之類的日子，都要祭祀鳳凰大神。就是他們新一任的族長產生，也是要鳳凰大神來選的。」

「這個怎麼選？」

通譯官道：「這個下官就不曉得了，但他們必然是由鳳凰大神來選的。因為他們每一任部落的族長，都要經過鳳凰大神的賜福，方能統領全部落。」

接下來幾天，秦鳳儀就如景安帝所言，陪著這些南夷土人吃吃喝喝。這些人不遠千里來京城一趟，不想總悶在驛館裡，也是要出去逛一逛的。秦鳳儀就要作陪，他對於吃喝玩樂，皆是紈絝一流的水準，尋常官員真比不了他。

就是來過京城好幾次的阿岩部落的族長阿岩，也覺得這次朝廷給他們的接待規格比去年高。這位秦大人，非但官職高，出門還有很多百姓擁戴，有許多女娘投擲花枝手帕一類的東西，可見這是位受人愛戴的大人。

於是，阿岩族長與其他九位族長也很尊敬秦大人。

秦大人非但有著鳳凰大神一流的美貌，還帶他們在京城遊玩，長了很多見識，與以往那些古板的官員們完全不一樣。

總之，南夷土族的諸位族長們對這位秦大人充滿好感。

就是那個被秦鳳儀指為心眼多的黑小子，也在秦鳳儀的帶領下看花了眼，一高興，連帶迸出兩句漢話。秦鳳儀長眉一挑，笑出無盡風流，「嘿，原來你會說我天朝的話啊！」

黑小子還不大適應秦鳳儀的美貌，黑臉上有些發燙，幸而臉黑，看不大出來，他勉強說道：「會幾句，不太多。」

「會就好。」秦鳳儀道：「我說你們的土話，你說漢話，我們來聊天吧。」

黑小子就是黑了些，其實人家年紀不大，不過十六歲。他爹都不會說漢話，他就會了，可見是個愛學習的。黑小子點點頭，秦鳳儀問他：「你叫什麼名字？」

黑小子用土話說了一大串，道：「用你們的漢話說，就叫岩石裡的金子。」

「你爹叫阿岩，你叫岩石裡的金子，倒是一脈相承。」秦鳳儀道：「我叫你阿金吧？」

黑小子點點頭，認下這個名字。

秦鳳儀與阿金說話說的最多，還挺喜歡這小子，主要是因為，這小子聽聞秦鳳儀是探花後，滿眼的崇拜，讓秦鳳儀暗暗臭美良久。因著阿金的星星眼，秦鳳儀格外照顧他，看他們這些人衣裳穿得亂七八糟，問過阿金後，阿金道：「我們南夷州很暖和，這些衣裳是去歲阿父他們過來時，皇帝陛下賞賜的。回去後不穿了，今年再拿出來穿。」

簡單地說，人家那裡暖和，穿不著冬天的衣裳。這衣裳是上回來京城時陛下賞賜的，回去後放一年，今年這一回就又穿上了。

秦鳳儀指了一個阿土部落的族長的衣裳問：「他衣裳怎麼回事？」

阿金道：「他是今年新做的族長，衣裳是他叔叔十年前來京城時陛下賞賜的，有些小了，就補上了一截。」

秦鳳儀心說，族長都要穿補過的衣裳，你們這日子果然不大好過，怪道年年來打秋風。他卻不知，人家是為了穿皇帝陛下賞賜的衣裳，才必要換了那一件的。

不過，看他們身上都是舊衣，秦鳳儀與阿金道：「面見陛下時穿新衣服比較好，你們要是願意，我送你們一人一身新的，如何？」

阿金去與他爹等人商量，白給的衣裳，誰不要啊？這些族長們很是樂意，讓阿金代他們表示了感謝。秦鳳儀現在已是會說些土話了，便笑著用土話回道：「不必客氣。」

秦鳳儀讓攬月去成衣鋪子按著各人身量大小，連帶著還有阿金的，一人一身小毛衣裳。

也不必上好，照著他們身上的料子置辦就是。這些族長們收到衣裳，再次表示了對秦鳳儀的感謝，覺得秦大人果然是好人，還送他們新衣服穿。雖則他們也有新衣，但這展現了秦大人的善意啊，尤其是阿金，他特地謝了秦大人一回，因為所有跟著長輩過來的子侄裡，阿金是唯一一個收到新衣裳的人。

阿金暗想：果然語言改變人生啊！

秦鳳儀招待得這些南夷人很好，景安帝的眼光完全沒有錯，秦鳳儀簡直天生適合這種外交類的工種，但因為秦鳳儀招待得太好了，南夷人沒啥事，倒是北蠻人提出了抗議。

北蠻使臣大為不滿，向鴻臚寺卿提出抗議，認為自己受到了輕慢。

憑什麼那些南夷土人就有這樣騎著白馬路上還有人扔鮮花的俊美大人接待，而他們只是個糟老頭子接待？他們的接待規格竟然不如南夷土人，這是對他們北蠻王庭大大的蔑視。

他們不服！

這實在太侮辱人了！

他們不幹啦！

收到北蠻人抗議的鴻臚寺卿糟老頭子陳大人，險些一口老血噴出來。

你們這些沒見識的土鱉，那秦小子不過是個七品芝麻小官，本官可是正四品！

啥？

七品小官？

以為俺們不懂行啊？人家穿紅的，看人家那紅穿得，比你身上的紅還氣派哩！

鴻臚寺卿糟老頭子陳大人，這回真是要氣吐血了。

陳寺卿不能直接說出對秦鳳儀不滿，實在是鴻臚寺抽不出人手來招待南夷幾個族長，當然，也有去歲這些土人們挑三挑四，六品主簿接待還嫌規格不夠高。天朝人亦有天朝人的傲氣，你幾個土鱉，我們鴻臚寺六品主簿接待你都不樂意。行了，今天忒忙，沒人接待了。

如此，景安帝一想，這幾個南夷族長也不是什麼要緊的人，想著秦鳳儀平日裡說話做事倒也還成，尤其是吃吃喝喝啥的，這小子都能給紈絝分等級了，這事還真就秦鳳儀合適啊，便點了秦鳳儀。

事實證明，景安帝委實是慧眼識英才，秦鳳儀簡直太合適了。

那些土人們覺得今年的接待比去年要好，深覺受到了天朝的尊重，身心皆感榮耀。

這下子，卻是害苦了鴻臚寺。

事實是這樣的，這些土人不僅愛挑三挑四，什麼接待他們的官員穿綠衣，他們覺得受了怠慢。今年秦鳳儀接待得好，他們又到處窮顯擺。

南夷的幾個族長與北蠻的使臣都是住在同一處驛館，離得也不遠，還有個會說漢話的阿金。北蠻使臣比他們還要高級些，人家本身漢話很流暢，對於漢土文化自稱精通。這兩家叨叨起話來，南夷族長們根本不用通譯官，如果有通譯官，遇著個機靈的，還能幫著圓圓場啥的。南夷族長們就讓阿金做翻譯，那簡直是跟北蠻使臣各種顯擺。

先是誇讚接待他們的秦大人身分高貴，看衣裳就知道，比接待你們的官員亮眼多了，出門還有女娘扔鮮花丟香帕。再說秦大人相貌也好，用南夷人的話說是「鳳凰大神般的美貌」，再接著臭顯擺秦大人對他們有多好，見著俺們身上穿的新衣裳沒，都是秦大人送的。你們有嗎？沒人送衣裳給你們吧？

這一通顯擺下來，北蠻使臣不幹了。

他們認為受到了輕慢，就如同他們的王受到了輕慢。

憑你鴻臚寺的官員如何解釋，就是不信，北蠻使臣還道：「你們當我傻啊？你們天朝的官員，四品以前才能穿紅。那位秦大人，你們說他是七品小官，如何就能穿紅？他的紅比你們的紅好看，上面還有金線。」

人家也不是憑空就提出抗議的，人家已做過偵察啦！

陳寺卿氣得半死，想著秦探花你瞎出什麼風頭啊？

陳寺卿卻是不知，這個時候秦探花對於這些土人也是無奈了，已是到了陛見的那日，秦鳳儀送他們新衣，是想讓他們陛見時穿的，結果這些人在陛見當天又都換上了來時的那一身破爛。任秦鳳儀如何勸說，人家就是不換新衣。

阿金拍拍身上他爹給他的前年來京城時得的皇帝賞賜的半新不舊的衣裳，「這是皇帝陛下給我們的恩典，我們要穿過去給皇帝陛下看。」

秦鳳儀無奈，他也不能強壓著這些人換衣裳，索性破罐子破摔，「要穿你們就穿去吧。」然後帶著一群破爛進宮去了，不知道的，還以為他秦探花升級為丐幫幫主了。

到了行宮，秦鳳儀方明白這些土人們的用意，人家可是半點都不傻，這身破爛往身上一穿，又說是皇帝陛下去年、前年、大前年，還有十年前賜的衣裳，長度不夠還連接帶補的。

景安帝先是感慨了一番這些族長們的忠心與情義，接著一人賞了一身衣裳。

這些族長們歡歡喜喜地得身衣裳，很高興地感謝了皇帝陛下一回。

秦鳳儀看得直翻白眼，他們還很有些小聰明，當著秦鳳儀的面，對著皇帝陛下表示了對秦探花的滿意，說是今次秦大人接待他們接待得很好，明年他們再過來，希望還能由尊貴俊美的秦大人接待。

景安帝一笑，「成。」賜宴之後，就打發他們回驛館了。

當然，這些族長還要求多住幾日再回去。

大老遠來了，人家說要多住些時日，景安帝也不能不讓，就同意了。

秦鳳儀與景安帝說：「他們一來就穿這一身，我看實在不像樣，還買了幾件新衣給他們換了。他們前幾天穿得高高興興，今兒來陛見，又換成來時那身舊乎乎的衣裳。陛下，這些人瞧著土，可有心眼了，他們故意穿著舊衣來，非但能搏你歡心，還能得您賜他們新衣。待得回去，必然又得是一通顯擺。」

景安帝一樂，「他們慣來如此的。」

秦鳳儀陪景安帝說了幾句話，有大臣稟事，他就退下了。

如今這接待的差使，算是完成了一大半。

沒想到，眼瞅著這差使就要圓滿結束，南夷族長們與北蠻使臣卻是發生了爭執，還險些打起來。兩撥人一直吵到了行宮，他們要求面見皇帝，請皇帝給主持個公道。

吵架的事發生在晚上，那會兒秦鳳儀已回家睡覺去了，陳寺卿更是不知道，結果第二天早上一大早，驛館留守的鴻臚寺的官員，那個李小官員就跑到秦鳳儀家報信去了。

李小官員滿腦門子的汗，道：「昨晚險些打起來，我們解勸著，這才好了。今兒一早，兩撥人都氣哄哄地出城去行宮了，要陛下給他們主持公道，」

秦鳳儀還沒起床，聽說驛館有人過來，還十萬火急的，心知必是有事，連忙起了，穿戴好臉都沒洗就出去了。

秦鳳儀問：「為什麼打架？」

李小官員就把原因說了。

「那些南夷人很會顯擺，說這次朝廷招待他們的規格比北蠻使臣要高。說大人您的官職高，人長得好，還送衣裳給他們，原本北蠻使臣就有些不樂意。南夷人還不是一天說，天天這麼說，把北蠻使臣惹毛了，北蠻使臣說您不過是七品小官，南夷族長們不信，說大人您的衣裳比陳寺卿大人的好看，還說北蠻使臣受騙了。昨兒就一通吵，我們以為都勸住了，不料這南夷族長們早上起來就唱歌，還穿上陛下賜給他們的新衣袍。北蠻使臣正憋氣，這下子簡直是氣爆了，拉著他們要去找陛下論個公道，他們如今已是往行宮去了。」

「你們怎麼不早與我說？他們先時吵架，就該把他們分開住，如何還住在一起？」

李小官員道：「我們也想勸他們分開住，南夷族長們死活不換房間，說這房間是您幫他們挑的，換了就是對您的不尊重。北蠻使臣一向囂張，他更是不要換。」

秦鳳儀問：「陳寺卿那裡有人過去知會他這事嗎？」

「我們方主簿過去了。」

秦鳳儀道：「這一大早的，我還沒吃飯呢！」他起身轉兩圈，心下有了主意，「你等我一下，我換身衣裳，你與我一道去行宮那裡。」

李小官員連忙應了。

秦鳳儀回去洗臉換衣裳，順帶把這事與媳婦說了。

李鏡道：「這事說大不大，說小不小，你還是趕緊去吧，見機行事。」

「這些土人也是一根筋，那北蠻土鱉更是不可理喻。」

李鏡笑道：「都不是什麼好東西，南夷族長們難道不是存心挑釁？那北蠻使臣更不必說，他今次來一個多月了，怎麼還沒走？無非是要談的事還沒談下來罷了。他不見得是不知道招待他們的規格比南夷族長們高，說不得是心裡憋氣，要借機鬧一鬧。」

秦鳳儀問：「他們是過來談什麼事的？」

李鏡道：「既不打仗，只能為錢了。」

秦鳳儀道：「錢上頭能有什麼事？難不成也是想陛下多賞賜他們一些？」

「北蠻的眼界還是比南夷要寬些的。這世上也就兩件事，一件是權，一件是錢。打仗其實也是為錢，如今過來，應該還是利益糾葛。具體我不曉得，你這次過去，要是方便也打聽一二。」李鏡把他衣衫打理好，將寶劍雙手送上，打趣道：「盼君凱旋。」

秦鳳儀手持寶劍一拱手，「必不負卿所望。」

湊過去，對著媳婦剛塗的朱唇啾一口，秦鳳儀便轉身去了行宮。

秦鳳儀與李小官員騎馬，到城門口勒馬問：「可有看到使團的人過去？」

守城的兵士道：「大人，這走了有小半個時辰了。」

秦鳳儀死追活追，硬是沒追上這些人，他到的時候，陳寺卿正喘氣呢。

陳寺卿看秦鳳儀一眼，嘆道：「這叫什麼事啊？」

「可不是嗎？」秦鳳儀行了個見上峰的禮，問：「老大人，北蠻使臣那邊如何了？」

陳寺卿下巴往行宮裡頭一抬，「他們已是進去了。」

秦鳳儀道：「這真是壞事了。我讓南夷族長們換個住的地方好了，看好了他們，再不讓他們私下來往。」

陳寺卿點頭，「成。」

他心裡也明白，這事怪不得秦探花。

陳寺卿笑，「這事歸根究底，就是秦探花生得忒俊了。」

秦鳳儀悄悄道：「我是聽說去歲他們挑三挑四，唧唧歪歪，想著穿綠的反叫他們聒噪，就穿上探花衣裳。現在滿朝上下見我這衣裳，沒有不笑的，就那群老土帽還挺歡喜的。」

陳寺卿亦知此事，聞言一笑，低聲道：「這事鬧到御前，咱們難免要擔個辦事不力之罪，一會兒進去伺機而言吧。」

景安帝沒讓他們在外久等，不一時就把兩人叫進去了。

兩人恭恭敬敬地行過禮，景安帝道：「好了，這事就這麼著吧。陳卿，你帶著北蠻使臣回去。秦卿，你帶著南夷族長們回去。」

兩人都沒意見，只是秦鳳儀一抬頭，就收到了一群南夷族長們憤憤的目光，有一個脾氣爆的，還直接在御前嗚哩呱啦地對著秦鳳儀抱怨起來。

秦鳳儀現在已能聽懂些南夷土話，但這人說得忒快，他只聽懂「騙子、欺騙、官職、鳳凰大神、燒死」等話，便看向阿金。

阿金也是滿臉不悅，對秦鳳儀道：「阿火叔叔是說，秦大人你原來是七品小官，為什麼穿紅色的官服騙我們？你太不應該了。」

當然，阿金因為學過漢話，也學來了些漢人的委婉。那位阿火族長說的是，秦鳳儀你欺騙了我們，謊報官職，鳳凰大神必將降罪於你，把你給燒成灰，直接火化。

秦鳳儀心中立知這兩撥人已經在御前爭出個高下了，顯然北蠻使臣一臉得意，南夷族長們一臉憤怒，是知道他七品官的事情了。

秦鳳儀立刻一拍自己身上的探花服，大聲與幾位族長道：「探花！我是探花！知道探花是什麼意思嗎？全天下最有學問的人中，我排第三！我是天上的文曲星，星星降臨人間！我這衣裳是皇帝陛下賞賜給我的，只有我可以穿！天上最有學問的星星來接待你們，這是對你們的侮辱嗎？鳳凰大神在上，我若有半句虛言，只管讓鳳凰大神來懲罰我！」

秦鳳儀嘰哩呱啦的一番話，都是用土話說的，雖然不甚純熟，但那些土人都聽明白了。

景安帝眾人都不懂土話，他們就見秦鳳儀指天誓地一通說，還露出憤怒指責的神色，那些土人們便「啊哦哈」互相交談，還問了阿金的意見。

秦鳳儀念阿金：「你也勉強學過我們的漢話，狀元榜眼探花，這個知道的吧？」

阿金是知道的，他就是因為秦鳳儀是探花，所以對秦鳳儀甚是敬仰。

秦鳳儀道：「跟你這些長輩說一說，什麼叫探花。」

阿金與長輩們解釋了探花如何如何有學問這事，然後族長們瞬間不怒了，還一副與秦大人是好朋友的模樣。秦鳳儀擺擺手，傲慢地打量他們一眼，用漢話道：「你們的懷疑傷害了我的感情，我對你們很失望。」

阿金一翻譯，那些人便拉著秦鳳儀說起好話來，還求皇帝陛下幫著說說好話。秦鳳儀擺足了架子，告訴他們，他們這樣冒冒失失地過來皇帝陛下這裡，是很失禮的舉動，要他們向皇帝陛下道歉，他才能原諒他們。

這幾個土人商量了一陣，看秦大人那凜然的模樣，還辯白道，是北蠻使臣帶他們來的，這事原不怪他們。

秦鳳儀道：「北蠻使臣不是我的朋友，你們卻是我的朋友，所以，我不管他們，我只管你們。」一見這些人還不願意，秦鳳儀用土話對他們道：「你們這樣炫耀皇帝陛下對你們的賞賜，皇帝陛下原是偏心你們，可你們這樣傷害皇帝陛下的好心，皇帝陛下已經決定把你們的衣裳都收回去了，而且，據我所知，鳳凰大神可不喜歡知錯不認的孩子。」

這幾人一見秦鳳儀抬出鳳凰大神，再不磨嘰，乖乖地向皇帝陛下賠了不是。

景安帝深覺出了這半口氣，與秦鳳儀道：「好了，你帶他們下去吧。」

秦鳳儀一路上斥責了他們的冒失，當然，還嚴正指陳了北蠻使臣的不良居心，說你們是受了人家的矇騙，被人家帶過來，影響了皇帝陛下對你們的印象。你們別與他們住一起了，我的朋友們，我給你們準備了更好的居所。

族長們完全沒意見啦，歡歡喜喜地跟著秦鳳儀走了。

結果，秦鳳儀這才出去沒多久，又被內侍喊了回轉。秦鳳儀便讓李小官員先與這些族長們回去換院子，自個兒過去看皇帝陛下那裡還有什麼事。

秦鳳儀簡直是個神人，被識破七品小官穿探花服，他都有法子把那些族長們忽悠傻了。他剛帶著人一走，那北蠻使臣說了，他不嫌秦探花官職低，他也要秦探花招待。

而且，北蠻使臣強烈要求，他就要秦探花來招待他，他不要陳寺卿招待了。

陳寺卿氣極，「只要秦探花沒意見，老臣甘願讓賢！」

好吧，把秦探花叫進來吧。

此時，景安帝看那北蠻使臣的目光中已帶上了些許憐憫，心說，真是個不知好歹智商低的，陳寺卿這樣懂禮講禮的你不識趣，你非把秦探花找來。你這樣的，朕看，也就配秦探花來忽悠你了！

就先時那撥土人，雖則景安帝沒聽懂秦鳳儀那些嘰哩呱啦的土話說的是什麼，但秦鳳儀那種囂張傲慢的表現，景安帝可是見到了。土人比較好說話，可景安帝心中也不由想：朕的使臣，就得有這樣的風範才行啊！

後來土人被秦鳳儀忽悠得賠禮道歉，景安帝便寬宏大諒原諒他們，把他們打發走。

呵，如今這北蠻使臣也上趕著受虐，景安帝只得成全他們了。

景安帝問秦鳳儀願不願意招待北蠻使臣，秦鳳儀心說，生意場上搶別人的生意是大忌，何況官場上搶別人的差使？陳寺卿又不是不講理的人，也沒得罪過自己，幹嘛要搶人家的差使？這事兒辦好了不討好，辦砸了又是一樁不是。

秦鳳儀不傻，他道：「回陛下，臣不願意。」

景安帝眉心一動，問：「因何不願啊？」

秦鳳儀瞥那北蠻使臣一眼，大聲道：「臣不願與無禮之人打交道！」又說北蠻使臣：「別不知好歹了！你們知道陳寺卿是何許人嗎？他可是我們天朝德高望重、智慧過人的長者！你們竟然對長者不敬，且嘰嘰歪歪，比吃比喝，毫無規矩，不懂禮數，你們竟還要我來招待你們！我問你，你過來我天朝，是要攀比誰來招待你們的嗎？你們要是攀比這個，明日我就在驛館門前架起三面花棚，讓你們遊街誇耀，你們就面上有光彩了，就可以回去與你們的王交差了，對嗎？」

「如果是這樣，我朝這就派使臣去你王庭，問一問你們的王，正四品鴻臚寺卿接待你們嫌規格高，要換我這正七品的接待，看看你們的王庭是何意思吧！」

秦鳳儀那種氣焰，哎喲，不要說陳寺卿這老掉渣的沒法與其相比，便是在列的有一品大員內閣之臣，都不及他囂張。

北蠻使臣自知有些胡攪蠻纏，他也頗會說話，道：「我們也是仰慕你的探花風采。」

「你們仰慕我的風采，我卻很不喜你們這般不識好歹！我告訴你們，你們在我朝陛下面前失禮，冒犯了我天朝的威嚴，明日我們就要派使團去你們王庭問個究竟！」秦鳳儀一拂袖子，氣焰三丈三，「還不下去？」

北蠻使臣見人家君臣上下都是威嚴得不得了的模樣，而且，這說話向來不是東風壓倒西風，便是西風壓倒東風，他們一向與陳寺卿這樣不急不徐的老人家打交道，哪裡見過秦鳳儀這等說翻臉就翻臉的，一時氣憤，卻又擔心天朝真的派使團去他們王庭告他狀，心下焦急，想說向句軟話，卻又覺得面子上過不去。

景安帝道：「陳卿帶使臣下去吧。」

陳寺卿也不傻，此時也不對他們客氣了，便昂著頭，帶著北蠻使臣出去說話了。

北蠻使臣一走，秦鳳儀嘻嘻一笑，大家也都笑了。

秦鳳儀道：「我看他們就不欠好人招待。」

景安帝問：「你是好人還是壞人？」

「臣當然是好人。」

之後，景安帝又召了秦鳳儀說話，問道：「你之前與那些土人嘰嘰哇哇的，說的都是些什麼，還有那句……」景安帝學了一下，「這是什麼意思？你一說這句，他們就很恭敬。」

秦鳳儀笑，「陛下學的那句，是鳳凰大神的意思。陛下不是說過他們信奉鳳凰大神嗎？臣頭一天見他們，想著這群人應該好糊弄，又想到陛下同我說的鳳凰大神的事，就隨口說我小時候身上有半身鳳凰胎記，騙他們說我是鳳凰大神在人間的化身。那一群老土帽當真不傻，我這樣一說，他們就要我脫衣裳給他們看。我說胎記早沒了，他們認為這是褻瀆了他們的鳳凰大神，拔刀就要翻臉，把我嚇了個好歹。結果我一看，旁邊那幾個小官兒比我還慫。這也不能都慫啊，我當下抽出寶劍，大吼一聲，鳳凰大神在上，這才把他們震住了。」

景安帝樂了，「你這可真是……你還真當他們傻啊？」

「都是陛下先時與我說鳳凰大神的事，我心下一動，這才沒多想。」秦鳳儀道：「別說，我這回雖是跟老土帽們打交道，經驗可真是學習了不少。這接待來使，與平日裡待人接物雖有些規矩上的不同，其實差別也不大，必要不卑不亢才好。若他們強勢不講理，也不要姑息他們，不然反慣了他們的毛病。」

「這話真該叫鴻臚寺的人來聽聽。」景安帝對鴻臚寺不是很滿意，談判的事又用不到他們，連接待工作都做不好。

秦鳳儀道：「陳寺卿這麼大的年紀了，你看那幾個北蠻人長得虎背熊腰的，他們在御前好多了，起碼不帶刀了，在外頭都是佩刀的。他們這些人呢，只怕被小瞧，像南夷的幾個族長，平日出門也是帶著刀的，所以我平日也都佩劍。陛下沒見我佩劍的模樣，威風極了！」

景安帝看他一副得意又臭美的模樣就很喜歡，秦鳳儀問：「陛下，那些北蠻人是來做什麼的？我媳婦說，他們一個多月前就來了。」

景安帝道：「談一些榷場稅的事。」

「是不是一直談不攏？」

景安帝笑，「怎麼，對這個有興趣？」

「我媳婦叫我問一問，說必是利益糾葛，不然北蠻人不至於這麼尋事生非的。」

景安帝道：「你挺聽你媳婦的啊？」

「那是，我媳婦的見識勝我百倍。」秦鳳儀得瑟道：「我跟她講理，沒一次能講贏。」

景安帝笑，「怪道上次能把你打哭。」

秦鳳儀連忙道：「都說了我沒哭，再說，後來她也跟我賠不是了。」
景安帝忍笑道：「朕知道，是你讓著你媳婦，是不是？」
「陛下聖明。」

伍之章 ● 女娘勇武懾夷蠻

秦鳳儀雖沒接手接待北蠻使臣的事，但他經常去驛館，見過北蠻人如何氣焰強橫。秦鳳儀自是不懼他們，他的氣焰比人家使臣還囂張呢，但見北蠻人如此，秦鳳儀仍是大不為快。

北蠻人似是十分好武，常在驛館內較量，有時還會拉著驛館的官兵搏擊，當然，他們不敢將人打傷，可這些官兵落敗也很丟臉。

秦鳳儀一向出手大方，好與人來往，他有一回站在驛館裡見著了，驛館的驛丞端來茶，隨口與秦鳳儀說：「也不知吃什麼長大的，成天就是鬥凶逞狠。咱們驛館這些兵，不過是看守門戶的，哪裡是他們的對手？」

秦鳳儀瞇著眼睛看了一回，道：「你們也夠沒用的。」

驛丞苦著臉道：「秦探花，咱們可不是那些打仗的兵啊！」

驛丞看秦鳳儀收服得那些南夷人服服貼貼的，心裡很敬佩秦探花的智慧，道：「秦探花，你一向有主意，不如想個法子把這些北蠻人收拾得老實些，小的請您老吃酒。」

秦鳳儀道：「這還用想法子，找幾個武功高的人直接把他們打趴下就是。」

驛丞道：「您老說得容易，小的哪裡認得武林高手去？」

秦鳳儀正與驛丞說話，那北蠻使臣就風度翩翩地過來了。不知道這使臣怎麼回事，可能天生賤骨頭，秦鳳儀最不給他面子，他卻很喜歡同秦鳳儀說話，使臣笑道：「秦探花，我回來方想明白，你不想接待我等，想是不願意得罪陳寺卿大人，是嗎？」

他那語氣很有些挑事兒的意思，不過，秦鳳儀想，你丫的回家才想明白，腦子轉得夠慢的。秦鳳儀懶洋洋道：「哎喲，使臣大人可真有智慧，這就想明白啦？」

北蠻使臣並不生氣，笑道：「秦探花，你知道我為什麼希望是你接待我們嗎？你雖然官職低，但你現在已經是探花，而那位陳大人，他已白髮蒼蒼垂垂老矣，您到陳大人的年紀時，肯定會比他的官職更高。」

秦鳳儀心想，這蠻子倒挺會拍馬屁的。

秦鳳儀道：「有話你就直說吧。」

北蠻使臣一指院中正在與驛館官兵較量的北蠻武士，「秦探花雖則有學問，但你們的兵不行，太弱了，你看我們的勇士，多麼的勇猛。」

秦鳳儀挑眉看這使臣一眼，往場中努嘴道：「他們這些兵，不是我朝打仗的兵，而你們的武士，是打仗用的武士。你在北蠻，應該見識過我朝駐關將士的勇武吧？」

北蠻使臣微微一笑，「和平的歲月會消磨將士的意志，不是嗎？」

「既然你這麼說，不讓你見一見我朝將士的意志，怕你此行不得圓滿。」秦鳳儀道：「你這裡有多少個勇士？」

北蠻使臣道：「有三百人。」

秦鳳儀道：「你從裡面挑出三人，我明日帶我的兩位弟子過來，讓你見識我的勇武。」

「秦大人不是文官嗎？你也會武功嗎？」

秦鳳儀指了指天，「我是天上的星星，文武雙全。」

秦鳳儀回去找他媳婦的時候，到家才知道他媳婦去公主府了，秦鳳儀便又去公主府走了一遭。大公主還說：「都找到我這裡來了，定是有事。」

秦鳳儀都來了，大公主便宣他進來。

李鏡看他面上並無憂色，就知無甚要緊事，笑道：「什麼事這樣急？」見丈夫臉上被風吹得有些紅，自然地伸手幫他揉了揉。

秦鳳儀笑，「有事跟妳商量。」當下把與北蠻人比武的事說了，「阿鏡，妳武功這樣好，要是不露於人前，豈不是明珠投暗了？我想著，妳就是我的大弟子了，明天跟我去與北蠻人比武，行不行？」

李鏡無言。

她倒不是擔心武功，「我這裡沒什麼問題，就是你只找我一個，也不夠啊！」

秦鳳儀道：「我還找了嚴大姊。」

「哪個嚴大姊？」李鏡問。

「就是上回妳把我從她家搶回來的那個嚴大姊，她武功不也是不錯嗎？」

李鏡立刻有些不高興，語氣也冷了下來，「你去找她了？」

「這不是跟妳商量嗎？」秦鳳儀深知媳婦是個愛醋的，忙道：「可惜大舅兄武功不大成，要不我就找大舅兄了。」

大公主聞言一笑，「我這裡的張將軍，也是自小磨練的武功，要不，借你使一使？」

秦鳳儀自然高興，「瞧我這一急，竟忘了張兄，這是再好不過的。」

李鏡道：「這還是差一人。」

秦鳳儀完全不擔心，「三局兩勝，你倆都勝了，也就省得我出場了。」

李鏡斷不能讓丈夫涉險的，她道：「萬一那北蠻人一根筋，非要比完三場呢？」

秦鳳儀道：「叫上嚴大姊吧，她人並不壞，就是有些蠻橫了。」

大公主笑李鏡道：「探花郎對妳這樣忠心，也不知妳擔心什麼，妳與阿嚴俱是爽快人。」

阿嚴說的便是嚴姑娘，大公主與嚴姑娘關係也不錯。

李鏡道：「好吧，要是在我家尋個家將，即便勝了，怕也不能壓制住北蠻人的氣焰。」

於是，人選定了，李鏡、嚴姑娘、張將軍三人，至於嚴姑娘那裡，還是李鏡親自去書信請的。嚴姑娘當天就回了書信，應下了李鏡所邀。

秦鳳儀晚上睡覺時，忽然想到一事，道：「哎喲，妳說，妳跟嚴大姊都是女的，就張兄一個男的。他這要是贏了，叫與女人差不多。要是輸了，就得叫不如女人了。」

李鏡道：「你就放心吧，大公主能想不到這個？我與阿嚴畢竟都是女人，就是勝了，朝廷能賞我們什麼？無非是些金銀罷了。張將軍要是勝了，哪怕得個與女人差不多的稱號，陛下起碼知道他這個人了。再說，能與我和阿嚴差不多，張將軍的武功也就可以了。」

李鏡盯著秦鳳儀問：「說，你怎麼突然又想起阿嚴來了？」

「我不是突然想起來的，我一想起妳，就想起嚴大姊了。」秦鳳儀道：「以前我也不知道嚴大姊的事，後來才曉得她也是一把年紀嫁不出去。唉，我一想到妳們這類奇女子，就覺得很是心疼。這世道啊，男人要是有妳與嚴大姊這樣的本領，不知多少人家閨秀哄搶。可女人本領大了，有些男子心胸不寬，襟懷不廣，還怕娶個媳婦被媳婦壓一頭。咱倆這樣的圓滿，我就覺得嚴大姊很可惜，如今有這揚名的機會，說不得就有那有眼力的男人求娶她呢！」

雖則聽阿鳳哥這話很令人熨貼，但李鏡道：「哪是沒人娶，是嚴大姊一個都看不上。」

「為啥？」

「她必要嫁世上第一等英雄人物，尋常人哪裡能入她的眼？不然，你以為堂堂大將軍之女，能嫁不出去？」就是看嚴家權勢，也有許多人求娶！

「那當時她把我搶回家，難不成那時她就看出我是世上第一等的英雄啦？」秦鳳儀頗是沾沾自喜，覺得嚴大姊還很有眼光的。

李鏡看他那自得的蠢樣，心下就來氣，掐了他一記，「你覺得你是世間第一等英雄？」

「現在勉強算第二等，我覺得再過三五年，第一等就有望啦！」儘管被媳婦給掐了個哆嗦，秦鳳儀也不改其自信爆棚，還黏過去啾媳婦兩下，笑道：「我雖不算是第一等，但我的媳婦是第一等啊！」

「就會哄人。」

「天地良心，我這是大實話！」秦鳳儀把媳婦哄樂了，難免嘿咻嘿咻了一番。

秦鳳儀是個沒心沒肺的，嘿咻過後，兩人沐浴完就呼呼大睡了。李鏡在帳中看他有些模糊的眉眼，用手指細細地描繪起來，心說，真是個心軟的。當時阿嚴不過是看你好看才搶了你去，你倒是覺得人家現在沒成親對不住人家了。

又覺得丈夫這樣心軟，這些年卻沒有沾染上什麼桃色事件，也是一件稀罕事了。

李鏡靜靜地對著丈夫的蓋世美顏出神了一會兒，便也安靜入睡。

第二天，嚴姑娘一早就過來了，張將軍也來得很早，事實上，張將軍是奉微服的大公主一道來的。大公主並不令眾人請安，「我微服出門，只當朋友走動便是，萬不要多禮。」

秦鳳儀熱情地問：「公主可有用早膳了？」

大公主道：「我府上早膳時辰要早些，已是用過了。」

秦鳳儀有些失望，他爹娘可想跟皇家貴胄一道用飯呢，見大公主竟然用過了，便道：「那公主略坐一坐，我們也要用好了。」

大公主很是平易近人，笑道：「你們只管用去，我們自己消遣就是。」

秦鳳儀就帶著他哆哩哆嗦的父母還有媳婦去用早飯了。嚴姑娘與大公主亦是相熟，彼此說起話來。其實大公主一來，秦老爺和秦太太就有些吃不下了，兒子真是的，居然沒知會他老兩口一聲。大公主過來，多麼的榮光啊，家裡竟無一準備。

秦鳳儀與李鏡很快吃完飯，大家在兩人的院裡商量比試的事。

三人的武功，嚴姑娘與張將軍差不多，李鏡最為出眾。秦鳳儀為此頗覺榮耀，嚴姑娘看他那恨不得搖頭擺尾為媳婦吶喊的樣兒，心說，被揍腫臉，怎麼還對她這般忠心耿耿呢？

一行人商量過後，就往驛館去了。

驛館裡，北蠻人都準備好了。

北蠻使臣看秦鳳儀帶來的人，道：「如何都是些女娘？」

「你眼睛如何長的，阿張不就是男的嗎？」秦鳳儀介紹道：「我的三位弟子，阿張是大弟子，阿李是二弟子，阿嚴是三弟子。」

北蠻使臣道：「我們堂堂男人，怎能與女子比試？」

「我們天朝與你們北蠻不同，我們這裡女子亦有絕世武功。」秦鳳儀淡淡一笑，「當然，你們要是自知不敵我兩位女弟子，認輸也是一樣的。」

北蠻使臣不願意認輸。

他這邊也挑好了三位勇士，其中兩個都是孔勇有力的，倒是第三人，不同於那些牛高馬壯的北蠻人，生得高瘦、線條勻稱，不過，高鼻深目的相貌亦可得知，這位也是北蠻人。

這邊要比武，也不知消息怎地傳得那些快，南夷幾個族長聽說後都跑了過來，阿金還同秦鳳儀打聽是如何是個比法，秦鳳儀道：「這不是還沒說好嗎？」

秦鳳儀與北夷使臣商量，北蠻那邊是那個身材最好的北蠻人放到最後，秦鳳儀看向他媳婦，李鏡道：「阿嚴打第一場，張大哥打第二場，我打第三場。」

秦鳳儀就與使臣定下了這比武的順序。

然後，秦鳳儀開盤了，賭輸贏。

北蠻人雖然沒有關撲風俗，但秦鳳儀把賠率寫到板子上，與他們細說了關撲的規矩，他們也都願意拿出手裡的金銀來下注。南夷人也有些躍躍欲試，可讓秦鳳儀氣憤的是，這些南夷族長們都是押北蠻勇士勝。

秦鳳儀用土話對他們道：「鳳凰大神會告訴你們，你們的選擇是錯誤的。」

倒是阿金，拿兩塊金子押了秦鳳儀這邊。

秦鳳儀很滿意地摸摸阿金的頭，「阿金，你的眼光一流。」

阿金被摸得臉都紅了。

第一場，嚴姑娘對戰北蠻勇士。

一身玄色勁裝的嚴姑娘，勾勒出女子身上優美的線條，當然，還沒見識到嚴家拳如何霸烈時，還是有心情欣賞一二的。當嚴姑娘一拳轟散那北蠻勇士的拳鋒時，全體男人，不論北蠻人、天朝人，或是南夷土人，眼珠子全部掉一地，都是一副「哇」這樣的神色。

嚴姑娘勝得不大輕鬆，卻也不難。

第二場，張將軍對戰北蠻勇士。

張將軍身高八尺，相貌堂堂，自是沒得說。刀劍拳腳秦鳳儀也都領教過，比他厲害得不是一星半點。秦鳳儀全然不擔心，反正即便輸了也有他媳婦壓陣。不過，怎麼看大公主臉色這般凝重，再往下一瞧，大公主握著座椅扶手的手也忒用力了，繃出細緻又蒼白的指骨。

秦鳳儀瞟了兩眼，心中微動，不禁想到大公主與駙馬不睦之事。再看看場上拳腳穩重、穩紮穩打，頗具男子氣概的張將軍，有了幾分明悟，只是眼下卻是不好說什麼。

待張將軍得勝下場，不經意似的看向大公主的那一眼，以及大公主微微鬆開的手，還有淡淡勾起的唇角。秦鳳儀心說，你倆要是沒什麼，我下半輩子就當自己是個瞎子！

秦鳳儀這邊連勝兩場，不少南夷人都跑過來問他能不能另行改了下注。

秦鳳儀板著臉道：「卜注無悔！你們不聽我的，這就是鳳凰大神對你們的懲罰！」又額外對阿金道：「阿金，你發財了！」

結果，阿金……阿金，嘿，你個黑小子，你怎麼跑到嚴大姊那裡去啦？哎喲，你這腿也忒快了吧！

繼發現大公主與張將軍之間的眉來眼去後，秦鳳儀又發現了黑小子阿金跑去與嚴大姊獻殷勤，頓時整個人都不好了。

正要比第三場的時候，陳寺卿急吼吼地來了。

陳寺卿道：「今天北蠻有與戶部的談判，你們如何比起武來？」

秦鳳儀哪裡知道北蠻使臣與戶部的事，他悄悄與陳寺卿道：「我看這些北蠻人太過囂張，壓一壓他們的氣焰。」

陳寺卿一見賠率榜，問秦鳳儀：「這是第幾場了？」

秦鳳儀道：「第三場，前兩場都是咱們贏。」

陳寺卿自口袋裡摸出一張銀票塞給秦鳳儀，惡狠狠地對秦鳳儀道：「必要把他們揍得親娘都認不出來！」可見這位寺卿大人這些天實在是被北蠻人欺負得夠嗆。

陳寺卿眼下也不急了，打發人去戶部說一聲。秦鳳儀把自己的位置讓出來，陳寺卿擺擺手，只管讓秦鳳儀坐著，他另叫人搬了張椅子，就開始看秦大奶奶與北蠻勇士的較量。

此時此刻，秦鳳儀完全對剛剛的長公主感同身受啊！他都不是長公主那時用力地握著扶手，他簡直是摳扶手、跺腳、咬袖子，直到他媳婦與那北蠻人雙掌一擊，啪一聲悶響，他媳婦後退半步，那北蠻人直接數步退出比武台，秦鳳儀一顆心才算落到肚子裡，同時間跳了起來，大叫一聲：「好！」

然後，秦鳳儀第一個奔到比武台上，一下子就抱起媳婦轉了三圈，連聲問道：「媳婦，妳累不？媳婦，妳傷著不？媳婦，妳沒事吧？」

媳婦，妳歇一歇，我有好些話要同妳說。

大公主和張將軍好像有貓膩，這可怎麼辦啊？

大公主與張將軍的事，秦鳳儀尚未同媳婦講，得知自家閨女去與北蠻男人打架還打贏的嚴夫人，在家裡足足抱怨了秦鳳儀三天三夜，直說秦鳳儀不道地，她閨女本就難嫁，這般彪悍的名聲傳出去，豈不是更難嫁了？

媳婦得勝，秦鳳儀那是比自己得勝都要高興。

之後，秦鳳儀讓媳婦坐著吃茶，他幫著大家算賠賺。其實很好算，北蠻人都是押自己，全都賠進去了。南夷人除了阿金都是押北蠻人，銀子亦是有去無回。其他的，驛站裡的官兵驛丞，雖則押得少，但都是押自己這邊，他們皆有得賺。

賺最多的是陳寺卿，這個老頭兒先時被北蠻人欺負慘了，一見有這與北蠻人打架的事，直接押了一百兩銀票。秦鳳儀算了算，老頭兒賺了三十兩。待把銀子結算給他，陳寺卿將銀兩往秦鳳儀這裡一推，道：「我還有事，得去衙門了。這三十兩，今天有一個算一個，請驛館的兄弟們吃酒。」請的是驛館裡當差的驛丞官兵等人。

秦鳳儀把銀子交給驛丞，驛丞連忙謝過陳寺卿。

北蠻使臣上前笑道：「今日還有與戶部的談判，一時比得興起，我倒是忘了。」

陳寺卿微微一笑，道：「不必急，程尚書已著人傳話，知道諸位敗在我國婦人手下，想是累得不輕，先歇兩天亦無妨，今日談判便是免了。」說完之後，也不理北蠻使臣如何反應，他老人家一揮袖子，轉身走了。

三戰三勝，大家都覺揚眉吐氣。

大公主笑道：「今日去我那裡，我擺酒慶賀。」

眾人自然都稱好。

秦鳳儀挽著媳婦的手要走，那個與媳婦打架的北蠻人突然上前，用生硬的漢話問李鏡：「妳已經成親了嗎？」

李鏡與嚴姑娘為了比試方便，梳的是巾幗髻，且兩人都年輕，看不出到底有沒有成親。

秦鳳儀道：「幹什麼？這我媳婦，能沒成親嗎？」

那北蠻人上下打量秦鳳儀一眼，「你們漢人，師徒也能成親嗎？」

秦鳳儀隨口胡扯：「師徒如夫妻，自然是可以成親的。」

北蠻人身量英挺，比秦鳳儀高出半頭去，他從上往下俯視著秦鳳儀，搖搖頭，「你，不懂武功，配不上，她。」又指了指李鏡。

秦鳳儀得意地道：「我的武功是尋常，但我的學識天下第三，而且，我媳婦很中意我，我也很中意我媳婦。」

那北蠻人露出無奈的神色，看著這行人遠去。

秦鳳儀到車上與李鏡道：「媳婦，那蠻子不會是看上妳了吧？」

李鏡笑，「你就愛瞎想。袖子怎麼破了？」袖子上有個洞，早上穿時還沒察覺呢！

秦鳳儀一看，嘟嘴巴，「咬的。」
「好端端的，咬袖子做什麼？」
「我看妳跟人打架，忍不住擔心。」秦鳳儀摟著媳婦，「先時想著妳武功高，我不擔心，可這親眼見著，就擔心得不得了。」
李鏡笑，「這不過是比武，不必擔心，我心中有數。」
「說得輕巧，要是哪天我與人打架，妳在邊上看著，就知道是什麼滋味兒。」秦鳳儀忽然想到大公主與張將軍之事，他是個存不住事的，有心跟媳婦說，可在車裡又擔心隔音不嚴被人聽了去，只得一路憋著到了大公主府。
大公主設宴，嚴姑娘、李鏡，還有秦鳳儀、張將軍，大家分案而食。大公主府上設有女樂，大公主心情甚好，傳了一班上來，一行人吃吃喝喝很是開心。
直待回家，李鏡讓秦鳳儀把衣裳脫了，換下來叫丫鬟補袖子。探花服就這麼一身，沒得替換，咬壞了只能補一補了。
秦鳳儀道：「好幾天沒洗了，順道洗一洗吧。」
李鏡道：「也成，這洗了，晚上烘一宿便能烘乾。」
秦鳳儀急著跟媳婦說大公主的事，當下打發了丫鬟，神祕兮兮地道：「媳婦，我有一件頂頂要緊的事同妳說。」
「什麼事？」
秦鳳儀湊到媳婦耳邊，方把大公主與張將軍的事說了。

李鏡臉色變了，「不會是你想多了吧？」

秦鳳儀瞪圓一雙大大的桃花眼，信誓旦旦，「我斷不會看錯的。我與妳說，這種有沒有貓膩的事，我一眼就瞧得出來。」

李鏡震驚之後卻是對大公主有幾分同情，悄聲道：「你說，駙馬那麼個不成器的樣兒。大公主就是心中有思慕的人，也是人之常情。」

「心裡想想倒是沒什麼。」秦鳳儀低聲問媳婦：「妳說，他倆會不會那啥了？」

「不准胡說！公主何等樣的身分，便是心中思慕，也斷不會違了禮法！」

秦鳳儀感嘆一聲，「那我就放心了。」想想大公主也是可憐，嫁那樣一個男人，「當初怎麼給大公主挑的駙馬啊，咋就挑了那樣一個人？」

李鏡很想對大公主的婚事發表些意見，到底沒說，還鄭重地對秦鳳儀道：「這都是皇家的事，咱們不要多言。就是這事，你可千萬不要再與第三個人說。」

「放心，我怎會到處去說這事？」秦鳳儀感慨，「我就是覺得，大公主這樣的人品，跟駙馬也太不般配了。」他小聲道：「其實我想想，雖則張大哥不是出身侯府，但那一表人才，拳腳功夫也好。不是我說，就是張大哥，也比駙馬更配大公主。」

「誰說不是呢？」李鏡道：「張將軍是公主的乳兄，他們也是自幼相識的。」

想想大公主嫁了那麼個男人，也是可憐。

既然只是人家兩人精神上的愛慕，秦鳳儀便也沒再多想。

安排過這場比武後，秦鳳儀發現，朝廷裡都是聰明人啊！

他找了他媳婦、嚴大姊、張將軍打了一場，戶部立刻就占據了談判的主動權。你們北蠻人過來咱們就談，你們不過來就算了，而且，你們什麼時候要談，得提前說啊，我們也得安排時間。要是太忙，就另約時間。

你們不就是在我天朝住著嗎？住著唄，反正養你們兩三百人也養得起。

景安帝的消息亦是相當靈通，還召秦鳳儀過來讚了他幾句。秦鳳儀一副高興模樣，還假假地謙虛，「都是我媳婦、嚴大姊還有張大哥的功勞，我又不大會武功，也沒上臺打啊！」

景安帝笑道：「法子總歸是你想的。」

「這倒也是。」秦鳳儀笑嘻嘻的，「陛下是不是要賞我？賞我就不必了，賞一賞我媳婦她們吧，尤其是嚴大姊，她一把年紀還沒嫁出去。陛下，不是我說，就嚴大姊這樣的本領，給您家做兒媳婦都綽綽有餘。」

他順勢給嚴大姊做起媒來。

景安帝險些被秦鳳儀的話噎著，景安帝道：「朕亦知嚴姑娘出眾，只是三皇子已有親事，四皇子尚不足十五，還未到議親的時候。」

「這也是。」秦鳳儀認真地拜託景安帝，「上回皆因嚴大姊把我搶回家去未能如願，看她這一把年紀嫁不出去，我心裡總有些個，怎麼說呢？陛下，您說，這世上到哪兒再去尋一個我這樣才貌雙全的？要是嚴大姊按照我的標準找，怕真要打一輩子光棍了，所以，我想著，我平日裡替她留意，倘有比我稍差些的，只要是正經知上進、有心胸的人，我就幫嚴大姊挑一挑。陛下，您這裡見的英才更多，就照著我的標準選就成，要是太差的，嚴大姊可是看不上的。您也幫嚴大姊看著些，再有俊才，可不能錯過了。」

景安帝心說，聽著是給嚴姑娘尋婆家，可怎麼這麼像你這小子自吹自擂呢？

景安帝都有些不明白，秦鳳儀的自信是從哪裡來的。

景安帝道：「北蠻使團這次過來，朕想著，他們難得大老遠跑來，也讓他們見識一下我們京城的精兵強將才好。」

秦鳳儀兩眼一亮，問：「陛下，又要與他們打架了嗎？這個小臣熟啊，讓小臣安排吧！」

他還挺懂得毛遂自薦。

「他們連我朝的女子都贏不了，不必再打了。」景安帝的意思是，他要去閱兵，禁衛軍和東西大營的兵馬，連帶北蠻使團、南夷族長們，也讓他們一併看看。

秦鳳儀先時還不明白啥意思，瞪著大桃花眼想了一時，方「啊」了一聲，恍然大悟，神祕兮兮地問：「陛下，這是要震懾他們一二吧？」

景安帝矜持道：「只是讓他們與朕同閱，震懾什麼的就遠了。」

「您別不承認，我都明白了！」秦鳳儀偷笑，「這就好比兩家人不對盤，偏是鄰居。西鄰往東鄰這裡過來，不大客氣，然後東鄰看他這欠抽樣，就說，來，給你看看我的刀。」

景安帝哈哈大笑，秦鳳儀一向是個敢說話的，他又道：「陛下，我近來頗有些靈感。」

「什麼靈感？」

「我覺得，以前書上聖人說的那些什麼友睦邦鄰的話不大對。」秦鳳儀道：「您就說這些南夷土人吧，先時與我拔刀，我當時要與他們講友睦啊禮數啊，他們能老實？我錚一聲，把劍拔出來，他們就老實了。像這北蠻人，我為什麼要收拾他們？那個北蠻使臣的嘴臉，您是沒瞧見，還說我雖則有學識，但武功不成。那些北蠻人，每日在驛館摔打角力，自己玩不過癮，還要找驛館的官兵們較量。他們哪成啊，也就看看門。故而，北蠻人氣焰超發囂張。自從我媳婦幾個把他們揍趴下，哎喲，他們老實多了。驛丞說，他們現在也不成天找人摔跤打鬥了，所以，我總結出一個道理，這友睦的前提是，得先把他們打服了，才能友睦。」

景安帝又是一陣笑，起身道：「來，與朕出去走走。」

雖是冬日，園中除了些冬青松柏之類，無甚景可賞，但冬陽暖烘烘的，照在身上很是舒服。景安帝與秦鳳儀道：「閱兵之事，朕交給平郡王、嚴大將軍、兵部一併操持。你要是沒事呢，也去跟著去跑跑腿。」

秦鳳儀高興地應了，他還道：「我就是學武學得晚了，不然我還真願意習武的。」

景安帝道：「那當初你岳父提的兩個條件，你怎麼沒去軍中啊？」

「就是跟陛下說的，過了習武的年紀。棲靈寺的武僧們說我現在骨頭都長成了，習武有些遲了。」秦鳳儀道：「何況，我以前不喜歡打打殺殺的事。」

「現在喜歡了？」

「您不知道我媳婦打架那叫一個美！」景安帝不知多少次聽秦鳳儀誇自家媳婦了，聽得耳朵都快生繭，秦鳳儀卻是興致勃勃，「您不知道，我媳婦在擂臺上一站，那風采那氣度那架勢，尋常人真是比不了。就是一樣，我看她跟人打架挺擔心的，我真恨不得是我自己跟人去比，我可怕她受傷了。這虧得沒傷著，要是傷著，我得多心疼啊！」

「男子漢大丈夫，就當保家衛國，保護妻兒老小啊！」秦鳳儀感慨道：「我已是決定再找我岳父學兩套拳腳功夫了。」

秦鳳儀往行宮來了一趟，又得了一項差使。雖則不似接待南夷人那般有具體的名頭，但能幫著跑跑腿，秦鳳儀覺得挺好的。

秦鳳儀回家就要跟父母媳婦通報這個好消息，這剛到父母屋裡，就見他娘正與他媳婦拿著衣料子商量著做衣裳的事兒。

見兒子回來，秦太太很高興，招呼兒子：「阿鳳過來，看看這料子好不好？」

秦鳳儀過去一瞧，見好幾樣料子擺著，有鮮亮的也有素雅的，他入手摸了摸，道：「這可不是尋常鋪子的料子。」

「算你有眼力。」秦太太笑得眼尾都飛了起來，「是太后娘娘賞給你媳婦的，你媳婦孝敬我，我們正說著做幾身衣裙，也給你裁兩身。」

秦鳳儀笑道：「好端端的，太后如何想起賞媳婦衣料子了？」

秦太太極是自豪，道：「今兒頭晌，太后娘娘就召你媳婦進宮了，中午還在慈恩宮用飯，賞了一副頭面、一車料子。」

李鏡補充道：「應是昨日與北蠻人比武之事，阿嚴也被宣召，我倆得的東西一樣多。」

秦鳳儀道：「就不知張大哥有沒有得賞了？」

「放心吧，必不會漏了張將軍的。」李鏡道：「看你一臉喜色，可是有什麼喜事？」

「是大大的好事。」秦鳳儀便把自己得新差使的事同媳婦和老娘說了。

婆媳倆皆極是高興，李鏡笑道：「可見是你前番差使當得好。」

秦鳳儀眉開眼笑，「我也這樣覺得。」

待晚上秦老爺回家，大家慶賀了一回，小夫妻二人早早回房休息了。

秦太太晚上睡覺時想到一樁舊案，與丈夫道：「老頭子，你說，媳婦武功這麼好，前兒他倆吵架，那張桌子會不會不是咱們阿鳳砸爛的，會不會是媳婦打壞的？」

秦老爺笑咪咪的，「老話說，不聾不啞，不做阿翁。別管是誰打壞的了，妳看兒子媳婦，你疼我，我疼你，好得跟一個人似的，這就行啦！」

秦太太一笑，「倒也是。」

●
●
●

原本那招待南夷土人的差使，大家都覺得無關緊要，也就是鴻臚寺騰不出人手來，點了秦鳳儀。結果，嘿，南夷人還沒走呢，秦鳳儀又得了第二件差使。

這閱兵之事，哪怕是無官無職的，能幫著跑跑腿，也比招待南夷土人體面百倍。

一時間，不少人對秦鳳儀當真是又羨又妒。

關鍵是，這招待南夷人的事兒，秦鳳儀現在自己沒空了，他就舉薦了自己的師侄方悅。

秦鳳儀的話：「現在南夷人對我朝文化敬仰得不得了，他們又是愛唧咕的，我要是不陪他們，他們難免話多。阿悅是狀元，比我這天上第三的星星還厲害，就讓阿悅帶他們幾日，也叫他們見識一二。」

景安帝一笑，便准了。

於是，秦鳳儀非但自己得了個新差使，還把未做完的差使舉薦給自己人，師侄方悅。

秦鳳儀去翰林院跟方悅說了一聲，與他說了些南夷人的脾性，還有各族長的特點，以及阿金會說漢話，還有鴻臚寺的李小官員很得用之類的事，接著把方悅介紹給南夷族長們，與南夷族長們說，他要去準備皇帝陛下閱兵的大事，待準備好了，屆時他幫著要幾張請帖，請他們一起見見世面。又與這些族長們大大地吹噓了一回方悅的學問，那是比自己還有學問的狀元郎云云，總之是把方悅吹得不得了。幸而方悅不懂南夷土話，不過，見小師叔連連指著自己豎大拇指，方悅也下意識地挺起胸膛來。

秦鳳儀拍拍方悅的肩，就是要有這種自信的氣勢才行。

之後，把這些土人交給師侄，他就去岳父身邊打雜了。

秦鳳儀這種鑽營的功力，特別是，他真能鑽營到陛下跟前。

他跟在景川侯身邊，平郡王是景川侯的岳父，自然是看秦鳳儀順眼的。至於嚴大將軍，當初要不是景川侯府死活不放心，如今秦探花該是他嚴家的女婿才是。雖則嚴家一向與景川侯府關係普通，但秦鳳儀與嚴大將軍他閨女關係不錯，嚴姑娘還因為秦鳳儀叫著打了場架，得了太后的賞賜，所以，嚴人將軍對於秦探花的觀感是不錯的。

至於兵部尚書，這位老尚書年紀已是不輕，估計他退了就是景川侯接手兵部之事。這把年紀，更是老油條一個，見著秦探花難免誇幾句年輕才俊啥的，誇得秦鳳儀眉開眼笑，「唉，可惜我祖父去得早，要是我祖父活著，我覺得就得是尚書大人這樣。」

好吧，這位也是馬屁高手，一老一少高手相見，簡直是相見恨晚。

另則，主持此次閱兵儀式的大皇子，與秦鳳儀關係也不錯，心下想著，秦探花果然得父皇心意，藉此機會與秦探花父好才是。

秦鳳儀到底沒什麼要緊職司，他就是在岳父身邊做跟班，有什麼跑腿的活兒都叫他去。

秦鳳儀發現，這做事啊，倒不是事情難做，而是人際關係難搞。

秦鳳儀與媳婦道：「禁衛軍那裡倒沒人敢說什麼，這是陛下的親衛。東西大營可是不得了了，為著誰排前誰排後，還在那兒吵吵呢！」

李鏡道：「官場上素來如此，有時為了爭個高低，彼此之間下絆子的事都不少。」

秦鳳儀道：「我得想個法子，再叫他們這樣磨唧，閱兵還不知拖到什麼時候。」

李鏡道：「你上頭多少大員，你出這個頭，難免惹人眼。」

「妳不知道，我給岳父跑腿，就為他們兩處的事，我一天跑八回，腿都跑細了。」秦鳳儀道：「我不怕得罪人，管他們呢？一個個仗著身分胡來。我與妳說，他們都是老油條。尚書大人就會呵呵，郡王那裡都是問大皇子的意思。大皇子則是郡王怎麼說，嚴大將軍怎麼說，尚書大人怎麼說，然後看他們意見不一致，大皇子就一句再議吧，便要重新商量。岳父更是滑頭，就知道叫我跑腿，那兩家還沒吵出個高個，他也是一字都不言，我快累死了。」

李鏡幫他捏捏腿，問：「腿痠啊？」

「嗯，這隻也捏捏。」秦鳳儀大咧咧把兩條腿擱媳婦腿上，叫媳婦給捏。

李鏡給秦鳳儀捏著腿，問：「這事不是大皇子主持嗎？大皇子怎麼說？」

秦鳳儀道：「大皇子就是個和稀泥的。我都不知道他是怎麼想的，陛下這明擺著是要威懾一下北蠻人與南夷人，還不麻溜地把事兒給辦好了。他也不想想，這事兒是他的頭，他這樣磨唧不辦事，到時陛下第一個問的就是他。」

一面叫媳婦捏著腿，秦鳳儀一面把自己的主意說了，「讓他們東西大營兩營各出三個勇士打一場，誰贏了，誰就在前頭，誰輸了，誰就在後頭，如何？」

李鏡笑道：「你這是打出癮來了？」

秦鳳儀也笑，「這樣最簡單。」

李鏡道：「問問父親，你再去辦這事。」

秦鳳儀第二日就同岳父講了。

景川侯呷著茶，慢悠悠地道：「這事我不好插手，你去問一問大皇子。」

秦鳳儀便去了，大皇子說：「郡王的意思呢？」

秦鳳儀平生最恨這等沒主意的人，秦鳳儀道：「殿下，閱兵的安排可是陛下交給殿下的。臣不問殿下，難道去問郡王？」

大皇子笑道：「郡王老成持重，總不好不讓他知道？」

秦鳳儀道：「就是問郡王，郡王也是得聽您的。」

「那也得去問一問，顯得敬重。」

秦鳳儀跑一趟，平郡王笑咪咪的，「殿下的意思呢？」

秦鳳儀道：「殿下讓小臣來問郡王的意思。」

平郡王道：「殿下的主意，自然是好的。」

秦鳳儀心說，你老頭兒還算有些個眼力，回頭與大皇子一說，大皇子又問：「嚴大將軍、兵部鄭尚書，還有景川侯的意思呢？」

秦鳳儀勸大皇子道：「殿下是陛下的嫡長子，您定了這事兒，他們誰要是有二話，臣便去與他們分說。」

大皇子道：「大善不要這麼急，先去問問，有什麼不好呢？」

秦鳳儀再去這三處跑了三趟，話都是這樣說的：「殿下與平郡王瞧著都好，不知您意下如何？」於是，這三人也都覺得是個好主意。

秦鳳儀張羅的這事，自然得叫他去辦，上頭幾位巨頭都點了頭的，沒想到，西大營的范將軍不同意，范將軍吵到大皇子那裡，言道：「臣乃正二品龍虎將軍，東大營商將軍是從二品定國將軍，便是按品階，西大營也是在東大營之上，臣不明白為何要比試定勝負？」

東大營的商將軍也不甘示弱道：「你雖然官職比商某高半品，可東西大營一樣的建制，就是陛下也沒分過哪個大營高哪個大營低。」

大皇子道：「就是比一場，又如何？」

范將軍極為強硬，「臣並不懼比試，但臣認為完全不必比試的事，焉何要比？」

秦鳳儀對大皇子使眼色，叫大皇子拍板定下此事，大皇子卻道：「既如此，那再議。」

「殿下，已經定好的事，焉何要再議？」秦鳳儀跑腿跑得累死，這事眼看就要成，結果姓范的如此不識好歹，秦鳳儀一下子就火了，「這是兩個大營的事，不是比你們兩位將軍誰官高誰官低的事！你們現在比官高官低，怎麼不比尊老愛幼？范將軍年長，商將軍年輕些，年輕的不讓年長的，年長的也不讓年輕的，你們打算怎麼著？殿下有了法子，你們又不同意！商將軍，你同不同意比武論高下？」

商將軍道：「此事甚好，便是比武輸了，商某心服口服。」

秦鳳儀問：「范將軍，你到底同不同意？」

范將軍道：「我同不同意，也與你這七品小官說不著。」

「你若不同意，便是自動棄權，我立刻進宮與陛下分說此事！」秦鳳儀道。

范將軍道：「難不成，你進得宮，我進不得宮？陛下光聽你一個諂媚小人之人言，不聽我這忠臣之言！」

秦鳳儀冷笑，「你能做成二品大將，想來也不是傻的。陛下聽誰不聽誰的，陛下現在是絕不會讓人誤了他的大事的！」

范將軍眼中閃過微不可察的波動，秦鳳儀卻是看得分明。他冷哼一聲，拂袖轉身時給了大皇子一個眼色。大皇子連忙喚住秦鳳儀：「秦探花等一等。」又與商范二位將軍道：「大家都是為了把閱兵之事辦好，哪裡就動真怒了？我聽說東西二營有不少出眾勇士，正想什麼時候能開開眼界。屆時我把平郡王、鄭尚書、景川侯他們都叫上，一道觀賞，如何？」

范將軍仍是有些不大願意，但大皇子都說到這個分上，還要把平郡王等人叫來一起看，他也不是真要與秦鳳儀到御前評理，就像這該死的秦小子說的，陛下是絕不會讓人誤他大事的。范將軍伴駕的時間比秦鳳儀長，大皇子都這樣說了，范將軍躬身行禮，「一切都聽大殿下的，只是請大殿下不要讓秦修撰主持此事，臣實在是看夠了他這嘴臉！」

秦鳳儀道：「你就沒眼光吧，誰見我不說俊啊！」

范將軍簡直要被他氣死。

你個死娘娘腔，誰不知道你全靠臉才娶上媳婦，再靠臉搏得陛下青眼啊！

說來，又有一樁事讓秦鳳儀來氣。

這主持兩營比武之事，范將軍明言說了不讓秦鳳儀主持，大皇子只好換人。結果，他這換人都沒有與秦鳳儀商量。好吧，秦鳳儀原本就是七品小官，而且，閱兵之事景安帝就是叫他跑個腿，可是，這兩營比武之事，是秦鳳儀張羅的。這都要比了，不叫他主持也就罷了，起碼應該問一問他的意思吧？大皇子也沒問，就把差使給了平郡王的二兒子。

把秦鳳儀氣得，秦鳳儀哪裡能服氣，就是他不成，換他岳父來也是一樣啊！

秦鳳儀便說：「東西人營的比試，范商二位將軍都是二品，先時就因官職一直僵持。主持他二營比試之事，起碼也得是個從一品往上的官位。平將軍雖然是朝中老人，可官居四品，依小臣說，不大合適。」

大皇子此方瞧出秦鳳儀竟對此事有異議，就問：「那依秦探花說，何人合適？」

秦鳳儀想著，他要是直接說他岳父，就顯得是有私心了。

秦鳳儀行禮道：「小臣請殿下親自主持比武之事。」

或許是商賈出身的緣故，秦鳳儀的骨子裡有一種與生俱來的狡猾與審時度勢。秦鳳儀此言一出，諸多老狐狸都覺得，這小子在御前得臉不是沒道理，對大皇子也這麼會巴結。

大皇子這性子，秦鳳儀是看透了，光占便宜不吃虧，這等露臉之事，大皇子焉能不願？故而，秦鳳儀一提議，大皇子作勢謙虛幾句，也就應了。

秦鳳儀卻是窩了一肚子火地回家，氣得他晚飯都少吃一碗。

夫妻兩人梳洗完，打發了丫鬟，李鏡才問他：「什麼事這樣不痛快？」

秦鳳儀氣得直撫胸口，「以後再不與大皇子一道當差了，就沒見過這樣沒義氣的！」把兩營比武之事說了，又道：「我並不是一定要爭這個功，可這事是我跑下來的。那姓范的很難說話，一直吵到大皇子跟前爭個是非。當時我就給大皇子使眼色，叫他拿出皇子的氣派來，把姓范的壓制住。妳是沒見大皇子那不成樣的勁兒，姓范的一不同意，他竟然說再商量。這要商量到什麼時候去？還是我把姓范的得罪了，把黑臉唱完，對大皇子使眼色，讓他做好人。他倒是一點都不客氣，出來說兩句好話，和個稀泥，做老好人。」

「這事我從頭跑到尾，那姓范的記恨我，說了不要我主持。就算我不成，也該是岳父。難不成就白叫我出力得罪人？大皇子竟然點了平郡王家的老二平琳，把我氣得，當時我就沒按捺得住！」

「你與大皇子吵架了？」

「我怎麼會與他吵架，他畢竟是陛下的兒子，皇子的身分！」哪裡惹得起？

秦鳳儀道：「我強壓著火，說這事不妥，請大皇子親自主持，把平琳這差使奪了。我當時是想著，沒有我出力氣，叫平家人白得好處的。他家跟我能有什麼交情，敢搶我的功勞？我想要推薦岳父，可我與岳父的關係明擺著的，我要是推薦岳父，就會招人閒話，乾脆就把這差使叫大皇子自己出風頭去吧，反正他一向是個愛出風頭的。」

「沒見過這樣的人！」秦鳳儀氣呼呼的，「平日裡說話說得好聽得不得了，一套一套的仁義禮智信，做出的事真夠難看的！」

李鏡聽了也來氣，勸秦鳳儀：「算了，各盡各的心吧，以後不必為他這樣張羅，他也不見得知你的好。」

秦鳳儀嘆道：「真是虧本的買賣，一點好都沒落著。就是平郡王府，我這麼把平琳的差使給奪了，怕也沒我的好話說。」

李鏡笑道：「你這說話都明白，如何還那樣做了？」

「就是明白也得做，不然以後人人都當我好欺負，是不是個人就要來搶我的功？」秦鳳儀哼道：「管他怎麼說，還與岳父是翁婿之親呢，略明白的就不該去搶岳父的差使！這明擺著的，我幹不了，也得薦一個我最近的，便是大皇子不問我，一個個都是老油條，他平琳敢出手搶，我就敢把他的手給打回去！」

說來，秦鳳儀當真是有些二愣子，要是個八面玲瓏的，如大皇子就想著，平李兩家是姻親，你秦鳳儀與平家算下來也不是外人。便是這樣想，大皇子方將差使給了平琳。

誰能想到二愣子不是這樣想的，二愣子一直想的是，我媳婦親舅舅姓陳，又不姓平。別人都是看姻親，這二愣子看的是血緣。

秦鳳儀生了場大氣，晚上少吃一碗飯，半宿又叫肚餓。

李鏡說他：「為這麼點事兒就氣得吃不下飯，就該餓你一宿，叫你長長記性！」

「快餓死了，媳婦媳婦媳婦……」他這麼又叫媳婦又撒嬌的，李鏡話說得狠，還是心疼他，便叫丫鬟去廚下看看有什麼現成的做些來。於是，秦鳳儀大半宿的又吃了碗雞湯麵，裡頭還有兩根大雞腿，吃得香噴噴的。

李鏡一面看他吃，一面放著狠話：「再有下回，定不能再叫廚下給你做東西吃，就該餓你一餓！」於是，秦鳳儀吃得更加香噴噴了。

李鏡看他那樣，暗暗笑得肚疼。

平郡王當天回去，平琳還說：「秦探花是不是不大高興？」

平郡王道：「看出來了？」

平琳道：「也是我一時沒想到，這事的確是殿下親自主持比較好。」

平郡王看次子一眼，意味深長道：「他不高興，卻不是因著你搶了殿下的差使。」

「父親，這也不能說是搶吧？是殿下交給兒子辦的，兒子總不能推辭。」平琳奉茶給父親，平郡王道：「殿下交給你，你也可以舉薦別人，譬如……景川。」

平琳道：「咱們與妹夫又不是外處。」

「但秦探花與景川更加親近也是真的。」平郡王道：「你今天就不該接那差使，這件事都是秦探花在跑前跑後，他為此還大大得罪了范龍虎。范龍虎不讓他主持，這事才能落到別人頭上，不然當是他來主持才是。即便不是他，他屬意的必是景川，他們翁婿一向要好。」

平琳道：「那他如何不直接舉薦景川，倘他舉薦景川，我自然讓景川的。這又無妨，我們郎舅之間也一向很好。」

平郡王道：「他舉薦自己的岳父，便是景川得了這差使，別人不得說他是私意舉薦？」

平琳道：「這種利害關係，要是積年老臣想得到不足為奇。秦探花一向有些愣頭愣腦，他能想到這些？」

平郡王放下茶盞，道：「你說他愣頭愣腦，我看你在朝當差的年頭比他的歲數都長，也不一定有他得陛下青眼。」

平琳道：「朝中上下，還有說是因著秦探花生得俊。」

「都是些無稽之談。」平郡王道：「難道就因秦探花快人快語，說話隨意，就說人家愣頭愣腦？不說別家，就是咱們家這些子弟，習武的不算，就說習文的，你們哪個能四年就考個進士出來？看看秦探花，先不過叫他接待幾個土人，鴻臚寺都不願意接的差使，他接了，這才幾天，把那些個土人忽悠得言聽計從。那些個北蠻人，陳寺卿都收拾不了，他不過找了兩個女子和一位公主府的家將，就把人給彈壓住了。你以為陛下為什麼叫他跟著跑腿，那是因為陛下器重他。」

「可兒子總覺得，他不過才七品，就敢與范龍虎翻臉，這性子也是夠嗆。」

「翻臉沒翻成，這是笑話。他一個七品官，翻次臉就能叫二品龍虎將軍點頭，這臉翻得還不值得嗎？」

「是不是范龍虎看在咱們家與景川的面子上……」

平郡王道：「不要總說家族，家族也是人撐起來的。我與景川都沒同范龍虎打過招呼，范龍虎堂堂二品大將軍，如何就要看在我們的面子上？」

「那就奇怪了，難道這事真是他辦下來的？是不是大殿下幫他彈壓了范龍虎？」

「這也不好說。」平郡王畢竟沒眼見范龍虎是怎麼點頭的，「罷了，此事就這麼著吧，明兒個都望著殿下一些也就是了。」

平琳自然應了。

最難的並不是比試，而是兩方答應較量這件事。

兩方都答應比武見高低了，還有什麼難的，一切水到渠成。

秦鳳儀也按時按點去了，依舊是跟在自己的岳父身邊。景川侯看他前幾天跑得挺歡實，這到了要緊時候，怎麼又往自己身邊來了？想是昨兒個傷了心，今兒也不跟著擦前蹭後了。

景川侯有意與這傻女婿道：「你過去殿下身邊，看殿下有什麼吩咐。」

秦鳳儀是個氣性大的，他現在還生著大皇子的氣呢，斷然不會過去，嘴上卻是道：「昨兒我剛得罪了范龍虎，我站在殿下身邊不大好。」

景川侯道：「范龍虎不是小器之人。」

憑岳父怎麼說，秦鳳儀就是不過去，景川侯心說，非不親自吃個虧不長記性。看這小子明白了些，也就不再讓他過去，令他在自己身邊安生看比武。

大皇子親自主持，平郡王、鄭尚書、嚴大將軍、景川侯等一干人都在，東西大營比的頗是精彩，五局三勝，最終是西營勝出。

大皇子借禁軍的地盤擺酒，中午大家一道用飯。

秦鳳儀還找了范將軍說：「先時你那麼磨磨唧唧的不肯比，我還以為你不行呢。這不是挺行的嗎？那還磨唧個啥？」

范將軍現在最討厭的就是秦鳳儀，原本勝出後很高興，結果，見著這討厭的小子，范將軍一拂袖子，怒道：「本將還用你管？」

本將本就是官職實力均在東大營之上，為何要與這些不如自己的傢伙們比試啊？

秦鳳儀道：「看你那樣，不知道的，得說你比嚴大將軍還厲害呢！」說完，他也不理范將軍，抬腳逕自走開了。

范將軍被他氣得半死。

把閱兵的事安排好，秦鳳儀當真是為南夷族長那邊多要了幾張帖子，這樣每人也可以帶一個子侄一道跟著長長見識。

這事說是大皇子主持，有平郡王把關，自然是辦得妥妥當當。那些南夷土人自不必提，只會張著嘴「啊哇哦」地感嘆。便是北蠻人也收起往日傲慢，恭維了景安帝幾句。

秦鳳儀與方悅都混進了閱兵隊伍，方悅是打著陪南夷人的名義跟著進來的，秦鳳儀則還是頂著跑腿的名義，也跟著長了一回見識。雖則準備閱兵的時候秦鳳儀生了一場氣，但看著這整肅的軍隊，軒昂的氣勢，又覺得一切的辛苦是值得的。

當天，景安帝設宴招待雙方使團。

南夷族長們嗚哩哇啦一通讚頌，他們可算是服了，原來皇帝陛下的京城還有這麼多的軍隊啊，很是氣派呀！

話說，秦鳳儀也覺得皇帝這一身戎裝很氣派，尤其手握天子之劍，更是氣派中的氣派。幾位皇子也是一身戎裝，連小小的六皇子都是如此，整個人挺胸凸肚，臭美得很。

秦鳳儀就後悔，怎麼自己沒弄一身戎裝來穿呢？

秦鳳儀懷著這種遺憾，在人群裡檢閱了禁衛軍與東西大營的軍隊。中午景安帝設宴，招待兩方使團，秦鳳儀也有幸敬陪末座。

這次檢閱軍隊之後，南夷土族們又住了些時日，便準備告辭回家了。

秦鳳儀私下送了這些族人每人一份禮物，不過，在走之前，阿金悄悄拉了秦鳳儀道：「秦大人，我向嚴阿姊求親，嚴阿姊拒絕了我。」

秦鳳儀震驚地摸摸阿金的頭，「你才多大，就知道提親了？」

阿金正色道：「我今年都十六了。」

「哦，那是可以提親了。」秦鳳儀道：「你這個子可不高。」

只要是男孩子，沒有人愛聽這話的，阿金本就黑，聽了這話，臉更黑了，阿金義正嚴辭地道：「以後我會長高的。」

阿金從懷裡掏出一串東西塞給秦鳳儀，「秦大人，這是我送給嚴阿姊，她又還給我了。你告訴她，我以後會成為天下第一流的男人，然後過來娶她。」

秦鳳儀低頭見是一根紅繩串起的什麼野獸的牙齒，問：「你什麼時候提親的啊？」

阿金坦白道：「就在比試後的第二天就去提了。嚴阿姊說她要嫁世間第一流的好男兒，我暫時還搆不上，待我搆得上了，我就來娶她。」

秦鳳儀感慨道：「阿金，看不出你竟有我當年的癡情風範。」然後，秦鳳儀與阿金講述了自己追求媳婦的故事，阿金大為感動，道：「秦大人，你果然不愧是我阿金的楷模！」

秦鳳儀鼓勵他道：「你只管放心去幹，待你有了成就，我親自為你去向嚴大姊提親！」

阿金重重地點頭，深覺秦大人是個好人。

秦鳳儀與方師侄送走南夷一行人。

北蠻的談判據說也很順利，主要是天氣越發轉涼，北蠻若年前不打算回王庭就得明春再回了，顯然北蠻人不打算耽擱回王朝的時間，只是有一事讓秦鳳儀相當惱怒，那個曾與他媳婦打過架的傢伙，不知因何，隔三差五就跑他家來找他媳婦。他媳婦只見過一回，再不相見，那傢伙還是鍥而不捨地跑來，非但自己跑來，還送禮物。

秦鳳儀陛見時與景安帝商量：「我能不能偷偷把那傢伙宰了？」

景安帝笑道：「那是北蠻王的三王子，不能宰的。」

「咦，那不就是個北蠻勇士嗎？」秦鳳儀有些吃驚。

景安帝道：「他一個王子非要變裝做勇士，也只好隨他了。」

秦鳳儀挑眉瞪眼道：「就是王子，也不能總往我家跑找我媳婦啊！」

景安帝道：「你媳婦不是沒見他嗎？」

「陛下不知道，他隔三差五就上門，可討厭了！」

景安帝道：「馬上就要簽定契約了，契約一簽，他們立刻就會走人。」

秦鳳儀此方罷了。

結果，更讓秦鳳儀氣惱的事發生了，那什麼北蠻三王子竟然堂而皇之地向陛下求娶他媳婦，三王子還說：「如果陛下肯許婚，先時我們擬定的榷場稅，我方可再讓半成。」

秦鳳儀當時是不在，他要是在，非過去把那什麼三王子揍死不可。不過，皇帝陛下的回答很給力，皇帝陛下答道：「我朝從不以婦人換利益。」直接回絕了三王子。

秦鳳儀知道這事後，當天就去了驛館，找三王子打了一架，結果當然是秦鳳儀輸了。據坊間傳聞，秦探花的絕世容顏都毀了泰半。此時，豬頭臉秦鳳儀卻很得意，他與父母媳婦一干人道：「我雖然輸了，那個什麼三王子也沒討得好，被我一口咬小腿上，咬他個半死！」

李鏡真是氣得半死，直念他：「就是打架！你又不懂武功，應該叫上我才是！」

「這事怎麼能叫妳？」秦鳳儀道：「不給他一點好看，當我是泥捏的！」

李鏡去娘家要了侯府的帖子，請御醫過來給秦鳳儀看臉上身上的傷，發誓定要叫那什麼三王子好看。景川侯也過來瞧了他家豬頭女婿，問了御醫，知道沒有內傷就與閨女道：「這事便罷了，那個三王子的武功不比妳遜色，他並沒有認真打阿鳳。」

李鏡道：「這也太憋氣了！」

「有什麼憋氣的？阿鳳也把人家的小腿咬了個對穿。」

李鏡氣道：「我要是知道阿爾圖森敢與相公動手，我早揍死他了！」

「這事就到此為止吧，北蠻使團也要動身回去了。」

秦鳳儀打輸就打輸，他也知道自己這武力值贏不了三王子，但這樣憋氣的事，男人怎能坐視？秦鳳儀這臉上受了傷，一時不能回翰林念書，就託方悅代他請了假。他在家裡一面養著傷，一面看方悅這些天來的筆記，準備補上前些天欠下的功課。

大皇子聽說他受傷了，打發個伴讀來看望他，送了幾瓶傷藥。

秦鳳儀臉傷不好見人，因伴讀是姓平的，秦老爺就讓兒媳婦出來招待。這個平伴讀，以前做過大皇子的伴讀，大皇子現下不念書了，他也就尋了個侍衛的工作。這工作不忙，故而可以代大皇子過來探望。論輩分李鏡應該叫一聲表兄，沒有血緣的表兄妹倆說了會兒話，李鏡就送走了平表兄，把藥拿給公婆看後，秦太太就讓她帶回房了。

秦鳳儀說：「大皇子身邊還有不姓平的嗎？」

李鏡把幾瓶藥交給丫鬟收起來，秦鳳儀伸手道：「我看看殿下送給我的是什麼藥？」

李鏡斷喝道：「不必看！」又命小圓：「收了去！」

秦鳳儀被他媳婦這一吼，嚇了一跳，「怎麼了？突然就不高興了。」

李鏡打發了丫鬟，方道：「以後不准再與大皇子來往。」

李鏡原本天天看著秦鳳儀的豬頭臉就來火，覺得丈夫出去打架打輸了沒面子，大皇子還來招惹她。李鏡道：「看什麼看？要是誠心送，自然是打發內侍來送。打發平峻過來送藥，是什麼意思？無非就是陛下當朝說你行事莽撞，大皇子既要避嫌，又想著萬一你日後再起來，今日不好不送些藥過來，這才打發平峻過來送藥，真是個傻子！」

秦鳳儀道：「送藥還有這些講究？」

「自然是的！」李鏡出身大族，對這些官場上的門道門兒清，「難道陛下賞你東西，會託哪個順帶腳的送來？自然是宮中內侍親自過來行賞。大皇子送東西也是一個道理，叫平峻過來算什麼，名不正言不順，平峻現在是他的伴讀嗎？平峻現在是御前侍衛。」

秦鳳儀也很生氣，想著自己這灶還沒冷呢，大皇子就這般行事，這也忒勢利了。不過，看他媳婦這麼惱火，秦鳳儀勸道：「這有什麼好生氣的，反正我已是打算遠著他了。」

李鏡哼了一聲。

秦鳳儀道：「陛下什麼時候斥責我的，我怎麼不知道？」

「有御史提你與北蠻三王子打架之事，陛下隨口說了幾句。要是真惱你，就會直接打發人來斥責你。如今御史都提了，可見陛下根本沒把這事放在心上，有什麼好說的？」

「陛下既未放在心上，大皇子這般避嫌做什麼？」

「你先前那樣得陛下青眼，如今有了這把柄，攻訐你的人不少，自然也有人勸著大皇子與你保持距離了。」

秦鳳儀這才算明白。

讓秦鳳儀欣慰的是，沒兩天，六皇子來了。

秦鳳儀是個促狹的，躲帳子裡不見六皇子見，六皇子急得在外頭道：「我早想過來了，可我無事不得出宮，跟母妃說，母妃叫我問父皇。父皇說你沒大礙，讓我休沐時再來尋你，可是把我急壞了，秦探花，你好些了吧？沒事吧？」

帳子裡傳出哽咽的聲音：「臣無事，殿下回吧，臣現在也不想見人啦！」

「秦探花，你可別想不開啊，我回去就求父皇讓看病的太醫院院使來給你看！」六皇子在帳外看不清裡頭，就見秦探花身子一聳一聳的，以為秦探花在哭。六皇子雖是年紀小，也識得美醜，想著秦探花那樣美貌的人，若是損了容貌，多可惜啊，也難怪秦探花傷心了。六皇子連忙安慰他道：「你只管放心，一定能醫好的！」

「真的嗎？」聲音中包含了無限期待。

六皇子道：「一定沒問題！」

「好吧，那我就相信殿下了。」

六皇子繼續勸道：「你要把心放寬，總是悶在帳子裡也不好。要不，你出來，咱們坐著說說話也是一樣的。」

「我怕嚇著殿下。」

「沒事，我的膽子可大了，一點都不害怕。」

「真的？」

六皇子認真點頭，做了保證。

然後，六皇子就看到一個白布裹成的紡綞從帳子裡鑽出來，六皇子嚇了一跳，待秦鳳儀出來之後，六皇子抱著秦鳳儀的紡綞腦袋哭了，「秦探花，你怎麼傷成這樣了？」

秦鳳儀原是想逗逗六皇子，沒想到小傢伙真的哭了起來，秦鳳儀忙道：「我沒事了。」「這哪裡是沒事啊？」六皇子抽抽噎噎的。

李鏡拉了六皇子道：「不要理他，我讓他在家養傷，他都快悶出毛病了。」

秦鳳儀這才把紡綞腦袋解下來，六皇子一看，已是好了大半，竟還裝個紡綞樣嚇唬他，頓時氣得不得了，當下就要走。秦鳳儀攔住他，笑道：「只是開個玩笑，哪裡就真生氣了？我就盼著有人來呢！你不知道，那些沒良心的都不來看我，好不容易六殿下來了，您可得多坐會兒，我請六殿下吃飯賠不是。」

六皇子指責秦鳳儀：「把我嚇一跳。」

「哎，許多人待我都是面上的功夫，知道陛下斥責了我，現在都不登我門了，獨殿下不是這樣的人，我一高興就與殿下開了個玩笑。」秦鳳儀作揖道：「我給殿下賠個不是。」

六皇子嘟嘴道：「這回原諒你，下次可不許這樣了啊！」

「一定不了。」秦鳳儀保證道，而且，中午堅決請六皇子吃飯，還是與秦老爺和秦太太同席，六皇子回宮後與母妃道：「我可是再不去秦探花家吃飯了。」

裴貴妃笑道：「你說去探病，沒聽說探病還在人家家裡吃飯的。」

「秦探花沒什麼大礙了，非留我吃飯，我是盛情難卻，就留下了。」六皇子道：「母妃，您不知道，中午一頓飯，秦老爺和秦太太只說了三個字。」

「哪三字？」

六皇子學著秦老爺激動到結巴的語氣：「殿殿殿殿殿殿下，吃！」

把裴貴妃逗得大笑，周圍宮人也都是掩嘴淺笑。

一宮人正笑著，景安帝來了，笑問：「說什麼話呢，這樣高興？」

「六郎淘氣，在學秦老爺說話。」

「哦，今天去看秦探花了，他如何了？」

提到秦鳳儀逗他的事，六皇子便道：「別提了，可討厭了。」把秦鳳儀糊弄他的事說了一遍，「腦袋裹成個紡錘，只露一雙眼睛在外頭，把我嚇了一跳。」

景安帝笑道：「這個秦探花，秦探花，改不了頑皮性子。」

「他現在是自娛自樂，秦探花說，自從父皇您斥責了他，他就門前冷落車馬稀了。」

「哦，還說什麼了？」

「我就問他，誰叫你跟北蠻三王子打架，你要是不打架，也沒人參你。」六皇子道：「秦探花說，那個三王子竟然提阿鏡姊姊的親事，還什麼要關稅讓點。這要是能忍，他就不是父皇的臣子，而是父皇御池裡的縮頭龜了。」

景安帝一樂。

六皇子想了想，又道：「秦探花還叫我同父皇說，說父皇很夠意思。」

秦鳳儀與六皇子說他門前冷落車馬稀，當然，有許多以前與秦鳳儀關係還成的如大皇子者，因著秦鳳儀與北蠻三王子打架事件，對秦鳳儀持觀望態度。

但是，親戚們可都是對他關懷備至啊！

聽聞孫女婿被人給揍了，李老夫人都從郊外別院回了城，親自過來探望。

秦鳳儀的後丈母娘、兩個小舅子和兩個小姨子也都來了。崔氏因產期將近，不敢出門，便收拾了些東西，託小姑子帶了過來。見秦鳳儀被人揍成豬頭，均十分氣憤，好在秦鳳儀精神頭極好，他頂著一張豬頭臉仍是神氣得不得了，與李老夫人道：「我雖沒打贏，卻也沒輸。那王八羔子被我撓花了臉，我還咬了他一口！」

李老夫人心下亦是深恨三王子提的那事，她家長孫女都嫁人了，竟然還想叫長孫女和離另嫁蠻子。不要說長孫女已是出嫁，就是待字閨中，也不能嫁蠻人啊！

李老夫人覺得秦鳳儀這架打的對，但看他被人揍成這樣，十分心疼，摸著他的臉道：「好生在家養幾天，要是哪裡不舒坦，只管跟御醫說。許御醫是咱們家用慣的，醫術很不錯。」

岳父和大舅子是當天就來過的，兩個小舅子也是第二次來，李欽還道：「姊夫就應該叫上我，我還能給姊夫做個幫手。」

秦鳳儀道：「一個打一個，輸贏都不丟人。咱倆打他一個，若是打輸，多丟人啊！」

「這有什麼丟人的，我也是大姊姊的弟弟，他說的不是大姊姊嗎？」然後，李欽這道學就與自家大姊姊道：「大姊姊，以後妳可別總出門跟人比武了。還有姊夫，不要總叫大姊姊出門。女孩子家，在家繡繡花便是了。」

李鏡被他說得哭笑不得。

秦鳳儀敲他腦門一下，「你才多大，就這般道學腦袋。若是怕有危險便不出門，怕噎死要不要吃飯？為人不能怕事，知道不？」

對於姊夫這話，李欽不大心服，可看大姊夫被揍成這樣，他不與大姊夫爭辯就是。

岳家一家人來過之後，就是師門的一干人了。

方閣老都親自過來，問了許御醫，知道秦鳳儀是皮外傷並無大礙，這才放心回了。

程尚書和程太太、駱掌院和駱太太亦都來了一趟。

至於同窗們，倒是都來了，連一向與秦鳳儀不對盤的范正都說：「是爺們兒辦的事。」

是的，只要是男人，有正常的是非觀，都不會認為秦鳳儀這事辦錯了。

那個什麼三蠻子要強娶秦鳳儀的媳婦，是男人都不能忍啊！

連消息比較滯後的陳舅舅也親自過來，罵了北蠻子足有半個時辰。

平家甭看不是親外家，來得比陳舅舅要早得多，就是平伴讀過來代大皇子送藥的那天，也代表平家送了些藥材過來。

如秦鳳儀認識的酈遠、桓御和桓衡兄弟，還有崔氏娘家襄永侯府，有親自過來瞧的，也有打發人送藥材的，總之，各自表示了對於秦鳳儀的關心。

所以，說什麼門前冷落啥的，要緊的親戚朋友，沒哪個不來看他的。

秦鳳儀的傷好得七七八八後，就到了他師侄方悅成親的時候，半點沒耽擱秦鳳儀做送親使。他那張精緻華麗美貌無敵的臉孔重新出現在大家面前。

大家一看：咦，秦探花沒有毀容啊！

放心者有之，失望著有之。

秦鳳儀還腆著一張俊臉問方閣老：「師傅，您看，我有沒有比以前更俊一點？」

方閣老道：「是比以前的豬頭臉俊些。」

秦鳳儀不理方閣老的打趣，「男孩子哪有不打架的？我小時候天天打，都練出來了。」

方大老爺和方大太太等人見著秦鳳儀大安，皆十分欣慰，秦鳳儀笑道：「大師嫂、四師嫂成天打發人送好吃的給我，把我催得，是不是胖了？」

方大太太笑道：「哪裡胖了，你自來是個高瘦的個子。」

方四太太道：「大嫂，有沒有覺得鳳儀較今年初長高不少？」

方大太太笑，「可不是嗎？先時阿鳳較阿悅略矮，如今兩人站一處，高矮差不離了。」

秦鳳儀道：「這都是我冬天喝骨頭湯的緣故。以前我還會半宿腿抽筋，我娘說那就是長個子。現在每年秋冬我家隔三差五吃當歸燉羊肉，燉各種骨頭湯，我腿就不抽筋了，而且長得飛快。說不得，明年就超過阿悅師侄啦！」

穿著一身新郎服的方悅進來，笑道：「行了，趕緊著，這迎親的時辰就要到了。」

秦鳳儀指指自己的一身紅袍，問阿悅師侄：「師侄看師叔這麼俊，有沒有壓力啊？」

「你再聒噪，我就把你安排在最後了。」

「這也叫師侄說的話？」秦鳳儀辭了方大太太等人，與方悅一道出去，「我可是剛一好就過來給你做迎親使。」

方悅笑道：「你是吃我古墨吃好的吧？」

秦鳳儀這厚臉皮，被人揍成個豬頭，他去探望，非拉著他說大夫說得用古墨做藥引，不然斷不能好的。硬仗著養豬頭的時候，敲他一方好墨。

秦鳳儀並不羞恥，還厚臉皮地嘻嘻笑，同阿悅師侄道：「所以，師叔我這臉能養好，多虧了師侄你啊！」

方悅今天一派喜氣洋洋，也不與秦鳳儀計較。

秦鳳儀很賣力地為師侄做迎親使，方家是京城大族，何況方閣老是從內閣首輔上退下來的，可想而知方家在京城的交際有多廣。方悅辦喜事，不同於秦鳳儀家當時官客堂客湊在一起，才開了二十來桌。方家席開百桌，沒幾個賣力的人幫方悅擋酒，方悅得躺地上去。就這麼著，秦鳳儀幾人把方悅抬回新房時，方悅也是一副神鬼不知的模樣了。

秦鳳儀悄悄捅他腰眼一下，方悅身子一顫，秦鳳儀偷笑，也沒挑破這事兒，還與嬌羞臉的新娘子駱師妹道：「囡囡給他醒醒酒，看他醉得不輕。」

之後，秦鳳儀就帶著好幾個人跑外頭聽壁角去了。

方悅多賊啊，他經了秦鳳儀洞房時的爆笑事件，待人都走後，一個翻身就坐起來，先鎖門，再讓妻子小聲，然後在新房裡喝著甜絲絲的醒酒湯。秦鳳儀幾個在外凍了小半個時辰，實在是撐不住了。寒冬臘月啊，秦鳳儀氣得朝屋裡喊一聲：「你真醉死了啊！」就吸著鼻子，與聽壁角的人哆哆嗦嗦地走了。

殊不知，人家方悅是屬於婉約型的，不似秦鳳儀夫妻那樣狂放，人家就是洞房也是斯斯文文的，何況方悅聽壁角經驗豐富。他之前做過總結，還把新房的箱子櫃子翻了一回，撵出兩個躲櫃子裡的小堂兄弟，方與媳婦洞房花燭，恩愛纏綿。

秦鳳儀在外面聽壁角小半個時辰，壁角沒聽到，還凍得直打噴嚏，回家一面喝辣死人的辣薑湯，一面念叨：「阿悅那小子，早就看他不老實。」

「活該！」李鏡半點都不同情他。

秦鳳儀年輕，正是血氣旺盛，喝了兩碗辣薑湯，發一回汗，第二日就神清氣爽了。

秦鳳儀大安後又重回翰林上課了，翰林年終有考試，秦鳳儀頗是用功。

景安帝也帶著皇家老小白湯泉宮回到了京城，皇家也要開始祭天祭地祭祖宗各項祭禮，秦鳳儀沒想到這個時候景安帝又宣召了他，秦鳳儀高高興興過去陛見。

景安帝重新見到這張完美無瑕的臉，亦是龍心大悅，「可見是大好了。」

秦鳳儀笑嘻嘻地道：「臣就知道陛下是記掛小臣的。」

「你也莫要得意，御史說你驕狂太過，怎麼不見你上請罪摺子？」

秦鳳儀道：「他們那些沒見識的傢伙懂什麼？再說，臣何罪之有？都有人覬覦我媳婦，我沒咬死他，就是因這些年讀了些書，斯文不少。要擱以前，我早弄死那個三蠻子了。」

秦鳳儀湊過去道：「小臣這些天不見陛下，怪想陛下的。」

「想朕什麼？」

「想著陛下的風采。」秦鳳儀起身，他身量瘦而高，卻是那種骨肉勻亭的瘦削。秦鳳儀一隻手隨意收放在小腹處，另一隻手抬起來，指向門外。冬日下午的陽光下，那綠色的衣袖帶出一抹碧青翠意，他瑩白的手彷彿會發光，在指尖凝結了一絲光暈。

景安帝以為他這是要幹嘛，結果，秦鳳儀擺足了架勢，大聲喊了一句：「本朝從不以婦人換取利益！」

喊完之後，秦鳳儀回頭，望向陛下，笑嘻嘻地問：「陛下是這麼說的吧？」

景安帝大笑，他以為這小子要做什麼，原來是學自己說話。

景安帝道：「你說是便是吧。」

「什麼叫我說是便是吧？陛下指點我一二吧。」秦鳳儀央求道：「陛下不知道，我聽說陛下如此回絕了那個三蠻子，心情甭提多澎湃了，我就知道我沒跟錯人。」

秦鳳儀又道：「陛下，待庶起士期滿，就把我放到鴻臚寺當差吧。要是以後再有這些混帳蠻夷提些非分之想，我就學陛下這樣說。」

鴻臚寺可不算是什麼實權衙門，景安帝瞧著他這二愣子探花，笑道：「看你表現吧。」

「我一準兒表現好。」秦鳳儀還給景安帝提意見，「陛下，您那話雖然氣勢萬鈞，但還有一句比您這句更有氣勢。」

「什麼話？」

秦鳳儀又擺出那個極有氣派的姿勢，這回不是伸手指向門外，他是對著門外袍袖一揮，惡狠狠道：「去你娘的！」之後，回頭對景安帝道：「我覺得這句更有派頭。」

景安帝大笑。

於是，都說秦鳳儀要失寵的，在得知陛下宣召秦探花而且傍晚賜膳時，悉數閉上了自己的鳥嘴。秦鳳儀一面吃著香噴噴的獅子頭，還與景安帝說：「這些天不見陛下，除了想您，就是想您這裡的獅子頭了。」

都說秦探花是個會念書的，是啊，憑誰四年能念個探花出來？這都得說是個會念書的。哪怕秦探花的探花有很大程度上的運氣成分，但哪怕探花是走運，進士卻是實打實的。

秦探花那文章，說是春闈前三，那是笑話，但也絕對是進士水準。

然而，這樣會念書的本領，在許多人看來，都不及秦探花討陛下開心的本領。這小子簡直是天生擅長拍馬屁還是怎地，怎麼能把陛下哄得這麼高興啊？

陛下還每每留他一道用膳，便是咱們這些積老年臣，戰戰兢兢地為朝廷效力大半輩子，陛下賜膳也是鮮有的啊！

這小子怎地這般得陛下青眼呢？

許多人都奇怪死了。

但是很快這些人就不奇怪了。

因為景川侯的壽辰到了。

陸之章 公主韻事生波瀾

景川侯與景安帝同齡，都是四十整壽，而且景川侯府為京城顯赫名門，景川侯又是當朝實權人物，深得陛下信重。故而，景川侯哪怕不準備大辦，來往賓客亦是絡繹不絕。

有時候這壽宴真不是你想不大辦就能不大辦的，這樣的日子你不大辦，不知情的還得以為你怎麼著了，但景川侯府也只擺兩日酒宴罷了。

秦鳳儀還想請假過來幫著岳家張羅岳父的壽酒，景川侯聽聞這事，立刻把他踹回了翰林院，讓他正日子過來便是，不准因此耽誤了功課，還說要看秦鳳儀的庶起士年考名次，出了前三就揍扁他。

秦鳳儀不能耽擱庶起士的功課，便讓媳婦回娘家幫忙。

秦鳳儀的話：「祖母上了年紀，二小姨子和三小姨子到底年紀小，且未出閣，後丈母娘也不是個能幹的，大嫂子又不知什麼時候就得生，這會兒斷不能勞累了她。咱們家一向事少，咱們娘一人忙得過來，還是妳過去幾日，幫著操持一二，比請什麼族人過去的好。」

李鏡焉能不知此理，見丈夫也讓她回娘家幫忙，婆婆更不必說，一向是好的，李鏡便回娘家幫忙去了。因著各項事忙，秦鳳儀也是住翰林，李鏡乾脆就回娘家小住幾日。

崔氏還與丈夫說：「幸而大妹妹回來幫忙，不然真是支應不開。」

李釗道：「父親壽宴就是這麼幾日，妳就不要忙了，小心保重身子，過些天平平安安地生下兒女才是。」

崔氏笑，「我知道，祖母、太太都與我說了，讓我安心養著。就是看大家都忙，我反是幫不上手，心裡記掛著。」

李釗道：「以後幾十年，有的是要忙的時候。」

崔氏成親三載方有身孕，不必別人叮囑，自己也格外注意，就是越是到產期，難免心中想的多了，何況家裡來的人多，見她這身子沒有不打趣的，話裡話外都是生兒子的話。崔氏如何不想給夫家生下長孫，只是這事不是人能做主的。

倒是李鏡心細，安慰嫂子：「不必聽那些人的閒話，她們是沒話找話。嫂子這頭一胎，閨女兒子都好。生下長子，便是家裡的嫡長孫，生下長女，便是嫡長孫女，一樣尊貴。」

秦鳳儀是比較盼著崔氏嫂子生個小閨女的，他與李釗說：「要是大嫂子生了個閨女，以後就嫁給我兒子。」

李釗好笑，「怎麼不是你家閨女嫁我兒子？」

秦鳳儀理所當然地道：「我閨女多寶貝啊，我得多幫閨女挑一挑，萬一有更好的呢？」

李釗簡直被他氣死。他閨女難道就不寶貝了？

要不是父親壽辰當前，李釗都有心反悔當初兩家口頭約定的姻親之好了。

景川侯把正日子定在了休沐日，這樣也好招待來賓。

秦鳳儀頭一天晚上就過來岳家幫著操持，第二天更是用過早飯，就一大早穿著大毛衣裳在門口幫忙招呼客人。

秦老爺和秦太太是吃過早飯就帶著禮物來了，不過，他們來得還不比景川侯府的鄰居兼親家襄永侯府早。秦鳳儀把自己爹娘送了進去，讓他們只管在裡頭安坐。

秦老爺和秦太太俱道：「不必擔心我們，你幫著好生張羅是正經。」

秦鳳儀便又出去了。

要說景川侯待見這個大女婿不是沒道理，便是桓公府一行，見著秦鳳儀與大舅子一道在門口迎客，桓世子便與兒子們道：「看到沒，做女婿就得這樣。」

郎舅二人與桓家父子幾個打招呼，叔叔嬸嬸哥哥弟弟姊姊妹妹的一通喊，李釗先說幾句熱絡歡迎的話，秦鳳儀笑道：「桓叔叔桓嬸嬸早，我先給你們請安。我岳父今兒可喜慶了，就等著老哥兒幾個一道進去說話。」

桓世子笑道：「我們這就進去，一會兒叫阿衡過來與你們一道招呼。」

李釗自然不能拒絕，但這個二妹夫不如秦鳳儀顯著親熱，笑道：「阿衡是新女婿，我父親疼他還疼不過來，定要留他在身邊的。」

桓世子笑道：「什麼新女婿舊女婿的，鳳儀就是你家的舊女婿了？」

秦鳳儀打趣道：「桓叔叔，您這樣的人物，如何連這都沒看出來？我大舅兄是擔心桓嬸嬸心疼小兒子，可千萬別說媳婦還沒過門，親家就使喚起兒子來。」

桓世子夫人笑道：「鳳儀你這張嘴倒拿我打趣，你是大姑爺，多提點著阿衡就是。」

「一準兒，我跟阿衡什麼關係啊，就是親兄弟。」秦鳳儀與李釗滿臉帶笑地送了桓公府這一家子進門，李釗尤其囑咐桓衡一句：「阿衡也去見一見祖母，她老人家也念叨著你。」

這是將來的二妹夫，自然格外親近。

說來，桓衡這長在京城的，還不如秦鳳儀這祖籍揚州的來岳家來的多。兩家的親事早就說定了，只是先時因著李鏡的親事未定，故而放了兩年。桓衡卻是上門不如秦鳳儀勤快，當然，秦鳳儀這樣的姑爺，全京城都少見。論理，桓衡這樣才是正常的，但是被秦鳳儀這麼一比，就顯著桓衡冷淡些似的。

就是李釗自己，於公於私，都是待秦鳳儀更近些。

一時，桓衡就出來幫著張羅。

秦鳳儀一向會做人，他紈絝出身，招呼人啥的，簡直是天生擅長。因桓衡這一向來景川侯府來的不多，秦鳳儀還很善良地沒去搶桓衡的風頭，不過他神仙公子的光芒也不是尋常人能夠搶去的。

景川侯的壽辰，過來相賀的無不是親朋好友，如酈公府、方家等交好的家族外，還有大批的官場同僚。桓衡初時有些放不開，可看到來的這些人，他又不傻，自然知道幫著招呼的好處。桓衡甚至暗道：以往只覺得這個連襟臉皮厚些，如今看來，人家真是個心裡有數的。

秦鳳儀還真不似桓衡想的這麼多，他岳父的壽辰，岳父對他好，他自然要過來跑腿。

京城各公府侯門，除了實在與景川侯不對眼的，基本都來了，便有些不是當家人過來，也是派了家族重要子弟親自來賀。另外就是朝中大臣，主要是兵部衙門裡的人，讓秦鳳儀沒想到的是，兵部尚書鄭尚書也來了。

秦鳳儀一見鄭尚書下轎，幾步過去扶了一把，「鄭爺爺您慢著些，來，我扶您。」

鄭尚書笑道：「我還走得動。」

秦鳳儀笑，「您老非但走得動，還健步如飛哩。只是我們晚輩這不是見著您高興雀躍嗎？哎喲，大舅兄，你得親自扶鄭爺爺進去，不然以後他得給岳父穿小鞋。」

鄭尚書被他逗得笑了一路，還道：「我不用阿釗扶，就要你扶。」

「這是您老人家給我機會孝敬您呢！」秦鳳儀便扶著老頭兒進去了。一路上兩人就跟說相聲似的，老頭兒是笑著進了侯府正廳，兵部右侍郎連忙讓出上首之位，秦鳳儀扶老頭兒坐下了，親自接了侍女捧上的香茶遞給老頭兒。

景川侯上前道：「如何敢得老大人親臨？」

鄭尚書道：「在家左右無事，聽聞你這裡有好酒。」

秦鳳儀道：「哎喲，這您可來著了，我岳父這裡有三十年的紹興黃，比我那二十年的狀元紅還帶勁兒啊！」

秦鳳儀奉承了鄭尚書一回，打完招呼便又出去，把大舅兄和桓衡換了回去。

秦鳳儀小聲道：「我轉了一圈，來的差不多了。你們先進去，我站一站就進去。」

李釗道：「你與阿衡先進去是一樣的。」

秦鳳儀道：「阿衡是新女婿，大哥你帶帶他，裡頭就阿欽與岳父兩個，照應不過來。」

李釗便不再與秦鳳儀客氣，先帶著桓衡進去了。

李釗與桓衡去後，秦鳳儀就與府裡大管事在門口迎客，這會兒來的基本就沒什麼人了，大管事還說：「大姑爺也進去吧，再有什麼人，小的張羅是一樣的。」

秦鳳儀笑嘻嘻的，「這不急，我的壽禮就要到啦！」

大管事就見遠遠行來不少香車軟轎，待香車軟轎到近前，下來的俱是花紅柳綠肥環瘦燕各色美人，便是以侯府大管事的眼光，看一眼也酥了半邊身子。

秦鳳儀哈哈笑著上前，拱手道：「有勞各位姊姊妹妹們了。」

「給秦公子下多少回帖子，也不見公子過去，如今公子相請，我等不好拂公子之意。」那些嬌娥們卻是看都未看一眼酥了半邊身子的大管事，均是圍上前與秦鳳儀說話。

秦鳳儀請這些嬌娥們進府，把個大管事嚇得，以為自家大姑爺送來十幾個小妾。

秦鳳儀原本動過給岳父送瘦馬的念頭，但後丈母娘近來還不錯，尤其後丈母娘不咋地，小舅子和小姨子們都不錯。再者，他岳父肅穆得跟聖人似的，要是送瘦馬，怕是要挨罵。秦鳳儀就另想了個好法子，把京城十二樓裡的花魁們請來，給岳父唱小曲。

襄永侯打趣道：「這一看就是親女婿送的壽禮啊！」

景川侯簡直是面無表情了，如景川侯這等中老年男人，正不正經的，都要裝個正經樣，那些侯門公子可非如此，一個個把妃妃姑娘的琴、落落姑娘的簫、芳芳姑娘的琵琶啥的都點評了一遍，還有人說：「虧得今日過來，不然如何能有這番勝景可賞？」

不少人對此話心有戚戚。

一堆姑娘們唱完，秦鳳儀命人敲敲鑼打鼓地給他岳父送了一塊匾，上書七個大字：京城第一好岳父！簡直是笑破人的肚皮。

就是景川侯也禁不住笑了，接過秦鳳儀捧的酒，一飲而盡，「莫要給我耍寶了。」

這哪裡是京城第一好岳父，完全是京城第一好女婿啊！

就秦鳳儀這溜鬚拍馬的手段，便是以前不服的，大家現下也都服了。要是秦鳳儀拿出這種本事拍皇帝陛下的龍屁，那定也是一拍一個準。

秦鳳儀這一手，叫全京城的女婿們沒了活路。

是的，還包括他岳父景川侯。

景川侯是平郡王府的女婿，可也沒聽說景川侯這樣拍平郡王的馬屁。

不說能不能拍得出來，景川侯就不是這路人。

大家都奇怪死了，景川侯這種肅穆的性子，怎麼給長女選了這麼個馬屁精的女婿？

當然，這是外人說酸話，說人家秦鳳儀是馬屁精。

你家有本事，你家也找這麼個探花出身還頗得陛下青眼的馬屁精女婿呀！

不知多少人羨慕景川侯，哪兒找的這麼個會拍馬的女婿。

他們也好想要這麼個女婿好不好？

哪怕不用探花出身更不必在御前露臉，只要有秦鳳儀這等殷勤，這女婿也值了。

襄永侯世子就說：「景川，你這京城第一好岳父的名頭，我是不服的。不過，秦探花倒真是個好女婿。」

秦鳳儀得人一讚，尾巴更是翹得老高，那得意勁兒，都不帶掩飾的。他根本不必人誇，自己就誇上了，秦鳳儀道：「世子叔，您這話太保守了。我非但是好女婿，還是京城第一的好女婿咧！」又是逗得人家一樂。

景川侯把吃過酒的杯子一遞，正在翹尾巴的京城第一好女婿便搖頭擺尾地接了酒盞。

景川侯笑道：「你若不服，明年你過壽，也叫你家女婿照樣給你寫一塊去。」

襄永侯世子便對李釗道：「女婿，你可聽到了吧？」

李釗能說什麼，李釗笑，「岳父，明年一準兒孝敬您一塊更大更氣派的。」
大家紛紛笑了起來。
李釗事後直說秦鳳儀，「簡直不給人留活路！」
秦鳳儀道：「我孝敬岳父還有錯啦？你就是嫉妒我！」他歡快地蹦躂兩下，更是得意。
李釗問他：「你今年拍這麼大一個馬屁，明年還能送啥壽禮？」
秦鳳儀神祕兮兮的，「不告訴你，告訴你，你肯定會跟我學。」
李釗心說，誰稀罕你這馬屁精的主意！
好吧，他爹稀罕，他爹這一整天瞧著秦鳳儀都是眼中帶笑的。
李釗暗道：爹，以前兒子可不知道您是這麼膚淺的人啊！
李釗與秦鳳儀帶著李欽和李鋒送走賓客，李釗便讓兩個弟弟歇著去了，他與秦鳳儀瞧著管事把該收拾的收拾起來。秦鳳儀進去瞧了一回李老夫人，李老夫人雖是面上有些倦意，見著孫女婿卻是怎麼看怎麼歡喜，讓他坐在自己身邊，像撫小孩兒似的摸摸孫女婿的臉，「昨兒晚上就過來跟著忙活，今兒又是一整天，可是累了吧？」
秦鳳儀還是那副神采弈弈的樣兒，「不累，多熱鬧啊！」不過，他看老太太是累了的，趕緊說道：「外頭有我和大哥呢，祖母，您歇一歇吧。一會兒收拾妥了，我就帶媳婦回家了，便不來尋您了。」
李老夫人道：「吃了晚飯再走。」
「我看岳父喝的不少，大舅兄和阿欽也吃了不少酒，阿鋒這麼小還被人灌了幾盞，今兒這熱鬧一整天，都歇了吧，我什麼時候過來吃飯還不是一樣。」

李老夫人一笑，「這話也是。」

秦鳳儀辭了李老夫人，在外頭看媳婦這裡還有些事要忙，便去媳婦屋裡幫著收拾媳婦的東西，待媳婦這裡收拾好，又到大舅兄那裡說了一聲，夫妻倆方回自家去。

李鏡這幾天累得不輕，秦老爺和秦太太也是坐了一整天，秦太太對他們小倆口道：「晚上想吃什麼叫廚下做，就不必過來了，在你們自己屋吃是一樣的。」

全家上下，還就是秦鳳儀這跟著張羅了一整天的精神頭最好。秦鳳儀讓媳婦去歇著，他吩咐廚下做幾樣清淡的飯菜，一式兩份，給父母那裡送一份，自己屋裡來一份。

夫妻倆用過飯，泡了澡，早早歇了。

李鏡其實有些睏倦了，卻撐著精神問：「聽說你請了許多女妓過來給父親賀壽。」

秦鳳儀自豪地道：「京城十二樓的大家都請到了。不是我吹，能請這些大家過來，京城也沒幾人有這個面子的。」

李鏡問：「你怎麼有這麼大的面子啊？」

秦鳳儀道：「以前她們都給我下過帖子，我雖不是愛那風月場的人，不過也都會回她們的帖子，再送幾件尺頭，算是我的心意。這回岳父四十大壽，我也就試著下帖子一邀，沒想到她們全都過來了。」

李鏡笑，「也沒吩咐她們到我們堂客這裡唱一唱。」

「妳們都是婦道人家，要是心寬的還好，倘有心窄的婦人，見著她們未免不喜。各人身分不同，這路就不一樣，她們這些人也多是苦命人。」秦鳳儀說著，看妻子閉上眼睡了，俯身過去啾了一口，也抱著媳婦睡啦。

這京城第一好岳父的名頭傳得頗快，第二日陛見時，景安帝打趣了景川侯一句：「哎喲，天下第一好岳父來了！」

景川侯笑道：「是臣那活寶女婿哄臣開心罷了，陛下也拿臣打趣起來。」

景安帝道：「你還有女婿討你開心，朕卻是沒這樣的好女婿討朕開心啊！」

景川侯頓時不好多言了，前兒大駙馬當差不嚴謹，戶部程尚書忍無可忍，一狀告到景安帝跟前，景安帝有什麼法子，只得免了大駙馬的職差。如今見著景川侯這被女婿送了「天下第一好岳父」牌匾的好岳父，景安帝不禁感慨了幾句。

就大駙馬這種女婿，不要說像秦鳳儀這種變著法兒地討岳父歡心，他岳父景安帝簡直是見他就堵心。奈何堵心也沒法子，這女婿是他自己挑的。

景川侯身為景安帝的心腹之人，私下勸了陛下幾句：「大駙馬畢竟年輕，年輕人難免會貪玩，過幾年穩重些便好了。」

景安帝與景川侯不是尋常情分，景川侯自小便是景安帝的伴讀，兩人是一道長大的小竹馬。故而，私下說起話來，景安帝並不似在朝堂那般威嚴。

景安帝道：「你是站著說話不腰疼。年輕？鳳儀就不年輕了？貪玩？我看他是玩都沒玩明白！你看看鳳儀，人家玩得都會給紈綺分等級了，也沒耽擱上進啊！」

在這女婿上頭，簡直是沒有對比就沒有傷害。

景安帝道：「庶起士們年終寫的文章，朕出的題目，他們作了，朕看了一遍，鳳儀的文章很是不錯，較春闈時大有長進，就是在庶起士裡，也是上流水準了。這個孩子，有股聞一知十的靈性。」

景川侯聽景安帝把自家京城第一好女婿誇了一通，誇得景川侯心下惴惴，生怕景安帝相中了他家女婿給搶了去，那可是萬萬不行的啊！

景川侯嘴上謙虛著，「臣百般叮囑他，讓他好生補習課業，不然依他那得過且過的性子，就是得個孫山也還美著。」說起秦鳳儀當年吹過的牛，「那會兒他連個秀才都不是呢，就跟我放狠話，叫我等著做狀元的岳父，結果，會試考一個孫山，還在我跟前瞎樂，誇自己是運道好。他倒真是運道不錯，得了陛下賞識。」

「那也得有可賞識之處。」景安帝道：「看到鳳儀，就看到咱們年輕的時候，雖有些愣頭愣腦，卻也是初生牛犢不怕虎。」

不怕不識貨，就怕貨比貨。

有這麼個糟心的大駙馬在，景安帝真心覺得，景川侯在女婿運上比自己好一些。

景安帝鬱悶之下，便召了自稱為京城第一好女婿的秦探花過來伴駕。

秦鳳儀這人素來存不住事兒，他說到岳父當天的壽宴，逗人得很。

「陛下知道誰最可樂嗎？」

「誰啊？」

「兵部鄭尚書。」秦鳳儀笑道：「陛下也知道，但凡這樣的壽宴，鄭尚書這樣的年紀，這位的官位，他去是給我岳父面子。一般他這樣的身分，坐著吃杯水酒，禮便盡到了，結果，哎喲喂，我請的十二位大家一到，鄭尚書可是挪不動步兒了，他老人家還跟人家打拍子呢，把我笑壞了。」

景安帝聽得也是一樂，秦鳳儀感慨道：「就是有一件憾事，我忘了把盧尚書請去。」

「你與盧尚書不是不對盤嗎？」

「是啊！」秦鳳儀歡快地道：「所以才要把盧尚書請去，看他見了那十二位大家是什麼樣兒。說不得，他不還不如鄭尚書呢！」

景安帝笑，「你這促狹的，不怪盧卿總說你跳脫。」

秦鳳儀也笑，「我才不像他那樣呢，他哪裡有陛下的眼光，我跟陛下最好。」

秦開心果探花來了一趟，總算是把景安帝哄得開了顏。

不過，皇室也不是沒有喜事。

就在年前，大皇子妃小郡主診出身孕，這是小郡主嫁入皇家近四年來第一次有孕，何況她出身郡王府，嫁給大皇子，這樣的身分，這樣的地位，她有孕，便是景安帝都甚是喜悅，還特別問了平皇后一回：「有幾個月了？」

平皇后笑道：「那孩子一向細緻，說先時總有些不確定，怕說出來萬一不是，反令長輩空歡喜，如今已快三月了。」

景安帝喜道：「厚賜大皇子妃，往年的例加兩成，不，加五成。」又道：「召平郡王妃、平郡王世子妃進宮看望大皇子妃。」

平皇后也是喜得不得了，自然都應了。

不論景安帝還是裴太后、平皇后，都表現出對小郡主這一胎的喜悅，更不必提大皇子夫妻，小郡主在宮裡，尋常人是見不得的。大皇子這幾日喜得，秦鳳儀以為有什麼喜事呢，回家跟媳婦絮叨起大皇子的反常喜悅來，方曉得是小郡主有喜了。

秦鳳儀道：「我還當什麼事呢！」

李鏡道：「小郡主這都嫁入皇室四年了，不要說皇室，就是我家，大嫂子前兩年沒動靜，心裡也沒少著急。說來，大嫂子產期已是到了，怎麼還沒動靜呢？」

「是啊，咱們兒媳婦什麼時候出生啊？」秦鳳儀跟著念叨。

李鏡笑，「雖則生兒生女一樣，但這頭一胎大嫂子是盼兒子的。你這盼閨女的話，在大嫂跟前說說就罷了，在大哥面前不要說。」

「這是為何？」不待李鏡解釋這裡面的人情世故，就聽自己的二愣子相公歡快道：「我已經跟大哥說過好些回，叫大嫂子生個小閨女給咱們做兒媳婦了！」

李鏡無奈，「再沒有你這麼不會說話的了，大哥有沒有嫌你？」

「沒嫌啊，大哥挺高興的。」

大哥李釗：你哪隻眼睛看出我高興來啦？

好吧，其實李釗雖然也與妹妹一樣經常寬慰妻子生男生女都一樣，但是婚後三年方得此胎，李釗自也是盼兒子的，然後，便在大年三十，崔氏為李家誕下一子。

李釗喜得，過來向秦家報喜時激動得一句話說了八百遍，「今兒午時生的，一家子都準備給祖宗上供呢，妳嫂子就發動了，正午時分生得一子。」

李鏡是極歡喜的，笑道：「孩子和大嫂子可好？」

「瞧我高興得，母子平安！」李釗這一向謙遜的翩翩公子都忍不住炫耀了一句，「生得可俊了！祖母說，再沒見過這樣俊的孩子！」

秦鳳儀在一旁潑大舅兄冷水，「一準兒沒我小時候俊。」

李釗人逢喜事精神爽，不與這二愣子計較，「你俊，你最俊，京城第一俊的大姑父。」

李釗報過喜，還要往其他親戚家去報喜，秦鳳儀把大舅兄送出去，還叮囑大舅兄：「這回不是小閨女，大哥可得記得，下回跟嫂子生個小閨女，咱們好做親家。」

李釗笑道：「等你家生了閨女，給我做兒媳婦。」然後哈哈笑著走了。

秦鳳儀回頭與媳婦道：「大舅兄可真有野心，竟然要咱們的閨女做兒媳婦！」

李鏡與秦太太正在瞧著丫鬟準備晚上的年夜飯，李鏡聞言道：「這可怎麼了？既是兩家做姻親，自然是看孩子們有同齡般配的來做。若是咱們閨女正好與大哥家的兒子相當，閨女嫁過去也沒什麼不好。」

大哥是侯府嫡長子，以後大哥的兒子自然也要繼承侯府的。

秦鳳儀正色道：「這怎麼成？咱們閨女耶，沒有經過我考驗的女婿，便是大舅兄有兒子也是不成的啊！」

李鏡笑笑，「隨你隨你。」

總之，秦鳳儀是決定了，他家閨女以後招女婿定要過他的考驗關卡，而第一關就是投湖關，第二關是狀元關。

沒有這兩樣本事，休想娶他閨女！

這個年是李鏡進門第一個新年，祭祖宗的時候，秦老爺還特意拉了兒子叮囑道：「記得祭祖時悄悄同祖宗說，叫祖宗保佑你媳婦明年能一舉得男，好為咱們秦家延續香火。」

秦鳳儀正色道：「哎喲，虧得爹你提醒我，你要是不提醒我，我都忘了。」

秦老爺道：「記得多跟祖宗說幾次。」

「放心吧，爹，我一準兒不會忘的！」

秦鳳儀認為這也是要緊大事，尤其大舅兄都有兒子了，他也很想要兒子。第一個最好是兒子，先生個兒子過把癮，再生個小閨女寵著玩兒。

秦鳳儀心下念叨了這大事一回，與他爹去祠堂祭祖時認真同祖宗禱告了一二。

晚上的年夜飯自然是豐盛，秦鳳儀更是吃得開心。他吃飯時想到一事，問媳婦：「大舅兄家這兒子，生日可夠小的，明兒就兩歲了。初二是洗三禮，正好咱們也要去岳家拜年。就是一樣，洗三禮要送的東西有沒有備好？」

李鏡道：「非事到臨頭，你才想得起來？我與母親都備好了。」

秦鳳儀搖頭晃腦，文謅謅地道：「甚好甚好。」又說：「我得去瞧瞧大舅兄家的兒子多好看。看他誇得，跟一朵花似的。」

吃過年夜飯，一家四口打牌兼守夜。別看秦家人少，打牌都是高手。秦鳳儀自稱揚州城的關撲小霸王，自小賭到大的。李鏡是智商高，秦老爺則做了好幾十年的買賣。說來，秦太太最差，不過，秦老爺照顧老婆，時常故意給老婆點炮啥的。

秦鳳儀甚有賭品，還批評他爹這種行為：「這算是老千了。」

「什麼老千，我又沒耍詐，你看出來，你也可以點啊！」

「我臉皮沒爹您的厚。」

秦老爺笑斥：「胡說八道！」

大家打著牌，待得子夜，一家子到園子裡放了象徵高升的炮仗，便各回各院休息去了。然後，睡不到兩個時辰，李鏡就被鄰居家的鞭炮聲吵醒。

秦鳳儀還像死豬一樣呢，李鏡叫他：「該起了。」

「這才什麼時候就起啊？」他非但自己不起，還把媳婦撈回被窩裡親密了一回。

李鏡道：「京城初一早上都要早起吃餃子的，一會兒咱們家該有來拜年的了，咱們早上也要出去拜年。」

「睏著呢！」秦鳳儀死活不要起。

李鏡說半日好話沒用，氣得李鏡一掀被子，對著秦鳳儀的屁股就是兩巴掌，把秦鳳儀一下子給揍起來了。

秦鳳儀鬱悶極了，「大年初一就打我，這可不是好兆頭，預示著我要挨一年打。」

「再賴床就真該天天挨打了。」李鏡道：「給我老實起來，還要去向公婆拜年請安。」

「我們揚州從來不起這麼早，爹娘肯定還睡著。」秦鳳儀恨不得再扎回床上睡會兒。

李鏡揪揪他耳朵，對小圓示意。小圓捧來一方涼帕，李鏡直接糊到秦鳳儀臉上，秦鳳儀被冰得哇哇大叫。李鏡按住他，硬是用涼帕將他的臉上上下下、仔仔細細擦了一回方罷。

這下子，秦鳳儀算是徹底醒盹兒了。

瓊花過來回稟：「老爺和太太已是起了。」

秦鳳儀奇怪，「起這麼早做什麼？」

「都說入鄉隨俗，京城人都起得早，咱們家也不好晚了，不然一會兒有朋友過來拜年，家裡還沒起，像什麼樣？」李鏡說著，先服侍秦鳳儀穿好衣裳。秦鳳儀洗漱之後，李鏡麻利地收拾停當，夫妻二人就去了父母院裡拜年請安。

秦鳳儀還問：「爹、娘，你們起這麼早做什麼？」

秦太太笑道：「我的兒，京城人都起得早，早起吉利，預示著一年都勤勤懇懇的。」

秦老爺附和：「是啊，咱們也得早些起來才成。」

秦太太看兒子那副不大睡夠的模樣，很是心疼，「頭晌出去拜年，待拜年回來只管睡去，你睡到什麼時候都沒關係。」

秦老爺道：「是啊，這第一年新婚，你得帶著媳婦出去拜年，給親戚朋友們見一見。」

秦鳳儀點頭應了，這才拉著媳婦向父母拜年。

李鏡看他那沒精神的樣兒就來火，「給我精神些！大年初一向父母拜年，看你這樣！」

秦鳳儀的夫妻之道很有些後丈母娘的路數，向來是你弱他便強，你強他便弱，一看媳婦火了，他連忙站好，笑道：「好了好了，大年初一，不許生氣啊！」

李鏡道：「你規規矩矩的，我就不生氣。」

「一準兒一準兒。」秦鳳儀連聲保證。

秦老爺和秦太太夫妻都有些看傻，想著媳婦平日挺和氣的，這一板起臉來，還真能制住兒子。見兒子媳婦磕頭，秦老爺和秦太太齊聲道：「起來吧起來吧。」

兒媳婦真的好凶啊！

然後，一人給兩個大金元寶的壓歲錢。

面對公婆這般闊綽的壓歲錢，李鏡也是無語了。

秦鳳儀很歡喜地替媳婦收下，叫小圓擱銀箱裡存起來。

拜過年，便是吃餃子了。

秦鳳儀甭看起得早沒睡夠，一點也不影響胃口。在他這種好胃口的帶領下，他爹他娘他媳婦都吃了不少，秦太太還說：「我就愛看阿鳳吃東西，吃相特別好。小時候家裡沒有多少銀錢的時候，帶他出去吃早點。兩個早點攤子，只要我帶著阿鳳坐哪個攤子，哪個攤子的生意就格外的好。後來，有個攤子老闆精明，說只要我肯帶阿鳳過去吃早點，便不收銀子。」

李鏡看丈夫一眼，打趣道：「長得好就是沾光啊！」

「不只是長得好。」秦太太道：「阿鳳的吃相好，那攤子老闆就有眼光，說一看阿鳳的吃相就知道是個有福的。」

李鏡笑道：「這倒是。有時候沒胃口，看相公吃東西，不知不覺就有了胃口。」

「對，這就是吃相好。」秦太太笑咪咪地望著喝餃子湯的兒子，「不在於吃多吃少，就是這吃相，也不是尋常人能有的。」

秦太太看兒子，自然是越看越歡喜。李鏡看丈夫，亦是越看越喜歡，想到自己晨間不大溫柔的叫起行動，就有些後悔，覺得該對相公溫柔些，畢竟他是這麼一路被公婆寵愛著長大的，各種毛病也不是說改就能改的。

於是，吃過早飯，她就對丈夫格外溫柔。

秦太太看在心裡也想著，兒媳婦畢竟出身大家，規矩自是重些，但待兒子還是好的。用過早飯，又說了一回話，秦鳳儀就帶著媳婦出去拜年了。先是去向師傅方閣老拜年，方家是大家族，方閣老給了弟子和弟子媳婦壓歲錢，方大太太和方四太太那裡也都有給小師弟和小師弟媳婦壓歲錢，之後就是李鏡給一干師侄師侄媳婦師侄女們壓歲錢了。

在方家拜過年，大家說起話，自然少不得說一回李釗新得的兒子。方大太太是年前新娶兒媳婦的，最是喜歡這樣的好消息，「過年添喜，這是雙喜臨門。」

李鏡道：「師嫂若是有空，洗三禮時帶著囡囡過去湊個熱鬧。」

方大太太笑，「定是要去的。」

方家眾人要出去拜年，秦鳳儀帶著李鏡也要往程尚書府去了。去過程駱兩家，又往酈家走了一趟，向酈老夫人拜年。

酈老夫人笑道：「萬不要行此大禮，你們過來我就高興了。」

秦鳳儀笑道：「我能與媳婦成親，當初多虧三叔助我，還有阿遠也沒少幫我的忙。」

酈老夫人道：「都是你自己爭氣，你心誠，才娶了阿鏡這樣的好媳婦。」

見他們小倆口大年初一特意過來拜年，酈老夫人如何能不喜？命人拿了給孫子孫媳婦例的壓歲紅包，一人一個。夫妻二人笑嘻嘻地接了，說一會兒話，方告辭回家。

秦鳳儀原本回家準備補覺的，結果溜達一圈反是不睏了。他想著反正沒事，他是個閒不住的，索性往鄰里走動了一遭。他們這一片住的，也都是官宦人家，不過都不是什麼高官，但遠親不如近鄰嘛，其實秦老爺已是走動過了，秦鳳儀再走動一遭，何況他是當今紅人，又是探花出身，能這樣主動過來，而且，言語親熱，鄰里都覺得，秦家雖然搬來的時間不長，卻著實是不錯的人家。

在鄰居那裡刷了一回好感度，秦鳳儀回家吃午飯，下午就與媳婦在屋裡玩了。

初二去岳家拜年，新女婿上門，雖然對這新女婿熟得不能再熟，侯府也是熱情相待，尤其還趕上侯府長孫洗三禮，各種熱鬧。

不過，瞧一回他岳父的長孫他舅兄的長子，秦鳳儀真說不出那些違心的「孩子真好看」之類的話，秦鳳儀真是想替他岳父替他舅兄哭一場，待回家後，秦鳳儀還與妻子道：「我的天啊，大舅兄現在眼神都不好了。看他家小大郎醜得像隻猴子似的，又黑又小，還皺巴巴的，他們竟然說好看！」

李鏡道：「新生的孩子都這樣，得看眉眼。小大郎眉眼生得俊，過一個月就好看了。」

「完全看不到能變好看的希望啊！」秦鳳儀感慨，覺得大舅兄這等人才，崔氏嫂子也不是醜的，怎麼生出這麼個小丑孩兒來。以至於秦鳳儀十分擔心，問媳婦：「妳說，咱們家兒子以後會不會醜啊？」

李鏡覺得好笑，「你就別胡思亂想了。」

大過年的，別人家都是喜事，皇家有大皇子妃懷孕之喜，再加上過年，亦是大喜事，但這個年景安帝沒過痛快，因為甫到初八開印，御史台便有御史說起大公主私行不檢之事。

景川侯府消息一等一的靈通，也是在初八後方聽聞大公主有孕之事。

按理，大公主有孕是喜事，只是誰都沒料到，這孩子不是駙馬的啊！

整個年，景安帝完全沒痛快過。

先是年初一的宮宴，大公主見著一道魚羹就吐了，景安帝還以為閨女病了。因著大駙馬不爭氣，景安帝見著他就心煩，宮宴便未宣召大駙馬，只把閨女召進宮吃團圓飯，這會兒見閨女身子不適，景安帝以為閨女是因著大駙馬的事氣壞了，忙讓閨女去歇著，也顧不得初一不初一的，宣召了太醫，一診卻是喜脈。

這下子，不論是裴太后、景安帝，還是平皇后等人，都為大公主高興。大公主十六歲出嫁，如今也有小三年的功夫了，一直沒消息。平皇后還悄悄吩咐御醫給公主診過脈，知道公主身子康健，想著怕是還差了機緣。結果，大年下的，就診出喜脈來。

大年初一便有這樣的喜事，焉能不高興？

當晚，平皇后藉著大公主的喜事，勸了景安帝一回：「大駙馬也不過比公主大兩歲，還是個孩子呢！在朝當差的時間也短，如今馬上就要做父親了，以後還有不爭氣的？先時那事，看在大公主的面子上，便罷了吧！」

景安帝口氣亦是鬆動了些，「他若是知道錯了，也還罷了。」

平皇后一笑，「今年咱們皇室俱是喜事，先是大郎媳婦有了身子，如今大公主也有身孕，今年陛下要做祖父又要做外祖父，正月還有三皇子的大婚之喜，真真是極好的兆頭。」

景安帝聽了亦是喜悅。

既是喜事，自然沒有瞞著的理。

平皇后年初二去裴太后那裡請安，帶了不少補身子的補藥。

平皇后笑道：「大公主現在月份淺，正當要滋補的時候，這些紅參燕窩俱是上上好的，讓大公主多吃些。這母親身子康健，孩子才能健壯。」

裴貴妃等人連帶兩位皇子妃自然也知曉大公主有孕之事，亦是有所準備。裴太后命宮人代為收了，笑道：「這孩子頭一回有孕，我讓她在屋裡歇著，多休息，好生養胎。待她醒了，再讓她到妳們各宮道謝。」

平皇后道：「切莫如此。大公主一樣是我的女兒，咱們哪個不是看她長大的，她現在正當休養，若因這個勞累著了，豈不叫咱們心疼？」

裴貴妃等人亦稱是，紛紛說起大公主安胎的重要性來。

平皇后私下還與裴太后說了大駙馬的事，「我瞧著陛下的口氣已是鬆動。大公主有孕，不好不知會恭侯府一聲，屆時再叫大駙馬進宮，給陛下磕幾個頭，請過安，也就好了。」

裴太后嘆，「這幾年我獨不放心大公主，如今她有了身孕，以後的日子便也順暢了。」

平皇后亦知大公主不是很喜歡駙馬，且駙馬自己也不爭氣，成親沒多久就搞出庶子來。不要說大公主，就是平皇后也不喜其為人，更不必說撫養大公主長大的裴太后了。便是景安帝，心中亦不見得多喜歡這個大女婿，只是，嫁都嫁了，自然是盼著大公子日子平順的。眼下有個孩子，日後也有盼頭。

平皇后安慰道：「有了孩子，小夫妻倆也就能過到一處去了。日子長了，自然和睦。」

裴太后道：「只盼應了妳這話才好。」

平皇后又說了不少寬慰的話，因大公主這樣的喜事，又是趕在年下，恭侯府也要參加宮宴了，平皇后就與恭侯夫人說了一聲。恭侯夫人一聽，歡喜非常，想著乖孫子委實旺家，兒子剛當差不謹慎得罪了陛下，乖孫子一來，陛下就是看著親外孫的面兒，也得對外孫他爹寬厚些個才是。恭侯夫人喜得不得了，還特意請求面見了大公主，大公主卻是沒見她。

恭侯夫人雖然在媳婦這裡碰了一鼻子灰，可想著媳婦懷的還不是她柳家的親骨肉。恭侯夫人便在裴太后這裡說：「大公主興許是有些累了，明日臣婦再過來向大公主請安。」

裴太后道：「初有身孕的人，總是這樣那樣的不適。」

恭侯夫人告退了去，回家一說這大好消息，全家上下沒有不高興的，除了大駙馬。大駙馬一想，好像有小一年沒同公主那啥過了，哪裡來的孩子呀？大駙馬立刻就知道自己頭上綠了，見家裡這裡裡外外一派的喜悅，大駙馬越發覺得自己頭上一片慘綠。

不得不說，尋常的男人很難忍受這樣的屈辱。

大駙馬就是其中的一個。

大駙馬當時就把這事與家裡說了，恭侯夫妻一聽，俱是傻眼。他們就是做夢也沒想到，這孩子不是兒子的啊！

這事要怎麼破？

恭侯府商量了好幾日，還考慮到了大公主特殊的政治身分。這要是個女孩兒，咱們幫她養了，做咱們柳家嫡長孫女，倒也能忍，可倘是個兒子，不知誰家的野種，又是公主所出，以後可是要襲爵的啊！

再者，這事也忒他娘的屈辱了。

恭侯府商量來商量去，還沒商量出個所以然，年下應酬多，大駙馬出去喝悶酒，把事給說出去了。事情原是這樣，大公主有孕，皇家有喜事素來是恨不得全天下都知道的，而且年下每天都有宮宴，故而，親貴大臣一時間都知曉了大公主有孕之事。

不少人還暗地裡說大駙馬好運道，大公主雖然生母早逝，母家亦是尋常，沒什麼權力，但她與皇帝同一天生辰，皇帝與太后娘娘待大公主都不錯。如今大公主有孕，先時大駙馬那事，自然就要揭過去了。

於是，狐朋狗友皆恭喜了大駙馬一回，恭喜大駙馬要做父親。

大駙馬不曉得是喝多還是沒喝多，還是想到這些年與公主日子過得委實不順心。雖則他不該早早弄出庶子來，可有都有了，也是他的骨肉，再想到前些天他不過是說了幾句姓秦的媳婦與大皇子的事，就被大公主的女官打腫臉。大駙馬真心覺得，這活王八誰願意當誰當，反正他是不當了，大駙馬當卜便藉著三分酒意說：「還不知誰是爹，與我有何相干？」

靠！

京城裡都是什麼人啊？

那都是人精中的人精！

大駙馬這話一出，沒幾天就傳到宮裡去了。

景川侯府因著過年事忙，家裡添了長孫，且他家與恭侯府一向極少來往，故而，這消息便慢了些。待初八開印，景川侯府才聞得消息。

李鏡知道的就更晚了些，不過，她是曉得大公主有孕的。因李鏡與大公主一向交好，李鏡還準備了不少滋補藥材，準備大公主回府後送去，李鏡道：「有個孩子終歸是好的。」

結果，李鏡去娘家看望小侄子時，聽大嫂子說起大公主之事方曉得的。

李鏡嚇了一跳，「這怎麼可能？」

崔氏低聲道：「原我也不信，可妳大哥說，御史已經上本了，說大公主私德不檢，而且，聽說這事是大駙馬自己說的。要真是大駙馬的孩子，怕是恭侯府高興還高興不過來呢！」

李鏡臉色都變了，不要說在皇室，就是在尋常人家，家族中有這樣的事，亦是整個家族的醜聞。崔氏知小姑子一向與大公主交好，勸道：「妳也不要太擔心，大公主畢竟是在太后跟前養大的，聽說太后很疼大公主。雖則這事不大好，無非就是訓誡兩句罷了。」

李鏡道：「這樣的話，大公主於皇室還有什麼顏面可言呢？」

崔氏道：「畢竟不是什麼光彩的事，能平平安安收場就是福分了。」

崔氏這話確是實話。

李鏡在娘家等父親落衙回家，問了父親此事。

父女倆在書房說話，景川侯道：「陛下這兩日身子不適，沒有上朝。我看，就是因大公主之事惱怒著了。大公主平日裡瞧著端莊知禮，如何能做出這樣的事來？」

李鏡在娘家這半日功夫，已是將大公主之事想通了。先時丈夫還提醒過她，說大公主與張將軍定有情義。彼時李鏡想著，大公主親事不順，張將軍也是儀表堂堂，大公主心中有個思慕的人也不足為奇，就沒再多想。只是未想到，大公主竟然有了身孕。

李鏡不是御史，也不是道德家，她自然是要為大公主說話。

李鏡道：「大駙馬是什麼樣的人，父親也是知道的。」

「可已經成親了，難道就因著駙馬不好，她就能與他人有私嗎？」景川侯看向女兒，「妳是不是早就知道了？」

「我要是知道，還來問父親嗎？」李鏡嘆道：「這可如何是好？這個大駙馬也真是的，真個爛泥扶不上牆！這樣的事，是能往外嚷嚷的嗎？不怪大公主看不上他，只要是有眼睛的女人，誰能看得上這種男人？」

李鏡說來也是一肚子氣，又道：「父親想一想，要不是大駙馬在外亂說，會讓陛下這樣沒有面子嗎？父親見了陛下，可要多勸勸陛下。這要是自己的兒子，怎能不為父親著想？大駙馬本身真不是可人疼的人。」

景川侯道：「就妳女婿可人疼。」

李鏡道：「我相公也做不出大駙馬這樣的事。」

景川侯自家閨女親事得意，想一想陛下這個女婿，心中很同情陛下。景川侯也是做父親的人，便道：「我知道妳與大公主一道長大，情分好。倘是有能勸的餘地，我必會為她說話的，只是眼下陛下正在氣頭上，過些時候再說吧。」

李鏡千萬拜託父親一定要為大公主說話，還去拜託了繼母一回。

景川侯夫人道：「大公主做出這樣的醜事，如何能為她求情呢？」

李鏡道：「便是名聲上不大好聽，可太太想一想，她畢竟是陛下的長女。子女有了不是，做父母的自然生氣，但生氣歸生氣，血緣是斷不了的。就是陛下一時氣頭上真的惱了，倘有人這個時候對大公主落井下石，大公主就是現在得不了好，可誰能保證以後陛下會不會心軟後悔？到那個時候，說大公主不是的這些人，陛下想起來能有個好兒？我雖與大公主交好，可這關咱們家什麼事呢？更不與我相關，我是為皇后娘娘擔心。」

景川侯夫人一聽繼女這話，也有些道理。就拿繼女來說，當初與秦鳳儀這親事，景川侯夫人極是反對，結果丈夫為著閨女的心意著想，還不是依了閨女。好在秦鳳儀爭氣，兩人現下過得很是不錯。

景川侯夫人道：「妳放心吧，皇后一向和善，斷不是落井下石之人，何況她一向疼大公主的。就是大公主做的事，真是叫人疼她都不知道怎麼疼了。」

「誰還沒個有錯處的時候呢？事情已然如此，就得往寬處想了。」李鏡道：「我自知皇后娘娘一片慈心，這個時候咱們都是外人，皇后娘娘卻是嫡母。皇后娘娘難啊，處置得輕了，別人得說她偏心公主。處置得重了，大公主又是陛下的親閨女。其間輕重，如何拿捏？」

這話當真是正對景川侯夫人心坎，景川侯夫人道：「誰說不是？我一聽到這事，就開始為皇后娘娘發愁。」

李鏡輕聲道：「恕我直言，大公主的事，終歸還是要看陛下心意的。」

「陛下現在不是正惱著大公主的嗎？」

「惱歸惱，可太太想想，這做父親的，是與親閨女近，還是與女婿近呢？」

李鏡當天就叫人把丈夫從翰林院找回來。

秦鳳儀還未聽聞此事，聽李鏡一說，秦鳳儀都不敢相信自己耳朵聽到的，他眨巴著那雙大大的桃花眼，一蹦三尺高，拽著媳婦的手絮叨起來：「妳看妳看，當初我就說他倆必有貓膩吧，妳非說沒事，如今出事了吧？」

「現在說這個有什麼用？」李鏡拉他坐下，「你穩重些。」

「我還不穩重？穩重得都要去生孩子了。」秦鳳儀忽然想起，「張大哥如何了？」

李鏡道：「我著人去公主府打聽過，公主近前的女官還有張將軍都被拘禁起來了。」

「完蛋了！」秦鳳儀道：「早也不知道，早知道讓張大哥跑路才是。」

「這事他怎麼能跑？跑了讓公主怎麼辦？」

「也是，公主還懷著他兒子呢！」秦鳳儀奇怪，「他們咋效率這麼高啊？怎麼就有了？等我見著張大哥，可得問問他有沒有什麼絕招。」他也好想抱兒子啊！

李鏡拍他的手一下，「別說這些沒用的了，張將軍還不知道有沒有命活呢！」

「這是怎麼說的？大公主明顯是看上張大哥了啊！她與駙馬又過不好日子，既是這般，和離另嫁就是了。」秦鳳儀一向看得開，「這兩人有沒緣分，誰也沒法子。如今孩子都有了，總不能叫孩子沒有父親啊！」

「要是人人都似你這般通情理就好了。」李鏡道：「御史台就抓住這事不放，非要陛下重懲大公主。我已託了父親為大公主說話，陛下偶爾也會宣召你，你要是見著了陛下，可要為大公主求情。」

「這是自然的。我又不認得大駙馬，他先時還說過咱們家的閒話。」秦鳳儀道：「以前看陛下眼光不錯，怎麼給閨女尋這麼一門親事？」

秦鳳儀想一想，又道：「這事得多找些人為大公主說話，大公主舅家是做什麼的？」

「就是尋常土財主，連個官兒都不是。」

「唉，這大公主又沒個親娘，怪道當初嫁這麼個人呢！」秦鳳儀一向有主意，「過幾天就是大朝會，要不，我寫個摺子遞上去？」

「現在先不要寫摺子，這事御史也只是擦邊角地說一說。你要是把事說實了，豈不是更叫皇上下不了台？」

「這倒也是。」秦鳳儀道：「妳說，張大哥那人挺有義氣的，當初還幫著咱們跟北蠻人打架來著。妳不是說後來陛下賞了他一把好刀？按理說，陛下對張大哥印象應該不錯才是。」

「再好的印象，他與大公主這樣，也就只剩下壞的了。」

秦鳳儀道：「我去師傅那裡，請師傅幫著說說話，妳看可好？」

「要是閣老大人肯出面，自然是再好不過，就怕他不想沾這事。」

「不會的，我親自去說，師傅定能應我。」秦鳳儀很有信心，「我就不在家吃飯了。」

李鏡送他出門，道：「要是閣老不願意，也不要勉強。」

「一準兒願意的。」

秦鳳儀過去時，方閣老在家，秦鳳儀便把這事與方閣老說了。

方閣老皺眉，「太不成體統了！」

「現在還說什麼體統不體統的，已然如此了。」秦鳳儀道：「師傅，您與陛下熟，您看，這怎麼能勸勸陛下，叫公主和離，與張大哥成親才好。」

方閣老一聽自己心愛的小弟子竟然說出這樣的話，當下氣得兩眼一黑，怒道：「混帳！你也算讀過聖賢書的人，如何能說出這樣的話來？」

秦鳳儀看老頭兒發這麼大的脾氣，連忙道：「說事就說事，可不許罵人啊！」

方閣老氣得直拍桌子，「你動腦子想想，這事大公主德行有虧，怎麼還能助紂為虐？」

秦鳳儀幫他師傅順氣，結果手被打開了。

秦鳳儀揉了下自己的手，道：「那您說要怎麼著？已是如此了，明顯是不能再和大駙馬過了。不和離，能怎麼著？既是和離，自然要嫁人。既是要嫁，不如讓公主嫁個可心的。」

方閣老道：「那也不能是這樣的姦夫。」

「哎喲，我說您老一向開明，怎麼這事兒就想不通了？」秦鳳儀勸自家師傅，「您也想一想，這事，好吧，現在都說大公主的不是，可您怎麼能跟那些沒見識的人一樣呢？大公主那人我見過，雖有些威儀，為人是不錯的。再看看大駙馬，他與公主成親才三年，是，先時公主沒能懷孕，也沒給駙馬生過一兒半女，我並不是說公主就對了。不說別人，就說說我大舅兄，一樣是成親三年大嫂子無身孕，我大舅兄是找了通房還是納了小妾啊？這不，年前大嫂子就給他生了個小猴子。可大駙馬呢？聽說庶子都有兩個了，他家就這麼缺兒子啊？他娶的可是公主！就這樣，他對得住公主嗎？」

「就算是駙馬有不是，公主怎麼能做出這樣的事來？這叫陛下顏面往哪裡放啊？」方閣老道：「皆因大公主行事不謹慎，令皇家顏面有失。」

「先別說面子的事了，先說裡子吧。」秦鳳儀繼續道：「還有大駙馬，遠的不說，先前我跟我媳婦吵架，就是他在外說我媳婦曾與大皇子議親，說得半個京城的人都知道了。您且說說，這是人說的話嗎？大皇子大婚三年都有了，我跟我媳婦也是好幾年的情分，現在各自成家，莫須有的事，他說得跟真的一般。再者，我聽說年前他在戶部當差，程尚書都能告到御前去。哪怕不知是他辦砸了什麼事，可師傅一想想，程尚書難道是剛做官的愣頭青，好不好的就要找陛下告狀的，還不是叫人沒法兒不說，人家才去找陛下說的。這樣的一個人，原就不堪匹配公主。公主要是日子過得好，她會找別人嗎？」

方閣老道：「你這三寸不爛之舌，不用找我，你找別人吧，我說不出這些歪理來。」

「找別人就找別人，明兒個我親自同陛下說去。」

方閣老道：「你少跟陛下說這些混帳話，既是做了夫妻，自然要一生一世的，沒聽說陛下賜婚還有和離的道理。」

「哪裡就沒有了？既是不合適，自是要和離的。」

「自來是寧拆一座廟，不破一樁婚，你莫要作孽。」

「什麼叫作孽啊？我這是行善呢！」秦鳳儀是打定了主意。

方閣老道：「你根本捭都不必提，我與你說，陛下是絕不能答應大公主和離的。」雖然氣這弟子沒原則，不分是非，方閣老還不忍心他撞牆。

秦鳳儀道：「只要陛下還是大公主的親爹，就必然會為自己的閨女考慮。」

「陛下不僅僅是公主的父親，他還是一國之君，一言一行，當為天下表率！」

「就是表率，也沒說表率不能心疼閨女吧？」

方閣老說一句，這不肖弟子堵一句，方閣老多年大員，沒被誰這樣頂過。

方閣老怒道：「你是聽不懂人話還是怎地？」

「行啦行啦，不找您去跟陛下求情就是。」秦鳳儀道：「師傅，您以前不像是這麼不通情理的人啊，怎麼淨說這些沒人情味兒的話呀？」

「我沒人情味兒？你這全都是私心私意！鳳儀啊，你如今是朝中大臣，做事前得多加思量才是。」方閣老被這不肖弟子氣得不行，還得教導他大是大非的大道理。

「又不是什麼大事，看您說得，彷彿天要塌下來一樣。」秦鳳儀道：「大公主不就是懷了別人的孩子嗎？是影響邊境安危了，還是關係國計民生啊？看你們一個個喊打喊殺的，至於嗎？民間也有很多夫妻不和便和離的呢！」

方閣老氣得把秦鳳儀趕了出去。

秦鳳儀與自家大師兄道：「師兄去勸勸老頭兒，看他氣得不輕。一把年紀了，還氣性這樣大，這有什麼可生氣的？」

方大老爺拉了他到一旁，道：「鳳儀啊，這要是在小門小戶，自然不會如此，但在皇室，皇室自來為天下表率。且不說這事對陛下顏面的傷害，想一想，若大公主與駙馬和離，與姦夫大婚，以後貴女怕是會紛紛效仿。若皇室與權貴之家如此，不多時，民間亦會掀起和離另嫁之風，從此之後，禮法安在？」

「師兄，你想多了，天下還是男人主導的，做官的都是咱們男人，若是女子日子過得好好的，夫妻恩愛，兒女雙全，誰會為了跟風去和離另嫁啊，那不是腦子有問題嗎？」秦鳳儀素來有自己的主張，「要我說，是師兄你們想太多了。」

秦鳳儀反是將方大老爺勸了一通，也沒在方家留飯，挨了頓罵，回家去了。

李鏡只看秦鳳儀的氣色，就知他這事不大順利。

所幸秦鳳儀回家正趕上吃飯，他就一道吃了。

秦太太問他做什麼去了，秦鳳儀便把大公主的事說了，秦老爺和秦太太都驚得說不出話來，良久，秦太太方道：「大公主不是與媳婦交好嗎？唉，這事雖是大公主錯在先，阿鳳，要是方便，就看在媳婦與大公主一道長大的情分上，能為大公主說話，咱們可不能袖手。」

秦老爺也說：「是啊，這做生意就得講信用講義氣，得有人情味兒。這做官的道理，我不大懂，可這自來做人做事，雖則大公主理虧，也不算什麼殺人放火的惡事。事已至此，咱們總歸要向著近的一方說話的。」

李鏡聽公婆這樣說，心裡很是感激，便是秦鳳儀亦道：「爹、娘，你們比我師傅還要明理呢！老頭兒今天罵了我一頓，還說我不明事理。」

秦老爺笑道：「方閣老是朝中大員，所思所想都是大事。我們是小見識，其實都是私心，這怎能比呢？」

「這本來就是私事啊！」

秦鳳儀雖挨了方閣老一通罵，但他不認為自己有錯，吃過晚飯又往程駱兩家跑了一趟，不要求兩位大人為大公主說話，秦鳳儀道：「大公主自是有錯，但她一個婦道人家，並未殺人放火。現在御史鬧得不可開交，程叔叔（先生），您是當朝重臣，您的話與那些跳蚤般的御史不一樣，您的話有分量，若您真要在這個時候說一句重話，那真就要了大公主的命。逼著陛下處置自己的女兒，除了那些邀名之人，想想陛下與您的君臣之情，如何能忍心呢？」

反正好說歹說，程尚書、駱掌院也不可避免地說了秦鳳儀一回，認為他不當如此偏頗大公主。駙馬誠然有不好的地方，可大公主與人有私更是不對，秦鳳儀這是明顯偏幫大公主。

甭管兩人怎麼說，秦鳳儀吸取了在方閣老那裡的經驗，並不還嘴，還做出一副乖樣乖乖聽著。把拜託的事千求萬拜地求兩人應了，秦鳳儀這才告辭回家。

秦鳳儀入夜方回到家裡，這大正月的，天兒還冷，李鏡摸了摸他的臉，入手冰涼，心疼萬分，「叫你坐車，你就是不聽。這時候騎馬，會吹壞身子的。」

「坐車氣悶，再說也不冷，我身上穿得厚，就是臉有些冰。」秦鳳儀道：「程叔叔和駱先生都答應我，當朝不會對此事說什麼。我本想著再往酈家走一趟，可想想快宵禁了，就先回來了。明兒一早妳早些叫我起床，我早些過去。」

李鏡吩咐侍女去廚下要一盅紅糖生薑水，便將侍女們打發下去了，塞給丈夫手爐叫丈夫暖著手，道：「只要陛下稱病不上朝，諒那些御史也沒什麼法子。」

「除了御史，還有盧老頭兒那樣的老古板呢，他可是位在內閣的。回來的路上我想了，要想把這事辦成，咱們必然得聯繫親朋好友，這時候叫他們為大公主說話不容易，但不說話總成吧？」秦鳳儀坐在熏籠上，抱著手爐道：「大公主和張大哥也是，不早說一聲。他們要是早說一聲，咱們也能有個準備。」

「大公主以前又沒生育過，怕是她自己也不曉得。」

「怎麼會？我聽說凡懷孩子的女人，都會哇啊哇地吐酸水，而且，皇室三天診一次平安脈，也真奇了，以前御醫就沒診出來。」

李鏡沉吟半晌，低聲道：「這次大公主怕是定要和離的。」

秦鳳儀拉媳婦一道坐熏籠上，「我就是這個不明白，陛下並不是難說話的人，何況陛下對我這個外臣都這樣好，待兒女自然更是不差的。大公主又與陛下生在同一天，在太后宮裡我見過大公主一次，大公主在太后宮裡，比大皇子和六皇子更敢說話。她若是一定要和離，好生與陛下說，大駙馬又是這麼個上不得檯面的貨色，陛下能不為她想法子嗎？她這麼一鬧，大家都被動了。」

「你不知道，大公主這樁親事牽涉頗多，要是和離，千難萬難。」

「恭侯府不就是個侯爵府第嗎？我聽說他家還不如岳父家呢！岳父是世襲罔替的侯爵，恭侯府的爵位是要逐代遞減的，到大駙馬襲爵的時候，怕就剩個伯了。他家也沒什麼高官，到底有什麼要緊事牽涉？」
李鏡道：「這事我也是很大時才知道，大公主的生母德妃娘娘出身恭侯府。」
「咦，大公主與恭侯府還是甥舅之親？不對，妳不說他外家是土財主嗎？」
「別插嘴，聽我說。」李鏡道：「大公主的生母德妃原是恭侯府的婢女。」
秦鳳儀不插嘴哪裡忍得住，他立刻道：「就是德妃是恭侯府的婢女，陛下也犯不著把閨女嫁給恭侯府吧？」
「你到底聽還是不聽？」
「說說說。」
侍女端來紅糖薑水，李鏡讓丈夫慢慢喝著，然後說起皇帝二十多年前的一樁舊事。
李鏡道：「我自小給大公主做伴讀，皇子公主都是年長方議親，起碼要過了及笄禮，大公主這樁親事卻是自小定下的。大公主一向要強，小時候懵懵懂懂的不知事，待得大些，我與她還悄悄見過大駙馬，那時大公主就不大喜歡大駙馬，不願意下嫁，可這親事又是早早定下的。我是同祖母打聽，才打聽出些許緣故來，這就要從陛下尚未登基時說起。」
李鏡頓了頓，繼續道：「陛下在先帝諸子中排行第八，那時陛下只是皇子，十五歲時，先帝為陛下指了柳氏女為正妃，而大公主的生母就是柳王妃的陪嫁婢女，據說德妃娘娘是伴柳王妃一道長大的，後來又做了柳王妃的陪嫁。柳王妃在陛下登基前就病逝了，德妃為陛下所納，原只是個庶妃，陛下難忘柳王妃，在登基時將這位庶妃破格冊為四妃之一的德妃，那時候，裴貴妃還未入宮。平皇后之下，便是德妃了。」

「德妃日後誕下一女，便是大公主。德妃娘娘在大公主三歲時病逝，大公主由此養在了太后宮裡。大皇子六歲要啟蒙念書，挑選伴讀，大駙馬年紀相當，也被召入宮內。陛下見到大駙馬，知是柳王妃嫡親的侄子，想到與柳王妃的夫妻情分，心中悲痛，便定下了這樁兒女親事。柳家原只是侍郎府第，沒有爵位。皇后和太后娘家，方有公爵爵位，可皇后娘家平郡王府、太后娘家裴國公府，一個王府，一個公府，便都辭了外戚之爵。原本外戚之爵也只是個體面，后主一去，爵位便也不能傳了。柳王妃在陛下登基前病逝，這爵位原是賜不著的。陛下難忘柳王妃，便破例賜柳家恭侯一爵，還允他家傳承四代，這便是柳家爵位的由來。」

「你想想，德妃自小是恭侯府的婢女，這原就有主僕之恩，她又是柳王妃身邊的舊人，德妃並非因寵而得的妃位，皆是柳王妃的一點餘澤。陛下又是念及柳王妃，才指下了這樁親事。倘是陛下能私下同意和離，當初就不會讓大公主下嫁了。」李鏡道：「只是，大公主這事如今也難辦，她把大家弄了個措手不及。」

秦鳳儀一面聽著媳婦訴說皇家舊事，一面慢慢喝了一碗紅糖薑水，然後，整個張臉都紅撲撲的了。秦鳳儀頂著一張豔壓桃李的臉道：「不對呀，妳不是跟我說，陛下與平皇后恩愛得不得了，一見鍾情嗎？」

「陛下是多情天子，鍾情了好幾回，難道不成？」

「成成成，有什麼不成？」秦鳳儀摸著下巴道：「這麼說來，平皇后算是繼室啊！」

「在外可不能這樣說，柳王妃去得太早，並未被冊立皇后，平皇后自然是元后。」李鏡表情端正，不過，她亦是個八卦的，悄聲道：「不過，我聽說皇后娘娘當初進皇子府，也只是側妃的位分，奈何她命旺，一進門就懷了大皇子。柳王妃身子一直不大好，未曾生育便過世了。待陛下登基，皇后娘娘又有這樣的娘家，自然是直接封了皇后。後來，陝甘之戰，陛下重用平家，奪回先帝時失去的陝甘之地，平家更是一舉封王，成為我朝第一異姓王。」

秦鳳儀把一碗紅糖薑水喝完，想了半日方道：「我估計現在陛下的臉肯定得腫了。」接著又感慨，「左臉是叫臣子噴的，右臉是叫大公主打的。」

李鏡險些笑出來，接過他手裡的空碗放在一旁，道：「你少說這些風涼話，我與大公主這樣的交情，你不也說張將軍好嗎？別人能袖手，咱們斷不能袖手的，知道不？」

秦鳳儀原本便是沒什麼是非觀的人，再者，他早察覺出大公主與張將軍之間有貓膩，故而，大公主雖是突然暴出偷人事件，他倒是比大多數人要好些。而且，他是個耙耳朵，很是聽媳婦的。他媳婦這樣拜託他，秦鳳儀那顆男子漢之心，甭提多滿足了。

秦鳳儀道：「我曉得，明兒一早我就去酈公府。對了，妳也別閒著，明兒妳就去瞧一瞧襄永侯夫人，我傍晚再去侯府。也不知張大哥現在在哪兒呢？」

李鏡道：「怕是在宗人府裡關著吧。」

秦鳳儀在京城有些個口子，他對於皇家常識也知道一些，宗人府便是審理宗親之罪的地方。秦鳳儀道：「正好，聽說管宗人府的是愉老親王，愉老親王有什麼喜好沒？」

「喜好？」李鏡道：「兒子。」

秦鳳儀沒聽懂，李鏡眉梢一挑，說道：「愉老親王年過六旬尚且膝下空虛，求子多年也沒動靜。你去宗人府打聽張將軍的下落，告訴他可一定得撐著。過幾天就是十五，上元節，誥命都要進宮請安，我求祖母帶我一道進宮，看能不能見一見大公主，也寬慰她一二。」

秦鳳儀道：「張大哥那裡不用說他也撐得住，馬上就有兒子了，正活得有精神呢！」

「你以為都像你似的，兒子迷！」

「男人都想要兒子的。」

李鏡白他一眼，「你若去宗人府，就往愉老親王那裡拜會一下。愉老親王膝下無子，一直喜歡年輕後生，你奉承著些。」

「放心。妳幫我備一份禮，明兒我帶過去。再換幾張小額銀票，要是張大哥在宗人府關著，我也好打點打點。」

秦鳳儀又道：「再把我的探花紅取幾罈，明兒頭晌我去宗人府，下晌去壽王府。」

李鏡道：「咱們跟壽王府可不大熟。」

先時秦鳳儀來京城春闈，說來與壽王府還鬧出一場不大不小的誤會。

「跟愉王府更不熟。無妨，厚著臉皮去唄。」秦鳳儀半點不怵求人，而且，他完全一副自信得不得了的模樣。

李鏡思量著，丈夫去跑外頭的事，她就要去各內眷那裡走動。如此，李鏡也定下了去拜訪愉親王妃與壽王妃，還有長公主之事。

秦鳳儀翌日四更天就起了，起床後也不吃飯，梳洗好就到酈公府吃早飯。秦鳳儀與酈公府一向相熟，大年初一都帶著媳婦過來磕頭，酈老夫人提起秦鳳儀都說這孩子是個厚道的，酈家上下對秦鳳儀的評價不錯。秦鳳儀這一大早過來，酈公爺以為有什麼要緊事呢。

鄺老夫人也嚇一跳，秦鳳儀笑，「過來蹭早飯的。」看他還是笑嘻嘻的，鄺老夫人便也放心了，喊他一道坐下吃。

鄺家是大家族，不過，規矩是成家的各自在自己的院裡用早飯，畢竟家裡人口多，沒得把孩子們都鬧騰起來擺那虛排場，故而，鄺老夫人都讓他們在自己屋裡用，她與鄺公爺自己用飯就是。鄺老夫人忙令丫鬟擺上碗筷，秦鳳儀坐下就端起粥碗喝了兩口。

鄺老夫人笑，「這會兒外頭正冷呢！」

「是。」秦鳳儀使個眼色，鄺老夫人就把侍女打發下去，秦鳳儀方說了大公主之事。秦鳳儀道：「別人都能袖手，我媳婦與大公主自小一道長大的，若我家也袖手，就太沒人情味兒了。大公主這事，如今不是什麼機密。咱們家不是那等酸秀才之家，此時也不求老公爺和祖母為大公主說話，只是縱使大公主有不是，咱們私下說，過後說，這個時候不好說的。御史已經在說了，咱們平日裡隨口說一句，於咱們就是隨口無心的一句話，若叫些小人聽到，得以為是明擺出來的不滿，反拉了咱們做大旗。咱們本無心，若陷大公主於死地，恕我直言，這事雖不體面，也不是什麼當死的罪過，所以，我過來求一求老公爺，只當坐壁上觀，就是大公主的恩人了。」

鄺國公這等老辣之人，即使是看不上大公主所為，也不會與那些清流攪在一處，他一面喝粥一面道：「我本武將，也不懂這些個事。」

鄺老夫人亦道：「是啊，你放心，咱們都不是多嘴之人，何必在這時候說這些事呢？就是可惜了大公主。」

秦鳳儀一副信心滿滿的模樣，「這也不過是事出突然，大家覺得震驚，過了這一陣，京城每日無數新鮮事，誰還記得這一樁呢？再者，便是陛下如今惱怒，可說來……」秦鳳儀壓低聲音，「大公主肚子裡的，畢竟是皇室血脈。」

酈國公放下粥碗，道：「阿鳳，你這張嘴，在外可不能這樣口無遮攔。」

「我就跟您二老說。」秦鳳儀夾了個包子，嘆道：「有時想想大公主也可憐，女人的日子要是過得好，像祖母您這樣，夫妻和睦，兒孫滿堂，誰會走到這一步呢？況且這世間，男人三妻四妾沒人說，女人一旦行差踏錯，就人人喊打。」

酈國公感嘆道：「可惜當初景川手快，要知阿鳳你這般仁義，我說什麼也得招你做孫女婿啊！」這位竟然覺得大公主偷人情有可原，這樣的傻小子，咋沒給自家先遇上呢？

「嘿嘿嘿，雖然您老抬舉，可這是萬萬不能的，我對我媳婦的忠心與愛意，一萬年都不會變的。」秦鳳儀道。

酈國公夫妻都被他逗笑了，酈老夫人還問他吃不吃得慣這飯菜，要不要添別個菜，秦鳳儀道：「吃得慣，我可沒少在祖母這裡蹭吃蹭喝。我那會兒剛來京城，就是個沒見過世面的土包子一個，哪兒去哪兒嫌，就祖母不嫌我，我每回過來，您都留我吃飯。」

酈老夫人笑道：「那會兒就能瞧出阿鳳你是個一等一的有情義之人。」

秦鳳儀眉眼開笑，讚道：「祖母，您真是好眼光！」又是把人逗得一樂。

秦鳳儀在國公府吃過飯，送老國公上朝，方辭了酈老夫人。他還要去宗人府走動，結果在宗人府撲了個空。愉老親王說，張將軍不在宗人府。

秦鳳儀神祕兮兮地同愉老親王打聽：「王爺知道張大哥被關在哪兒嗎？」

愉老親王端起茶盞呷一口，道：「你打聽這個做什麼？」

秦鳳儀從旁邊果碟裡拿了顆桔子，一面剝，一面道：「大公主落難，我媳婦擔心得很，我自然得幫著打聽一二。」

愉老親王是宗室長輩，大公主之事是宗室之事，自然不願外臣插手。

愉老親王端起茶盞再吃了一口茶。

話說，要是個長眼的，看人家都兩遭端茶送客了，還不麻溜地滾？看秦探花這兩大桃花眼生得也不小，怎麼就能像個瞎子似的對老王爺的端茶送客視若無睹呢？他非但像個瞎子一般沒明白老王爺的意思，還把桔子瓣上的白絲一條一條剝乾淨，將乾乾淨淨的桔子瓣遞給愉老親王，燦然一笑，「王爺，您吃。」

哎喲喂，這可真是戳到老王爺的心坎上了！

想這愉老親王，是先帝嫡親的弟弟，今上嫡親的叔叔，一輩子榮華富貴，樣樣不缺，唯一樣憾事，膝下無子。求子多年無果的愉老親王，眼瞅是七十的人了，已是死了求子之心，可老親王一輩子無子，便對年輕的孩子格外喜愛。

秦鳳儀雖是個瞎子，沒啥眼力，但這樣神仙玉人般的相貌，還剝桔子給他吃。愉老親王一下子心軟了，接了秦探花剝的桔子，放在嘴裡，還頗甜的。

愉老親王吃完桔子，不端茶送客了，與秦鳳儀道：「陛下雖是對你另眼相待，但你身為臣下，不好對宗室之事多嘴。」

秦鳳儀道：「倘能給大公主一個公道，我自然不會多嘴，可我聽說有些個御史嘰嘰歪歪，淨說大公主的不是。倘沒個為大公主張目之人，大公主就太可憐了。何況大公主如今是雙身子，正當休養的時候，如今朝廷眾人對此事不依不饒，倘大公主有個好歹，叫陛下心裡如何過意得去？」說著，再遞了個桔子瓣上去。

愉老親王嘆道：「這個大公主，往日瞧著是個明白的，真不知如何做出這種糊塗事。」

「能為什麼？無非是日子過得不順暢唄。」

「皇家公主還要怎樣順暢？」愉老親王肅容道：「既受萬民供養，自要為萬民表率。」

秦鳳儀道：「有人管陛下叫聖人，可誰又真是聖人呢？便是孔聖，亦有三世出妻之事，況且大公主只是個女人。」

愉老親王險被秦鳳儀這話給噎著，秦鳳儀再遞桔子瓣，他老人家就不接了，當下沉了臉道：「那你就去翰林院同你的同窗師長們，好生講一講孔家三世出妻的典故。」

秦鳳儀將桔子瓣直接遞到愉老親王唇畔去，愉老親王實在受不了這等殷勤，尤其是秦鳳儀這張臉，真真是討老人家喜歡。愉老親王便又吃了桔子，秦鳳儀道：「他們都是榆木腦袋，我要是敢說孔氏三世出妻，以後就甭想在翰林混啦。我在我們掌院那裡求了情，求他不要在朝中說大公主之事，他應了我。」

愉老親王沒想到秦鳳儀已有行動，眉毛一挑，有些意外。

秦鳳儀道：「其實，除了真正的老古板，或者想藉此邀名的，像駱掌院，同陛下這些年，哪能沒有君臣情分呢？拋開這些禮法，要是換了咱們尋常人家，朋友家出了這樣的事，若是真心的朋友，必然要去安慰的，哪裡有去幸災樂禍、落井下石的？我每每想到大公主，想到陛下，就覺得十分心疼。」

愉老親王道：「你能跑這一趟，可見大公主與你媳婦是真交情，陛下也沒錯待了你。」

秦鳳儀趁機問：「愉爺爺，您老是有見識的，又掌這宗人府。依您老看，大公主這事，最終當是什麼了局？」

愉老親王嘆道：「這於宗室並沒有明文規定，只是一樣，這樣的醜聞，必然得給天下給朝廷一個交代。大公主，怕是位分難保。」

秦鳳儀沒想到這般嚴重，不過，他沉吟片刻，道：「位分雖有所削免，大公主能和離這樁親事，想來她亦是願意。」

愉老親王又是念叨：「實不知她如何做出這樣的糊塗事。」

秦鳳儀再遞個桔子瓣，愉老親王瞟一眼，不接，秦鳳儀只好又遞到他嘴邊。

愉老親王暗道，這小子得陛下青眼，倒也不是沒有道理。

秦鳳儀繼續道：「大公主腹中之子沒事吧？」

愉老親王正色道：「這樣有孽子，能生下來嗎？」

秦鳳儀嚇一跳，「不會已經沒了吧？」

「那倒沒有，畢竟也是一條性命。」愉老親王道：「這是陛下頭一個外孫，就是我，心裡也捨不得。只是，這孩子生下來要怎麼著呢？生來便為人詬病，這樣不名譽的孩子。」

秦鳳儀連忙道：「無妨無妨，我小時候一生下來，我們老家就發大水，把田地都沖沒了，小山還沖垮了一座。我生得不是時候，當時就有人說我剋一村子，還有神婆說我是龍王爺座前的童子，要把我扔河裡祭龍王爺。我爹娘連夜抱著我划船逃了出來，不然早沒我了。您看，我現在不也好好的？越是小時候坎坷，反越是容易有出息，運道也好。」

見愉老親王的桔瓣吃完，秦鳳儀自然地又餵了一瓣，「再者，這事別人能說把孩子弄掉的事，您老人家可得攔著啊！您是宗正，就是管宗族事宜的，便是外頭平民百姓犯了死罪，有婦人懷了身孕，也要先把孩子生下來才能治罪。難不成，皇家反沒了這樣的仁慈？大公主肚子裡的是皇家血脈，不論這孩子是不是不名譽，王爺，您可得保住他啊！您保住了他，待他會說話，定是第一個叫你曾叔祖的，知道您救過他的命，定一輩子孝順您！」

秦鳳儀這口才，硬是把愉老親王說得濕了眼眶。

愉老親王拭淚道：「不怪陛下對你另眼相待，果然是個有情義的。」

秦鳳儀餵愉老親王吃了個桔子，守著老親王嘀咕了半日，愉老親王還留他吃午飯，「哦，你喜歡吃獅子頭，是不是？」

秦鳳儀笑咪咪的，「是，一頓能吃仨。」

愉老親王是在宗人府當差，不過，他老人家自然不會吃宗人府的例飯，他的午飯是王府送過來的。愉老親王讓人回去吩咐一聲，令廚子做了獅子頭來，秦鳳儀果然能吃仨。愉老親王高興，也吃了一整個獅子頭。

秦鳳儀道：「要是這京城的四喜丸子，我就得勸您少吃些了。我們揚州的獅子頭，香而不膩，便是吃一個也無妨。」

秦鳳儀同人吃飯一向有眼力，根本不必旁人服侍，給老親王添湯佈菜，就像服侍自家長輩一般，與那些看人眼色的侍女下人完全不同，舉止之間帶著那麼股親熱妥貼。

秦鳳儀一面吃，一面還品評著各樣菜式。有一些話老親王不贊同，但有一些老親王覺得說得不錯。兩人吃過午飯，喝過茶，秦鳳儀就服侍著老王爺上了車轎，進宮去了。

把老王爺服侍到宮裡去給大公主保胎，秦鳳儀又轉向了壽王府。

柒之章 ● 殿前號咷驚四座

秦鳳儀是與媳婦一起去壽王府的。

李鏡自小在太后宮裡長大，與皇家宗室中人相熟。秦鳳儀去宗人府找愉老親王說情時，李鏡就去了愉親王府向愉親王妃請安。

愉親王妃也是一把年紀了，因膝下無兒女，待她們這些小女孩兒素來極好。李鏡雖是自宮裡出來後見愉親王妃見得少了，但只要有機會，都會同祖母或者是繼母過來。愉親王妃這個年紀了，見的事多，李鏡一過來，她就猜著了些。即便沒把握把大公主這事給平了，但幫著說幾句話，愉親王妃還是願意的。

近中午時，下人過來說叫廚下加一道獅子頭，愉親王妃還說：「王爺並不好淮揚菜，如何叫人做揚州的獅子頭？」

能到王妃這兒來回話的，也是管事一級的，管事十分機靈地道：「王爺留秦探花用午飯，說秦探花愛吃獅子頭，便叫家裡加一道。」

愉親王妃看了李鏡一眼，笑道：「知道了。告訴廚下，再加幾樣淮揚小菜一併送去。」管事下去吩咐，李鏡笑，「我跟相公就似沒頭的蒼蠅一般，實在不知求誰了。就想著，您老人家與老親王一向是慈愛的，我過來跟您請安，他去了宗人府，一則是向老親王請安，二則也是想問一問張將軍如今的居處。」

愉親王妃悄與李鏡道：「那個膽大包天的小子不在宗人府。」

「便是不在也無妨，倒叫相公白賺老王爺一頓午飯。」

愉親王妃笑道：「聽說秦探花是有一無二的好相貌，我卻是沒見過的。」

李鏡笑，「我過來還能說是請安，沒您的允准，不好貿然帶他來。既然您老不棄，明兒我就帶他過來跟您請安。」

愉親王妃道：「好啊。我也想見見，能叫妳等四年的探花郎，到底生得何種形容。」

李鏡笑，「論相貌，相公稱第二，無人可稱第一。」

愉親王妃聽得心都癢癢了，叮囑李鏡：「明兒可一定要帶他過來讓我瞧瞧。」

李鏡連忙應了。

用過午飯，李鏡辭了愉親王妃。

夫妻倆一道去壽王府，卻未能見到壽王，壽王正在戶部當差，不過李鏡見到了壽王妃。

李鏡這樣請託，壽王妃道：「雖則大公主有過失，也不是死罪。只現下兩宮正在氣頭上，貿然提及此事，便是叫兩宮不悅。我看情形吧，要是什麼時候太后娘娘高興，我便問一問。唉，大公主委實糊塗，又不能看她這樣不管。她這事，要如何是好呢？」

李鏡輕聲道：「現下看，斷然是再與駙馬過不下去的。」

壽王妃嘆口氣。

故而，壽王妃這裡雖未直接應承，起碼不是壞消息。

壽王晚上回來，壽王妃與他說了秦鳳儀和李鏡夫妻過來的事。壽王道：「真是丟人現眼，我出去都不好見人！大公主糊塗，大駙馬也是個窩囊廢，怎麼連個媳婦都籠絡不住？」

壽王妃道：「阿鏡倒真是個有情有義的，不枉與大公主一道長大，她們自幼便好的。」

「既是自幼便好，怎麼大公主就沒跟她學些降伏男人的本領？聽說秦探花很聽她的。」

「別說，還真是。」壽王妃笑，「秦探花生得可真好，這孩子我以前沒見過，總聽人說相貌多麼出眾，我一直覺得人家說得誇大了些，這真真正正一見面，還真不是外頭人誇大，當真是生得極好的。」

「那是。」壽王道：「妳想想，陛下是何等見識之人，當年殿試時一面之緣，便將他破格提到了探花。他非但長得好，做官做人都不差，陛下也很看重他。」

「的確是個出眾的孩子。」壽王妃道：「不是說他與大皇子關係不錯嗎？他怎麼沒有去求大皇子呢？」

「妳這話說得，誰會與人皇子關係差啊？」壽王道：「說來也是奇怪，去歲閱兵的差使，聽說秦探花跟著大皇子跑前跑後，很是用心，但自閱兵後，兩人反不似從前了。」

壽王忽然想到一事，悄聲道：「有件事知道的人不多，我說與妳，妳莫往外說去。」

「什麼事？」

「這算是去歲的事了。妳也知道，年底大皇子都會賜親近的人對聯桃符荷包一類，這也是咱們皇室以示親近的意思。凡是收到這些賞賜的，自然要獻上年禮的。大皇子賜了秦探花一份，妳猜秦探花怎麼著？」

「快說吧，怎麼還賣起關子來？」

壽王似是想笑，「秦探花自己寫了份對子，一對桃符、一對荷包，回了大皇子。」

壽王妃目瞪口呆，「天啊，秦探花不會是不懂吧？」

「他不懂，景川侯家的閨女自小在宮裡長大，能不懂？」壽王道。

「這事你怎麼知道的？」

「偶然聽人念叨過一句。知道這事的人不多，妳莫往外說去。」

「我能往外說這個？」壽王妃道：「這可真是怪了，這對夫妻都是小人精，你不知道他倆說話，真是叫人心裡暖和。大皇子一向八面玲瓏，人人稱好，這是怎麼回事？」

「這就不是尋常人能知道的了。」壽王道。

壽王妃問：「那我們要不要幫大公主說話啊？」

「一碼歸一碼，皇兄青春正盛，還沒到看大皇子臉色過日子的時候。大公主是咱們的侄女，不為大公主說話，難道為大駙馬說話？那個混帳東西，要不是他嚷嚷得全京城都知道，這事也鬧不起來！」壽王年輕，性子比較火爆，忍不住怒道：「大公主也不是個好的，但凡想著半點皇家體面，也不能做出這樣丟人現眼的事！」

壽王與壽王妃八卦了秦鳳儀與大皇子一回，秦鳳儀回家也同媳婦說：「可惜年前把大皇子給得罪了，不然他慣會做好人，這種大好人，他定是願意做的。」

李鏡道：「你莫如此說。大皇子向來要站在公理正義那邊的，他一向為清流推崇，這回就是求他，他多半也會大義滅親。」

秦鳳儀嚇一跳，「不會吧？他要殺大公主？」

「不是要殺大公主。不是弄掉大公主的孩子，讓大公主繼續與駙馬過日子，就是讓大公主去廟裡出家。」李鏡說來對大皇子也頗是了解。

秦鳳儀不可思議，「他們就不是一個娘生的，也是同父兄妹啊！妳、大公主和大皇子，不也是自小一道長大的嗎？」

「這還有什麼不明白的？大皇子要得清流的支持，必然要站在清流那邊。不要說咱們家與他關係一般，就是關係好，也不必去求他，必然會碰釘子的。」

秦鳳儀問：「其他幾個皇子呢？」

「二皇子是大皇子的應聲蟲，二皇子時常的話就是『大哥說怎麼辦』。三皇子一向與大皇子不睦，大皇子說東，他必然要說西，這回三皇子與許能幫著大公主說話。四皇子和五皇子年紀尚小，都在宮裡念書，等閒出不來的，六皇子又更小。」李鏡道：「前兒我在家拜託了太太幫大公主說話，你說，要不要再去平郡王府一趟？」

秦鳳儀道：「後丈母娘好糊弄，郡王妃可不像是個傻的。嗯，平皇后雖是嫡母，卻不是親娘，何況她上頭還有婆婆，與其求她，不如妳與祖母進宮時求一求太后。」

「這倒是。」李鏡道：「也不知大公主如何了？」

秦鳳儀道：「放心吧，明兒我就去找老親王打聽。今兒下午老親王進宮去了，我千萬拜託他，定要保住公主的孩子，畢竟孩子沒什麼錯。」

李鏡感慨道：「你這就是保住了公主的性命啊！」

「看妳說得，就是我不求老親王，陛下也不會對自己的親外孫下手。我知道陛下那人，他其實是個心軟的人。」

李鏡對此話不置可否。

秦鳳儀道：「讓大管事明兒坊市一開門，就去買一車上上等的桔子。」

「做什麼？」

「給愉親王府送去。原不曉得老親王喜歡什麼，今兒我瞧著他老人家很喜歡吃桔子。」

第二天，秦鳳儀先與媳婦一道去向愉親王妃請安。他畢竟是外臣，愉親王妃見一見他這有一無二的相貌，誇讚幾句，賞他吃了果子點心，便打發他下去了。

秦鳳儀就去愉老親王那裡打聽，愉老親王見著他很高興，看秦鳳儀還拎著一個籃子，忍不住笑道：「怎麼，還給我送禮來了？」

秦鳳儀笑，「昨兒見王爺喜歡吃桔子，我買了些帶來。王爺嘗嘗，這是我們淮南的桔子。我早上吃了兩個，覺得不錯。」然後開始剝桔子，還神祕兮兮地打聽：「王爺，如何了？」

愉老親王道：「大公主畢竟是陛下的親閨女，她雖做出這等醜事，對不住陛下，但肚子裡的孩子又有什麼過錯，終歸是皇家血脈，陛下亦是心疼的。」

「陛下就是這樣的人，既有一國之主的威儀，又不乏人情味兒。」

愉老親王跟秦鳳儀提意見：「我這幫你把事辦成了，桔子就剝得不用心啦！」

都半天了，還沒剝好！

「別急嘛，一把年紀了，怎麼還是個急性子？」秦鳳儀道：「再說，王爺您也不是為我辦事，就是我不來，王爺您是宗正，遲早得進宮跟陛下說這事。以往我不大了解您，可昨兒一見我就曉得了，與陛下是一樣的心善，難道還會說出別樣的話來？不過是我耐不住性子，先跑您兒這來，反是叫您使喚了一回。來，吃桔子。」

愉老親王依舊不接，秦鳳儀遞到嘴邊他才肯吃。

秦鳳儀笑道：「就是我親爺爺，我也沒這樣服侍過的。」

「那你這是不孝啊！」

「不是，我親爺爺在我爹小時候就死了，我沒見過。」

愉老親王：還會聊天不？

秦鳳儀道：「您說，我爺爺多沒福啊，他吃了一輩子的苦，到死的時候，我家都是窮得不行。其實我爹發財很早，他自小就跟著行商做小夥計，十六歲就自己跑生意了。開始都是小生意，我出生後，他不放心我娘一個人在家帶我，我們在揚州安了家，後來發了財。想想我爺爺，哪怕多活十幾年，也能享到我爹的福了。他要是能活到現下，見著我中探花娶媳婦，還不得樂昏過去啊！」

愉老親王也是一把年紀了，嘆道：「要不說，人的命天註定呢。」像他，一輩子啥都不缺，就是無兒女緣。

「是啊，我們家的福分都在我身上呢！」秦鳳儀剝著桔子，又問：「這桔子如何？」

愉老親王點頭，「還成。」

秦鳳儀笑著再餵他一瓣，「我發現您跟陛下挺像的。」

「這話怎麼說？」

「都愛叫人服侍，我幫陛下捏肩膀的時候，他也很高興。」

愉老親王頓時樂了，「不想你還有這才藝，來來來，別浪費，我試試你這手藝如何？」

秦鳳儀這一手哄人的本事，景安帝能讓他哄得高興，愉老親王身為景安帝他親叔，品味當真比皇帝侄子強不到哪兒去，被秦鳳儀服侍得，中午又留秦鳳儀吃午飯。

秦鳳儀李鏡這對夫妻，是京城第一對站出來為大公主跑前跑後的夫妻，因著該夫妻臉皮奇厚，熟與不熟的都過去相求，現在得一外號，人稱京城第一厚臉皮夫妻。

這對夫妻如此熱心為大公主走動，權貴之家倒沒覺得什麼，倒是宗親有些不好意思了。他們與大公主親與不親的，都是血親。如今看來，他們也沒這對夫妻跑得勤。

反正，秦鳳儀和李鏡這對夫妻是把京城的宗室都跑遍了，秦鳳儀還找了三皇子說一通，三皇子說道：「你去求大哥就好了，我無權無勢的。」

「我真是求你了，你都有陛下這麼個最有權有勢的爹了，還說自己無權無勢。」秦鳳儀硬是拉他出了工部，到自家去說話。到了自家，秦鳳儀就放鬆了，「你就別擺臭臉了，我媳婦說，小時候她還救過你的命呢！」

三皇子倒不能否認這個，別看他現在是京城有名的冷臉王，小時候其實是個嬌氣孩子，李鏡則是自小到大的彪悍。李鏡在宮裡給大公主做伴讀，三皇子年紀小，到御花園玩，見著一條菜青蛇，嚇得不會動。李鏡過去就把蛇給捉了，好吧，如果這也算救命之恩的話，但在當時三皇子幼小的內心，阿鏡姊姊簡直是比菜青蛇要彪悍。

秦鳳儀問三皇子：「你大姊姊現在如何了？」

三皇子道：「在太后宮裡。」

「你見過她沒？」

「沒。現在父皇叫她禁足，誰都見不著。」

秦鳳儀又與三皇子打聽：「我們這在外頭的，也不曉得到底是個怎麼回事。這事兒，到底是怎麼鬧的呀？」

三皇子雖然與阿鏡姊姊交情不錯，但他真不大喜歡秦鳳儀。都說秦鳳儀早就去燒大皇子的熱灶了，而他這京城有名的涼灶，自然是沒人理的。

三皇子道：「你去問大皇兄吧，他守著皇后娘娘，有什麼不曉得的？」

「這可真是，我要是問大殿下，還用問你嗎？」秦鳳儀催促道：「到底怎麼回事？」

三皇子一聽這話，就覺得秦鳳儀莫不是與大皇兄生出什麼嫌隙來了。

三皇子仍是不大願意說：「宮裡的事，你打聽什麼呀？」

「我還不是關心大公主嗎？我家媳婦可記掛她了。人家都說你是個爽快人，怎麼還吞吞吐吐起來了？」

三皇子道：「我只跟阿鏡姊姊說。」

秦鳳儀道：「你阿鏡姊姊今天去長公主府了，你就跟你阿鏡姊夫說吧。」

三皇子感慨，「阿鏡姊姊和大姊姊是真的很好。」

「你就快說吧。」

三皇子這才說了，「我知道的也不多，就聽說大姊姊跟父皇撂了狠話，說父皇要是敢動她兒子，她就殺了父皇他閨女。」

秦鳳儀眨眨那雙大大的桃花眼，這才理清這話裡的邏輯，當下笑出聲來。

三皇子一慣冷臉，看秦鳳儀笑成這樣兒，更覺得沒面子。

「這有什麼好笑的，父皇大發雷霆了。」

「誰不會生氣啊？我也覺得大公主有些過了，起碼應該先和離再生孩子。她把事做顛倒了，可已然如此，咱們也得幫著她一些，是不是？」秦鳳儀還挺關心景安帝的，又問：「陛下沒氣壞身子吧？」

「那倒沒有。就是御史台和禮部沒完沒了，父皇也很心煩。」

秦鳳儀道：「殿下該多勸著陛下些。」

三皇子心說，那是我親爹，還用你說？

秦鳳儀繼續打聽：「張將軍在哪裡，殿下知道嗎？」

三皇子臉上立刻蒙了一層冰霜，「我要知道那畜生在哪兒，立刻一刀劈了他！」

秦鳳儀忙拉他一下子，道：「你這是做什麼？雖然張大哥也有不對的地方，可這事兒是一個巴掌能拍得響的嗎？你這做小舅子的，可不能這樣對待大姊夫啊！」

「呸！什麼大姊夫？」三皇子簡直是正義感爆棚的那種人，秦鳳儀道：「你大姊的丈夫，不是大姊夫是什麼？二姊夫嗎？」

三皇子險些因著「二姊夫」三個字翻臉，直說秦鳳儀譏諷他大姊。秦鳳儀真是想要跪下求他了，「我這些天為著你大姊的事，腿都跑細了一圈。你要是這麼想我，對得住我嗎？」

三皇子道：「那你好生說話。」

「知道知道。」秦鳳儀拜託他，「張將軍也不在宗人府，你要是知道他在哪兒，可莫這般喊打喊殺的，不然你外甥一出生就沒了爹，以後就是你這個三舅的緣故。」

秦鳳儀託三皇子幫著打聽張將軍的下落，還託三皇子道：「陛下那裡，你且勤走動著些。唉，看你這張臭臉，也不像會討你爹開心的樣子。把六殿下叫上，那小傢伙很會撒嬌。」

三皇子：臭臉……

於是，三皇子的臉更臭了。

秦鳳儀叮囑他：「知道怎麼勸你爹吧？」

「我是啞巴，不知道。」

三皇子非但臉臭，說起話來還很有些噎人。

秦鳳儀原有些擔心三皇子一說話適得其反，誰知人家臭臉有臭臉的法子，反正現在景安帝心情也不好，不愛見人歡笑，三皇子又是個長年臉上沒笑的，他不會秦鳳儀這等巧舌如簧的本領，但人家有人家的法子，他就私下找他爹說了一句話：「這事，拖久了不大好。」

「拖久不好，你說該怎麼辦？」

三皇子道：「先叫大姊姊與恭侯世子和離吧，本就不是一路人，過不到一處去也沒法子。那啥，外甥也不能沒爹啊，雖則那姓張的可恨，就當看在大姊姊的面子上吧。」

景安帝恨得直拍桌子，「物議物議！叫天下人如何看咱們皇室？」

「再罰大姊姊幾年俸祿也就是了。」三皇子原也沒當多大的事，主要是這事比較丟臉是真的，可現在臉已是丟了，他還是願意為大公主說話的。

景安帝看著三兒子這副苦大愁深的臉，嘆道：「咱們皇室的臉面都被她丟盡了！」

三皇子道：「她一個婦道人家，父皇不要與她計較了。」

三皇子還託六皇子，叫裴貴妃去瞧瞧大公主。

六皇子道：「三哥放心吧，我母妃早就去過了，說大姊姊都好。」

三皇子問六皇子：「知道那姓張的在哪兒不？」

六皇子搖頭，「不曉得。」

李鏡隨祖母進宮向裴太后請安，覷著裴太后的神色，沒好直接提探望大公主的話，奉承裴太后半晌，李鏡笑道：「好久沒向貴妃娘娘請安了。」

裴太后笑笑，「那妳就過去向貴妃請個安吧，妳們也說說話。現在阿鏡進宮的時候少，都見得少了。」

裴貴妃畢竟是裴太后的親侄女，又是個聞弦歌而知雅意的人物，笑道：「可不是嗎？我正有兩樣料子，我穿著太鮮亮了，正想著適合年輕孩子們穿。阿鏡妳正合適，與我一道過去瞧瞧，看看可還喜歡。」

李鏡便起身辭了裴太后、平皇后等一干人，隨裴貴妃去了。

兩人都是有耐心的人，路上只管說些閒話，待到了裴貴妃宮裡，李鏡喝過茶，方對裴貴妃使了個眼色。裴貴妃屏退了宮人，與李鏡道：「我知道妳要問大公主之事，我昨兒去瞧過她了，她還不錯。」

李鏡這才放下心來，「剛剛在太后娘娘那裡，幾番想開口，又覺得太后娘娘怕是不能允，就過來娘娘這裡打聽了。」

裴貴妃道：「放心吧，我會留心的。陛下初時很生氣，我瞧著這幾天已是好些了。」

「那就好。」李鏡道：「大公主不順心，娘娘也是看在眼裡，我有時真是心疼她。」

裴貴妃知道李鏡自出宮後就與平皇后關係平平，自然看李鏡順眼，何況李鏡出身侯府，嫁的丈夫還是陛下跟前的紅人。再者，李鏡本身也是個有情義的，裴貴妃對此頗另眼相待，想著倘自己的兒子能與他們夫妻交好，不說以後是多大的助力，就是有這樣的朋友，自己也能放下心來了。

裴貴妃拍拍李鏡的手，「妳與大公主雖不是姊妹，但這情分比親姊妹也不差什麼，我聽說妳與秦探花這些天都在忙大公主這事？」

李鏡道：「我與公主一道長大，她又待我極好。其實也不只我們，娘娘您不也時時關照大公主嗎？三殿下那樣不苟言笑的人，都願意為大公主說話。六殿下年紀雖小，與大公主亦有姊弟之情。外頭愉老太王、壽王殿下，其實都是做長輩的，大公主有了過失，生氣歸生氣，可說到底，終還是一家子。我總是想著，陛下向來也是疼愛大公主的，待過些天，想來陛下的氣也能消了的。」

裴貴妃聽這話多麼熨貼，想著李鏡不愧是自小在宮裡長大的，就是會說話。

裴貴妃笑，「妳這話很是。」

李鏡主要是拜託裴貴妃能不能保住張將軍的性命，裴貴妃悄與李鏡道：「暫不要提他，保住大公主再說。據我所知，陛下尚未處置此人。」

李鏡沉默半晌，道：「這就是好消息了。」

裴貴妃道：「那小子官不過五品，也太委屈大公主了。」

「娘娘恕我放肆了，這親事如人飲水，冷暖自知。先時恭侯世子倒是自小訂的親事，不說他與公主關係如何，就看他這成親後辦的事，就是咱們外人看，有幾樁是能入眼的呢？其實只要大公主願意，主要也得為孩子考慮。」

一說到大公主肚子裡的孩子，裴貴妃也沒什麼心氣了，想著大公主當真是命苦，早早沒了娘，外家也沒人，嫁了個上不得檯面的駙馬，如今又鬧出這樣的醜聞。算了，大公主到這地步，一等權貴之家是甭想進了，就是二等權貴之家，人家多半也不願讓家裡傑出子弟尚主。想來想去，還當真是這張姓小子好運道，還能遂了公主的心意。

這麼一想，裴貴妃竟覺得主意還不錯。

不過，裴貴妃還有一樁為難的事，「大公主至今強硬，未向陛下請罪。」

是的，做出這樣令整個皇室蒙羞的事，若是別個人，東窗事發，嚇都嚇癱了。大公主不是，她根本就是一副「老娘沒有錯」的強硬姿態。就是被關禁閉了，她也沒說過一句「自己有錯」的話出來。

景安帝真是為這突如其來的醜聞氣壞了，聞知此事，這位帝王當時就去了慈恩宮質問大公主肚子裡的孩子是誰的。

大公主當下回了她爹一句：「總歸不是駙馬的！」

景安帝氣得，險些給大公主兩巴掌。當時太后宮裡人多，大家拚命攔著。

裴太后上了年紀，說皇帝兒子：「你就是打死大公主又有什麼用？」又趕緊叫大公主去自己屋裡歇著去。剩下的人就開始發愁，哎喲，大公主原本好好的喜事，結果這孩子不是駙馬的，大公主現下懷著身孕，這事可怎麼辦啊？

先得把姦夫找出來，要是個不咋樣的人，景安帝早砍了人家腦袋，可這張將軍還成。就因為還成，景安帝當初才把他指給大公主做親衛將軍。景安帝記性不錯，想著年前還賞過張將軍一把好刀。把人帶到跟前一問，因是私下審問，張將軍倒不似大公主那般強硬，錯都不認一個。張將軍是認罪的，他還一力承擔了罪過，「都是臣的罪，臣萬死不辭，求陛下莫要責怪大公主。此事與大公主無關，都是臣對公主不敬。」

好在，景安帝不是昏饋之主，何況景安帝又是自欺欺人的性子，這也不是一個人能辦成的事。大公主若是不願意，會是這種反應？不得不說，張將軍應對得好。倘他要是敢將此事往大公主頭上推，景安帝一怒之下，便也顧不得大公主的心情如何了。

再一審大公主的近身侍女，兩人倒不是勾搭多少年如何如何的，就一次，結果，就這一次，便有了這麼個孽障出來。

當然，哪怕有一次，也不能說兩人以前沒情義。

若沒情義，根本就不會有這一次。

簡直是丟人現眼啊！

平皇后與裴貴妃也私下問了大公主一回，大公主一言不發，兩人磨破嘴皮子，大公主就是不說話，她們也沒法子了。

景安帝去見了閨女一回，大公主只說了那句名言：你敢殺我兒子，我就敢殺你閨女。

景安帝快要被大公主氣死，氣得兩頓飯沒吃。

大公主這事傳出去，御史台便有了動靜，景安帝心煩之下，索性停了早朝，省得聽御史唧咕，但這事這般僵持也不是辦法，禮部盧尚書與御史台耿御史都問到景安帝跟前來了。要依裴貴妃的意思，大公主這事首先自己就有錯處，還是跟陛下賠個不是，給陛下個臺階，陛下才能為妳去抗下朝中物議啊！

結果，大公主哪裡像個認錯的樣兒？

李鏡進宮來，倒是個機會，裴貴妃把大公主的情形與李鏡說了。

李鏡心中一思量，想著這事既然已是有了，大公主若是先痛哭流涕，賠禮道歉，想來陛下殺張將軍更不會考慮大公主了。倒是大公主強硬到底，性命相要脅，陛下反是投鼠忌器，得顧念著幾分。

李鏡道：「不如我寫封信，娘娘送給大公主。」

裴貴妃笑，「那是再好不過了。」

李鏡請完安便告退了。

裴貴妃晚上去慈恩宮，跟自家姑媽到底好說話些。

說到大公主這事，裴太后都老十歲。

裴太后道：「我算是白疼她一場。」

裴貴妃勸道：「事已至此，姑媽也看開些吧。」

裴太后問：「阿鏡是過來託妳為大公主求情的？」

裴貴妃道：「還真難得她與大公主這些年的情分。」

「是啊，我早看她就是個好的。」裴太后道：「妳看看宮裡這些人，漂亮話說得一套一套的，也沒做出些什麼實事來。倒是阿鏡這孩子有情有義，聽說她在外頭也求了不少人。」

裴貴妃道：「這事要是咱們皇室來做，就顯得護著自家人。阿鏡他們夫妻，妙在是外臣的身分。他們這樣一張羅，聽我母親說，礙於面子，權貴中發聲的就少了。就是清流那裡，秦探花七品小官，何況他在清流中名聲也尋常。」說完把李鏡寫的信給裴太后過目。

裴太后擺擺手，沒有看，「妳拿去給大公主看吧，她要是個明白人，現下服個軟，先過了這關再說。要是她自己糊塗，誰也沒法子。」

裴貴妃起身去看大公主了。

大公主的境況，其實比外頭人想像的要好。

外頭人可能覺得，一個女人做出這樣的事，還叫半個京城的人都曉得了，滿身的罵名，現在還不曉得要如何呢。

其實，大公主除了被禁足，真的沒如何。

她又不是頭一天知道自己有身孕，她也想好了，能搏出來，以後就有後半生的舒心日子了。若是搏不出來，她寧可帶著孩子一起死，也不要再與那等爛人做夫妻的。

死都不怕，那些個風言風語，真不在大公主的眼裡。

不過，李鏡的信還是讓大公主淚濕雙目。

李鏡信中並沒寫什麼特別感人肺腑的話，也沒有勸大公主苦海無邊，回頭是岸，就是同大公主說了現在外頭的情形。權貴已息聲，宗親那裡，她與丈夫也都去走動了，尤其愉老親王，分量不同，已經為她這事說話了，孩子起碼一定會保住。她勸大公主向陛下認個錯，這事莫要久拖。大公主知道這短短數語背後得付出多少辛苦，不由心酸。

裴貴妃為她拭淚道：「別哭了，多難得的情分。有一個這樣的朋友，值得了。」

大公主攥著李鏡的信，哽咽道：「勞娘娘同父皇說，我願意向父皇請罪。」

裴貴妃心中一鬆，拍拍大公主的手道：「妳可算是想明白了。」

裴貴妃把大公主願意認錯的事與裴太后說了，裴太后亦是終於放下心來，「她總算是還沒有糊塗到家。」

裴貴妃與景安帝說的時候，景安帝氣不順地道：「她有什麼錯啊，她一點錯都沒有。怎麼這會兒想起找朕認錯了？」

裴貴妃勸道：「大公主先時未嘗不知自己有錯，只是陛下那雷霆之怒，簡直是嚇死個人。大公主一時嚇懵了，才忘了向陛下認錯。如今她已是全明白了，當著我的面還哭了，這孩子可不是個愛訴苦的。我也說她這事做得不對，不是我偏著自家孩子，恭侯世子委實配不上公主。公主下嫁他三年，他與公主不冷不熱，庶子倒是生了兩個。他要是願意好生與公主過日子，自己上進，會有今天的事嗎？自來一個巴掌拍不響，咱們明理，故而先責怪自家孩子，可憑心而論，公主這些年守著這樣一個不會疼人只會給人添堵的駙馬，這過得是個什麼樣的日子啊？」裴貴妃說著就哭了，「可憐這孩子，每每進宮從不肯說駙馬一句不是。可駙馬呢？大公主便有錯處，他私下不能稟與咱們知道嗎？非要嚷嚷得全京城都知道。」

「別人家的女婿，遠的不說，就說秦探花，人家也是做女婿的，您看看人家，與岳家多麼親近，我在宮裡都有所耳聞。大半個京城都說景川侯好眼光，縱使秦探花出身尋常了些，但知道上進，人也懂事，岳家豈有不喜歡的？咱們家的公主，千金貴女下嫁，駙馬便是一品都尉的爵位，駙馬這些年是討過陛下開心，還是討過太后娘娘和皇后娘娘開心？就是六郎他們這些大小舅子說起來，哪個與駙馬相近呢？外頭那些酸生，就會說禮法說大道理，有什麼用？過日子，得自己過得香甜才行。」

景安帝聽了愛妃這一通勸，嘆道：「朕當年是想著與柳王妃的情分，何況德妃與恭侯府頗有淵源，此方賜婚，如今看來，委實是賜錯了。」

「陛下也是好意，況且也是恭侯世子不爭氣，有什麼法子呢？總不能讓咱們家的公主受一輩子委屈。」裴貴妃道：「明兒個陛下去太后那裡請安，就讓大公主出來吧。她這心裡，實是很記掛陛下。」

「她會記掛朕？」

「做父母的，有哪個拗得過兒女？大公主的性子是執拗了些，只要她知錯就算了吧。」景安帝道：「這雖不是要命的罪過，若不懲處，難堵悠悠之口。」

「訓斥公主幾句便是。」

景安帝閉了閉眼睛，沒有說話。

第二天去慈恩宮，大公主終於肯請罪認錯，給了她爹一個臺階下。

裴貴妃扶了大公主起身，讓她坐在太后身旁，「自家人說自家事，這總算是好了。」

平皇后也道：「公主能明白，再好不過。」心下卻很有幾分不悅，不論是李鏡進宮特意向裴貴妃請安，還是裴貴妃一手安排大公主認錯之事，平皇后都頗是不快。

只是，裴貴妃畢竟是裴太后的親侄女，平皇后但有不悅，也是不露分毫的。

景安帝看著這個長女，深覺這就是上輩子的冤家。

景安帝問：「妳這事，打算如何收場？」

大公主很是乾脆，「我與駙馬和離。」

景安帝深吸了一口氣，道：「此事一出，也唯有和離一途。」

大公主沒想到和離得這般容易，她起身行一禮，「謝父皇成全。」

景安帝道：「那小子要怎麼辦？」

大公主坦坦蕩蕩，「兒臣青春老大，和離之後，還得煩父皇賜婚。」

景安帝真被長女這厚臉皮震驚住，景安帝怒道：「朕沒那個臉皮給你們賜婚！」

大公主道：「那將來外孫問您，他父親是誰，您如何回答呢？」

這下子非但景安帝，便是裴太后都不可置信地看向大公主，更不必提平皇后和裴貴妃二人，早被大公主這等坦率直言給驚得合不上嘴了。

景安帝氣道：「那是妳的事！誰讓妳做出這種……」

景安帝忍了三忍，才沒說出難聽的話。

裴貴妃連忙勸道：「陛下切莫動怒，還是先讓公主與駙馬和離，以後的事以後再說吧。」她可真是嚇死了，大公主怎麼能這般理所當然地要求與那小子成親啊！

若陛下當真賜婚，朝中還不得沸反盈天？

景安帝給大公主一句話：「妳要是還想做公主，這孩子，畢竟是皇室血脈，可以留著，但朕永遠不會為妳與那小子賜婚。」

大公主心說：原也沒想今天辦成，先保住張將軍的性命再說。

對於長女之事，景安帝其實是心中有數的，他做二十年皇帝，這事主要是生氣，很傷臉面，要說難辦也沒有多難辦。

不過，景安帝還是藉此聽一聽幾個皇子的意見。

大皇子早得平皇后囑咐，平皇后的話：「阿鏡與秦探花頗為大公主勞碌，如今看你父皇的意思，畢竟還是父女情深。」

大皇子身為嫡長子，不論政治立場，單論自身，他對大公主這事當真是厭惡得緊。在大皇子看來，大公主簡直是不配公主之位。哪有這樣的，堂堂公主，千金貴女，竟然做出偷人的事，還懷了孽種。要是大皇子來處置，必要打掉公主腹中孩子，再叫公主出家，方是乾淨。

這並不是清流的看法，這就是大皇子自己的看法，因為在大皇子看來，大公主此舉，委實是令整個皇室蒙羞，以後二公主和三公主還怎麼嫁？叫外臣如何議論皇室？

不過，大皇子終歸要考慮到他爹的意思，畢竟現在還輪不到他當家，也輪不到他處置大公主。景安帝問幾個兒子，自然是大皇子先答。

大皇子道：「大妹妹這事，已然如此，她再有不是，終歸是咱們家的人。只是，清流那裡不停上本，這事若沒個妥當解決方式，清流怕是不能甘休的，於物議，亦是有礙。」

景安帝問：「依你說，什麼是妥當的解決方式？」

大皇子道：「若是大妹妹肯悔過，把那姓張的斬首，大妹妹請罪也就罷了。若是大妹妹仍是記掛那姓張的，他一奴婢之子有何要緊？主要是大妹妹性子執拗，貿然殺了，怕大妹妹受不住。要不，就先流到外地去，流言也好平息。」

景安帝問二皇子。二皇子素來是跟著大皇子走的，景安帝聽他基本是把大皇子的話重複了一遍，實覺聽他說話是浪費時間，卻還是耐著性子聽完，接著問三皇子。

三皇子一向與大皇子不對盤，故而，當頭第一句便是：「也不是什麼殺頭的罪過。是，這事兒是大姊姊的不是，但也不是什麼嚴重的事，和離就是。」

大皇子忍不住道：「這……這還不嚴重？」

三皇子道：「就是臉面上不大好看，又沒殺人放火。」

大皇子很有嫡長子的責任心，道：「總不能對物議置之不理。」

三皇子無所謂，「還是先說大姊姊吧，物議擱後。」

聽這兩個兒子拌了幾句嘴，景安帝擺擺手，「行了，你倆的意思朕都明白了，閉嘴吧。」然後問老四和老五。這兩人的意見，就是大哥和三哥意見的總結。

景安帝沒準備問六皇子，不過，看六皇子那躍躍欲試的小眼神，景安帝只好問：「六郎，你有什麼好法子沒？」

六皇子很乾脆，「沒！」

沒法子，你那麼躍躍欲試個啥？

六皇子是晚上悄悄跟父親說的，六皇子道：「父皇，愉叔祖是宗正，您把事推給愉叔祖，愉叔祖早被秦探花收買啦。這樣，愉叔祖肯定是向著大姊姊的。」

景安帝道：「哎喲，你消息還挺靈通的啊！」

「三哥跟我說的，秦探花給愉叔祖送了兩大車桔子，愉叔祖特別愛吃桔子。」六皇子別看人小，很有些精明伶俐的模樣。

景安帝忍不住一樂，這些天因心煩大公主之事，沒再宣召秦鳳儀，但朝中這些臣子，還就是秦鳳儀有良心，不必說就知道幫著君上分憂，可算沒白疼他一場。

景安帝不知道的是，接下來，秦鳳儀還將為他解決一場大麻煩。這場麻煩，也直接導致了輿論的大扭轉。

大公主年下爆出醜聞，甭看秦鳳儀和李鏡夫妻是成天不得閒地為大公主奔走，皇家也因著大公主之事沒過個好年。外頭更是風言風語無數，但說起來也不過是幾日間的是非。

景安帝嫌御史聒噪，乾脆罷了幾日早朝，但上元節的大朝會是必然要去的。

景安帝也做足了心理準備，先前還與大公主真正談了一回。

大公主也不是一味死強的人，只父女二人時，大公主說了不少心裡話。

說起這些年過的日子，大公主真是傷感，「父皇覺得是降恩於柳家，他們說不得以為就是娶了舊時奴婢之女。我何嘗沒有想過要與駙馬好生過日子？我嫁過去還未滿一年，先是婢女生下庶長子。不說公主下嫁，就是尋常公門侯府，誰家會這樣？您哪裡知道駙馬那不成器的樣兒，他是有文才，還是有武功？別人什麼都沒有，還會學個安生，他呢？恭侯夫人一有事就過來與我說當初母妃承了他家天大恩情如何如何，難不成他家的爵位是白得的？我這也是一輩子，父皇為我想想，我為什麼要跟這種男人過一輩子啊？」

大公主說著，眼淚都下來了。

景安帝聽得既心疼又生氣，「那妳也不該做出這樣的事，這事一出，都是妳沒理了。」

「駙馬什麼樣，父皇難道看不見？爛泥扶不上牆，他但凡有一樣好處，我也能湊合著過了。父皇，您說，他有什麼好處？」

景安帝，嗯，景安帝也說不大出來。

景安帝道：「那妳也不該瞞著有孕之事？」

「我要是不瞞著，父皇您自是無礙，可說不得就得有人叫我顧及皇家面子捨去孩兒，我哪裡捨得？」

景安帝氣道：「那姓張的小子，如何般配得妳？」

找也要找個好的啊！

這是什麼眼神，竟找個奴婢之子？

大公主道：「這些侯府豪門，嫁了一回，我算是看透了。我要嫁的，起碼有個男人樣，不然再有出身，我也不願意。」

景安帝很有些懷疑，問她：「你倆是不是早就有意了？」

「要說沒有，父皇您定是不信，可您也問過我身邊侍女，我們就是那次喝醉了……」

「要是妳與別人喝醉，也會如此？」

「我與張大哥是自小相識的。」

景安帝想了又想，委實是為難，想著閨女雖可恨，卻也有可憐之處。

景安帝道：「我與妳實說，和離這事容易，雖則當初是朕賜的婚，可你們實在是過不到一處，便也罷了，但要給妳與那張姓小子賜婚，千難萬難。不是朕如何狠心，你們若是沒有孩子，叫他出去建些功業回來，順理成章便罷了。如今有孩子，滿朝盯著這事，朕若賜婚，太違情理。對恭侯府，也太不公道了。」

大公主沉默無語，手習慣性放在小腹上，「那孩子出生，怎麼辦？」

景安帝道：「兩條路，妳要是與他成親，要孩子有個父親，就放棄公主尊位。妳若答應不嫁這姓張的，孩子的事妳不必擔憂，將來我賜他景姓，自有他的爵位。待幾年事情淡了，我必再為妳挑一門上等親事，人品亦佳。」

大公主顯然早做好抉擇，她道：「是不是公主，我都是父皇的女兒。」

大公主的選擇，景安帝說不上失望，大公主敢把事做了，還必要將這孩子生下來，後果自然是考慮過的，但大公主要以公主的尊位與那姓張的成親，那是萬萬不能夠的，皇室也得要講些個道理。

既然這個女兒願意放棄公主尊位都要嫁給姓張的，景安帝沒什麼好說的了。

景安帝先與愉老親王通了個氣兒，愉老親王道：「也不必削爵，降為郡主便可。」

景安帝道：「她必要嫁給那張姓小子的。」

愉老親王噎了一下，不說話了。

景安帝道：「以後再說吧。」

愉老親王道：「是啊，眼前也只能如此了。」

景安帝又提前找內閣首輔兵部鄭老尚書、禮部盧尚書，還有御史台耿御史談了此事。鄭老尚書是完全沒有意見的，削公主之尊位，在鄭老尚書看來，這個懲處完全可以了。盧尚書和耿御史對此處置亦是認可的，覺得陛下沒有偏頗。

如此，上元節的大朝會，各大佬心中已有默契。

卻沒想到，還是出現了意外。

因為有御史彈劾大公主外家強占民田等不法之事。景安帝的臉色，當時就不大好看了。這就是要揪著大公主之事不放了，景安帝可不是泥捏的皇帝，更不是擺設，他當時就深深地看了這御史一眼。

不過，還有一人比景安帝先跳出來為大公主張目，這人就是景安帝的忠實小狗腿，秦鳳儀秦探花是也。

其實，奏章一出，不只景安帝，皇子宗室們的臉色都不大好看，便是朝中一些大佬，亦是紛紛皺眉。老狐狸們都不是傻的，朝中但凡要攻詰一人，非但要自這人品行為人入手，還要自此人族人家人入手，這是老法子了。

只是，大公主這事有礙皇室顏面，這是事實，可大公主不過是皇家女眷，況且大公主之事，景安帝已經削了公主之爵，此時再彈劾公主外家之事，就有些過頭了。

再者，公主外家是公主外家，與公主有何相干？

景安帝心中已是惱了三分，沒想到，他這甫動顏色，他忠實的小狗腿秦探花就跳出來要為皇帝陛下和大公主說一句公道話了。

話說，憑秦探花的品階，小朝會絕對沒他的份，大朝會他剛挨個邊兒，七品以上便可參加。因為當差時間短，秦探花對於每個月兩次的大朝會都是興致勃勃，很願意參加的。

就是，這朝會的時間有些早。

而且，大正月的，天兒又這麼冷。秦探花雖是探花，但因其品階原因，是排在最末的。大朝會人實在太多，如些微末小官兒如秦探花這樣的，就要站到太寧殿的殿外去，還要排出老遠去。尤其這麼大早上天還漆黑著，就是殿中的燈籠有些光亮，好在今日十五，十四的大月亮也算亮堂。不過，正月涼颼颼的晨風中，秦探花裡頭穿的是皮袍子，就這樣站在殿下也要時不時跺腳禦寒，想著虧得他年輕，要是些年邁小官兒，這站一早上得凍去半條命。

因為是大朝會這種莊嚴場合，外頭小官兒就聽裡頭吵吵就是。秦鳳儀年輕，耳朵好使，就聽到說及大公主的事了，只是他排最末，聽不大清楚。他這人一向膽大，以前市井裡做紈絝的，家裡也沒怎麼教過他規矩，一入朝吧，還得了皇帝青眼，成了御前小紅人。故而，聽得人說大公主之事，秦鳳儀豎著耳朵聽半天聽不清，乾脆幾步小跑到門口去聽。

由於秦師叔行動突然，方悅都沒來得及攔他一攔，就見他腿腳俐落地跑到太寧殿門口去了，耳朵還貼著門板聽。

不要說排班在外的小臣，就是守在門外站崗的御前侍衛也傻了眼。因著秦鳳儀這張臉知名度很好，御前侍衛心裡懸著，想著，咱們要不要把秦探花拖回末尾去排班啊！

很快，他們不必煩惱了。

因為秦探花聽到有人參大公主外家之事，他騰地火冒三丈，抬腳就跑殿裡頭去，指著那彈劾公主外家的御史劈頭就是一句：「閉上你的鳥嘴吧！」

秦鳳儀人年輕，去歲及冠，今年不過二十一，比殿中許多大臣家的孫子都年輕，但一般殿外小臣，也就是陪著聽一聽罷了，秦探花，你進來做什麼啊？

好吧，也沒規定殿外小臣不能進來。

秦探花非但進來了，他幾步上前，推了那名御史一個趔趄，氣呼呼插腰問那御史：「你說什麼呢？不要臉的東西！大公主的事是大公主的事，陛下已經重懲了，你還要怎麼樣？這會兒落井下石，你是人嗎？大公主怎麼得罪你了，你要這樣不依不饒？王八蛋！你老家叔叔還吞占鄰家房舍呢，你怎麼不說了？大公主外家不就是個土財主嗎？早不說晚不說，非要這時候來說，你安的什麼心？你當咱們都是傻子嗎？你還要怎樣？要逼著陛下殺了自己的女兒，讓陛下背上殺女之名，你才能趁意嗎？」

御史被秦鳳儀這突然進殿的事給驚得一時沒反應過來，還險被這小子推到地上去。

御史也不是好纏的，當下便道：「我不過是就事論事，我們御史，風聞奏事，今既知道，沒有不稟報陛下的道理？你少誣衊我！」

「放你娘的狗臭屁！以為我看不出你的險惡用心嗎？」秦鳳儀重重地哼一聲，「但凡有良心的人，你們怎麼就不想想陛下對你們的恩典？大公主是不對，可就是按律，大理寺的卿，你來說，按律當如何？」

大理寺的卿……大理寺卿堂堂正三品，平日秦鳳儀巴結都不一定巴結得上，這會兒竟叫一個七品小官給點名了。大理寺的卿沒理會秦鳳儀這個七品小官，覺得有失身分。

大理寺的卿不說話也沒關係，秦鳳儀早有準備，他都打聽過了，就見秦鳳儀大聲道：「按律不過是杖八十，還可用錢來贖！如今陛下都削了大公主的尊位，你們還這樣不依不饒地拿大公主的外家說事，這是人幹的事嗎？」

「我不過剛做官沒多久，就知道陛下是如何愛惜臣子的一個人了。你們這些大員，個個高官厚祿，與陛下君臣多年，除了攻訐此事，你們體諒過陛下一個做父親的心情嗎？你們安慰過陛下一句嗎？誰家出了這樣的事好受啊？陛下整個年都沒過好，別人過年都過得紅光滿面，陛下都憔悴成這樣了，你們都看不到嗎？不說君臣情義，就是尋常朋友家，出了這樣的事，也只有去安慰的，誰會落井下石啊？你們太沒人情味兒了！」

秦鳳儀說著，哇一聲，嚎啕大哭起來。

他簡直是天生的好嗓門，何況太寧殿屋高宇闊，一時間，滿殿皆是秦探花的哭聲。

大家都傻了。

那啥，咱們可都是私下安慰過陛下的，也不只你秦探花一人有良心啊！

秦探花這一哭，簡直是叫景安帝險些落了淚，想著，朕真是沒疼秦探花啊，看看這孩子多有良心啊！

秦探花是真哭啊，絕不是虛作聲勢地哭，人家哭得那叫一個慘喲，眼淚嘩嘩地流。

先是鄭老尚書看不過去，這可是當朝啊，連忙道：「景川侯，你趕緊勸一勸秦探花。」景川侯哪裡勸得住，秦鳳儀哭得人耳鳴，哪裡聽得到景川侯的話。

秦鳳儀痛哭了足有一盞茶的時間，兩隻大大的桃花眼都哭紅了。他這一哭，朝會也沒法兒開了，好在新年剛過，沒什麼要緊事，景安帝便命退了朝，卻把秦探花留了下來。

秦探花哽咽了一路，景安帝看他哭成那樣，是真的傷心，都不忍心叫他在一旁跟著走，便喊秦探花與他同乘。秦探花素來不是個會客氣的，便上了皇帝的軟轎，在轎裡還頻頻抽噎著抹眼淚呢。

景安帝道：「朕倒沒什麼，看你這哭得，好了，把朕哭得心裡不好受。」

他說著還遞帕子給秦鳳儀。

「我就是覺得，陛下太不容易了。」秦鳳儀接了帕子擦淚，繼續替皇帝陛下傷心。

景安帝嘆道：「朕經過的不容易多了。」

「陛下怎麼就把大公主的爵位給削了啊？我不是讓六殿下跟您說了嗎？我都把愉老親王收買通了，您怎麼這麼好說話？那些酸生一嘟囔，您就削了大公主的爵，這叫大公主以後怎麼過日子啊？」秦鳳儀抹著眼睛道。

景安帝道：「朕只與你一人說，你可不許說與別人知道。」

秦鳳儀點點頭，景安帝實在是看秦鳳儀哭得太慘，且這孩子為著大公主的事，這幾天到處奔走不說，又這樣體諒自己，景安帝實在是被秦鳳儀感動著了，方悄與秦鳳儀道：「朕畢竟是天下至尊，當為萬民表率，故而，不得不罰大公主，以後再看大公主的表現吧。」

秦鳳儀在這些私下裡的小手段上一向靈光，立刻就聽出景安帝話裡的可操作性。

秦鳳儀擦乾眼淚，帶了一絲鼻音道：「陛下不早與我說，您要是早些跟我說，我就不這樣為大公主擔心了。」

「就是現在說了，你也不要與人說去，知道不？」

「我知道，您放心好了，我嘴巴嚴著呢！」

景安帝帶秦鳳儀去了自己慣常休息的暖閣，這是一組偏殿，收拾得極好，景安帝偶爾起居、見大臣，或者一個人用膳時都在這裡。

秦鳳儀早朝時哭慘了，景安帝下朝換了常服，還命人打來水給秦鳳儀洗一洗臉。秦鳳儀洗過後還跟景安帝要擦臉的香脂，景安帝道：「一個男孩子用什麼香脂，那是女人用的。」

秦鳳儀道：「這麼冷的天，京城的風又很乾，我不用的話，臉會脫皮的。」

景安帝這裡沒有，命內侍去裴貴妃那裡要了一盒。

秦鳳儀自己擦不算，還幫景安帝也擦了些。

景安帝擺手不用，秦鳳儀勸他：「您現在不好生保養，這會兒瞧著還成，待五十就瞧著像六十了，多可悲啊！」秦鳳儀把「可悲」兩字說得那叫一韻三嘆，而且，他殷勤地幫皇帝陛下擦的，先用掌心將香脂研開，秦鳳儀道：「這就不涼了。」然後幫皇帝陛下在臉上擦勻。

景安帝笑他：「怪道生得這般水靈。」

秦鳳儀自豪道：「美貌都是要保養的，像我媳婦，最初就是對我的美貌不能自持。」

景安帝想到秦鳳儀洞房，新媳婦噴鼻血之事，不由又是一樂。

景安帝留秦鳳儀一道用早膳，還命人上些揚州的糕點。

秦鳳儀道：「那個說大公主外家的御史，真個心術不正，陛下可別放過他！」

「御史風聞奏事原是本分，他雖是另有用心，朕卻不能因他稟事而處置。」

「您這也忒公正了。」

「做皇帝，就得有這樣的公正之心。」景安帝道：「不能讓朝臣不敢說話，不然人人皆不言，底下反是更加敗壞。」

「可這樣胡說八道總不成。」

「不也有如鳳儀你這般仗義執言的臣子嗎？」

秦鳳儀夾了塊千層糕，道：「我實在是聽不下去了，有事說事，大公主不對，也沒不讓他們說，但牽扯到大公主的外家就太過分了。」

景安帝夾了個三丁包子給秦鳳儀，「鳳儀你心術最正。」

「那是當然，做人得講良心，陛下待我這樣好，我當然得向著陛下。就是不論咱們的私交，事情也沒這樣辦的，大公主又沒殺人放火。也就是在朝廷，擱民間這根本不算事兒。」

景安帝嚇一跳，「民間風氣已敗壞至此？」

「沒有啦，我是說，民間百姓有夫妻失和，過不下日子的，和離也是有的。」秦鳳儀理所當然地道：「不是我故意說不動聽的話，我是個直性子，有什麼就說什麼。陛下，您挑女婿的眼光，比起我岳父來，真是差遠了。大公主雖則性子不是那樣和順的女子，但為人本身是極不錯的，很講義氣。我跟我媳婦成親那天，我去接親，大公主冷淡又高傲，您知道她為什麼那樣嗎？她就是擺出一副特有權有勢的模樣，讓我知道我媳婦是有她這樣的好姊妹做靠山的。而且，我們成親第二天，她就邀請我們過去。倒不是多麼想見我，說來，大公主還真是為數不多對我的美貌沒反應的女人，開始我都懷疑她不是女人。」

景安帝聽得一笑，秦鳳儀又道：「陛下猜猜，大公主為什麼要我們過去？」

景安帝這樣的人物，不必猜也知道了，景安帝微微一笑。

秦鳳儀見景安帝笑，便道：「就是陛下想的那樣，我後來才想明白。原來大公主是為了在我爹娘面前給媳婦撐腰，告訴我爹娘，媳婦是與她交好的。其實我爹娘是再好不過的人，拿兒媳婦當寶貝的，但大公主也是很關心我媳婦的。大公主這人並不是那樣平日會說多少好話來收買人心的人，有時候她做的事，你不細想都不能留心，原來她為你考慮這麼多。按理，我媳婦也是出身侯府，我岳父跟您關係也好，咱倆關係也好。大公主這事，應該先跟我們說說，商量個對策出來才好，可她也沒說，雖叫咱們都有些措手不及，可是每每想到她這樣好強的人，我心裡也覺得應該幫幫她。」

秦鳳儀沒說駙馬的不是，就是說了大公主往日的為人，景安帝便不禁有幾分心疼這個長女。秦鳳儀是商戶出身，看重實惠，便打聽：「公主這尊號收回去，還有什麼爵位不？」

「自然是沒有了。」

秦鳳儀問：「公主府也要收回去嗎？」

「是。」

秦鳳儀嚇一跳，「那公主住哪兒啊？」

景安帝想了想，道：「當初她出宮開府，除了公主府，還有些其他產業。既然公主尊號收回，公主府她是住不得了，其他的還讓她用著就是。」

秦鳳儀此方放心了，奉承道：「我就知道陛下您這顆慈愛之心是不會變的。」

「莫要給朕戴高帽了。」

「這算什麼高帽啊？」秦鳳儀道：「陛下，您是萬乘之尊，不知道外頭平民的日子。公主沒有尊號已是難了，要是尋常百姓，自小苦過來的，不覺如何。公主雖不能住公主府，您多留給她些傍身的物件，畢竟她現在這境況，還得休養身子。要我說，公主用慣的僕婢乾脆也都給公主得了，反正是用慣了的，人亦忠心，不然現在換了人服侍，公主也不能習慣。」

景安帝也允了，秦鳳儀又道：「公主那些用慣了的東西，您收回來也沒用，還依舊給她用著吧。叫她把該收拾的收拾了，府邸還您，也算交割清楚，對吧？」

景安帝硬生生聽笑了。

這人啊，誰還沒幾個朋友呢？

但是，大公主與李鏡夫妻的交情，當真是叫人羨慕了。

老話都說，路遙知馬力，日久見人心。還有一句是，患難見真情。

大公主這些年能攢下李鏡這一個朋友，確實是值了。

秦鳳儀美美地陪著景安帝用過早餐，就催著景安帝同內務府知會下去公主這事怎麼辦。

內務府總管算是領會了聖意，基本上就是公主府的東西，隨公主要拿什麼拿什麼，剩下的再交還內務府就是。內務府總管也是從二品大員，能做到這個位置，絕對不傻。一聽便知道，公主聖眷還是在的，就知道這差使如何當了。

秦鳳儀道：「陛下讓老馬去同公主說一聲，也讓公主明白您這片慈心吧。」

景安帝看馬公公一眼，老馬立刻麻溜地去了慈恩宮，一面走，一面還回味著秦探花說話的藝術。秦探花就這一早上就為大公主討下了這偌大嫁妝，除了公主府，基本上啥都給公主留下了。如此，哪怕沒了公主尊位，公主這日子起碼是不能差了的，更是省得一些小人見公主失勢便有所欺凌。

秦鳳儀這不就同景安帝感慨上了嗎？

「沒娘的孩子真的是很艱難啊！陛下與我岳父是一樣的，我岳父也很疼惜我媳婦，陛下也是一樣疼惜閨女。」

把景安帝感慨得，更覺得大公主不容易了。

秦鳳儀趁機問：「那啥，陛下，張將軍如何了？」

景安帝一想到張盛就氣不打一處來，沉了臉道：「不要提他！」

「嗯，那就不提了。」秦鳳儀很識時務，給景安帝佈菜，「陛下多吃點。」

景安帝道：「胃口都壞了。」

秦鳳儀看景安帝那臭臉，感嘆道：「陛下現在就像我岳父初時見我上門提親時一樣。」也不管人家愛不愛聽，秦鳳儀就叨叨起來。

「其實我與岳父第一次見面，彼此的印象特別好。我現在還記著呢，我送媳婦和大舅兄回家後，因是頭一次來京城，也沒提前遞拜帖，就沒進去，看他們回家，我便走了。出了岳父家門前那條街，向東一拐的巷子裡，岳父帶著隨扈回家，我們走了個碰頭。那時岳父真年輕啊，才三十六歲，根本看不出是三十幾歲的人，我看他跟大舅兄長得很像，還以為是大舅兄的堂兄弟什麼的，還喊他哥呢！」

景安帝聽得大笑，險些噴了飯。

秦鳳儀自己也覺得好笑。

「這不是還不認得嗎？他也不認得我，叫我小兄弟，知道我與大舅兄相識，以為我是大舅兄的朋友，還請我去家裡坐。我那會兒正尋思著怎麼遞拜帖求親，客氣幾句就走了。您看看，我們第一次見面多友好啊，後來我遞了拜帖，岳父理都不理我。我就去兵部尋他，我那會兒頭一回來帝都，說句老實話，揚州城裡就去過知府衙門，巡撫衙門都沒登過門，更不必提兵部了。我也是仗著膽子在外頭等，酈三叔心善，見我在外不能進去，問我找誰。我沒實說，就說找我爹。酈三叔以為我是岳父養在外頭的庶子呢，把我帶進去，我這才知道早與岳父見過了。您不知道他那時多冷酷無情，直接叫人抓我，要把我下大獄。」

「那不能，景川不過是嚇唬你，你又無罪，他焉能把你下大獄？」

「現在想想也是，不過，我那時年紀小，沒見過世面，被他嚇得半死。」秦鳳儀道：「我嚇得都不敢再去兵部了，就成天去侯府外頭等他。您不知道他幹的那些個事兒，好不容易叫我進了侯府，把我打暈，腦袋上裹三層白布，就裹得跟個紡錘似的，還給我臉上塗了藥膏。我猜他肯定是趁我昏倒悄悄揍我臉了，我覺得臉都有些疼，待一照鏡子，見著紡錘頭，以為他把我毀容了。我是自侯府一路哭回租住的宅子的，幸而待我拆了白布，臉只是有些腫。」

景安帝笑，「就是去歲你糊弄六郎那樣吧？」

「就是那樣。是岳父先嚇唬我，讓我學了一招。」

景安帝道：「景川就是這樣，他面上瞧著肅穆，其實內裡促狹。」

「您哪裡知道我岳父多難討好，我真是什麼法子都用了。他把大舅兄揍一頓，大舅兄就出不了門。媳婦是閨閣女孩兒，也是出不得門。我沒了媳婦的信兒，把我給急得，還求阿遠哥幫我去給媳婦遞信兒，結果信剛遞到大舅兄那裡，就被岳父的人給截下。我後來實在是沒法子，就一天三趟去兵部向他請安，早上早早去，見他就硬著頭皮過去請安問好，他都不帶正眼看我的。我風雨無阻去了一個多月，這才感動了岳父，與我定下四年之約。」

秦鳳儀又道：「那會兒，不僅有許多人笑話我，還有許多人笑我媳婦，說我媳婦腦子出問題了，瘋了，侯府貴女看上我這麼個鹽商小子。陛下，您不知道，這要是富家公子娶個貧家姑娘，人人都羨慕這姑娘命好。要是窮家小子娶富戶小姐，多有說這小姐怕是有什麼問題尋不到好的，只能低嫁，或者說這窮家小子是吃軟飯的。我是不在乎這些人怎麼說的，可我想想我媳婦就很心疼。他們越是想看笑話，我就越不能讓人看笑話。第二年我就中了酸秀才，第二年不是秋闈之年，第三年秋闈中的舉人，再來京城，見著陛下，我走了時運，做了探花。現下人人都說我媳婦很有眼光，我岳父眼光好，他們啊，都忘了先時怎麼說我媳婦眼光有問題的了。人都是健忘的，你只要好了，先時的不好也就沒了，他們啊，也就忘了。陛下說，是不是這個理？」

別看秦鳳儀文章不是一等一，他講道理勸人的本事，絕對是一流中的一流。秦鳳儀並不是要炫耀自己當年娶媳婦多不容易，他說的是，男人只要肯努力，不怕沒本事。待有了本事，有了功名，先時的事，人們也就忘了。

這說的並不是秦鳳儀自己，而是意在張將軍。

景安帝何等聰明之人，焉能聽不出？

景安帝非但聽出來了，其實秦鳳儀這話還合了景安帝的心。大公主畢竟是親閨女，還是長女，長子長女，對於任何父母來說，意義是不一樣的。如果景安帝幾十個閨女，大概不會將這樣一個有醜聞的閨女放在心上，但景安帝至今不過三個女兒，出嫁的就是長女，且長女親事如此不順遂。雖則是辦了件特丟人的事，到底是親骨肉，景安帝都只是收回公主府，其他財物一概是給了大公主的，便會為這個女兒考慮。

張小子雖可恨，景安帝眼下是絕不會用他的，便是用，也要看一看張小子的品行再說。

景安帝笑，「鳳儀，你口舌伶俐，我看放你到御史台不錯。」

秦鳳儀道：「我才不去呢！看那些輕嘴薄舌的御史，我這火就蹭蹭蹭往上冒！」端起粥來兩口喝光，秦鳳儀再盛了一碗，很有些不高興，「陛下不是早答應過我，將來叫我去鴻臚寺嗎？我愛幹鴻臚寺的事兒。」

「我可沒答應你，我說讓你好生努力。」

「我現在可努力了。」秦鳳儀道：「今兒我就去翰林院繼續上課了。」說著，他趕緊把早飯吃好，就辭了景安帝，往翰林去。耽擱這好幾天的功課，再不回去，駱掌院要不高興了。

當然，秦鳳儀不忘著攬月去同他媳婦說一聲大公主這事的了局。

秦鳳儀急急趕回翰林院上課，卻是不知，他這一哭，舉朝聞名啊！

簡直是羞煞御史台，要逼死禮部啊！

左都御史耿御史與禮部盧尚書分別跟景川侯提了意見，請景川侯教秦探花一些殿上的規矩。有事說事，哪裡有秦探花這樣嚎啕大哭的？

景川侯很好脾氣地應了，心說，你們要是對大公主之事略鬆一鬆，何至於此呢？

自家傻女婿這嗓門也著實是有些大。

不過，傻女婿一哭，以後朝會多半不會再有人提大公主之事了。

非但朝中大員們都被秦鳳儀這一哭給震住，委實沒見過這樣的啊，便是皇子們，大皇子回去都與妻子道：「這個秦探花，簡直叫人不曉得說什麼好。」

小郡主問：「怎麼說？」

大皇子將大朝會被秦探花給哭沒了的事略略說了，小郡主道：「他那人我是打過交道的。五叔說他是天真無邪，要我說，他就是自小在市井長大，沒學過規矩，還以為朝上是揚州街頭，隨他喜怒由心。」

「妳不曉得，父皇很是感動，還要他同乘呢，八成又會賜他早膳。」

小郡主一向不喜秦鳳儀夫婦，尤其年前大皇子賜下對聯桃符，結果，秦鳳儀這不知真傻假傻的，竟然回了一副對聯和一對桃符，令人無語至極。

小郡主深知李鏡為人，確定秦鳳儀就是故意的，由此更不喜這夫婦二人。

小郡主道：「他一向會巴結。當初在揚州，阿鏡姊姊愛他美貌，他順竿就將回鄉的方閣老一家都巴結上了，後來可不是還拜了方閣老為師嗎？」

大皇子感慨，「今日他這一哭，可是沒白哭，當真是哭來一世富貴啊！」

哭沒哭來一世富貴不知道，但秦鳳儀在朝上嚎了一嗓子，直接導致在小朝會時，御史們都去參秦探花御前失儀了，大公主之事反沒人去說啦。或者是被秦鳳儀的話戳了肺葉子，按律八十大板還可用錢贖的事，陛下奪了大公主尊位你們還不算完，你們是人嗎？

這是秦探花樸實的話語。

還有秦探花抬出君臣之情來，那些邀名的小御史有甚要緊，要緊的是朝中大員，哪個不是為景安帝器重提拔的？還是秦探花的話，陛下心裡也不好過啊，你們安慰過陛下嗎？就知道攻訐大公主，這與給陛下難堪有什麼不同嗎？

弄得朝中最講規矩禮法的禮部盧尚書在大朝會之後，都不想再多提大公主之事了。

於是，御史們轉而攻訐秦探花去了。

特別是當朝被秦探花推一趔趄的御史，簡直是恨得咬牙切齒，說秦探花御前失儀，還誣衊他族人侵占鄰里房舍。天知道他族人從沒有這樣的不法行為好不好？再林林總總地算上秦探花諂媚君上的罪行，反正該御史是熬了個通宵，然後參足三大本。

其他附和的御史硬是不少。

大家都知道，若是不遏制秦探花的勢頭，這一外來小子，就要把陛下的恩寵奪完了。

御史們紛紛上本。

至於秦探花，你愛上你上唄。

倘別個朝臣被御史這麼參，早就吃不下飯睡不著覺了，秦探花不一樣，他在翰林院待得好好的。朝廷的規矩，有御史參你就得停下手中職司上摺自辯。秦探花現在沒職司，就是上課做學問，你也不能不讓他上課啊，至於上摺自辯，秦探花根本沒理會這些參他的人。

這下子，御史更氣憤了。

於是，參秦探花的摺子越發多了，連方悅都勸他：「寫個摺子辯一辯，你又沒什麼罪過。寫個摺子，無非就是叫朝廷規矩上好看些。」

秦鳳儀道：「誰要理那些長舌婦？」

秦鳳儀根本不理這些人，他另有事同方悅商量：「這幾天，我媳婦就幫著大公主搬家了。哎，大公主經此一事，臉面上也不大好看。聽我媳婦說，先時與大公主來往的許多家族，這會兒也不願意與大公主來往了，囡囡認識大公主不？」

方悅道：「她如何能認得大公主？」

秦鳳儀道：「我叫我媳婦沒事時帶著囡囡找大公主玩吧，她們婦道人家，說些胭脂水粉，總能說到一處去。就是以前不大認得，來往久了也就熟了。」

方悅倒沒意見，他本身就不是個古板的，想也知道，他祖父方閣老若是古板根本就做不了首輔。方悅是方閣老一手帶大的，家族下一任的掌舵人，行事自有分寸，方悅就代他媳婦應了，「成，就是得叫阿鏡妹妹提前教她一些大公主的忌諱什麼的。」

秦鳳儀點點頭，「放心吧，大公主挺好相處的。」

方悅心說：怕也就是秦小師叔這樣想了。

大公主身為本朝第一個和離的公主，必將是要載入史冊的一位公主了。雖則景安帝手下留情，只是收回公主府，還允公主將用得著的物件帶走，但是有許多東西，唯公主尊位可用，無此尊位，也就不可以用了。

大公主好在並非不食人間煙火之人，她身邊的人，願意留下的悉數留下。若想另奔前程的，大公主也會發放個大紅包，不枉主僕一場。另外就是能帶走的私房，大公主基本上都搬到別院去了。現在不是虛客氣的時候，以後的吃穿用度，沒有朝廷的俸銀，沒有公主供給，就要全靠自己了。

大公主私下謝了李鏡一回。

李鏡埋怨她道：「先時妳竟不與我說一聲，可是把我嚇得不輕。」

大公主滿面羞愧，「阿鏡，乍一知有了身孕，我是既驚且懼且喜。要說能商量的人，除了張將軍，就是妳了。可我百般思量，才未告訴妳。絕不是信不過妳，我比信自己都要信妳。只是我要是先告知妳，妳必會有所準備。一旦有所準備，定是瞞不過父皇的眼睛。妳有所準備，父皇怕會誤會我與你們串通此事，那時你們再為我求情，父皇怕會多心。倒不若不告知妳，如此，父皇方會信妳與秦探花的品行。」

李鏡長嘆一聲，拉著大公主的手道：「妳這也算熬出來了。」

一句話說得大公主眼淚都下來了。

失去生母，母族低微的苦楚，怕也只有李鏡能明白她這些年的不容易。若她生母健在，或是母族顯赫，她如何會被指婚恭侯府？便是少時指婚，恭侯世子非良人，也不一定就要下嫁。縱是下嫁，倘有母親或母族可依，她又何須用如此魚死網破的方式與駙馬和離？

有時覺得日子沒意思，大公主都想過要下毒毒死駙馬，守寡反是清靜，可有什麼樣的毒能逃過御醫的眼睛呢？

或者令駙馬犯下大錯，可不論駙馬有如何的過失，宮裡宮外都會說一句：看在大公主的面子上擱下吧。

那真是如魔咒一樣的生活。

大公主寧可不要公主的尊位，也不想再過那樣的日子。

尤其是在有了自己的骨血之後。

李鏡安慰了公主許多話，兩人本就是自幼一道長大的，李鏡本也不是什麼三從四德的性子，便道：「當初大皇子議親時我就看透了，我看平家爭到大皇子妃的位置，難道日子就過得比妳我痛快了？我反是喜歡與相公一心一意過日子，縱不能大富大貴，至少心裡舒暢。」

大公主有些不好意思，輕聲道：「原我覺得對那人眼不見為淨也就罷了，可看妳成親，日子真是過得有滋味。」又道：「妳我就不謝了，這回多虧了秦探花四下走動。」

「這不是應當的嗎？夫妻本就該同心，難不成我到處張羅，他乾站岸上看熱鬧？」李鏡笑道：「張將軍也是一道長大的，再可靠不過。那一回在驛館與北蠻人比武，相公就看出妳與張將軍有些情分，我未多想，只以為你們彼此愛慕，還叫他不要亂說。」

「原本我與他皆是恪守禮法的……」大公主沒好再說，其實他與張盛就是那次酒宴後那啥的，「先時瞧著秦探花是個大而化之的，沒想到是個細心人。」

「他是自小招蜂引蝶慣了，對這上頭靈光得很。」李鏡很為大公主高興，「如今想想，當初我該勸妳早走這一步的，幸而妳明白得也不晚。光陰多短暫啊，可能一眨眼，我們就都老了。我過得好，也盼著妳過得好。咱們生來不缺富貴，缺的不過一個知心人而已。」

「是啊！」大公主道：「待張將軍歸來，我與他設宴請妳和秦探花吃酒。」

「你們要是不設宴，我家那個該不高興了，他早說要妳與張將軍好生謝一謝他。」

大公主不禁一樂。

大公主將家搬到城裡的一處別院，雖是與先時面闊七間的公主府沒法比，但也是五進的大宅子，寬敞得很，只是少了長史司等人，大公主也就效仿豪門設了內外管事門房庫房等職司。她也是掌過公主府的人，性子亦是強勢，現下即使沒了公主的尊號，也是正經皇女，何況與她出來的皆是心腹近人，故而，不過三五日，別院便運轉起來。

只是有一件事令大公主擔憂，她倒是自宮裡出來了，張將軍卻依舊沒有消息。

李鏡是每日都要往大公主這裡來的，大公主說起此事，李鏡道：「張將軍並不在宗人府，先時我就叫相公去宗人府打聽過了。」

大公主憂心道：「怕還是被父皇祕密關押著。」

既已出宮，大公主是再難進宮的。李鏡本身誥命都不是，更是難到宮裡去。

李鏡道：「妳也莫急，陛下要是想殺張將軍，怕是早就殺了。既是沒殺他，他性命便是無礙的，我讓相公去問問。」

大公主道：「父皇深厭張將軍，倘秦探花貿然開口，反是得罪了父皇。」

「這妳且放心，我讓相公看情況開口，尋個陛下高興的時候。陛下一向明理，不會扣著張將軍不放的。」

大公主嘆道：「我原就在宮裡說不上什麼話，如今沒了尊位，更難說話了。」

「說這個做什麼，咱倆誰也不是宮裡的紅人。」

大公主亦是一笑，如今出得宮來，且父皇手下留情，她的日子並不難過，只是眼下擔心情郎罷了。相較先時在公主府，反是更舒心些。

不過，李鏡還是悄悄把景安帝對秦鳳儀說的話與大公主說了。

李鏡道：「陛下心裡還是記掛著妳的，只是眼下這事得先冷一冷再說。張將軍一向穩重能幹，以後不怕沒有建功立業的機會。就像相公五年前來京城，京城裡誰瞧得上他？那會兒說我的人也不少，可如今呢？待張將軍建了功業，誰還會提如今的事呢？」

大公主笑，「放心吧，這些道理我都明白。就是父皇那裡，縱不是公主，我也是父皇的女兒。以往我深怨他為我賜了那樣一樁親事，眼下還是父皇對我手下留情了。」

李鏡對於自家相公在御前的體面是極有信心的，尤其秦鳳儀那殿前一嚎，李鏡深覺丈夫雖則科舉上已是極有天分之人，但對於帝心之事，丈夫更是一等一的天資。

李鏡不是清流出身，她家是豪門，自娘家聽聞丈夫如此行事，李鏡還在父兄跟前誇獎了丈夫，「不是我說，相公最大的好處就是，人實誠，感情真，至情至性。」

她的話險些把父兄給肉麻出一身的雞皮疙瘩。
李鏡將張將軍的事與丈夫說了，秦鳳儀道：「陛下這是做什麼呀？不是說好了讓他倆成親嗎？如何又扣住孩兒他爹不放啊？」
李鏡有些擔憂道：「在大公主跟前我沒好說，是不是陛下改變了主意？」
「不可能的，陛下不是這樣的人。」秦鳳儀很是依賴景安帝，與媳婦道：「明兒我進宮問一問陛下就是。」
「沒有陛下宣召，你能進宮嗎？」
秦鳳儀一笑，「有法子。」他悄悄與媳婦說了自己的主意。
李鏡道：「你可別過了頭。」
御前奏對李鏡不擔心丈夫，但陛下一向很重視規矩的。
「放心吧，不會的。那些個酸生總是參我，當我是泥捏的啊？」
於是，秦鳳儀終於寫了個自辯摺子。摺子不長，寫得甭提多沒規矩了。
秦鳳儀在奏章的第二頁，用他那還算可以的行書寫道：稟陛下，聞近來多有參奏臣不實罪名之小人，請陛下快宣召我，臣要當面向陛下訴說臣的清白。
接著，秦鳳儀在奏章開篇寫了一行字——
除陛下之外，凡是偷看此奏章者，必將受到來自鳳凰大神的怒火。

捌之章 ● 險死還生路跌宕

先不說秦鳳儀這自辯摺子引來清流何等的詬病，就他這摺子裡夾帶詛咒的行為，還什麼鳳凰大神，這是啥喲，你秦鳳儀自己封的嗎？

學識略不淵博的，都不能曉得鳳凰大神是哪位真神。

這自來上摺子有上摺子的規矩，秦鳳儀雖不能去小朝會，但他能上摺子。不過，秦鳳儀不曉得的是，這摺子先要經內閣看過，為皇上分出輕重緩急來。由內閣簡批，寫出內閣的意見，再由陛下過目。

內閣裡幫著整理奏章的一位江郎中看到秦探花的摺子，以為是秦探花的自辯摺子。事實上，也的確是秦探花的自辯摺子，只是，江郎中打開奏章，看了第一頁硬是沒敢再往下翻，生怕受到「來自鳳凰大神的怒火」。

江郎中直接拿給盧尚書看，「大人，秦探花這摺子不讓看，這可怎麼給他分？」

盧尚書接過來看一眼，「什麼狗屁的鳳凰大神！」

盧尚書不怕鳳凰大神，翻來一看，氣得盧尚書就把秦鳳儀的摺子摔案几上了，「簡直是不成體統！」盧尚書原就不喜秦鳳儀，清流進士出身，硬是靠臉搏得探花位，而今種種舉動，更不是往正道上走，越發譁眾取寵了。

盧尚書一摔摺子，鄭老尚書看他一眼，問道：「怎麼了？」

他以為盧尚書發現什麼天怒人怨之事。

盧尚書帶了三分薄怒地又說了一遍，「簡直是不成體統！」把秦鳳儀的摺子拿給鄭老尚書看，鄭老尚書瞇著有些老花的眼看了一回，忍不住笑道：「這個秦探花啊，腦袋是不是跟正常人不一樣啊？」又說耿御史：「讓那些御史別參他了，你參個臉皮薄的，興許他能明白個慎重的道理。秦探花這個人，臉皮八丈厚，參他也沒用。」

耿御史跟著瞧了一回帶有「鳳凰大神詛咒」的奏章，問駱掌院：「鳳凰大神在你們翰林院也這麼神神叨叨的？」

駱掌院診斷了一下秦鳳儀在翰林的行止，道：「神經倒還算正常。」

鄭老尚書笑道：「罷了罷了，才多大個孩子，我家長孫比他還大十來歲，哪天秦探花學會些規矩禮儀，說不得也是朝中一棟樑。」

他把秦鳳儀的摺子分到雜務一類，這類是陛下最後才看的。

其實這些老大人，哪怕就是與秦鳳儀一向不對盤的盧尚書，無非也就是罵秦鳳儀幾句，從沒有如那些個參奏秦鳳儀的御史一般說秦鳳儀哪裡哪裡的大不是，至多是覺得秦鳳儀規矩上一塌糊塗，而且，秦鳳儀明明是正經的進士出身，哪怕探花是刷臉刷來的，但進士絕對是憑實力拿到的。

讓盧尚書痛心的是，明明是清流，你怎麼就總是要往佞臣的路子上走啊？

盧尚書十分看不上秦鳳儀平日裡行止跳脫，認為秦鳳儀如此下去遲早會走偏。

不過，看好秦鳳儀的也大有人在，鄭老尚書就很喜歡秦探花。

秦鳳儀這樣的年華，這樣的背景，這樣深得帝心……

內閣幾位老大人還是願意看一看他，多看一看他。

像鄭老尚書還開玩笑般的說：說不得也是朝中一棟樑。

又道：如去歲，秦探花得的兩樁差使就做得不錯嘛！

內閣大佬有內閣大佬的心胸，秦鳳儀這奏章還真的遞到了御前。

景安帝看到最後一本奏章是秦鳳儀的，剛好看奏章看累了，索性宣了小探花過來解乏。

景安帝還一副正經模樣，問秦鳳儀：「你不是要當著朕的面自辯嗎？你就辯吧。」

秦鳳儀認真道：「不必臣自己辯，莊子莊聖人已經為臣辯好了。」

景安帝笑，「越發會胡扯了。」

秦鳳儀正色道：「哪裡就是胡扯了？莊子《秋水》裡寫的，鳳凰腐鼠的事兒，可不就是說的小臣嗎？」要擱五年前，秦鳳儀不一定知道莊子是誰，如今他能拿莊子為自己辯白啦！

秦鳳儀道：「就是莊子書裡說的那般，鳳凰非甘泉不飲，非竹實不吃，他自天空飛過，一隻正在吃死老鼠的烏鴉見著鳳凰，以為鳳凰要跟牠搶死老鼠，便對著鳳凰呱呱大叫。」

秦鳳儀又道：「他們攀扯小臣，無非是覺得小臣說中了他們的心事，戳中他們的肺管子。有很多人想要高官厚祿，想要陛下對他們另眼相看，可他們不直接說，硬是裝出一副高潔得不得了的樣子來。明明想吃肉，偏生要說自己是吃素的。我不是那樣的人，他們說我，是我太實在了。我就很想陛下喜歡我，我也很想為陛下效力。我總結了一下，他們嫉妒我，就像烏鴉嫉妒鳳凰一樣，畢竟世間像我這樣才貌雙全的人有幾個呢？」

景安帝感慨，「虧得朕還沒吃晚飯，不然真是吃不下了。」

秦鳳儀笑嘻嘻的，「聽人實話就是如此，可飽腹充飢。」

景安帝不與秦鳳儀廢話，問他：「你找朕什麼事？」

秦鳳儀對景安帝使個眼色，景安帝看他這神祕勁兒，令馬公公把其他內侍宮人打發下去了。秦鳳儀才說：「是張將軍的事。」

眼見景安帝臉色不大好，秦鳳儀湊過去，拉著景安帝的手道：「我知道陛下沒有殺他的意思，要殺早殺了。您既要放他，早放晚放，還不都是一樣嗎？只是，大公主很是牽掛他。這婦道人家心思細，何況大公主如今沒了尊號，我聽我媳婦說，日子過得可淒涼了，再沒這麼個知冷知熱的人，大公主日子更不好過了。」

「那也是她自找的。」景安帝半點不同情這個閨女。

秦鳳儀眨巴下眼，「您可不是這樣的人。」

「朕是什麼樣的人？」

「要別個事，陛下叫我猜，我估計是猜不到的。不過，這事我親自經歷過，我知道陛下擔心什麼。」秦鳳儀露出得意的模樣，「陛下無非是擔心大公主待張將軍一片真心，焉知張將軍是真的喜歡公主，還是圖謀公主所帶來的權勢，是不是？」

景安帝「嘿」了一聲，瞥秦鳳儀一眼，「你就猜到這個？」朕早就想殺了那小子，要是那小子對閨女有二心，正好得而誅之，還省得閨女不樂意了。

「難道不是？」秦鳳儀好在是個臉皮厚的，他扯下景安帝的袖子，「那陛下告訴我吧，您這是擔心什麼呢？」

「行了，你回翰林念書去吧。」

「哎喲，陛下先跟我說，要不，我這好奇得都睡不著覺了。」又一扯景安帝的袖子，景安帝搶回袖子，「袖子都要被你扯掉了！」

秦鳳儀是個急性子，急道：「陛下就當指點小臣吧！」

「這有什麼好指點的，虧你還自稱才貌雙全，朕看，你就一張臉。」景安帝不悅道：「你岳父嫁女兒，要嫁春闈進士，朕嫁女兒，嫁什麼，奴婢之子？」

說到底，景安帝是真不樂意張盛的身分。

秦鳳儀道：「眼下不是為了孩子嗎？」

一說到孩子，景安帝臉色更難看了，「他們給了你多少好處，你這麼為他們奔走？」

「當然得是有好處的。」秦鳳儀頗有自己的小算盤，既然陛下問，他與陛下又這樣好，便老實說了，「原本我想著，我大舅兄要是生個閨女，正好與我兒子做媳婦，結果我大舅兄生了個兒子，這自然是不能給我兒子做媳婦了。我看大公主懷的像閨女，我幫了他們大忙，等這事兒辦成了，我就提一提親事，您說，他們能不應我？」

景安帝看向秦鳳儀那閃閃發亮的大桃花眼，都不能信這話是真的。

景安帝不禁道：「你不介意京城那些閒言碎語？」

「這有什麼好介意的？」秦鳳儀道：「俗話說，物不平則鳴。咱們私下說，陛下可不要說出去。大公主難道找了個人就不守婦道了？她是過得不好才找張將軍。我媳婦跟我說了，他們不是在一起多長時間，就一回。這世上多的是敢做不敢當的，大公主雖則有些不對，但她也算敢做敢當，已比世上一半的人都強了。人這一輩子，誰就能保證一點錯都不犯？日子過得不好，要是窩囊死，就是公主之尊，我也瞧她不上。雖是招惹了些酸生御史，我是不管外頭人說什麼的，起碼大公主是個能過日子的人。大公主與張將軍的閨女，肯定會很能幹。我們兩家本就交好，擱往時我兒子哪裡能娶到公主的女兒呢？我這是趁公主在低谷時先做成親家，以後我兒子就是陛下的外孫女婿啦，我孫子也就是陛下的重外孫了。陛下，咱們馬上就是親戚了，您可要對我更好才成，不然以後我就在您外孫女面前擺做公公的譜兒！」

景安帝原不大高興，卻是聽得笑了。

景安帝笑，「你這如意算盤打得不錯啊！」

「那是當然的，我可是當朝探花，天下第三有學問的人。」秦鳳儀得意地昂起下巴。

景安帝心中那點陰雲算是悉數煙消雲散了，也沒再彆扭著叫人猜他心事，「眼下這事情剛過，若放了張小子回去，他倆必要立刻成親的。」

景安帝還是擔心長女一和離就與張盛成親，讓人印象不好。

秦鳳儀想了想，他雖是個無法無天之人，但對於陛下這一擔憂還是贊同的。

秦鳳儀道：「陛下說的是。要是陛下不說，我當真是沒想到。這事兒的確是不好大辦。不如這樣，我讓我媳婦去與大公主說，低調些，把婚書結了，我們兩家一道吃頓飯便也罷了，其實大公主未嘗是要大辦的。」

景安帝道：「這事朕交給你，必要悄不作聲才好。」

「陛下放心吧，我心裡有數。」秦鳳儀道：「眼下就是三皇子大婚之喜，長眼的都不會在這時候多事，就趁著三皇子大喜的日子，讓大公主與張將軍把親事辦了。」

景安帝道：「你看著辦吧。」

這便是允了。

秦鳳儀順利把張將軍親自從宮裡接了出來，張將軍擔心的並不是自己，一見秦鳳儀先問大公主，而且完全是真心實意的擔心，沒有半分作假，因為秦鳳儀說了一句「都好」後，張將軍便沒有再問了。

兩人到得大公主的別院去，而後牛郎織女相見是何情形，他二人就是何情形了。

人家兩人還癡癡相望，秦鳳儀已是忍不住將媳婦摟在懷裡。

李鏡臉紅，悄悄掙了一下，硬是掙脫不開。當然，沒有認真掙也是真的。

李鏡小聲道：「做什麼？」

「媳婦，我想到咱們那會兒啦！」秦鳳儀心說，皇帝陛下不愧是岳父他老人家的竹馬，連折磨女婿的方式都是一模一樣，都是棒打鴛鴦牛郎織女一路。

這麼腹誹著，秦鳳儀抱媳婦抱得可緊了。

由於有這對厚臉皮夫妻做榜樣，張盛忍不住上前一步，輕輕擁公主入懷。

這短短幾日，其實不止幾日，自從公主有孕之後，多少不能言說的心事，多少彷徨的驚懼，甚至這幾日險死還生，其間種種心境，怕也只有二人知曉了。

不知何時，張盛將大公主抱得那樣緊。

待二人自膠著分開，就對上兩雙含笑的眼睛。

大公主臉上一紅。

秦鳳儀壞笑，「抱吧抱吧，多抱一會兒！」

他特別能夠理解。

人家兩人可不像他夫妻這般，大公主忙請夫妻二人進去了。

大公主與張盛都是知道感恩的性子，張盛先對著秦鳳儀抱拳，深施一禮，「阿鳳，大恩不言謝，以後你有事，只管差遣！刀山火海，在所不辭！」

張盛一看便是講義氣之人，秦鳳儀裝模作樣的，「我可不是做白工的。」

李鏡含笑看他，以為他要說什麼高論，結果秦鳳儀道：「我都與陛下說好了，公主要是生閨女，以後可是要嫁給我兒子的，你們不會不同意吧？」

大公主與張盛倒不是不同意，只是……

張盛與大公主四目相望，兩人剛得團圓，短時間內是不要想前程的事了。至於兒女的前程，兩人更是還沒來得及想，但就他倆這事兒，兒子還好，只要以後肯上進，夫妻倆是不擔心的，總有一碗飯吃。就是，若是女兒，怕是會受他們的連累，沒想到，這樣的時候，秦鳳儀居然提出結親之事。

秦鳳儀眼下雖是官職不高，出身亦只是鹽商出身，但他是正經一甲探花，現在有多麼的得帝心，只看他一出手就能把張盛從宮裡帶回家便可知了。再者，秦鳳儀有景川侯府這樣的岳家，有方閣老這樣的恩師，有這樣的聖寵，以後還怕沒有前程嗎？只看帝都多少人家嫉妒景川侯得了這樣的好女婿，就知道秦鳳儀的前程有多麼被人看好了。

這個時候，大公主尊位已削，張盛更是官職全無，秦鳳儀竟然提出兩家結親之事。

張盛與大公主不愧是能互看對眼的情侶，兩人的眼圈有些泛紅，一時均說不出話來。

秦鳳儀卻是個二愣子，一看這兩人不說話，還一副要哭的模樣，他立刻警覺道：「你倆不會不願意吧？」不待人家說話，他就抱怨開了，「剛剛還說刀山火海呢，又沒叫你們去刀山火海，就你家閨女嫁我兒子，這就不樂意了，你們可真是沒義氣！」

說完，他還重重地哼了一聲，以示不滿。

大公主悄悄隱去眼底的淚意，笑看李鏡與秦鳳儀，「這有什麼不願意的，只是我醜話說在前頭，我與阿盛哥現在什麼樣，你們也是曉得的。若是兒子我不擔心，若是閨女，你們可別怕外頭小人話多。」

秦鳳儀道：「看妳說的，我要是信那些小人的話，咱們兩家早該絕交了，哪裡能做親？」一見親家答應，秦鳳儀大為歡喜，渾身上下看了一遍，腰上配的是與媳婦定情的鴛鴦佩，頸間掛的是媳婦的小胭脂虎，頭上倒是有玉簪，但那是固定髮髻的。

秦鳳儀看了一圈，沒發現身上有能當信物之物。

他這正著急呢，李鏡已自髮間取出一支羊脂白玉雀頭釵交與大公主。

大公主鄭重收了，張盛突然道：「要是我們生的是兒子，你們生的是女兒，如何？」

大公主道：「我也與阿鏡一件信物。倘我家是兒子，妳家是女兒，依舊做兒女親家。」

李鏡就要應下來，秦鳳儀搶先一步道：「那可不成。人家說，兒子像娘，閨女像爹。我家兒子像我媳婦，以後一準兒能幹。要是閨女像我，我可得為閨女好生挑一挑。我有好幾道關卡要女婿過呢，要是過不了，可不能娶我家閨女，就是我兒子娶妳閨女。」

大公主當下就不想與秦鳳儀做親家了。

秦鳳儀得意地斜睨著大公主手裡的玉釵，道：「言出無悔，妳收了我家信物，咱們這親家可就算定下啦！」

好吧，因著欠秦鳳儀這麼個大人情，何況倘是真應了秦鳳儀說的，秦家兒子像李鏡，大公主與張盛也都是願意的，而且，一想到閨女像爹，若秦家閨女如秦鳳儀這般，當然不是說秦鳳儀不好啦，只是大公主與張盛夫妻一想到要有個酷似秦鳳儀的兒媳婦進門，心理上也是有些吃不消的。

大公主便道：「好吧。」

秦鳳儀看大公主不大樂意的樣子，安慰她道：「以後妳家兒子要是十分出眾，也可以競爭一下我家女婿人選啦，但如今已是有個勁敵，我大舅兄家的小猴子也想娶我家閨女，不過，我不大喜歡小猴子，長得太醜了。」

李鏡說他：「什麼小猴子，是壽哥兒。」

李釗的長子大名還沒取，小名兒也是景川侯給取的，叫壽哥兒，取長命百歲、健康長壽之意。讓李鏡來說，她娘家侄兒簡直是聰明與美貌的化身。不過，秦鳳儀一向實在，自從洗三禮上見了這孩子一回，秦鳳儀去岳家向來是問都不問人家一句，私下還偷偷給人家取外號叫小猴子，就是因為這小孩兒長得忒醜了。

再者，不是秦鳳儀說，非但長得醜，這名字也是土爆了。就憑小猴子這土鱉名兒，秦鳳儀就把他從女婿候選名單裡剔除了。只是，現在還是要同大公主夫妻吹一下牛的。

不管怎麼說，兩家是定下了兒女親事。

當天大公主欲設酒款待秦鳳儀李鏡夫妻，夫妻二人卻是婉拒了。

李鏡的話是：「以後吃酒的時候長著呢！」

秦鳳儀的話是：「親家公剛回來，你倆先親近一二唄！」還帶一臉壞笑，虧得大公主與張盛不是什麼太薄臉皮的人，不然就秦鳳儀的打趣也叫人有些吃不消啊！

秦鳳儀與李鏡辭了兩人，坐車回家。

待回了家裡，見過秦老爺和秦太太，秦太太還關心地問：「那個張將軍回來啦？」

「您的兒子出馬，有辦不成的事嗎？」秦鳳儀一副得意樣兒，丫鬟捧上茶來，他還不自己接過，擺著臭架子，拉長音道：「媳婦把茶遞給我！」

李鏡一笑，接了丫鬟捧來的茶遞給秦鳳儀。

秦鳳儀接過吃了一口，便與家裡人說了如何把張盛自宮裡接出來的事。

秦老爺和秦太太聽說兒子給自家還沒影兒的孫子又尋了門親事，秦太太道：「阿鳳，之前孫子不是定了大舅爺的閨女嗎？」

雖然她家大舅爺第一胎生的是兒子，但以後也是會生閨女的啊！

秦鳳儀理所當然地道：「大舅兄生的不是兒子嗎？我就為咱們家大寶另定了個媳婦。」

李鏡道：「也不提前跟我商量，難不成我哥以後就不生閨女了？」

「咱們家又不止生一個兒子，誰叫大舅兄這回生的是小子？只好讓大舅兄以後競爭一下咱們家二兒媳婦的位置啦！」秦鳳儀還一臉邀功模樣，「我這親結得如何？」

秦老爺和秦太太一向是個沒原則的，只要是兒子定的事，他倆就沒有說「不」的時候，此時夫妻倆自是滿嘴稱好，誇兒子有眼光有智慧。

秦鳳儀得一頓誇，就心滿意足地與媳婦回房換衣裳了。他還跟媳婦臭美道：「這事兒在我心裡轉悠好幾天了，咱們可不能白跑這些時日，而且陛下待我好，我早想與陛下做親家的，可惜二公主和三公主年歲太大了，再者，公主啥的，縱是陛下待我好，咱們兒子以後也不好高攀，大公主這兒真是千載難逢的良機啊！」

秦鳳儀很是感慨了一回，然後道：「媳婦，瞧見沒，咱們兒子一看就是有福的！」

李鏡簡直哭笑不得，「我說你怎麼對大公主這事這麼積極，原來早有小算盤。你也真是，不提前跟我說一聲。」

秦鳳儀道：「先時不是沒把握嗎？總得先把他們這事兒張羅成了，叫他倆欠下咱們人情，這親事才好開口。不然妳看大公主多有野心啊，她家兒子還沒影兒，就想娶咱們家閨女，這我能應嗎？」說得好像他家閨女有影兒似的。

李鏡道：「那也該提前跟我說，我好有準備。今天多匆忙，只給公主一根釵當信物。」

「重要的是信物，不在於是釵還是簪。」秦鳳儀心情極好，與李鏡道：「自此之後，咱們兩家就更不是外人了。親家這親事，陛下說了，一定要低調著辦。不過，該有的三書六禮還是要有的，媒人就用咱們成親的媒人吧。就是一樣，這成親之後，他們是住公主別院，還是住張大哥家呢？」

李鏡道：「自然是住公主別院。」

「那張大哥不是跟倒插門一樣嗎？好吧，駙馬本來也是個半倒插門。」

李鏡笑著推他一下，「在公主跟前可不許這樣說。」又道：「他們不一樣。張嬤嬤本就是公主身邊的乳嬤嬤，為人極好，張奶公也是個本分人。公主開府時，就一併把他們帶到公主府去了。這回公主搬家，他們也跟著搬到別院了。」

秦鳳儀點頭，「那就省事了。」

因為已是親家，兩家人自是越發親近。

如今張盛平安歸來，接著就是兩人的親事了。大辦是不可能的，但該有的禮數也都有，只是皆要低調行事。媒人什麼的，就是秦鳳儀介紹的，他與媳婦成親時的媒婆，秦鳳儀是相熟的。話說也不知道秦鳳儀這翰林探花怎麼與媒婆這般相熟，反正秦鳳儀熟得很。從訂親到成親，便是這兩位媒婆來往張羅。

至於請的賓客，張盛家裡便是自家人了，親戚只是叔伯近親，其他一概未請。大公主這裡，嚴姑娘親自過來要了張請帖，嚴姑娘的話：「別人不曉得，我是必到的。」

另外就是秦鳳儀夫妻，以及大公主的娘家人。

秦鳳儀把三皇子和六皇子請來，秦鳳儀說：「就是低調辦喜事，也得有娘家人。」兩位皇子都不是怕朝中物議的，反正三皇子向來沒人緣，而六皇子還是個小屁孩，物議不著他。

三皇子還帶著新婚媳婦過來幫著張羅一二，其實該張羅的，李鏡與公主府的侍女嬤嬤都張羅得差不多了，但三皇子妃能過來自然是不同的。來的也就是三皇子妃，其他皇家宗室的女眷皆未到場，甚至也沒什麼動靜。

三皇子妃頗有些憂心，三皇子道：「擔心什麼，反正我名聲一向尋常。」

三皇子妃：……

好吧，出嫁從夫，既已出嫁，自然要聽丈夫的。

於是，大公主再婚，正式賓客就是秦家一家子，娘家人便是三皇子夫妻與六皇子，朋友則是嚴姑娘，再者就是景川侯府李家給大公主備了一份賀禮讓李鏡帶了去。

大公主再婚，就是這樣悄無聲息地辦了。

不過，排場雖小，但兩人能名正言順成親，已是心滿意足。成親之後，大公主要養胎，家事和內闈的事依舊是交給張嬤嬤，也就是現在的婆婆幫著管。外頭的事，則是張奶公與張盛父子張羅。

好在，現下也沒什麼事。

如果能稱得上事的，也都是宮裡自己的事。大公主這親事辦得幾乎沒多少人知道，在京城連個浪花都沒濺起來，景安帝還是很滿意的。

不過，景安帝仍是聽小兒子說了一回。

六皇子這回還要兼職做姊姊的滾床童子，這差使是六皇子頭一回幹，他新奇得不得了，回宮還跟自家母妃說：「就是在床上打幾個滾兒。我不會打滾兒，秦探花還說我笨來著，都是他推著我滾了幾圈，還有大紅包拿。阿鏡姊姊給了我一個大紅包，裡頭有兩個大金元寶，一個就有半斤呢！」

六皇子有些得意，尤其秦探花這厚臉皮的，只推他滾了幾下，就要分他一個大元寶，六皇子說什麼也沒給。因為保護了自己的財產，六皇子決定將這一對元寶當作永久性珍藏。

六皇子正在跟母妃說他怎麼保護金元寶的事情，景安帝就過來了。

裴貴妃笑問：「你大姊姊高興嗎？」

「挺高興的。」六皇子年紀尚小，直接道：「就是人太少了。」

裴貴妃便問了都有誰，六皇子基本上都認得，便老實說了。

六皇子道：「秦探花還跟大姊姊做了兒女親家，說以後就是咱們家的親戚了。」

裴貴妃有些驚訝，看景安帝一眼，笑道：「這可真是雙喜臨門。」

六皇子笑，「喜事是喜事，就是看秦探花那模樣，得意得不得了，而且，大姊姊家的閨女嫁他兒子，不是他閨女嫁大姊姊家的兒子。秦探花說了，以後他家閨女定是國色天香的大美女，他還要設很多難題為難想做他女婿的人。」

景安帝與裴貴妃都是一樂，景安帝覺得兒子身上有淡淡的酒香，問：「六郎吃酒了？」

六皇子道：「就吃了兩杯黃酒。」

待把六皇子打發去休息，裴貴妃悄與景安帝道：「這回大公主的親事不好大辦，我們也不好賞賜，我幫六郎備了一份禮，將陛下常把玩的一對如意給六郎帶了去。」

景安帝道：「多此一舉。」

「陛下就當妾身多此一舉吧。」看景安帝那嘴硬的樣兒，裴貴妃才不會去哄他呢！

至於秦老爺和秦太太，此刻真是覺得此生圓滿了，他夫妻二人竟有幸參加公主的喜事，雖然是前公主，但也是皇帝老爺的閨女啊，尤其是秦老爺，上回還只是與六皇子同桌吃飯，這回更是與兩位皇子同席，把秦老爺榮幸得，回家就去祠堂將這榮耀跟祖宗叨咕了一回，然後回屋倚著榻就尋思著什麼時候有個恰當的時機在朋友們跟前含而不露地炫耀一回。

把大公主的親事張羅妥當，就到了李釗家兒子滿月的日子。這是侯府嫡長孫，滿月酒自然是要擺的，只是李家並未大作排場，僅是將相近的幾家親戚族人請來一道吃了酒。

秦鳳儀是個愛看臉的，因李釗的兒子壽哥兒生得不大漂亮，他對這個內侄兒很尋常，雖然平日裡聽媳婦誇了又誇，娘家侄兒如何聰明如何伶俐啥的，但洗三時親眼見過壽哥兒的秦鳳儀根本不信，心說，長得像隻小猴子似的，能聰明伶俐到哪兒去啊？

然而，這回去岳家，孩子抱出來讓大家看看。秦鳳儀一見小猴子，大為驚訝，直道：「哎喲，原來黑乎乎的，又小又醜，這多大的功夫，怎麼就變得這般白胖水嫩啦？」

簡直是脫胎換骨啊！

小猴子變好看了，秦鳳儀就很喜歡人家啦。以前他見著小猴子都替大舅兄發愁，生怕孩子長大後太醜不好娶媳婦。這回不一樣，以往醜醜的小丑孩兒，突然孩兒大十八變，變得十分玉雪可愛了，秦鳳儀立刻表示他要抱抱。

李釗聽秦妹夫的話聽得直翻白眼，硬是不給他抱，說他道：「你自己還是個孩子呢，哪裡會抱孩子？小心把我兒子摔著。」將孩子給父親看，不給這經常批評他兒子醜的妹夫看。

大概是因著壽哥兒剛生下來委實不大美貌，他如今變得白嫩，秦鳳儀就覺得很好看了。秦鳳儀跟在大舅兄身邊，擦前蹭後地央求：「大哥，讓我抱抱嘛，咋長這麼好看了呢？」

李釗頗覺揚眉吐氣，問秦鳳儀：「不叫我們小猴子了？」

秦鳳儀賠笑，「我那是說著玩的，多親切啊！大哥，讓我抱一抱吧！」

李釗不大放心，卻還是教秦鳳儀怎麼抱小孩兒，如何一手托屁股一手托脖子。秦鳳儀很是不屑地對大舅兄表示：「我還需要你教？我五歲就會抱小孩了好不好？」

簡直是魯班門前弄大斧啊！

果然，秦鳳儀一抱就是個極標準的姿勢，連李老夫人都說秦鳳儀會抱孩子。

秦鳳儀道：「還是祖母有眼光！」他一逗壽哥兒，壽哥兒咧嘴便笑，秦鳳儀更是越發得意了，「剛大舅兄抱我家小寶兒半日，我家小寶兒都不笑的，我這一抱，小寶兒立刻就笑了，可見是與我投緣。」

崔氏已是出了月子，見就因自家兒子長得好看了，這大姑爺立刻就給兒子自「小猴子」升格到「小寶兒」了，頗是哭笑不得。

秦太太已是習慣性在一邊誇獎兒子：「阿鳳自來就很有孩子緣，我們老家附近的孩子們，沒有不喜歡他的。以前鄰居家有個夜哭郎，一到晚上就哭，那孩子就與阿鳳投緣，我家鄰居還專門請阿鳳過去他家睡覺，說阿鳳一看就是個有福氣的，小孩子眼睛亮，喜歡他。」

秦鳳儀也很會逗孩子，什麼學鳥叫、做鬼臉、吹口哨啥的，把壽哥兒逗得咯咯笑出聲來。李老夫人笑道：「可見真是樂了。」

結果，秦鳳儀這口哨剛吹沒兩聲，就覺得托著壽哥兒的手上一熱，秦鳳儀險些把壽哥兒扔地上去，慘嚎道：「怎麼辦？這小子尿我滿手！」

就見秦鳳儀嫌棄地把壽哥兒舉得老遠，然後手指間幾滴尿液滴下。

秦鳳儀都要被壽哥兒氣哭了，這小子可真討厭，先時長得醜醜的，這好不容易變漂亮，又尿了他一手。

秦太太卻很是高興，「這可是滿月尿，吉利得很。」說不得她家孫子也快來了呢！

秦鳳儀見自己的袖子被尿濕了，越發鬱悶，恨不得現在就把小猴子丟出去。乳娘連忙過來接了壽哥兒去換尿布，李釗忍笑道：「你今兒有財運，過來換我的新袍子穿吧。」

秦鳳儀手伸得老遠，還直抖，「這算什麼財運啊？」臭死了！

李釗帶著秦鳳儀去換衣裳，說：「小孩子的屎尿都不臭，帶著一股奶香味兒。」

秦鳳儀還真聞了聞自己的手，一臉嫌棄，「這叫奶香味兒？你鼻子沒問題吧？」

李釗笑，「等你做了父親就知道了。」

秦鳳儀心說，我就是做了父親也不能把臭的說成香的啊！

待換好衣裳再過去老太太院裡，呵，壽哥兒正嚎著嗓子哭呢！李釗連忙幾步過去，見兒子睫毛上掛著兩顆大淚珠，還一抽一抽的，甭提多招人疼了，問媳婦：「怎麼哭了？」

崔氏正抱著兒子哄，「你們一走就哭了起來，這是想你了吧？」

壽哥兒倒真是想人，不過，不是想他爹，是想他姑父。因為秦鳳儀一進屋，壽哥兒立刻不哭了，還轉頭眨巴著一雙淚眼看他大姑父。

李欽打趣：「姊夫，壽哥兒還要你抱呢！」

秦鳳儀連連擺手，「我可不抱了，萬一拉我身上怎麼辦？」

秦鳳儀是很嫌棄壽哥兒，但壽哥兒很是喜歡大姑父，還伸著小手招呼大姑父抱他，小身子在他娘懷裡一拱一拱的，恨不得竄到大姑父懷裡去，那叫一個熱情喲。

秦鳳儀過去左看右看，逗壽哥兒玩，卻是再不肯抱了。李鏡看壽哥兒拿小手抓秦鳳儀，就說道：「壽哥兒剛尿過，現在還沒到拉的時辰，你抱抱他，看他多喜歡你啊！」

媳婦發話了，秦鳳儀只好勉勉強強對壽哥兒道：「那我就再抱你一回吧！」還威脅地刮刮壽哥兒的鼻尖，「你再不老實，我可揍你啦！」

壽哥兒懂什麼呀，他一到秦鳳儀懷裡就露出大大的笑臉，還用剛哭過的小臉兒往秦鳳儀臉上蹭，秦鳳儀直叫喚：「哎喲，你那眼淚珠子，你那鼻涕，蹭我脖子裡去啦！」

秦鳳儀越是叫喚，壽哥兒以為大人在跟他玩，笑得甭提多高興了。

雖然兒子被嫌棄什麼的，李釗和崔氏心裡有點小小介意，但秦鳳儀就是這麼個性子，雖則現下也是做官的人，卻跟個孩子似的。而且壽哥兒真是喜歡大姑父，一到大姑父懷裡，人家不逗他，他也高興得不得了，還露出大大的笑臉。

小傢伙不尿，秦鳳儀抱一會兒也喜歡了，甚至聞了聞，道：「怪香的。」覺得人家小臉嫩嫩的，還親兩口，抱著壽哥兒與大家一道說話。

秦鳳儀這人存不住事兒，難免就說起與大公主家做親的事來。

李釗道：「你這變得可真夠快的。」先時還說跟他做親家呢！

秦鳳儀道：「我又不是生一個兒子，大哥，要是公主生的也是兒子，就看你們兩家誰先生閨女，那就是我家大兒媳，誰後生閨女，就是我家二兒媳了。」

李釗道：「想做我家女婿，那也得經過我的考驗才成啊！」

「我家選女婿的標準可是很嚴格的。」

誰還不會拿架子啊，尤其秦鳳儀十分可惡，先時跟他說了做兒女親家，還規定只能是他閨女嫁，秦鳳儀兒子娶，憑什麼啊，李釗早想反悔了。

秦鳳儀道：「我兒子以後可是要考狀元的！」

李釗不見兔子不撒鷹的性子，根本不聽秦鳳儀吹牛鬼扯。

「等你兒子中了狀元再說吧。」

「你別不信，都說兒子像母親，要是像阿鏡，狀元還不是手到擒來？」

李釗腦子十分活絡，道：「那好吧，要是你兒子能中狀元，這親事還是可以做的，要是中不了狀元，那就免提了。」

「你還做舅舅呢，真個勢利眼！」

「彼此彼此，你少說我。你不勢利，就把你閨女嫁我兒子。」

「那不成，我以後得好生為我閨女相看親事！」

「我也如此！」李釗很是氣人地說。

秦鳳儀心想，大舅兄可真有自信，以後大舅兄的閨女肯定沒有他閨女俊。

秦鳳儀簡直是斬釘截鐵就拒絕了自家閨女嫁李釗兒子的提議，大家笑咪咪地聽著郎舅二人鬥嘴，唯有景川侯夫人暗想：真不知這秦鳳儀是真傻還是腦子有問題，壽哥兒的媳婦，那可就是以後的侯夫人！

不管秦鳳儀是不是傻，反正襄永侯一家子到了後，大家說笑起來，襄永侯回家都說：

「先時就看阿鳳不錯，果然是極不錯的。」壽哥兒的妻子，若無意外，自是以後的侯府女主人，正是因秦鳳儀拒絕了，反是更見人品。

襄永侯世子笑，「是啊，壽哥兒可真喜歡阿鳳，簡直是不離他。」

就因著秦鳳儀這大姑父太受壽哥兒歡迎，秦鳳儀抱他半日，到下午走時都不讓走。秦鳳儀一走，壽哥兒就要嚎，更不要乳母抱。秦鳳儀簡直是哄孩子的高手，摸摸壽哥兒的頭，捏捏他的小耳垂，摩挲他的小耳朵，壽哥兒就露出舒服的模樣。

秦鳳儀叫丫鬟拿一團棉絮來，裹了個小棉籤，在壽哥兒的小耳窩外輕輕拈著，沒多久壽哥兒就打起小哈欠，很快睡著了。

秦鳳儀這一手，把李釗都給鎮住了。

秦鳳儀將壽哥兒放到床上，乳母過去幫忙蓋小被子，帶著丫鬟看著壽哥兒睡覺。

兩人出去說話，秦鳳儀得瑟地道：「瞧見沒，這就是本事！」

李釗笑，「你倒是會哄孩子。」

天色不早，秦家人就此辭了去，卻不想，險些釀出大危險。

秦鳳儀出門不喜坐車，多是騎自己的照夜玉獅子，這馬他騎了多年，一向溫順，今日不知怎地，秦鳳儀剛要上馬，這馬就有些不大高興，走兩步躲了開來。秦鳳儀摸摸馬脖子，安慰自家小玉兩句，方飛身上馬。

秦鳳儀這上馬的姿勢俊得不得了，李鏡正在車裡隔窗欣賞丈夫上馬的英姿，就見秦鳳儀剛上得馬去，那馬卻是一聲長鳴，然後瘋了一般狂飆了出去。

攬月原是牽著轡繩，未料這馬突然發狂，攬月反應還算迅捷，用力一扯轡繩，他整個人卻是被帶得一個趔趄，跌了出去。幸而攬月機靈，沒有死拽轡繩，就地一滾，撿了條性命。

秦風儀驚得大叫：「阿玉，停下！」

照夜玉獅子何等神俊，牠發狂奔跑也不過片刻，連人帶馬就沒了影子。

李鏡一掀車簾就跳下車去，搶過管事的馬追了過去。

李釗也反應過來，不管誰的馬搶過也追了上去。最讓人另眼相看就是秦老爺，這位一向圓潤潤的富家老爺，甭看胖，竟是相當靈活，也搶了一匹馬追兒子去了。

其他侍從這會兒都知道自家大爺（大姑爺）的馬出了問題，有馬沒馬的都追了過去。

秦鳳儀好在騎馬經驗豐富，他十二歲就會騎馬了，無論這馬如何折騰，秦鳳儀只管伏身抱緊馬脖子，但這馬一發狂，已是奔上大街去了，秦鳳儀擔心會撞到人。

秦鳳儀抱著馬脖子大吼：「快讓開！快讓開！」

他也不知道有沒有撞到人，此時已是什麼都顧不得了，唯恐自己的小命就要交代在此。

就在秦鳳儀覺得小命休矣的時候，一位面色微赤的大漢見此情形，飛奔數步，上前一把拽住這馬的轡繩，秦鳳儀都覺得一股奇大無比的巨力生生阻止了發狂的駿馬。

照夜玉獅子畢竟不是尋常馬匹，他一聲長嗚，站立而起，秦鳳儀這馬脖子抱不住了，自馬背仰面跌落。他以為自己縱是不摔個半死，若被阿玉踩一下，怕也要踩個半死。

沒想到此時另一人閃電般掠過，將他攔腰一帶，遠遠地帶了出去。

秦鳳儀驚魂未定，轉頭一看，居然是平嵐。

秦鳳儀顧不得剛救了他的平嵐，快步上前去看自己的馬。就見馬鞍下有血水流出，秦鳳儀連忙掀了那鑲銀馬鞍，只見阿玉背上有兩顆小手指肚大小的鐵蒺藜深陷馬背，血肉模糊。

秦鳳儀的眼淚就落下來了。

李鏡趕到之時，秦鳳儀正抱著馬脖子哭呢！

這馬跟了秦鳳儀九年，很有感情，不停地伸出舌頭舔秦鳳儀。

李鏡連忙過去看秦鳳儀，見丈夫並無大礙，一顆心才算放回肚子裡。

秦鳳儀抹抹眼淚，把兩顆鐵蒺藜給媳婦看。

李鏡眉毛一皺，問丈夫：「沒事吧？」

秦鳳儀道：「沒事，阿嵐和這位柳大哥救了我，要不然非撞到人不可。」

李鏡聞言，忙同平嵐和那位面色微赤的男子道謝。

李鏡與平嵐是相熟的，倒是看那高大男子十分眼生。

平嵐道：「這位是工部柳郎中。」

說話間，李釗與秦老爺等人已是趕了過來。李釗是認得柳郎中的，頗有些意外，柳郎中可是工部名人。李釗與平嵐打過招呼，平嵐道：「我剛回京，與柳郎中自兵部出來，見到秦探花這馬發狂，虧得柳郎中將馬攔了下來。」

李釗再次謝過二人，平嵐笑，「何須如此客氣？」

柳郎中看了秦鳳儀一眼，沒說什麼。

秦鳳儀雖是心疼阿玉心疼得緊，但也知道柳郎中、平嵐兩人救了自己的性命。雖先時已是謝過一次，但救命之恩，如何謝都不為過，遂帶著一雙兔子眼又過去跟人家道謝。

平嵐看他哭成那樣，再者，秦鳳儀這馬本就是京城有名的名駒，知他心疼這馬，平嵐與他道：「好生查一查。」

秦鳳儀點點頭，哽咽道：「真是太壞了！」秦鳳儀是寧可自己踩兩個鐵蒺藜的。小玉從小跟著他，看小玉受傷，秦鳳儀都心疼死了。

秦老爺也趕到了，見兒子哭得眼睛都紅了，便拍拍兒子的背，安慰道：「小玉這傷，請個好大夫來看，就能醫好了。」

秦鳳儀點點頭，帶著哭腔道：「要是知道是誰害小玉，我非打死他不可！」

平嵐很想說，明明是害你好不好？

不過，秦鳳儀顯然不作此想，在秦鳳儀看來，這就是害他家小玉重傷的凶手啊！

秦鳳儀很是傷心，摸摸小玉的頭，拍拍牠的脖子。

秦太太簡直是跑來的，顧不得喘口氣，先把兒子從頭到腳摸一遍，確定兒子沒傷著，方一屁股坐地上，念起佛來。

秦老爺忙過去扶起自家老妻。

過得一時，攬月等人跑了來，秦鳳儀把小玉交給攬月牽著，讓辰星去請大夫，李鏡把兩顆鐵蒺藜交給兄長，見秦鳳儀臉色很差，就先帶著秦鳳儀坐車回家去了。

秦鳳儀又哭了半路，李鏡勸他：「你就別哭了，小玉的傷養養就好了。」

「我是在想誰這麼斷子絕孫地要害小玉！」

「這是想害你！」害小玉做什麼啊？小玉就是一匹馬而已。

「害我做什麼？我又沒得罪過誰！」秦鳳儀都不能信有人會害他，他覺得他人緣好得不得了，誰會害他啊？

李鏡道：「人要是有了壞心，你打個噴嚏都可能是得罪了他，何況這世上沒有沒得罪過人的，等父親查一查吧。」

秦鳳儀恨恨地道：「叫我知道誰發的壞心，我非宰了他不可！」

秦鳳儀半路就開始想曾得罪過誰，回家與媳婦道：「實在想不起得罪過誰。」

李鏡道：「那就算了，先回房歇歇吧。」

秦鳳儀道：「我去看看小玉。」

李鏡看丈夫那模樣，不讓他去斷然不能放心的。李鏡知道小玉是從個小馬駒的時候就跟著丈夫，情分不同，便先讓他洗了回臉，才讓他去看著大夫給小玉治傷。

秦太太不愧是秦鳳儀他娘，母子倆咬牙的樣子簡直一模一樣，「真不曉得是哪個黑心肝，竟然這麼害咱們阿鳳！」

「是啊，阿鳳雖是跳脫，但鮮少與人結怨，誰會這樣恨他？」秦老爺也覺得奇怪，「還用的是這樣的市井手段。」要是官場上的傾軋什麼的，鮮少人這樣直接害人性命的。

李鏡道：「這事好查，今天騎馬過去時是好的，小玉無非就是在我家的這段時間被人做了手腳。馬棚裡的事，我家一查便知。」

秦太太憂心忡忡，問兒媳婦：「這能查明白嗎？」

「今日家裡請的人不多，我家那裡查問一下馬棚裡的小廝管事，一會兒再問一問攬月今日是誰看的馬。」李鏡對此並不驚慌，亦不似秦太太這般憂心，她道：「母親放心吧，這事我心裡有數。」

秦太太忙問：「媳婦知道是誰害阿鳳的？」

李鏡點頭，「猜到了些，但無憑無據，眼下不好說。待得了證據，我定要那人好看！」

秦鳳儀因著小玉受傷的事，晚飯都沒吃，李鏡便與公婆一道用飯。

秦老爺和秦太太見兒子沒心思吃晚飯，擔心得不得了，秦太太連忙叫廚下給兒子留菜，又把那害兒子的賊人拎出來罵了一頓。秦老爺是兒子不吃飯，他也沒胃口了，想著要不要去勸勸兒子，但看媳婦坐得那樣穩，而且看媳婦不急不徐地用餐，秦老爺又覺得自己咋咋呼呼的跑去看兒子不大好。

李鏡道：「您二老不必擔心，現在過去勸他也吃不下，一會兒我與他說說就好了。」

兩人看李鏡這麼有把握的樣子，便也繼續吃飯了。

李鏡用過晚飯要回房，秦太太連忙道：「媳婦只管去吧，廚下留了飯菜，若是阿鳳有什麼想吃的，只管吩咐廚下就是。」

李鏡笑，「經常這樣有點事就不吃飯，還給他留什麼飯？叫廚下把飯菜都自己分吃了，餓他一頓才能長長記性。」

秦太太忙要說兒子今兒是傷心過度，與小玉感情似海深啥的，但看兒媳婦眼中含笑，像是開玩笑的模樣，秦太太尋思要不要跟媳婦解釋兒子不吃飯的事，就見兒媳婦一福身，回房去了。秦太太心疼兒子，與丈夫道：「兒媳婦心寬啊！」

有些媳婦見到自家男人吃不下飯，自己哪裡還吃得下。自家兒媳婦不一樣，看著比往日吃的還要略多些。

秦老爺道：「那是開玩笑。上回阿鳳晚飯吃的少，兒媳婦不是讓廚下燒了雞湯麵？」

「倒也是。」秦太太這般一想，便也釋然了。

李鏡回屋，見秦鳳儀正在案前用功，她抬腳過去一看，就見秦鳳儀正皺眉思量著什麼，案中一張白紙，紙上寫了三個字：仇人榜。

然後，他就啥也沒寫了。

李鏡道：「你不要想了，我知道是誰。」

秦鳳儀忙問：「是誰？」

「這種在馬鞍下偷偷放鐵蒺藜的事，不是什麼正當手段，便是略有些檔次的官場中人，也不能做這樣下三濫的事。若我所料未差，應是恭侯世子做的。」李鏡道。

「恭侯世子？」秦鳳儀想了一會兒，道：「我不認得他啊！」

「就是前大駙馬。」

秦鳳儀這才醒過悶兒來，「可我也沒與他打過交道啊，而且，上回他說咱們家閒話，我看大公主已是著人捶了他一頓，就沒再尋他麻煩，他為何要害我？」

秦鳳儀覺得自己對恭侯世子簡直是寬宏大量。

李鏡道：「大公主的事，都是咱們在為她和張將軍跑動，說不得便是記恨咱們。」

「這有什麼可記恨的？不是他先把事嚷嚷出去的嗎？」秦鳳儀都不能理解這腦回路，「他把事情說出去，鬧得滿城風雨，而且他說出去不就也是不想與大公主再做夫妻的意思？大公主正好也不願意與他再過了，如此兩方和離，各自歡喜。如今大公主已是再嫁，他也當將心愛的女子另娶，不就各過各的日子了，為啥要記恨咱們？就是記恨，也該忌恨大公主。」

李鏡道：「他敢去害人公主？別看現在陛下削了大公主的封號，但大公主畢竟是陛下的長女，倘有個閃失，恭侯一家子就完了。不過，還是著人打聽一下，讓張大哥防備著些吧。」就恭侯世子這鬼祟手段，不敢對大公主下手，說不得會對張將軍下手。

秦鳳儀一想，可不是嗎？連忙打發人去大公主那裡說了一聲。

秦鳳儀還問媳婦：「確定是恭侯世子嗎？」

「你不曉得，他這個人於朝中差使素來不上心，反是與些所謂的『江湖人士』來往，就愛弄些鬼鬼祟祟的事。」李鏡道：「京城的公門侯府，若底蘊深厚的，大多會養些高手，這也只是家裡供奉一類。咱們出錢，他們出力，可恭侯世子不一樣，把那些人當座上賓當俠客，你要是真有這樣一等一的人，這樣待他們也不錯，稱得上禮賢下士。你是不知道他招攬的那些個人，皆是市井中雞鳴狗盜之輩，還當自己如何如何英雄了得。你說，一個侯府世子，你有本事也是往正經事上使，把朝廷的差使辦好，也給家族增光添彩，但他不是，他是把那些鬥雞走狗的事看得比天還大，成天就是這個義氣那個合俠義的，還當自己如何了不得。」

秦鳳儀怒道：「要真是他害我和小玉，我非宰了他不可！」

李鏡勸他道：「也不必真就一刀捅過去，你一刀捅死他，你也得償命。再者，今日救你的柳郎中，你知道他是誰嗎？」

秦鳳儀一想，道：「恭侯府不是姓柳嗎？這柳郎中難道是恭侯府的人？」

「現下只能算是恭侯府的旁支了。」李鏡道：「柳郎中是恭侯世子嫡親的叔叔。」

「那不對啊，按妳說的，這事是恭侯世子幹的，難不成他害我，他叔叔救我？」

李鏡嘆口氣，「柳郎中與恭侯府是兩碼事。恭侯府原本也不是這個糊塗樣，我聽祖父說，往二十年前說，恭侯的父親柳侍郎在世時，柳侍郎在京城素有令名，現下朝廷的軍中用刀，就是柳侍郎親自帶人改良過的，較之先前的軍刀更為鋒利。聽祖母說，他為人行事更是一等一，柳家原只是小官宦之家，便是因柳侍郎才幹過人，他三十五歲就被提為兵部侍郎。先帝極為看重他，後來把柳妃娘娘指給陛下為正妻，皆因柳侍郎之故。我聽祖母說，那會兒柳家雖不是公門侯府，家中能出一位皇子妃，竟沒人覺得柳家高攀，可見柳家當年的勢頭。」

「柳侍郎膝下二子，長子便是現在的恭侯，恭侯自來庸碌，他這名聲不是一日。柳郎中為恭侯次子，雖不比柳侍郎當年，但不論在坊間還是在衙門，風評都很不錯。」

秦鳳儀道：「妳說，會不會是柳郎中知道恭侯世子要害我，然後特意來救我？」

「柳郎中與恭侯府關係平平，再者，恭侯世子倘要下手，若是嚷嚷得連柳郎中都曉得，那多半咱們家也早聽得信兒了。」李鏡道：「先看看再說吧。這回欠柳郎中一個人情，可能很快就能再還給他了。」

秦鳳儀一向很信賴媳婦的判斷，只是知道是誰害他之後，秦鳳儀也就不在苦想自家的仇人榜，轉而去床上長吁短嘆了。

李鏡原是最見不得男人這般嘆天嘆地，不過今天嘆個沒完的是自己的丈夫，她雖也不大喜，卻是心疼他，遂勸道：「小玉的傷不是沒大礙嗎？過上十天半個月就能好了。」

秦鳳儀正色道：「男子漢大丈夫，受傷算什麼？就是這回被小人所害，憑小玉的剛強，也是能挺過來的，我擔心的不是這個！」

「那你擔心什麼？」

「妳不知道，小玉因生得好，平日十分臭美，牠長大之後，我幫牠找過好幾匹不錯的母馬，可牠嫌人家生得不大美貌，都不樂意。小玉是一匹心氣很高的馬，如今傷雖好癒，可大夫也說了，背上是要留下疤的。妳說說，以小玉的自尊心，牠如何受得了？」秦鳳儀惆悵得不得了，「今兒我讓廚下煮了雞蛋，拌在黃豆裡餵小玉。他以前可愛吃這個了，今兒卻沒了胃口。小玉肯定是擔心相貌受損，傷心得飯都吃不下了。」

李鏡聽秦鳳儀嘀嘀咕咕說了這一通，心說，真是什麼人騎什麼馬！

秦鳳儀心疼小玉心疼了半宿，到半宿就心疼得餓了。

秦鳳儀這人天生會撒嬌，以前餓了只管吩咐丫鬟，現在不一樣，自從娶了媳婦，他不吩咐丫鬟了，只對媳婦叫餓。李鏡說他：「吃飯時不吃，半夜又餓，我早叫廚房熄火鎖門了，你就喝兩杯茶墊飢吧？」必要給這不好好吃飯的傢伙一個教訓的。

秦鳳儀慘叫：「真沒給我留飯？」

「沒，以為你不吃呢！」

秦鳳儀眨巴一下桃花眼，湊過去挨著李鏡道：「媳婦，妳聽到什麼聲音沒？」

李鏡挑眉，秦鳳儀肚子咕嚕一聲，李鏡真是被他逗笑了，拍他一下道：「下回再不好好吃飯，可就真不給你留飯了啊！」

秦鳳儀乖乖點頭，李鏡這才命廚下取來飯菜。秦鳳儀一看，竟然有自己心愛的焦炸小丸子，當下大為感動，拉著媳婦的手道：「咱們一起吃吧。」

李鏡道：「我不餓，你吃吧。」

「吃點兒吧。」夾一個小丸子給媳婦，李鏡也就吃了。

秦鳳儀填飽肚子，方與媳婦休息了。第二天一大早就去看小玉，見小玉背上的傷結痂，秦鳳儀此方放下心來，又安慰了小玉一陣。看小玉不若往日精神好，秦鳳儀餵了小玉吃過草料，才稍稍放下心來。

張盛與大公主親自過來一趟，李鏡與大公主自去說私房話，張盛和秦鳳儀則一起去看小玉。張盛看過小玉背上的傷，道：「好在都是皮外傷，養上一個月也就好了。」

今天太陽好，秦鳳儀與張盛就在外頭曬太陽說話，秦鳳儀道：「張大哥，你說，人怎麼這麼壞呢？真刀真槍的，我都不怕！堂堂男子漢大丈夫，怎麼能做這樣陰損的事？」

「所以，你以後做官，這些事上得留心了。」

張盛乾脆教導了秦鳳儀親隨出行的注意事項，像這些在馬鞍上做手腳，還有譬如在馬車和轎子，抑或行路時要留心的事，不要以為朝廷就如何古板，事實上，這些下三濫的手段，如張盛這樣做過公主親衛將領的，都受過這方面專門的訓練。

秦鳳儀跟著學了些，長了不少見識。

秦鳳儀因為生得好，本就是城中名人，他的馬發狂的事，許多人都看到了，原也不是什麼祕密，且事關神仙公子，京城簡直傳得飛快，連在家的方閣老都聽說了。老頭兒在家坐不住，親自過來看望自家小弟子，見小弟子沒事，老頭兒才放下心來。見小弟子的愛馬受傷，回家後還送了小弟子一匹馬。

秦鳳儀得師傅送匹好馬，心裡自然高興，不過，自從小紅到了家裡，小玉越發憂鬱了，連吃草料都是秦鳳儀不餵嘴裡不肯吃，背後兩馬還要掐架，攬月都說：「不敢叫牠倆在一個馬棚，只要在一個馬棚就開始打。」

再者，只要秦鳳儀一騎小紅，小玉就是一副生無可戀的臉，還會絕食。秦鳳儀無法，只得把小紅送還給師傅，秦鳳儀道：「兩匹馬在一處不成，小玉都不肯吃飯了。」

把小紅物歸還主，秦鳳儀這一回去，小玉見討厭鬼沒跟著主人回來，都不必秦鳳儀餵，就吃得特別香。秦鳳儀彈牠腦門兒，「還學會爭風吃醋啦？」

小玉用大頭蹭蹭主人的手，又用舌頭舔主人的手。

秦鳳儀看牠精神百倍的模樣，心中很是歡喜。

小玉精神好了，秦鳳儀就將受驚的事忘了一半，不過，攬月過去賠那些被小玉撞翻的攤子什麼的，也花了上百銀子。

待將這些事料理清楚，景川侯的調查也有了結果。

景川侯原就主持過斥候工作，女婿的馬在他府上被人動了手腳，景川侯更是不能忍，三天就將事情查個水落石出。

做手腳的並不是景川侯府的下人，那日壽哥兒滿月，景川侯府雖未大辦，也請了幾家要緊的親戚朋友，事兒是李老夫人娘家侄兒家裡的一個小子做的。說來真是叫人沒法兒說，李老夫人出身京城謝氏，謝氏也是京城大族，李老夫人的娘家侄兒如今在大理寺任少卿，娶妻柳氏。這位柳氏還是現下恭侯的姊姊，柳氏是隨丈夫謝少卿過來賀景川侯府長孫滿月的。便是柳氏一位陪嫁丫鬟的兒子，當然，這位陪嫁丫鬟如今已是謝家的管事媳婦。

因柳氏一向信任陪嫁，這管事媳婦在少卿府也算有些臉面，她兒子時常跟著老爺太太一道出門。結果，就是這小子給秦鳳儀的馬做了手腳。

說來，這小子與秦鳳儀無冤無仇，如何會去害秦鳳儀？

再一查，好吧，因他母親是柳氏的陪嫁丫鬟，恭侯府還有個姑媽，如今在侯府也做了管事媳婦。這小子家與姑媽家雖都是奴婢下人出身，但都在京城，彼此時常走動。這一走動，就出了問題。反正本身也不是什麼正路人，還遇到恭侯世子這麼個奇葩。

像秦鳳儀說的，恭侯世子自己把大公主不名譽的事鬧得滿城皆知，而且公主懷了別人孩子的事，你要是不說出去，私下與皇家解決，還有可能走些關係，繼續與大公主做個明面的夫妻。你這都嚷嚷得全城人都曉得了，大公主怎麼可能還與你繼續過下去？

恭侯世子不見得喜歡大公主，但他委實沒料到大公主會與他和離，讓他丟掉了駙馬的頭銜。說來，恭侯世子的想法很與眾不同，不說別個，你把公主鬧臭，就算她不與你和離，你這個駙馬還有什麼地位可言嗎？你把事情鬧大了，十人中有九個都得以為你不想與大公主過了好不好？

可恭侯世子不這樣想，恭侯世子想的是，藉此醜事叫一向厲害的大公主丟回大臉，以後再不敢在他跟前擺什麼公主的臭架子。

結果，陛下讓他們和離。

這完全出乎了恭侯世子的意料啊！

整個恭侯府都不願意失去大公主。

只是，待他們想挽回的時候，秦鳳儀和李鏡這對夫妻簡直是不要命地去撈大公主。先時恭侯府只是覺得秦家多事，就是撈公主，也是咱們應該做的事好嗎？

然而，如果恭侯府作此想，那麼，這豈不是又是一樁自相矛盾？大公主之事爆出來，皆是恭侯府放的消息，你們既是把大公主搞臭，如何還要撈大公主？

這等神一樣的邏輯，便是秦鳳儀的思維也是想不明白的。

秦家夫妻根本與恭侯府不熟，只是待他夫妻厚著臉皮求了不少人，終於把大公主和張將軍都撈出來的時候，殊不知恭侯府已是把這對夫妻恨到了骨子裡，甚至恭侯府都懷疑，大公主與姘頭張盛有私之事，這對夫妻恐怕就是直接的參與者，不然，就大公主與張盛的狗屎名聲，誰會願意與他們做親家？

偏偏秦家就願意。

這裡頭要是沒貓膩，恭侯府都不能信。

好在恭侯雖恨，恭侯還有理智。他知道哪怕秦鳳儀官階不高，但他關係複雜又有靠山，而且現下是御前紅人，並不好惹。

恭侯世子的智商就明顯不如其父了，畢竟恭侯雖有個庸碌名聲，這些年在京城也是四平八穩地過來了。恭侯世子咬牙切齒之際，是必要給秦鳳儀好看的，然後就想了這麼個小人法子，想著給秦鳳儀的馬做手腳，直接讓秦鳳儀從馬上摔下來摔死才好。

秦家在無防備之下，險讓恭侯世子成事。

若秦鳳儀當真命短，說不得就得叫恭侯世子害了。

可他偏偏是個命長的，小玉是傷得比較重，可秦鳳儀只是受了些驚嚇而已。接著就是景川侯府接手此事，直接就查到了謝少卿府上的下人。景川侯與謝少卿是嫡親的姑舅兄弟，素來關係不錯，否則景川侯府長孫的滿月酒，也不會請謝少卿過來。

景川侯親自過去同謝少卿說此事，當時謝少卿就命人把小廝提來。景川侯主持過斥侯工作，謝少卿是大理寺二把手，那小廝沒片刻就將事情抖個乾淨。謝少卿氣了個好歹，還得先與李表弟賠不是。虧得沒出事，倘有個好歹，傷著秦鳳儀，謝少卿如何過意得去？

只是，這事要怎麼處置，反成了難題。

畢竟小廝是謝少卿府上的，倘恭侯世子死都不認此事是他指使，當然，有點腦子的都不會認，反而會拖謝少卿下水。

景川侯與謝少卿商量後，此事並沒有經官，謝家很過意不過，謝太太自然也少不得被謝少卿埋怨一回。謝太太也氣啊，打點了份厚禮，與丈夫過去瞧了秦鳳儀一回。

秦鳳儀倒沒什麼，他與謝少卿不熟，而且當著謝少卿的面，很知道給他岳父面子。

秦鳳儀道：「岳父說怎麼著就怎麼著吧，我聽岳父的。」私下卻是與岳父道：「難不成就這麼算了？我家小玉傷得重極了，半條命都沒了！」

剛把小紅從家裡趕走，獨占主人寵愛，正在馬棚裡吃著香噴噴草料兼養傷的小玉表示，主人說得好極了！

景川侯道：「你未有人事，此事就是報上去，恭侯世子無非就是丟了爵位，何況他不會傻到去認罪，結果多是咱們鬧個灰頭土臉。」

「那要怎麼辦？」要秦鳳儀嚥下這口氣是萬萬不能的。

景川侯道：「我自會給你出了這口氣就是。」

然後，憑秦鳳儀如何問，景川侯都不肯多說。

景川侯的話：「你如今也當差了，多留心便能明白。」他想叫女婿自己去悟。

秦鳳儀倒是留心，結果留心好幾天也沒見恭侯世子也跌下馬來摔個半死啥的。

秦鳳儀對媳婦道：「岳父是不是糊弄我呢？」

李鏡真是無語了，「難不成同樣去打發人給柳世子的馬做手腳？那與告訴天下人這事是咱們家做的有什麼差別？」

「不這樣，還能怎麼著？」

李鏡看著這笨蛋，無奈道：「讓他丟了爵位，比讓他從馬上摔下來，豈不痛苦百倍？」

秦鳳儀恍然大悟，原來他岳父是打算把柳世子爵位弄沒啊？

秦鳳儀問媳婦：「有沒有我能幫上忙的地方？」

李鏡笑，「你慢慢等著就是，這事不能急。」

秦鳳儀恨不得立刻就見到大仇家倒楣，哪裡有不急的？

好在景川侯手腳俐落，關鍵是，就柳世子這樣的人品，先時因著他大駙馬的身分，人人讓他三分則罷，今時他與大公主已是和離，大公主被削尊位，自然沒討得好，可把大公主之事鬧得滿城風雨的柳世子，難不成就有好了？

再者，柳世子本就是滿頭小辮子的人。

不過，柳世子被奪世子爵位，還是有秦鳳儀一點功勞的。

因為秦鳳儀被宣召進宮陪景安帝說話，景安帝不知是有意還無意，說到了柳世子：「近來御史多有上書參他諸多荒唐事，你們年紀差不離，朕想著，年輕人嘛，哪裡有不犯錯的，知錯能改也就是了。」

秦鳳儀一聽這話，頓時急了，瞪圓了一雙桃花眼道：「那也得看是什麼錯好不好？陛下也忒好性子啦！」

「嗯，什麼錯啊？」

秦鳳儀哼一聲，他是個存不住事的，吧啦吧啦就把先前柳世子傳他媳婦閒話，還有害他從馬上摔下來的事給說了。

秦鳳儀道：「先前我就想揍他一頓，可大公主那時先叫人打了他，看著大公主的面子，我才沒跟他計較。上回小寶兒滿月，要不是我家小玉強忍傷痛，我要是從馬背摔下來，還不得摔去半條命啊？這樣的壞人，陛下還要算了不成？」

秦鳳儀極度不滿。

景安帝看他氣得臉都圓了，不禁好笑道：「我說怎麼參奏柳世子的奏章增多，原來是景川在為你出氣啊！」

秦鳳儀雖有些天真氣，到底不笨，這麼一想就想明白了，笑哼道：「陛下竟然套我話！」他又道：「您就是直接問我，我也會告訴您的！」

「那先時怎麼沒聽你與朕說？」

「陛下不知道，柳世子可壞了，他是收買了他姑媽陪嫁媳婦家的小子。他姑媽嫁的是謝少卿，謝少卿又是我岳父的表弟，他還送了很多禮物給我，覺得對不住我。唉，我想想，這到底也與謝家不相干。誰家表少爺要收買姑媽的陪嫁下人，也不是什麼太難的事。就是報官，柳世子死活不認，我也沒法子啊！跟陛下說，又沒證據，柳世子又不會承認是他害的我，倒是謝少卿說不清了，可想一想，我跟謝少卿都不認得，他是我媳婦娘家表叔，平日沒什麼走動，總不會是他發了失心瘋害我？不過，我也不能白吃這樣的虧啊！只有千年作賊，哪有千年防賊的？柳世子要是覺得這回沒害了我，下回再想別個法子，我還不早晚讓他害死！」

秦鳳儀道：「您說，他多壞啊，我根本沒得罪過他。我媳婦說是因為他記恨我家與大公主交好之事，可這跟他有什麼關係？我與他見都沒見過，就是他與大公主和離，還是全怪他自己。娶了媳婦不好生疼媳婦，與媳婦過日子，左一個通房右一個小妾，搞出一屋子的庶子，誰會願意跟他過日子？他不反省自己的不是，卻是過來害我，分明就是看我好欺負！他怎麼不去害大公主？不就是因陛下您是大公主親爹嗎？陛下，您可得為我做主啊！」

秦鳳儀把滿肚子對柳世子的不滿都說了，秦鳳儀的話：「您要是不為我主持公道，要是哪天我被他害死了，您可得擔責任的。」

景安帝原就看柳世子不順眼，聽秦鳳儀說了此事始末，景安帝也有些生氣，主要是，秦鳳儀一向得他心，而且有柳世子這個對照組，秦鳳儀真是怎麼看怎麼招人疼。

秦鳳儀險些被馬摔了的事，景安帝也聽說了一些，此時方細問他一回。得知是被小人在馬鞍下偷埋了鐵蒺藜，景安帝深深皺眉。

秦鳳儀道：「我家小玉從是個小馬駒時就跟著我了，要不是小玉通人性，不說會不會摔著我，街上那許多人，萬一撞到人如何是好？唉，您沒見我小玉給傷得，心疼死我了！」

秦鳳儀現下想想小玉的傷都很是心疼，景安帝看他這樣，便道：「御馬監有好些駿馬，送你一匹就是。」

秦鳳儀道：「我家小玉可是照夜玉獅子，再說，小玉現在可愛吃醋了，前幾天師傅送了我一匹棗紅馬，小玉很不高興，天天跟人家打架。我一騎那紅馬，牠還要絕食，害得我現在天天用兩條腿走路。」

景安帝想了想，問：「你那馬是公馬還是母馬？」

「公馬。」

「朕送你一匹母馬，肯定不會再打了。」

「不成，我家小玉眼光高，牠三歲時就有很多朋友想要他們的馬跟小玉配種，我也給小玉尋過不少好馬，小玉全都看不上。」

「朕有一匹踏雪，神俊漂亮得不得了，你帶回去。朕就不信，你那小玉還不老實。」

出於對皇帝陛下的信任，秦鳳儀就把踏雪騎回去了。說來，踏雪真是一匹極漂亮的馬，渾身烏羽一樣的皮毛，如同上好的絲綢，唯獨四個馬蹄處生了一抹雪白，故名踏雪。

沒幾天，秦鳳儀高高興興地進宮，一副喜上眉梢的模樣，同皇帝陛下道：「小玉看上踏雪啦，天天追踏雪的屁股後頭跟人家玩！」

景安帝笑，「朕的話沒錯吧？」

「沒錯沒錯，陛下，您怎麼知道小玉一定能看上踏雪？」

景安帝賣起關子，「天機不可洩露。」

秦鳳儀直樂，求了景安帝半日，景安帝才把訣竅告訴他。倒是景安帝要削柳世子之爵，竟有人替柳家求情，愉老親王只說：「德不稱其任，其禍必酷；能不稱其位，其殃必大。」

一向對朝政鮮少發表意見的愉老親王突然發聲，柳世子之爵，就此削去。

愉老親王的突然表態是許多人沒料到的，就是景安帝也有些吃驚，這位王叔一貫就是管一管宗室之事，於朝中事甚少理會。

不過，許多人乃至景安帝都認為，老親王是痛恨當初恭侯府對大公主之事到處宣揚，以致皇家宗室丟盡臉面，而今柳世子行事不謹慎，愉老親王落井下石啥的，也不算稀罕。

愉老親王下了朝還跟自家皇帝侄子說：「恭侯簡直教子無方！他家的爵位，陛下還需要慎重，不求德才兼備，起碼德行無虧方堪配世子之位！」

景安帝安慰了叔叔幾句，愉老親王私下道：「我這把年紀，無兒無女的，也沒什麼牽掛。倒是秦探花可憐見的，好好的孩子，都是做好事，沒做過一點惡，前些天竟被人暗害，險些出了大事。這是朝廷命官，若都似柳家行事，誰不好就用這樣的陰祟手段去害人，咱們朝廷的好官，還不都被他家給害了？」

景安帝這才知道，他叔完全是為了給秦鳳儀出氣啊！

景安帝道：「鳳儀的事，王叔也知道了。」

「唉，把我嚇了一跳。原我不欲多管，畢竟這個時候，倒叫朝中小人說咱們家是因為大公主的事找恭侯府麻煩。只是，秦探花被害之事，委實太下作了，哪裡能忍得？」

景安帝道：「到底沒有確鑿證據，王叔在外頭還是不好直接說的。」

愉老親王道：「我曉得。」

叔侄倆說了會兒話，愉老親王便告退了，還著人給秦鳳儀送了回獅子頭壓驚。

秦鳳儀過去看愉老親王，兩人別看年紀上差了不少，硬是能說到一處去。秦鳳儀說到家裡的小玉與踏雪做朋友的事，很是高興，與愉老親王道：「我家小玉是有名的神駒，可是聰明了。踏雪雖然性子不大好，但長得很不錯，待他倆生了兒子，我送您老人家一匹。」

愉老親王笑道：「好啊！」

秦鳳儀還從懷裡摸了張大紅帖子出來，笑嘻嘻地道：「我的生辰快到了，王爺您雖不見得有空，我也得給您送帖子。」

愉老親王接了帖子，道：「你要是不給我帖子，就該打了。」

秦鳳儀嘿嘿直樂。

愉老親王打開來一看，挑眉道：「你這生辰，與平郡王一前一後。」

秦鳳儀道：「甭提了，先時我沒留心，去年來京城一門心思考春闈，也不知我生辰跟平郡王重了。他老人家一過壽，我這裡哪裡有人來？我便想著等他慶過壽辰，我再做生日。」

愉老親王道：「那你們可是巧了。」

秦鳳儀有些鬱悶，愉老親王哄他道：「這也沒什麼好悶的，等你以後做了大官，自然是別人給你讓道了。」

「我看這輩子是沒希望了。」

愉老親王直笑。

（未完待續）

漾小說 199

龍闕❸

國家圖書館出版品預行編目資料

龍闕/ 石頭與水著. -- 初版. -- 臺北市 :
晴空, 城邦文化出版 : 家庭傳媒城邦分公司發行,
2018.07
冊； 公分. --（漾小說 ; 199）
ISBN 978-986-96370-7-7（第3冊：平裝）

857.7　　107008853

著作權所有．翻印必究
本書如有缺頁、破損、裝訂錯誤，請寄回更換
—rinted in Taiwan.

原著書名：《龙阙》，由北京晉江原創網絡科技有限公司授權出版。

城邦讀書花園
www.cite.com.tw

作者：石頭與水
封面繪圖：畫措
責任編輯：施雅棠
國際版權：吳玲瑋　蔡傳宜
行銷：艾青荷　蘇莞婷　黃家瑜
業務：李再星　陳玫潾　陳美燕
編輯總監：劉麗真
總經理：陳逸瑛
發行人：涂玉雲
出版：晴空
城邦文化事業股份有限公司
104台北市中山區民生東路二段141號5樓
電話：（886）2-2500-7696　傳真：（886）2-2500-1967
發行：英屬蓋曼群島商家庭傳媒股份有限公司城邦分公司
104台北市中山區民生東路二段141號2樓
客服服務專線：（886）2-25007718；25007719
24小時傳真專線：（886）2-25001990；25001991
服務時間：週一至週五上午09:00~12:00；下午13:00~17:00
劃撥帳號：19863813；戶名：書虫股份有限公司
讀者服務信箱：service@readingclub.com.tw
晴空部落格：http://blog.yam.com/readsky
香港發行所：城邦（香港）出版集團有限公司
香港灣仔駱克道193號東超商業中心1樓
電話：852-25086231　傳真：852-25789337
E-mail：hkcite@biznetvigator.com
馬新發行所：城邦（馬新）出版集團【Cite (M) Sdn Bhd】
41, Jalan Radin Anum, Bandar Baru Sri Petaling,
57000 Kuala Lumpur, Malaysia.
電話：(603) 9057-8822　傳真：(603) 9057-6622
Email：cite@cite.com.my
美術設計：洸譜創意設計股份有限公司
印刷：沐春行銷創意有限公司
初版一刷：2018年08月30日
定價：320元
ISBN：978-986-96370-7-7